MAYA BANKS

KGI

Stummes Echo

Über dieses Buch:

Grace Peterson ist verzweifelt. Monatelang wurde sie von einer skrupellosen Verbrecherbande gefangen gehalten, die ihre Fähigkeit, andere Menschen zu heilen, auf grausame Art und Weise ausbeutete. Zwar ist Grace die Flucht aus ihrem Labor inzwischen gelungen, doch sie ist so geschwächt, dass sie sich dem Tod näher fühlt als dem Leben. Auch ihre einzige Rettungsleine – die telepathische Verbindung zu ihrer Schwester Shea – ist durchschnitten. Und die Verbrecher sind ihr weiterhin dicht auf den Fersen. Nur in letzter Sekunde gelingt es dem Agenten Rio, sie in den Bergen von Colorado ausfindig zu machen und vor ihren Verfolgern in Sicherheit zu bringen. Der erfahrene Kämpfer hat schon einiges erlebt, aber auf seine Reaktion beim Anblick dieser verletzlichen und doch so tapferen Frau ist er nicht vorbereitet. Auch wenn er es sich nicht erklären kann, zählt in seinem Leben von nun an nur noch eines: Grace vor ihren Feinden zu beschützen. Und die Mission ist noch lange nicht vorbei. Denn nicht nur die Bande hat es auf Grace' Gabe abgesehen, sondern auch ein Unbekannter ist bereit, alles dafür zu tun, um sie für seine Zwecke zu missbrauchen.

Die Autorin:
Maya Banks lebt mit ihrem Mann und drei Kindern in Texas. Wenn sie nicht schreibt, unternimmt sie gern Reisen mit ihrer Familie. Weitere Informationen unter: www.mayabanks.com

Maya Banks bei LYX:

Die KGI-Reihe:
1. KGI – Dunkle Stunde
2. KGI – Tödliche Rache
3. KGI – Blutiges Spiel
4. KGI – Gefährliche Hoffnung
5. KGI – Stummes Echo
6. KGI – Riskante Vergeltung *(erscheint Januar 2016)*

Die Slow-Burn-Trilogie:
1. Slow Burn – Dunkle Hingabe *(erscheint Dezember 2015)*
2. Slow Burn – Verhängnisvolle Begierde *(erscheint Februar 2016)*

Die Breathless-Trilogie:
1. Breathless – Gefährliches Verlangen
2. Breathless – Geheime Lust
3. Breathless – Verheißungsvolle Sehnsucht

Die Dark-Surrender-Trilogie:
1. Dark Surrender – Leidenschaft
2. Dark Surrender – Lust
3. Dark Surrender – Liebe

Weitere Romane der Autorin sind bei LYX in Vorbereitung.

MAYA BANKS

STUMMES ECHO

KGI

Roman

Ins Deutsche übertragen von
Katrin Mrugalla und Richard Betzenbichler

LYX
EGMONT

Die Originalausgabe erschien 2012 unter dem Titel
*Echoes at Dawn (*A KGI *Novel)* bei The Berkley Publishing Group,
a division of Penguin Group Inc., New York, USA.

Deutschsprachige Erstausgabe Juli 2015 bei LYX
verlegt durch EGMONT Verlagsgesellschaften mbH,
Gertrudenstr. 30–36, 50667 Köln

This edition published by arrangement with The Berkley Publishing Group,
a member of Penguin Group (USA) Inc.

1. Auflage
Redaktion: Stefanie Kruschandl
Umschlaggestaltung: Guter Punkt, München | www.guter-punkt.de
Umschlagmotiv: © Guter Punkt unter Verwendung von Motiven
von thinkstock und istock
Satz: KCS GmbH, Stelle | www.schriftsetzerei.de
Printed in Germany (670421)
ISBN 978-3-8025-9788-6

www.egmont-lyx.de

MIX
Papier
FSC FSC® C083411

Prolog

Gordon Farnsworth hatte mehr Geld als Gott. Er verfügte über mehr Verbindungen, als sich irgendjemand vorstellen konnte. Sein Leben hatte er am Rand der Gesellschaft gelebt, in einem Schattenbereich, einer Grauzone, und er bezweifelte, dass er noch so etwas wie eine Seele hatte.

Er hatte Macht, er war reich, und er konnte jederzeit leicht an Informationen kommen. Aber das alles bedeutete ihm nichts, denn seine Tochter lag im Sterben, und er konnte es nicht aufhalten.

Sie war bei den besten Ärzten weltweit gewesen, hatte die beste Behandlung bekommen, die für Geld zu haben war, doch alle Ärzte hatten ihm das Gleiche gesagt.

Es gab nichts mehr, was man noch hätte tun können. Seine Tochter war nicht mehr zu retten. Er konnte ihr nur noch die letzten Tage ihres Lebens so angenehm wie möglich gestalten.

Scheiß drauf.

Er würde nicht akzeptieren, dass er nichts tun konnte. Er hatte Kriege verhindert und angezettelt. Er hatte Einfluss auf Dutzende von führenden Politikern. Er konnte spontan ganze Länder groß machen oder ruinieren. Und seine Tochter sollte er nicht retten können?

Er lief in der dunklen Bibliothek auf und ab, in der er oft mit einem Glas Macallan-Whisky saß, für den er über hunderttausend Dollar gezahlt hatte. Das Feuer im Kamin war erloschen, und nur gelegentlich stoben noch ein paar Funken hoch.

Sein Handy klingelte. Er riss es aus der Tasche, hob es an das Ohr und brüllte los, bevor der Anrufer etwas sagen konnte.

»Erfüllt sie die Erwartungen?«

»Ja, es sieht so aus.«

Farnsworth' Schultern sackten herab. Er ließ sich auf die Couch fallen und rutschte dann ganz an die Kante, getrieben von seiner Ungeduld.

»Sie hat alle möglichen Krankheiten und Wunden geheilt, es kostet sie allerdings eine Menge Kraft. Man hat sie bis über ihre Grenzen hinaus belastet, aber sie war in allen Fällen erfolgreich.«

»Mir ist scheißegal, was es mit ihr macht«, knurrte Farnsworth. »Bringen Sie sie her. Mir läuft die Zeit davon.«

Es entstand ein längeres Schweigen, und Farnsworth mochte Schweigen nicht. Es bedeutete nie etwas Gutes.

»Ich hatte bereits geahnt, dass Sie das befehlen würden. Als ich die Testresultate bekam, war mir klar, dass Sie sie so schnell wie möglich haben möchten. Ich habe den Befehl erteilt, einzudringen, jeden Beweis ihrer Existenz zu vernichten und alle zum Schweigen zu bringen, die irgendetwas von ihr wissen. Außerdem habe ich natürlich befohlen, dass Grace Peterson mitgenommen und zu Ihnen gebracht wird.«

Farnsworth gefiel nicht, worauf das hinauslief. Sein Magen verknotete sich, und sein Mund wurde vor Wut ein dünner Strich.

»Und dann, was zum Teufel ist dann passiert? Wo ist sie? Wann kann ich mit ihr rechnen? Elizabeth bleibt nicht mehr viel Zeit.«

Er hörte, wie der andere tief Luft holte. »Sie ist geflohen, Sir.«

Farnsworth sprang auf. Speichel lief ihm über das Kinn, als er losbrüllte: »Geflohen? Sie ist geflohen? Ich denke, sie ist völlig am Ende? Schwach und zerbrechlich von all dem Heilen? Wie kann eine kleine Frau einer Gruppe hervorragend ausgebildeter Agents entkommen?«

»Es gab ein Missverständnis, Sir. Wir hatten die falschen Informationen. Das Zimmer, in dem sie angeblich sein sollte, war leer. Eine der Explosionen hatte den Gebäudeteil zerstört, in den man sie verlegt hatte, und in dem allgemeinen Durcheinander ist sie entkommen.«

»Sie hatten die falschen Informationen. Missverständnis. Durcheinander. Wofür zum Teufel bezahle ich eigentlich? Für einen Haufen nichtsnutziger Amateure?«

»Die Verfolgung wurde bereits aufgenommen. Wir werden Sie nicht enttäuschen, Sir.«

»Richtig. Sie werden nicht noch einmal versagen!«, tobte Farnsworth. »Ich schwöre, wenn meine Tochter stirbt, wird jeder, der Ihnen etwas bedeutet, leiden. Ich werde Ihre gesamte Familie auslöschen, und Sie werden zusehen. Und dann werden Sie langsam und schmerzvoll sterben. Haben Sie mich verstanden?«

»J…ja, Sir.«

Farnsworth beendete das Gespräch, behielt das Handy aber noch eine Zeit lang in der Hand. Am liebsten hätte er es durch das Fenster geschleudert. Nur das Wissen, dass er rasch handeln musste, wenn er seine Tochter retten wollte, gab ihm Kraft für den nächsten Anruf.

Unaufhaltsam arbeitete er sich durch eine Reihe von Nummern und Sicherheitscodes, bis die Verbindung schließlich zustande kam. Er wartete nicht, hielt sich nicht mit Begrüßungsformeln auf. Grace Peterson musste gefunden werden, und zwar sofort.

»Ich brauche Titan«, sagte er barsch. »Mir ist scheißegal, wie viel es kostet. Sie besorgen mir Titan.«

1

Grace Peterson zog die Decke enger um sich und kauerte sich in der Dunkelheit zusammen. Mit leerem Blick starrte sie hinauf in den Sternenhimmel. Die Bergluft war kalt. Nicht nur kühl, wie beim Einsetzen der Dämmerung, die den sonnigen Nachmittag abgelöst hatte, sondern eiskalt.

Sie stöhnte leise, als sich ihre Muskeln immer mehr verkrampften und nicht nur gegen die Kälte, sondern auch gegen die Schwächung durch so viel Krankheit und Tod protestierten. Der Schmerz hatte längst seine Bedeutung für Grace verloren. Was sie fühlte, ließ sich eigentlich nicht als Schmerz bezeichnen. Es war schlimmer. Sie spürte nur noch Trostlosigkeit, Hoffnungslosigkeit und Verzweiflung. Und da war das Wissen, dass sie vermutlich an dem Schrecklichen, was man ihr angetan hatte, sterben würde. Vielleicht verdiente sie das sogar, denn sie hatte nicht in allen Fällen helfen können, die man ihr aufgebürdet hatte.

Ihre Flucht war ein Glücksfall gewesen. Eine Explosion hatte die Zelle zerstört, in der man sie gefangen gehalten hatte. Es war ihr gelungen zu entwischen, bevor die Männer, die auf sie aufpassen sollten, reagieren konnten. Vielleicht waren sie aber auch umgekommen. Grace konnte kein Bedauern empfinden. Sie hatten keine Rücksicht auf sie genommen. Sie war wie ein seelenloses Objekt behandelt worden. Wie ein Zauberstab, mit dem man auf Wunden und Krankheiten deutete, die dann wie durch ein Wunder verschwanden.

Dafür hasste Grace sie – für ihre Gleichgültigkeit. Dafür,

dass sie andere benutzten. Bauernopfer. Objekte, die ihnen Informationen lieferten. Sie waren nicht einmal Menschen. Nur Nummern.

Ein erneuter Kälteschauder ließ ihre Zähne klappern. Inzwischen konnte sie sich nicht mehr vorstellen, dass ihr jemals wieder warm werden würde. Sie zog die Beine noch mehr an und stopfte die Decke unter ihrem Kinn fest.

Von all dem, was man ihr aufgezwungen hatte, war sie stark geschwächt. Von all denen, die man sie hatte heilen lassen. Selbst jetzt konnte sie noch nicht verstehen, woher sie, als sich ihr die Gelegenheit bot, die Kraft und den Willen genommen hatte zu fliehen.

Aber jetzt war sie am Ende. Sie hatte keine Reserven mehr, und ihre Entschlossenheit ließ nach – genau wie all ihre anderen Kräfte.

Grace versuchte, Ruhe und ein bisschen Trost zu finden. Ein bisschen Frieden.

Sie vermisste ihre Schwester, Shea. Sehnte sich nach ihrer tröstenden Berührung. Danach, wie Sheas Gedanken sich ihr zuwandten. Nach ihrem Lächeln. Sheas Entscheidung, getrennte Wege einzuschlagen, hatte Grace nie richtig verstanden und auch nie wirklich ernst genommen. Erst an dem Tag, an dem man sie gefangen hatte, war ihr klar geworden, dass man sie beide erwischt hätte, wären sie zusammen gewesen.

Shea hatte immer alles Erdenkliche für Graces Sicherheit getan, und jetzt würde Grace alles Erdenkliche tun, um Shea von sich fernzuhalten. Grace wurde gejagt. Vielleicht waren ihre Verfolger bereits hier in den Bergen, vielleicht sogar schon ganz nah.

Also hatte sie sich komplett gegen ihre Schwester abgeschottet, und das tat genauso weh wie all die Krankheiten und Schmerzen, die sie hatte auf sich nehmen müssen. Ohne Shea fühlte sie sich unendlich einsam. Sie hatte die telepathische Verbindung zwischen sich und ihrer Schwester gekappt, und ihre größte Angst war, dies nie wieder rückgängig machen zu können.

In gewisser Weise wäre das vermutlich ein Segen. Wenn sie ihre Fähigkeiten verlieren würde, konnte sie ein normales Leben führen. Aber dann würde sie auch die Fähigkeit verlieren, Menschen zu helfen.

Grace schloss die Augen. Sie war erschöpft von all der Verantwortung, die auf ihr lastete, von der Trauer und dem Bedauern. Es war schrecklich zu erleben, dass sie unter diesem Stress einfach zusammenbrach. Aber die Gebrechen waren ihr wie am Fließband aufgebürdet worden: gebrochene Knochen, grauenhafte, blutende Wunden, Tumore, Krankheiten und vieles, vieles mehr. Die entsetzlichste Erfahrung war für sie gewesen, sich in den Geist einer psychisch kranken Frau begeben und sie heilen zu müssen.

Drei Tage lang hatte Grace durchlebt, was es bedeutete, wenn man wirklich verrückt war. Sie hatte die Krankheit auf sich genommen, während die Frau einfach davongegangen war, erlöst von der Dunkelheit, die in ihrem Kopf herrschte. Zweimal hatte Grace versucht sich umzubringen, nicht weil sie das gewollt hätte, sondern weil die Krankheit es ihr befahl. Schließlich hatte man sie gefesselt, aus Angst, sie würde doch noch einen Weg finden, sich zu töten.

Jetzt lag sie hier und war schrecklich hungrig. Aber bei dem Gedanken an Essen drehte sich ihr der Magen um. Sie hatte mehrfach Wasser aus den Bächen in der Umgebung getrunken, denn ihr war klar, dass sie irgendwie wieder zu Kräften kommen musste. Und obwohl ihr bewusst war, dass sie vermutlich sterben würde, konnte sie nicht einfach aufgeben. Noch nicht.

Lautlos drehte sie sich um und zog die Decke zurecht, in der vergeblichen Hoffnung, etwas mehr Wärme zu finden. Irgendwann würde sie Kontakt mit ihrer Schwester aufnehmen müssen, aber nicht jetzt, denn dann würde Shea sehen, in was für einem erbärmlichen Zustand sich Grace befand. Shea würde kommen. Sie würde sich in große Gefahr begeben. Grace würde es sich nicht verzeihen können, wenn Shea etwas zustieß, nur weil sie einem momentanen Schwächegefühl nachgegeben und die Verbindung zu ihr wieder aufgenommen hatte.

Tränen liefen Grace die Wangen hinunter und spendeten einen Moment lang Wärme, bevor die kühle Luft sie zu Eis verwandelte. Sie wischte sie weg und rollte sich noch enger zusammen, wütend, dass sie sich von ihrer Verzweiflung hatte überwältigen lassen.

Aufgeben lag nicht in ihrer Natur, und sie würde wieder zu Kräften kommen. Sie brauchte nur ein wenig Zeit, um sich von dem Ganzen zu erholen. Vielleicht würde sie nie mehr dieselbe sein, aber aufgeben würde sie nicht. Wenn sie starb, dann auf der Flucht oder im Kampf. Sie weigerte sich, in einem Labor zu sterben, wo man selbst Ratten respektvoller behandelte.

Ein Geräusch in der Ferne ließ sie erstarren. Plötzlich hatte sie das Gefühl, dass ihr leises Atmen laut wie Gebrüll in der Stille der Nacht war. Sie zog sich die Decke über den Mund, um den Lärm zu ersticken, starrte in den Wald und versuchte verzweifelt, irgendetwas zu erkennen.

Jemand näherte sich.

Sie bewegten sich im Schutz der Dunkelheit durch die Gebirgslandschaft. Rio wusste, dass sie Grace dicht auf den Fersen waren. Sie kamen ihr schon seit Tagen immer näher, aber irgendwie war es ihr immer geglückt, ihnen durch die Maschen zu schlüpfen.

Er schob seinen Rucksack zurecht, setzte die Infrarotbrille

auf und überprüfte das Gelände vor ihm nach irgendetwas, das Wärme abstrahlte.

Er entdeckte mehrere kleine Wesen. Tiere. Sogar ein größeres, vermutlich ein Elch oder ein Hirsch, war zu erkennen. Aber nichts, was einem Menschen ähnelte.

Er hatte den Befehl gegeben, die Funkgeräte auf keinen Fall zu benutzen. Sie waren nicht die Einzigen, die nach Grace suchten. Aber er war entschlossen, sie zuerst zu finden. Sein Instinkt sagte ihm, dass nur noch wenig Zeit blieb. Sie mussten sie vor dem Morgengrauen finden. Seine Nackenhaare stellten sich auf, und ihm lief ein Schauder über den Rücken.

Das Problem war nicht, dass er die Konfrontation fürchtete. Im Grunde hätte er die Schweine nur zu gern umgebracht, die Grace und Shea das Leben in den letzten Jahren zur Hölle gemacht hatten. Es war das Wissen, dass Grace in Gefahr war und dass seine Männer und er dieses Katz-und-Maus-Spiel beenden mussten, das ihm jetzt Probleme bereitete.

Terrence, seine rechte Hand, verschmolz kaum einen Meter von ihm entfernt mit der Dunkelheit. Rio schlich weiter den Berg hinauf. Es gab unzählige Winkel und Ecken, in denen sich eine kleine Frau verstecken konnte, und deshalb überprüfte er das Gelände sorgfältig auf jede mögliche Wärmequelle.

Wo bist du, Grace? Ich weiß, dass du irgendwo hier steckst. Ich kann dich spüren.

Und das stimmte. Er spürte so etwas wie ein Prickeln, wie eine sehr intensive Wahrnehmung, genau wie beim Betrachten des Filmmaterials der Überwachungskamera, auf dem er sie zum ersten Mal erblickt hatte. Es war das letzte Mal, dass irgendjemand sie vor ihrem Verschwinden gesehen hatte.

Er hatte auf der Stelle und ohne den geringsten Zweifel gewusst, dass er derjenige sein würde, der sie suchen und zu ihrer Schwester bringen würde. Lebendig und sicher.

Seitdem hatte er ihre Bewegungen mit größter Sorgfalt verfolgt. Auf der Suche nach ihr hatten seine Männer und er jeden Stein umgedreht. Sie waren zu dem Haus zurückgekehrt, in dem sie zuletzt gesehen worden war, und hatten die Suche von dort aus ausgeweitet.

Es hatte Wochen gedauert, aber jetzt folgten sie einer Spur in die Berge von Colorado. Rio war sich sicher, dass sie Grace dicht auf den Fersen waren. Sein Bauchgefühl war eindeutig, und er verließ sich immer auf sein Bauchgefühl. Es hatte ihm öfter das Leben gerettet, als er zählen konnte.

Als er in der Ferne ein Geräusch hörte, blieb er abrupt stehen. Er drehte sich um, suchte das Gelände ab, und dann entdeckte er die infraroten Abbildungen von Männern, die sich unauffällig zwischen den Bäumen bewegten. Seine Männer waren es nicht.

Verdammt.

Unwillkürlich ballte er die Hand zur Faust. Wo zum Teufel steckte Grace? Er hatte keine Zeit, mit den Männern, die hinter ihr her waren, Räuber und Gendarm zu spielen. Er musste Grace finden und so schnell wie möglich von hier wegbringen.

Mit einer schnellen Bewegung nahm er das Gewehr von der Schulter und bewegte sich vorsichtig in Richtung der Wärmepunkte. Im Idealfall würde es ihm gelingen, sich Grace zu schnappen und rasch mit ihr zu verschwinden, ohne überall in den Bergen Leichen zu hinterlassen. Andererseits gab es da einen Teil in ihm, der nichts gegen ein bisschen Blutvergießen gehabt hätte.

Ein Schrei in der Nacht ließ ihn erstarren. Er hob den Kopf und lauschte dem Echo, das in der Ferne verhallte. Es war der Schrei einer Frau gewesen, und er jagte ihm Schauder über den Rücken. In diesem einen kurzen Schrei hatte verdammt viel Angst und Schmerz gelegen.

Grace.

Rio rannte auf die Stelle zu, von der der Schrei gekommen war. Er riss sich die Infrarotbrille herunter, um seine direkte Umgebung besser sehen zu können. Nach hundert Metern tauchte Terrence neben ihm auf, und gemeinsam legten sie, die Waffen schussbereit, den restlichen Weg zurück.

Als sie am Rand eines Abhangs angekommen waren, von dem aus man auf ein kleines Tal hinuntersehen konnte, blieben sie stehen. Der Mond schien herab und spiegelte sich in den glatten Felsen. Als Rio Grace Peterson auf einem schmalen Felsvorsprung entdeckte, von dem aus der Fels über viele Meter steil zu einem Flussbett hinabfiel, krampfte sich ihm der Magen zusammen.

Rio spürte, dass sie wild entschlossen war, sich nicht noch einmal gefangen nehmen zu lassen. Er hatte nicht die geringsten Zweifel, dass sie lieber springen würde. Ihre Angst und die Verzweiflung waren fast mit Händen zu greifen. Jeder einzelne seiner Muskeln spannte sich. Sein Herz fühlte sich an, als würde es jemand gnadenlos zusammenpressen.

Er musste zu ihr gelangen, bevor diese Idioten sie in ihrer Blödheit zum Springen brachten.

Er warf sich zu Boden, hob die Waffe und zielte auf den Mann, der Grace am nächsten war. Der Mann gestikulierte beruhigend mit der einen Hand, aber in der anderen hielt er eine Waffe, und die war genau auf Grace gerichtet. Sein gesamtes Gehabe wirkte bedrohlich.

Rio drückte ab. Der Mann fiel um wie vom Blitz getroffen, und sofort warfen sich seine Kameraden zu Boden und wandten sich in die Richtung, aus der der Schuss gekommen war.

»Himmel«, murmelte Terrence, als er in Deckung ging. »Ich dachte, wir lassen uns auf keinen Kampf ein?«

»Gib mir Deckung«, erwiderte Rio kurz angebunden. »Ich gehe runter.«

Bevor Terrence protestieren konnte, war Rio schon über den Rand des Abhangs geklettert und hatte sich auf den Weg nach unten gemacht. Über ihm feuerte Terrence eine Kugel nach der anderen ab. Die Schüsse hallten laut durch den Wald.

Ihnen blieb nicht viel Zeit, denn schon bald würde jemand auftauchen, um herauszufinden, was die Schießerei zu bedeuten hatte. Rio drehte sich um und hielt erneut nach Grace Ausschau. Zu seinem Entsetzen musste er mit ansehen, wie der Vorsprung unter ihren Füßen nachgab und sie seitlich hinunterkippte.

Während er sich zu dem Vorsprung vorkämpfte, hallten weitere Schüsse durch die Nacht. Inzwischen versuchte Terrence nicht mehr, die Männer nur auf Distanz zu halten, und sie stürzten einer nach dem anderen zu Boden.

Rio war sich sicher, dass sein Team ihm Deckung geben würden, und so konzentrierte er sich ganz darauf herauszufinden, wie tief Grace gestürzt war.

Er holte eine Taschenlampe aus seinem Rucksack, robbte auf dem Bauch vorwärts, richtete den Strahl der Lampe nach unten und beschrieb damit einen Kreis. Ein Stück unterhalb des Vorsprungs entdeckte er einen verbogenen Turnschuh. Rio richtete den Strahl etwas höher. Grace lag reglos auf einem Vorsprung, die Füße hingen herab, während ihr schmaler Körper dort so gerade eben Platz fand. Immerhin war sie nicht tiefer als sechs Meter gefallen.

Rio beendete die Funkstille und forderte sofortige Hilfe an. Seine Männer mussten ihn an einem Seil herablassen, und dann würde er sich Grace über die Schulter legen und sich wieder hochziehen lassen müssen. Vorausgesetzt, sie lebte noch. Aber etwas anderes wollte er sich einfach nicht vorstellen. Sie war nicht so weit gekommen, um dann so zu sterben. Als er sich auf die Knie hochdrückte, landete Terrence neben ihm und beleuchtete mit seiner Taschenlampe den Hang.

»Diego und Browning halten uns den Rücken frei«, sagte Terrence. »Decker und Alton sind auf dem Weg hierher. Ich lasse dich am Seil runter, damit du Grace holen kannst.«

»Sind alle tot?«

»Alle tot«, bestätigte Terrence.

Rio blieb keine Zeit, den Schaden zu beklagen, den sie angerichtet hatten. Grace hatte Vorrang, und dann mussten sie so schnell wie möglich hier weg, bevor die Hölle losbrach.

Terrence holte ein Seil mit einem Haken heraus und band es sich rasch um die Taille. Er trat ein paar Schritte zurück, grub die Fersen in den Boden, schlang den überstehenden Teil des Seils um den Stamm einer Espe und befestigte den Haken in der Rinde. Das andere Ende warf er Rio zu.

Rio machte die Taschenlampe so an seinem Bein fest, dass sie nach unten zeigte und beim Abstieg den Weg beleuchtete. Dann schlang er sich das Seil um die Taille, verknotete es, zog daran, um den Knoten zu prüfen, und trat rückwärts an den Rand des Abhangs.

Gerade als er mit dem Abstieg beginnen wollte, tauchten Decker und Alton auf. Sie eilten an Diego und Browning vorbei, die Wache standen, und jeder von ihnen packte eine von Rios Händen, um ihm über die Kante zu helfen. Erst als er einen guten Stand hatte und sicher war, dass Terrence sein Gewicht halten würde, ließen sie seine Handgelenke los.

Während er hinabstieg, hüpfte das Licht wie irre hin und her. Er warf einen Blick über die Schulter auf den schmalen Vorsprung, auf dem Grace noch immer lag. Er konnte nur hoffen, dass dieser Vorsprung das Gewicht von zwei Personen aushalten würde.

Als er bei ihr angekommen war, stieß Rio sich von dem Steilhang ab und setzte sich rittlings auf den Vorsprung. Als Erstes tastete er an ihrem Hals nach einem Puls. Das gleichmäßige Klopfen beruhigte ihn.

»Grace, wach auf. Ich bin gekommen, um dich hier rauszuholen, aber ich brauche deine Hilfe.«

Als er keine Antwort erhielt, biss er sich frustriert auf die Lippe. Von oben hatten Decker und Alton ihre Taschenlampen auf Grace und ihn gerichtet. Er stemmte die Füße in den Abhang, dann ließ er vorsichtig das Seil los, um die Arme unter ihren schlaffen Körper zu schieben.

Er zählte im Geist bis drei, dann hob er sie hoch und warf sie sich über die Schulter. So hatte er eine Hand frei, um sich am Seil festzuhalten. Er zog Grace an sich, bis sein Arm wie ein Stahlseil über ihren Oberschenkeln lag.

»Holt uns rauf«, rief er seinen Kameraden zu.

Während das Seil nach oben gezogen wurde, stemmte er immer wieder die Zehen in den Abhang. Seine Muskeln schmerzten von der Anstrengung, das doppelte Gewicht tragen zu müssen. Das Seil schnitt ihm in die Finger, und diese wurden allmählich taub.

Lass mich sterben. Bitte.

Im ersten Moment dachte Rio, sie hätte es laut gesagt. Er war so überrascht, dass er erstarrte. Während seine Kameraden ihn höher zogen, schleiften seine Zehen über die Felswand. Es bedurfte großer Anstrengung, mit den Füßen wieder Halt zu finden und so gut wie möglich mitzuhelfen, dass Grace und er den Rest der Strecke schafften.

Auf einmal überfiel ihn solch schreckliche Verzweiflung, dass ihm die Luft wegblieb. Schmerz. Angst. Bedauern. Hoffnungslosigkeit. Und eine unglaubliche Erschöpfung.

Ihm wurde klar, dass er in Graces Innerstes eingedrungen war. Er spürte, was sie spürte, und ihr Kummer war so riesig, dass er ihm den Atem verschlug.

Ihre Träume waren in ihr eingeschlossen, aber jede einzelne Erinnerung an all das, was sie hatte aushalten müssen, flirrte durch seinen Kopf, bis er die Augen schloss, um seine aufgewühlten Sinne zu beruhigen.

Ich gehe nicht zurück.

Ihre Stimme huschte durch seinen Kopf, so gebrochen, dass er vor Wut beinahe aufgeheult hätte. Am liebsten wäre er über die Klippe dieses verdammten Abhangs geklettert und hätte diese Schweine, die sie so gnadenlos verfolgt hatten, noch einmal getötet. Jene Männer, die ihren Geist gebrochen und dafür gesorgt hatten, dass sie selbst jetzt lieber sterben als noch mehr aushalten wollte.

Rio wusste, dass Nathan Kelly mit Shea, Graces Schwester, telepathisch kommunizierte. Aber auf die Idee, dass Grace und er sich vielleicht auf ähnliche Weise verständigen könnten, war er nicht gekommen. Bisher war das auch nicht wichtig gewesen. Es war nur darum gegangen, Grace zu finden und in Sicherheit zu bringen. Alles andere hatte keine Bedeutung gehabt.

Versuchsweise stellte er sich vor, wie er sanft und beruhigend mit ihr sprach.

Sie müssen nie wieder zu diesen Dreckskerlen zurück, Grace. Sie sind jetzt in Sicherheit. Ich bin hier, um Ihnen zu helfen. Geben Sie nicht auf. Sie stehen das durch.

Stille. Frustriert biss er sich auf die Unterlippe. Wie zum Teufel kommunizierte man auf geistiger Ebene? Woher sollte er wissen, ob er überhaupt in der Lage war, so mit ihr zu sprechen, wie sie das eben mit ihm getan hatte? War ihr überhaupt bewusst, dass er ihre verzweifelten Gedanken mitbekommen hatte?

Allmählich wurden die Gesichter seiner Kameraden über dem Abhang sichtbar. Die Männer wirkten angespannt, als sie ihn endgültig hochzogen. Während Decker und Browning das Seil festhielten, trat Diego vor und nahm Rio Grace ab.

Von ihrem Gewicht befreit, schwang sich Rio über die Kante des Abhangs und sprang auf die Füße. Terrence stöhnte einmal kurz erleichtert auf, einziges Anzeichen dafür, welche Anstrengung ihn die Rettungsaktion gekostet hatte. Rio löste rasch das Seil, dann befahl er seinen Männern, die Leichen zu beseitigen und sich dann für den Abzug bereitzuhalten.

Sie waren mitten im Niemandsland, ohne Rückendeckung, ohne Hubschrauber, und ihre Fahrzeuge standen mindestens zwei Meilen entfernt.

Rio schritt rasch zu der Stelle, wo Diego Grace auf dem Boden abgelegt hatte, und kniete sich neben sie.

Sanft strich er ihr das Haar aus dem Gesicht. Als er die dunklen Ringe unter ihren Augen, ihre blasse Haut und die tiefen Falten der Erschöpfung sah, runzelte er die Stirn. Selbst im ohnmächtigen Zustand war ihr Gesichtsausdruck grimmig.

Ohne zu wissen, was da von ihm Besitz ergriff, beugte er sich vor und presste die Lippen auf ihre Stirn.

Geben Sie ja nicht auf, Grace. Sie sind jetzt in Sicherheit. Ich werde Ihnen nicht wehtun, und ich werde auch nicht zulassen, dass irgendein anderer das tut. Ich bringe Sie nach Hause.

2

Die Sonne wärmte ihr das Gesicht, während ihr Körper noch immer fest im Griff einer anhaltenden Kälte war, die bis tief in die Knochen eingedrungen zu sein schien. Das Zittern tat ihr weh, und doch konnte sie es nicht unterdrücken.

Es war, als würden Gewichte auf ihren Augenlidern liegen und verhindern, dass sie sie anhob. Vielleicht fehlte ihr aber auch nur die Kraft, die einfachsten Dinge zu tun.

Schmerz kroch über ihren Körper, durch ihn hindurch, mit einer Intensität, die sie verblüffte. Dieser Schmerz war neu. Frisch. Und dann fiel ihr wieder ein, wie sie zur Seite weggerutscht war, überzeugt, der Tod würde sie nun endgültig ereilen.

Ein leises Stöhnen entrang sich ihrer Kehle, bevor sie es zurückhalten konnte, und sie tadelte sich für diesen momentanen Kontrollverlust. Solch ein Ausrutscher konnte ihren Tod bedeuten.

Grace. Grace.

Es dauerte einen Moment, bis sie begriff, dass der Mensch, der da ihren Namen rief, nicht laut sprach, sondern in ihrem Kopf. Sie zuckte zurück. Mit dieser fremden Stimme wollte sie nichts zu tun haben. Und dann war sie plötzlich von Kraft und Wärme umgeben. Sie floss durch ihre Adern, so tröstlich, dass es sie tief im Innersten berührte.

»Grace.«

Diesmal sprach er laut. Eine tiefe, raue Männerstimme mit einem leichten Akzent. Nur ein minimaler Hinweis auf eine andere Welt, den sie nicht einordnen konnte.

»Wachen Sie auf, Grace. Zeigen Sie mir Ihre wunderschönen blauen Augen.«

Sie zog leicht die Augenbrauen nach oben und versuchte, sich ihre Umgebung vorzustellen. Sie hatte Angst davor, die Augen zu öffnen. Angst, sich in der Hand der Monster wiederzufinden und ihnen erneut zu Willen sein zu müssen. Allein bei dem Gedanken daran hätte sie am liebsten losgeheult. Sie war nicht stark genug, um noch mehr zu ertragen.

Eine Hand strich sanft über ihre Wange und schob ihr behutsam das Haar hinter das Ohr. So viel Wärme und Zärtlichkeit. Sie saugte sie auf, denn sie sehnte sich verzweifelt nach ein wenig Trost.

Es kostete sie ihre letzte verbliebene Kraft, den Mut aufzubringen, die Augen zu öffnen. Sonnenstrahlen bohrten sich hinein und blendeten sie einen Moment lang.

»Recht so«, sagte der Mann leise. »Kommen Sie zu mir zurück, Grace. Sie müssen wach werden, damit ich herausfinden kann, wie schwer Sie verletzt sind.«

Bei der bloßen Erwähnung von Verletzungen fing ihr Körper an, vor Schmerz zu kreischen. Sie riss die Augen weit auf, und ihre Lippen teilten sich. Mühsam schnappte sie nach Luft, während ihre Brust heftig bebte.

Die Furcht hätte sie beinahe gelähmt, als sie in die dunklen Augen des Manns sah, der sie so durchdringend anstarrte. Sie schrie auf und versuchte zu fliehen, sich seinem Griff zu entreißen. Prompt stürzte sie und schlug so heftig auf dem Boden auf, dass ihr die Luft wegblieb und sie erneut von einer Schmerzwelle überrollt wurde.

Der Mann, der über ihr stand, fluchte lauthals, kniete sich aber sofort neben sie und strich mit seinen großen Händen über ihren geschundenen Körper.

»Verdammt, Grace. Ich werde Ihnen nicht wehtun.«

»Ich gehe nicht zurück.«

Nur unter äußerster Kraftanstrengung gelang es ihr, den trotzigen Schwur zu stammeln. Sprechen tat weh. Atmen tat weh. Sie fühlte sich wie zerschmettert. Irgendetwas war gebrochen. Ihre Rippen, ein Arm … Sie konnte nicht einmal herausfinden, was mit ihr nicht stimmte. Es war einfach zu viel auf einmal.

Voller Panik schaute sie zu ihm hoch. Sie wusste, dass sie zu schwach war, um zu entkommen. Ihr traten Tränen in die Augen. Wenn er sie zurückbringen wollte, konnte sie nichts tun, um ihn davon abzuhalten.

Ein Schauder erfasste ihren gesamten Körper, und sie spürte, wie Tränen über ihre Wangen liefen.

»Grace, bitte, hören Sie mir zu.«

Seine Stimme war ruhig und hatte etwas seltsam Tröstliches. Der Ton verzauberte sie genauso wie diese dunklen Augen, die nicht eine Sekunde den Blick von ihr abwandten.

»Mein Name ist Rio. Ich bin gekommen, um Sie nach Hause zu holen. Zu Shea.«

Ihr Herz machte einen Satz, und ihre Kehle zog sich zusammen. »Shea?«, krächzte sie. »Wie geht es ihr?«

Und wenn das nun eine Falle war? Wenn er ihr nur von ihrer Schwester erzählte, um sie fälschlicherweise in Sicherheit zu wiegen?

Unendlich sanft berührte er ihre Wange. Dabei sah er gar nicht so aus, als könne auch nur ein Hauch von Sanftheit in ihm sein. Er war groß und bedrohlich. Ein Kämpfer.

Seine Haut war dunkel, als hätte er viele Stunden in der Sonne verbracht, ohne sich um die Konsequenzen zu scheren. Das Haar trug er zum Pferdeschwanz gebunden, und seine Augen waren so dunkel wie die Nacht.

»Ich habe selbst mit ihr gesprochen«, sagte er besänftigend. »Ich habe ihr versprochen, dass ich Sie finde und beschütze.

Wir sind die Guten, Grace. Ich verstehe, dass es Ihnen schwerfällt, mir zu glauben oder zu vertrauen, aber wir sind hier, um Ihnen zu helfen. Shea ist in Sicherheit und will Sie unbedingt wiedersehen. Wir alle haben uns Sorgen um Sie gemacht.«

Immer mehr Tränen liefen ihre Wangen hinab, und ihrer Kehle entrang sich ein leises Schluchzen. »Ich will nicht, dass sie mich so sieht.«

Er blickte sie verständnisvoll an, dann berührte er erneut ihr Gesicht und wischte ihre Tränen fort.

»Sie müssen mir sagen, wo Sie verletzt sind. Wir müssen Sie bewegen. Wir können hier nicht bleiben, aber ich muss wissen, welches Risiko wir eingehen, wenn wir Sie transportieren.«

Sie schaute sich um und nahm zum ersten Mal ihre Umgebung wahr. Als ihr Blick auf die anderen fiel, stockte ihr der Atem. Kämpfer. Wie der Mann namens Rio. Ernst und Furcht einflößend. Wie sollte sie wissen, ob sie ihnen trauen konnte? Andererseits – welche Wahl blieb ihr?

Sie befanden sich nicht mehr dort, wo sie letzte Nacht gestürzt war. Wie war es diesen Männern gelungen, sie zu finden, und wie hatte sie den Sturz überlebt? Die Bilder in ihrem Kopf waren verschwommen. Sie konnte sich nur noch daran erinnern, gedacht zu haben, dass sie jetzt vermutlich sterben würde.

Das dachte sie in letzter Zeit oft. Die Gedanken über den Tod waren so selbstverständlich geworden wie früher die Frage, welches Paar Schuhe sie anziehen sollte. Und dennoch war sie noch immer am Leben. Gebrochen, aber nicht zerstört.

Die Männer drehten die Köpfe. Aufmerksam beobachteten sie die Umgebung, die Waffen schussbereit, ihre Haltung angespannt, als würden sie Gefahr wittern.

»Grace«, bat Rio. »Sprechen Sie mit mir. Ich muss wissen, wie schlimm es ist.«

Sie schloss einen Moment die Augen, dann öffnete sie sie

wieder und sah ihn an. Sie fuhr sich mit der Zunge über die Lippen. »Ich habe Schmerzen.«

»Das weiß ich«, erwiderte er leise.

»Der Sturz. Ich glaube, ich habe mir was gebrochen.«

Sie richtete ihre Aufmerksamkeit auf ihren Körper und versuchte herauszufinden, wo das Schmerzzentrum lag. Sie bekam nicht richtig Luft, außerdem tat jeder Atemzug weh.

»Die Rippen«, brachte sie mühsam hervor. »Ich glaube, ich habe mir ein paar Rippen gebrochen. Und meinen Arm. Er schmerzt, aber er wird auch immer tauber. Ich kann meine Finger nicht spüren.«

»Ja, das merke ich«, erwiderte Rio, während er vorsichtig ihre Hand hochhob.

Er drehte den Kopf und nickte einem der Männer zu. Sie erstarrte, als sich der stämmige Mann, der am dichtesten bei Rio stand, über sie beugte. Er war groß wie ein Berg, seine Arme strotzten vor Muskeln, und er war so kräftig, dass er kaum einen Hals hatte. Seine Beine waren wie Baumstämme.

»Sie hat kein Gefühl mehr in den Fingern«, sagte Rio, als würde er über so etwas Gewöhnliches wie das Wetter reden. »Wir werden den gebrochenen Arm einrichten müssen.«

Ihr Herz fing an zu rasen, und sie versuchte sich aufzusetzen, doch Rio legte ihr die Hand auf die Schultern. »Liegen Sie still, Grace.«

Sein Befehlston ließ sie zusammenzucken.

»Können Sie sich selbst heilen?«

Seine Neugier verblüffte sie. Er war so ruhig und unaufgeregt. Er sprach über ihre Fähigkeiten, als wären sie das Normalste von der Welt. Nervös sah sie zwischen den beiden Männern hin und her und fragte sich, ob das irgendwie eine Falle war – auch wenn sie sich nicht vorstellen konnte, was für eine.

Die Leute, die sie gefangen gehalten hatten, kannten ihre

Fähigkeiten nur zu gut. Sie mussten ihr keine Fragen stellen. War dies nur wieder eine andere Organisation, die sie benutzen wollte?

Ihre Panik wurde immer größer, doch dann legte Rio die Hand an ihre Wange und streichelte sie zärtlich. »Tief atmen, okay? Wir werden Ihnen helfen. Das hier ist Terrence. Er ist mein Stellvertreter. Der hinter ihm ist Diego, unser Sanitäter, wenn Donovan nicht da ist, um uns zusammenzuflicken, aber Terrence wird Ihren Arm wieder einrichten.«

Verwirrt sah sie die beiden an. Sie hatte keine Ahnung, wer diese Leute waren, aber Rio redete weiter, als würde er ihre Verwirrung nicht bemerken.

»Das wird tierisch wehtun. Ich will Ihnen nichts vormachen. Aber Sie müssen stark sein. Wenn Sie schreien, ziehen Sie die Aufmerksamkeit auf uns, und das ist das Letzte, was wir brauchen. Ich werde eins meiner T-Shirts zusammenknoten, und darauf können Sie herumbeißen, so viel Sie wollen. Aber Sie geben keinen Ton von sich. Schaffen Sie das?«

Wenn er wüsste, wie viel sie stumm erduldet hatte, würde er sie das nicht fragen müssen. Sie nickte. Was immer sie mit ihr vorhatten, würde niemals an das heranreichen, was sie bereits durchgemacht hatte.

Rio nahm ein T-Shirt aus seinem Rucksack und wickelte es zu einem länglichen Seil zusammen. »Sie haben meine Frage nicht beantwortet. Können Sie sich selbst heilen, so wie Sie andere heilen können?«

»Ja«, flüsterte sie. »Es funktioniert anders, aber ich heile schneller. Allerdings war dort so viel …« Sie schloss die Augen, um die Tränen zurückzuhalten. »Ich weiß nicht …«

»Schon gut, Grace«, erwiderte Rio besänftigend. »Ich werde dafür sorgen, dass Sie hier rauskommen.«

Etwas in seiner Stimme ließ sie sich innerlich zurücklehnen.

Vielleicht war es das beruhigende Versprechen, vielleicht seine feste Überzeugung. Ein Teil ihrer Angst verschwand, und sie entspannte sich und seufzte erleichtert auf.

»So ist es gut«, murmelte Rio.

Behutsam schob er ihr das T-Shirt zwischen die Zähne, strich mit der Hand ganz leicht über ihr Kinn und schloss ihren Mund.

»Seien Sie stark.«

Sie machte die Augen zu und nickte. Sie wollte nicht sehen, was kam.

Kräftige Hände packten erstaunlich sanft ihren Arm. Dennoch spürte sie sofort, dass es nicht Rio war, der sie anfasste, sondern Terrence.

Und dann drehte er ihren Arm, während er gleichzeitig daran zog. Sie wurde von seiner Kraft völlig überrascht. Unwillkürlich riss sie die Augen auf und biss wie verrückt in das T-Shirt. Ihr Körper bäumte sich auf vor Schmerz. Als sie schließlich wieder dalag, mit bebenden Nasenflügeln und mühsam nach Luft schnappend, überkam sie ein Gefühl großer Erleichterung.

Ihr Arm schmerzte von dem Eingriff, aber der unerträgliche Dauerschmerz war so gut wie verschwunden. Diego trat zu ihnen und schiente rasch ihren Arm mithilfe von zwei kräftigen jungen Zweigen, die einer der anderen Männer geholt hatte. Er umwickelte die Stecken fest mit Tüchern, sodass sie den Arm nicht mehr bewegen konnte.

Rio entfernte das verknotete T-Shirt aus ihrem Mund. »Besser?«

Sie nickte, weil sie nicht sicher war, ob sie schon wieder sprechen konnte.

»Okay, wir machen das jetzt folgendermaßen: Wir müssen weiter, und ich habe nicht genügend Männer, um Sie so zu transportieren, dass Sie völlig ruhig liegen. Außerdem haben wir keine Trage. Also werde ich Sie tragen, während meine

Männer einen Kreis um uns bilden und uns Deckung geben. Mit einem gebrochenen Arm und gebrochenen Rippen und Gott weiß was sonst noch wird das nicht ohne Schmerzen für Sie abgehen. Es wird heftig werden.«

Sie versuchte zu lächeln, aber ihre Lippen zitterten, und sie gab den Versuch seufzend auf.

»Ich brauche mindestens eine freie Hand, um die Waffe zu halten und uns beide bei einem Angriff zu verteidigen. Terrence wird Sie auf meinem Rücken festschnallen. Wir haben schon mal die Frau eines Teammitglieds auf die Art aus dem Dschungel transportiert, das wird also funktionieren. Machen Sie sich keine Sorgen. Und wenn Sie auch alles andere bezweifeln, auf eins können Sie sich verlassen: Wir bringen Sie aus diesen Bergen fort.«

Die feste Überzeugung, mit der er das sagte, ließ sie zum ersten Mal seit Wochen ein wenig hoffen.

»Ich lasse nicht zu, dass Sie aufgeben«, fuhr Rio fort. »Ich weiß, Sie haben Schmerzen. Ich kann nur ahnen, was Ihnen diese Schweine angetan haben. Aber Sie werden nicht aufgeben, Grace. Sie sind eine Kämpferin. Genau wie Ihre Schwester.«

Wieder traten ihr Tränen in die Augen, und sie sah Rio nur noch verschwommen. »Ich kann nicht mit ihr reden. Ich bin mir nicht sicher, ob ich überhaupt noch mit jemandem reden kann … so wie früher, meine ich.«

Rio brachte sein Gesicht nahe an ihres. »Das wird zurückkehren. Ich habe Sie letzte Nacht gehört. Es ist noch immer da. Sie müssen nur an Geist und Körper heilen.«

»Wer sind Sie?«, flüsterte sie. Ihre Kehle war wie zugeschnürt.

Er lächelte, und seine weißen Zähne hoben sich deutlich von seiner dunklen Haut ab. »Ich bin der Mann, der Sie jetzt schleunigst hier wegbringt. Und dann jage ich diese verdammten Dreckskerle, die Ihnen wehgetan haben, bis ich auch den letzten erwischt habe.« Der drohende Ton in seiner Stimme ließ sie zittern, und doch hatte der wilde Schwur etwas seltsam Tröstliches.

»Wir müssen los, Rio«, sagte Terrence, und Grace schreckte zusammen. Sie hatte ihn komplett vergessen. Hatte all die Männer vergessen, die ganz in der Nähe standen.

Rio nickte, erhob sich und sah auf sie hinunter. Auf einmal kam sie sich sehr klein und bedeutungslos und verletzlich vor, wie sie da auf dem Boden lag, umringt von diesen Kämpfern mit den mordlüsternen Augen.

Diesmal kniete sich Terrence neben sie und sprach – so vermutete sie jedenfalls – betont sanft, um sie nicht noch mehr zu erschrecken. Als wenn es dafür nicht sowieso schon zu spät gewesen wäre …

»Also, Miss Grace. Wir machen das folgendermaßen: Die Jungs basteln eine Schlinge, mit der wir Sie an Rios Rücken festschnallen. Ich werde Sie ganz vorsichtig hochheben und versuchen, Ihnen nicht wehzutun.«

Sie nickte, um zu zeigen, dass sie verstanden hatte.

Er lächelte sie an, und sie kam zu dem Ergebnis, dass er trotz seines martialischen Äußeren ein sehr gut aussehender Mann war. Außerdem glaubte sie ihm, wenn er versprach, ihr nicht wehzutun.

Er schob die Arme unter ihrem Körper hindurch. »Tief einatmen.«

Sie holte Luft, schloss die Augen, und schon hob er sie hoch. Sie war erstaunt, mit welcher Leichtigkeit er das machte. Sie öffnete die Augen und beobachtete ihn. Offenbar kostete es ihn wirklich keine Anstrengung. Er wirkte einfach nur ruhig und konzentriert.

Diego trat an ihre andere Seite.

»Diego wird die Arme unter Ihr eines Bein legen«, erklärte ihr Terrence. »Ich nehme das andere.«

Sie wusste die Geduld sehr zu schätzen, die er bewies, und auch, dass er ihr jeden Schritt erklärte, damit sie keine Angst haben musste. Sie war an einem Punkt, wo sie nur noch alles hinter sich haben wollte. Je schneller sie diesen Ort verließen, desto besser würde sie sich fühlen. Vielleicht könnte sie dann allmählich anfangen zu heilen.

Sie nickte zustimmend, und sobald sie das tat, trat Diego vor und ließ den Arm unter ihre Beine gleiten. Den anderen Arm schob er unter ihrem Oberkörper durch, und dann hoben Terrence und er sie bis zu Rios Rücken hoch.

Rasch schlangen die beiden anderen Männer die langen Stoffstreifen, die sie zusammengeknotet hatten, um ihren Po und ihre Beine, dann über Rios Schultern und wieder zurück um ihren Po und ihre Beine. Diesen Vorgang wiederholten sie mehrmals, bis Grace sicher an Rios Rücken befestigt war.

Diego schob ihren geschienten Arm unter Rios Achselhöhle und befestigte ihn ebenfalls an Rios Körper.

Grace konnte sich nicht vorstellen, wie Rio sich – so wie sie an ihm festgeschnallt war – bewegen oder gar eine Waffe tragen wollte, aber ihn schien diese Aussicht nicht im Geringsten zu beunruhigen.

»Wie geht es Ihren Rippen?«, fragte Rio.

»Gut.«

»Wenn er gleich losmarschiert, werden sie Ihnen wehtun«, warnte Diego sie.

»Versuchen Sie, sich an ihn zu pressen, um Ihre Bewegungen so gering wie möglich zu halten. Je mehr Sie gegen ihn geworfen werden, desto mehr Schmerzen werden Sie haben.«

Wieder nickte sie. Sie presste sich so nah an Rio, wie sie

konnte. Schon jetzt war sie erschöpft, dabei waren sie noch nicht einmal losgegangen. Sie wusste nicht einmal, wie lange der Marsch dauern würde, und sie wollte nicht fragen – wer weiß, ob sie die Antwort ertragen konnte.

Stattdessen würde sie sich voll und ganz in die Hände der Fremden begeben, zumal ihr auch keine andere Wahl blieb. Sie hatte keine Ahnung, wer diese Männer waren. Sie wusste nur, dass sie ihre Schwester kannten und behaupteten, dass sie helfen wollten.

Sie war bereit gewesen zu sterben. Jetzt schämte sie sich, dass sie so leicht das Handtuch hatte schmeißen wollen. Diese Männer waren aufgetaucht, als sie an ihrem absoluten Tiefpunkt angelangt gewesen war, und hatten sich geweigert sie aufzugeben. Rio hatte versprochen, sie nach Hause zu bringen, allerdings hatte sie nicht die geringste Ahnung, was das bedeuten sollte. Sie war zu lange auf der Flucht gewesen, getrennt von ihrer Familie.

Die Vorstellung, endlich in Sicherheit zu sein und ihre Schwester nach so langer Zeit wiederzusehen, war mehr, als sie verarbeiten konnte.

»Fertig, Grace?«, fragte Rio.

Sie holte tief Luft. Ihr wurde bewusst, dass sie einmal mehr den Aufbruch ins Unbekannte wagte. Nur dass sie diesmal nicht allein war, und dieses Wissen stärkte ihre schwindende Entschlossenheit.

»Fertig.«

3

Rios Bewunderung für Grace wuchs mit jeder Stunde. Er wusste, dass sie unerträgliche Schmerzen litt, aber sie ertrug sie mit stoischer Ruhe und gab nicht einen Ton von sich, während er sie über das unebene Gelände trug.

Sein Team hatte ein mörderisches Tempo angeschlagen, bei dem die meisten nur noch um Gnade gebettelt hätten, doch ihr entrang sich nicht einmal ein Stöhnen. Aber er konnte sie in seinem Kopf spüren, wenn auch nur schwach. Vermutlich schottete sie sich so gut wie möglich gegen alles ab. Dennoch spürte er die Überreste der geistigen Verbindung, die kurzzeitig zwischen ihnen bestanden hatte, und so wusste er, dass sie litt.

»Schlechte Neuigkeiten«, sagte Terrence grimmig.

Rio sah hoch, um den Bericht des Manns in Empfang zu nehmen, den er vorausgeschickt hatte, um die Gegend rund um den Standort ihrer Fahrzeuge auszukundschaften. Terrences Lippen waren nur noch ein dünner Strich. Sein Blick war auf die Stelle gerichtet, wo Graces Kopf an Rios Schulter ruhte, als hasse er es, dass sie das Folgende hören musste.

Diego schloss zu ihnen auf und stellte sich neben Terrence und Rio. Auch er richtete den Blick auf Grace, aber eher prüfend, als versuche er, ihren Zustand einzuschätzen.

»Jetzt sag schon«, erwiderte Rio ungeduldig.

Er konnte keine Rücksicht darauf nehmen, dass Grace die schlechten Neuigkeiten ebenfalls erfuhr. Verdammt, viel schlimmer konnte es doch eh kaum werden. Sie war bereits durch die Hölle gegangen.

»Wir haben Gesellschaft. Schwer auszuspähen von dort, wo ich geschaut habe. Jedenfalls haben sie unser Versteck entdeckt und wollen uns in den Hinterhalt locken.«

Rio stieß eine Reihe von Flüchen aus, die Grace zusammenzucken ließen. Sofort verstummte er, schließlich wollte er ihr nicht noch mehr Unannehmlichkeiten bereiten.

»Rio?«

Es berührte ihn ganz seltsam, seinen Namen aus ihrem Mund zu hören, und es brach ihm schier das Herz, wie sie versuchte, ihre Panik zu verbergen. Offensichtlich hatte sie keine Ahnung, wie deutlich spürbar diese Angst war – wie etwas Lebendiges. Er konnte sie nicht nur fühlen, er konnte sie auch riechen und fast schon schmecken.

»Was tun wir jetzt?«, flüsterte sie.

Terrence und Diego legten beide die Hand an ihre Schulter, um sie zu beruhigen.

»Keine Sorge, Miss Grace«, erwiderte Terrence verdrießlich. »Wir sind schon mit Schlimmerem fertiggeworden. Wir lassen uns nicht von so ein paar dahergelaufenen Typen mit ihren lächerlichen Waffen überrumpeln.«

Rio spürte, wie Grace den Kopf hob. Bei der Vorstellung, wie viel Kraft sie das kosten musste, zumal sie am ganzen Körper zitterte, krampfte sich sein Magen zusammen. Ihr ging es ganz und gar nicht gut, das wusste er mit absoluter Sicherheit. Sie musste schleunigst in ärztliche Behandlung, sonst würde sie es nicht schaffen.

»Wohin gehen wir?«, fragte sie.

Ihr Kopf ruhte jetzt wieder an seiner Schulter, als fehle ihr die Kraft, sich noch länger aufzurichten. An seinem Nacken fühlte er ihre kurzen, angestrengten Atemzüge.

Und dann spürte er auf einmal ihre völlige Verzweiflung und so etwas wie … Akzeptanz. Sie akzeptierte ihren Tod. Begrüßte ihn sogar. Traurigkeit überflutete ihn, zerrte an ihm. Sie wusste, dass sie starb, aber sie wollte nicht hier in der Kälte, voller Angst ihre letzten Sekunden erleben. Vor allem nicht voller Angst.

Wut kochte in ihm hoch. Am liebsten hätte er auf irgendetwas eingeschlagen, aber er blieb ruhig, weil er Grace nicht noch mehr Schmerzen zufügen wollte.

»Uns bleibt nicht viel Zeit«, sagte er leise. »Wir brauchen sofort einen Alternativplan.« Durchdringend starrte er seine Teammitglieder an. »Sie wird nicht sterben, so lange ich das verhindern kann. Teilt euch auf. Findet eine Stelle, die wir als Unterschlupf nutzen können, damit sie Zeit zum Heilen bekommt. Sobald wir sie dort hingelegt haben, machen wir weiter.«

»Bevor wir wieder ausschwärmen, brauchen wir einen Plan, um dich und Grace von hier wegzubringen«, widersprach Diego. »Das hat oberste Priorität.«

Terrence nickte zustimmend.

Rio warf einen Blick über die Schulter, aber er hatte bereits gespürt, dass Grace erneut das Bewusstsein verloren hatte. Sie bekam nicht mehr mit, was um sie herum geschah, vielleicht wollte sie es auch nicht mehr mitbekommen. Er wusste, dass sie unter Zeitdruck standen. Die Frau wurde von Minute zu Minute schwächer.

»Halten Sie durch, Grace«, sagte er beschwörend. »Wagen Sie es ja nicht aufzugeben.«

Sie rührte sich nicht. Rios Männer bildeten einen dichten Ring um die beiden, und dann marschierten sie erneut los, wieder bergan, weg von den SUVs.

Terrence schloss zu Rio auf und sagte leise: »Ich kann Funkkontakt mit Sam aufnehmen. Ihm die Situation schildern. Um Verstärkung bitten. Er könnte einen Hubschrauber schicken.

Das würde vermutlich fast einen Tag dauern, aber dann wären wir hier weg.«

Rio wusste, dass es das Beste, das einzig Richtige war, seinen Chef zu verständigen. Klar, er arbeitete für KGI. Seine Männer arbeiteten streng genommen ebenfalls für KGI. Aber Rio war auch sein eigener Chef, und seine Männer waren ihm treu ergeben. Sie gingen, wohin er ging. Befolgten seine Befehle.

Er traute der Situation auf dem KGI-Gelände nicht recht. Resnick hatte seine Finger im Spiel. Ihr CIA-Kontakt hatte Mitschuld an dem Schlamassel, in dem Grace und ihre Schwester Shea steckten, nur in welchem Ausmaß, das konnte Rio nicht einschätzen.

Aber er hatte ein ungutes Gefühl, ein außerordentlich ungutes sogar, und deshalb hatte er Sam noch keine Rückmeldung gegeben. Weder hatte er ihm von ihren Fortschritten berichtet noch davon, dass Graces Rettung kurz bevorstand. Einer seiner Gründe war gewesen, dass er Shea Peterson keine falschen Hoffnungen machen wollte. Sie war verzweifelt, weil sie nicht wusste, wo Grace steckte. Rio hatte ihr ein Versprechen gegeben. Er hatte Shea versprochen, ihre Schwester in Sicherheit zu bringen.

Er seufzte. Wenn er KGI anrief, würden die Kellys mit Sicherheit kommen. Aber er wurde das Gefühl nicht los, dass es für Grace nicht das Beste war. Jedes Mal, wenn er zustimmen und Terrence das Okay für den Anruf bei Sam geben wollte, zog sich sein Magen zusammen, und sein Instinkt schrie, er solle das ja lassen.

»Ich rufe ihn an«, sagte Rio schließlich. Er musste selbst mit Sam reden. Er musste wissen, was vor sich ging und wieso es ihm so sehr widerstrebte, Grace jemand anderem zu übergeben.

Im Moment wollte er lediglich einen Ort finden, wo Grace es

etwas bequemer haben würde und der Heilungsprozess einsetzen konnte. Sie durfte nicht aufgeben. Falls nötig, würde er sie ununterbrochen anstacheln. Nur über seine Leiche würde er sie ausgerechnet jetzt verlieren, wo er sie endlich den Leuten entrissen hatte, die ihrem Körper und ihrer Seele so viel Schaden zugefügt hatten.

Während der nächsten Stunde stiegen sie weiter nach oben. Die Sonne begann allmählich zu sinken, und je höher sie kamen, desto kälter wurde es.

»Dort!«, rief Diego und hob die Hand, um die anderen zu stoppen. Er deutete auf eine Ansammlung von großen Felsblöcken, die aus dem Boden herausragten. Mit ihrer Lage am Rand eines steilen Abhangs bildeten sie ein natürliches Versteck. Die Steilwand bedeutete Schutz von hinten, da sie unüberwindbar war. Es gab nur einen einzigen Zugang, von dem aus man alles, was sich näherte, schon auf hundert Meter Entfernung sah.

»Helft mir, sie abzuschnallen«, sagte Rio in einem Ton, der alle zur Eile antrieb.

Browning und Alton hasteten herbei, um die Bänder abzuwickeln, mit denen Grace an seinen Rücken gebunden war. Decker und Terrence hoben sie hoch und trugen sie fort. Rio dehnte seine schmerzenden Schultern und folgte ihnen dann rasch in das Versteck.

Decker warf ihm ein Päckchen mit medizinischem Versorgungsmaterial und zwei Feldflaschen mit Wasser zu. Terrence holte das Satellitentelefon aus seinem Rucksack und legte es auf den Boden neben den Schlafsack, den Browning dorthin abgeladen hatte.

Rio rollte den Schlafsack rasch aus, und Decker und Terrence betteten Grace behutsam darauf.

»Wir sehen uns um, bis wir einen Platz gefunden haben, wo

wir notfalls auch längere Zeit bleiben können«, sagte Terrence. »Bis bald.«

Rio nickte. Seine Männer verschwanden zwischen den Bäumen und ließen Grace und ihn allein zurück.

Als Erstes kümmerte er sich um ihren Schutz. Dann würde er dafür sorgen, dass sie es so bequem wie möglich hatte.

Er nahm sein Gewehr und suchte durch das Zielfernrohr die Umgebung ab. Dabei ließ er sich Zeit, merkte sich genau, wo auffällige Stellen waren, und prägte sich die Landschaft ein.

Nachdem er die Position gefunden hatte, von der aus er den Abhang am besten im Auge behalten konnte, brachte er sein Gewehr in Stellung, damit er es jederzeit rasch zur Hand hatte. Dann holte er mehrere Granaten heraus und reihte sie fein säuberlich neben einem der Felsblöcke auf.

Seine beiden Messer legte er neben die Granaten. Als Letztes nahm er seine Pistole und legte sie auf die andere Seite. Zufrieden, dass alles in unmittelbarer Reichweite war, richtete er die Aufmerksamkeit wieder auf Grace.

Sie zitterte am ganzen Körper und hatte überall Gänsehaut. Ihre Lippen waren fest zusammengepresst, selbst in ihrem bewusstlosen Zustand. Er fragte sich, ob sie träumte, ob sie die Folterung durch ihre Entführer erneut durchlebte.

Ihre Muskeln spannten sich an, und sie stöhnte leise auf. Spasmische Zuckungen liefen durch ihre Finger, und sie versuchte, sich auf die Seite zu drehen und die Beine bis zur Brust hinaufzuziehen.

Da er wusste, dass sie sich dabei nur noch mehr wehtun würde, bog er ihre Beine wieder gerade und streifte den Schlafsack über ihren Körper. Er zog den Reißverschluss zu, damit ihr warm und ihre Bewegungsfähigkeit eingeschränkt war.

Sanft streichelte er ihre Wange, in der Hoffnung, ihr so ein wenig Trost spenden zu können. Es schien zu wirken, denn sie beruhigte sich mehr und mehr. Er ließ seine Hand eine Zeit lang auf ihrer glatten Haut liegen, dann zog er sie widerwillig zurück.

Als er den Blick auf das Satellitentelefon richtete, entfuhr ihm ein Seufzer. Es wurde Zeit, sich bei Sam zu melden.

Als am anderen Ende der Leitung niemand antwortete, wählte Rio methodisch die Liste seiner Kontakte entsprechend ihrer Stellung in der Firma durch. Es war nicht ungewöhnlich, dass man einen oder auch mehrere der Kellys nicht erreichte – aber niemanden?

Er verzog das Gesicht und gab Steeles Nummer ein. Steele war der Chef des anderen KGI-Teams, und obwohl sie alle wirklich gut zusammenarbeiteten, hätte Rio lieber Nägel gefressen, als sich auf Steele zu verlassen. Egal um was es ging. Der andere Teamchef war ein eiskalter Typ, mehr Maschine als Mensch, und er hatte einen unfehlbaren Instinkt für Schwierigkeiten, weshalb man auch nie die Oberhand über ihn gewann.

Nun, Rio wartete auf den Tag, wo sich das ändern würde. Niemand konnte endlos auf der Sonnenseite stehen. Früher oder später würde Steele auf die Schnauze fallen, und dann würde Rio versuchen, nicht allzu laut zu lachen.

Als er auch Steele nicht erreichte, bekamen seine schlimmsten Befürchtungen neue Nahrung. Rio hatte das Grundstück von KGI verlassen, kurz nachdem Shea gerettet und dorthin in Sicherheit gebracht worden war. Aber er hatte keine Einzelheiten mitbekommen, sondern sich nur gerade so weit informiert, wie es für die Suche nach Grace nötig gewesen war.

Irgendetwas stimmte nicht, und das bedeutete, dass Rio und seine Männer auf sich gestellt waren. Es war allein seine Aufgabe, dafür zu sorgen, dass Grace die Pflege bekam, die sie brauchte. Das war kein Problem für ihn. Er verließ sich sowieso lieber auf sein Team und sich selbst. KGI stand immer zu seiner Unterstützung bereit, aber umgekehrt war er auch schon so manches Mal zu ihrer Rettung geeilt. Wenn es um etwas ging, das ihm am Herzen lag, war er lieber allein zuständig.

Er hinterließ dem technischen Guru, Donovan, eine Nachricht, hielt sie aber bewusst vage. In seinem Kopf begann sich bereits eine Idee zu formen.

Man hatte ihn als stur bezeichnet. Sogar als rebellisch. Er hatte sich immer wieder über alle Regeln hinweggesetzt. Niemand hatte ihn je bändigen können, er taugte nicht zum Untergebenen, und näher als bei KGI war er dieser Rolle nie gekommen.

Aber Sam vertraute Rio und ließ ihn meistens selbständig handeln. Er machte seinem Teamleiter keinen Druck. Wenn er das getan hätte, wäre Rio noch immer als Einzelkämpfer unterwegs. Aber vorläufig fühlte er sich im Team von KGI recht wohl, und der Job gefiel ihm.

Nachdem er so lange in einer Grauzone gelebt hatte, war es zur Abwechslung ganz nett, für die Guten zu kämpfen. Er hatte ein Dasein jenseits der Grenzen gefristet. Er war genau der Typ Mensch gewesen, den er jetzt verachtete. Er hatte zu denen gehört, die junge Frauen wie Shea und Grace Peterson entführten. Sie benutzten. Sie verschwinden ließen. Alles im Namen ach so hehrer Ziele. Als ob es so etwas gäbe. In dieser Welt ging es nie um gut oder schlecht. Es ging immer nur um Macht und Geld.

Grace würde für diejenigen, denen es gelang, sie zu entführen und ihren Willen zu brechen, eine Menge Machtzuwachs bedeuten. Aber wenn Rio es irgendwie verhindern konnte, würde nie wieder jemand Hand an Grace legen.

Sein Entschluss, diese widerstandsfähige Frau zu beschützen, hatte nichts mit Buße oder Schuld zu tun. Er war pragmatisch genug zu akzeptieren, was in seinem Leben unvermeidbar gewesen war. Es gab nicht viel, was er bereute, aber das hieß nicht, dass er ein Geist bleiben wollte. Ein Niemand. Unwirklich. Inexistent. Ohne ein Ziel, außer dem nächsten Ehrgeizling zuzuarbeiten.

Jetzt war er sein eigener Chef, sein eigener Herr. Er musste nur sich selbst gegenüber Rechenschaft ablegen. Solange er jeden Morgen nach dem Aufwachen seinen Anblick im Spiegel ertragen konnte, war er zufrieden. So zufrieden, wie jemand sein konnte, der sich so lange im Schatten verborgen hatte, dass er kaum mehr ins Sonnenlicht hinauszutreten wagte.

Er warf einen Blick auf Graces reglosen Körper und konnte das Bedürfnis nicht unterdrücken, ihren Hals zu streicheln. Zart spürte er unter seinen Fingern ihren Puls, und ein Teil der Anspannung in seinen Schultern löste sich.

Seine Besessenheit in Bezug auf Grace war schwer zu erklären. Er verstand sie selbst nicht recht. Als er Shea Peterson das erste Mal zu Gesicht bekommen hatte, hatte sich irgendetwas in ihm gerührt. Er hatte die Qual in ihren Augen gesehen. Hatte gewusst, dass sie mehr durchgemacht hatte als die meisten Krieger in ihrem ganzen Leben.

Und dann hatte er das Filmmaterial der Videokamera gesehen, auf dem Grace im Wohnzimmer ihres Elternhauses stand. Verängstigt. Nervös und bereit davonzuhetzen wie ein aufgeschrecktes Reh.

Es hatte in ihm eine Erinnerung ausgelöst an etwas, das Jahre zurücklag. Das Bild von Rosalina, seiner geliebten jüngeren Schwester, war vor seinem geistigen Auge aufgetaucht. Ihr sanft gerundeter Bauch. Die Angst in ihrem Blick. Das Wissen um ihre Sterblichkeit. Das Wissen, dass sie nicht lange auf dieser Welt sein würde.

Grace strahlte das Gleiche aus. Es verstärkte noch seine Entschlossenheit, sie nicht zu verlieren. Nicht so, wie das mit Rosalina geschehen war. Sie war in seinen Armen gestorben, ohne auch nur einmal den Mistkerl zu verdammen, der ihr so viel Leid zugefügt hatte.

Rio hatte ein ganzes Jahr gebraucht, bis er den Scheißtyp endlich aufgespürt hatte, und dann weitere vierundzwanzig Stunden, bis Rosalinas ehemaliger Liebhaber einen qualvollen Tod gestorben war, wobei er die letzten zwei Stunden nur noch um Gnade gewinselt hatte.

Morden war Rio nicht fremd, aber bis dahin hatte es ihm nie Spaß gemacht. Allerdings bereute er es auch nicht. Er hatte früh gelernt, seine Gefühle zu unterdrücken. Dadurch war er ein besserer Soldat und Mörder. Aber den Peiniger seiner Schwester leiden zu sehen hatte ihn zutiefst befriedigt, und als der Tod kurz bevorstand, hatte Rio dem Dreckskerl in die Augen gestarrt und Rosalinas Namen geflüstert, damit dieser Mann das Wissen, dass sie gerächt worden war, mit sich in die Hölle nahm.

Grace bewegte sich und stöhnte leise. Sie zog die Stirn in Falten, als hätte sie Schmerzen. Er rückte näher zu ihr heran und legte die Hand an ihre Wange, damit sie wusste, dass er ganz in der Nähe war.

Die Dämmerung hatte sich über die Berge gesenkt, und die Kälte war schlimmer geworden. Seine Männer mussten unbedingt bald zurückkehren, damit sie Grace an einen sicheren, nicht so exponierten Ort bringen konnten. Sie brauchte Zeit, um zu ruhen und zu heilen, bevor er sie Tausende von Meilen weit transportierte. In seine Welt. Sein Revier. Der einzige Ort, wo er ausschließlich tat, was ihm richtig erschien, und wo er sicher sein konnte, dass ihr nichts passieren würde.

4

Die Geister drangen in ihren Kopf ein. In ihre Seele. Sie murmelten. Teilten den Kummer mit ihr, den Wahnsinn und den Schmerz. Die Überbleibsel von so viel Tod und Krankheit lasteten schwer auf ihr.

Grace fragte sich, ob ihre Gesundheit unwiederbringlich ruiniert war, ob sie zu viel getan hatte, an den wiederholten Heilungen zerbrochen war. Erschöpfung und Verzweiflung beherrschten sie, und sie wusste nicht, wie sie damit fertigwerden sollte.

Sie war ein offenes Buch, das Botschaften an das Universum aussandte. Keine Begrenzungen. Kein Schutz. Sie war so verletzlich wie noch nie zuvor in ihrem Leben.

Wieder war ihr so entsetzlich kalt, und sie zitterte, obwohl bereits die kleinste Bewegung Schmerzwellen durch ihren Körper jagte.

In der Nähe befand sich ein Mann, der leise sprach. Im ersten Moment empfand sie Angst, aber seine Stimme hatte etwas Vertrautes und Beruhigendes.

Sie durchforstete ihr löcheriges Bewusstsein nach Hinweisen, nach etwas, das ihr bestätigte, dass er keine Gefahr für sie darstellte. Dann fiel ihr nach und nach immer mehr ein, und alles kam zurück – ungeordnet wie ein Puzzle, das man in die Luft geworfen hatte.

Rio. Er hatte gesagt, sein Name sei Rio und er kenne Shea.

Er hatte sie über eine lange Strecke getragen, während sie immer wieder bewusstlos geworden war. Seine Männer waren verschwunden, und Rio hatte sie in einen Schlafsack gelegt, um sie warm zu halten und zu verhindern, dass sie sich zu viel bewegte.

Da brauchte er sich keine Sorgen zu machen. Sie hatte weder die Kraft noch das Bedürfnis, sich zu bewegen.

Sie blinzelte ein paarmal, um wieder klare Sicht zu bekommen, und starrte in den von Sternen übersäten Himmel hinauf. Feenstaub auf schwarzem Samt. Wahllos über den Himmel verstreut.

Wie oft hatte sie zu den Sternen hinaufgesehen und wortlos gewünscht, dass sie wie alle anderen wäre. Dass Shea und sie ein normales Leben führen könnten! Und sie hatte sich ihre Eltern zurückgewünscht.

Wieder schloss sie die Augen. Nein, die beiden waren nicht ihre Eltern gewesen. Ihr war nicht genug Zeit geblieben, Andrea Petersons Tagebuch bis zum Ende durchzulesen. Sie wusste nur, dass Shea und sie so etwas wie Laborexperimente gewesen waren. Andrea und Brandon Peterson hatten sie als Kleinkinder gestohlen, und dann hatten die beiden Wissenschaftler sie als ihre eigenen Kinder großgezogen.

»Grace, sind Sie wach?«

Rios Stimme klang leise durch die Dunkelheit. Sie war kaum mehr als ein Flüstern.

Sie nickte, dachte aber sogleich, wie lächerlich das war, schließlich würde er die Bewegung nicht sehen können.

Sie atmete durch die Nase ein und antwortete genauso leise: »Ja.«

Er rückte näher zu ihr heran, und als er das tat, konnte sie sehen, dass er ein Automatikgewehr in der Hand hielt. Obwohl er sich zu ihr hinbewegte, war sein Blick noch immer beobachtend in die Ferne gerichtet. Nicht ein einziges Mal sah er auf sie hinunter.

»Wir haben ein Problem«, murmelte er. »Wir sind von meinen Leuten abgeschnitten worden. Ich will nicht kämpfen. Es ist zu gefährlich. Sie könnten verletzt oder getötet werden, Grace. Ich habe meinen Männern gesagt, sie sollen bleiben, wo sie sind. Wir werden einen anderen Weg zu ihnen finden.«

»Inwiefern abgeschnitten?«

»Da sind Männer auf der Suche nach Ihnen, und die haben sich zwischen uns und den sicheren Ort geschoben, den meine Jungs gefunden haben.«

Ein Teil des Nebels, der sie umgab, lichtete sich, und sie kämpfte sich durch die Geister, die sich ihrer bemächtigen wollten. Sie wandte den Kopf und versuchte, in der Dunkelheit Rios Profil zu erkennen. Vielleicht spürte er ihren Blick, vielleicht war es aber auch Zufall, dass er genau in dem Moment auf sie hinuntersah.

»Ich schaffe es«, sagte sie.

Rio schüttelte den Kopf. »Sie sind in ziemlich schlechter Verfassung, Grace. Ich würde das nicht riskieren.«

Sie stützte sich auf die Ellbogen und schob sich hoch, ohne auf den Schmerz zu achten, den die Bewegung auslöste. »Ich will hier raus. Sie sagen, Sie sind keiner von denen. Okay, das glaube ich Ihnen. Deshalb will ich jetzt aber auch so schnell wie möglich hier weg. Nichts, was Sie mir antun könnten, könnte schlimmer sein als das, was mir bereits angetan wurde. Ich schaffe es.«

»Ich kann Sie nicht tragen«, erwiderte er leise. »Wenn wir nicht allein wären, könnte ich Sie so tragen wie vorhin. Aber ohne meine Männer muss ich die Hände frei haben, um Sie zu schützen, und das würde heißen, Sie müssen gehen.«

»Das schaffe ich.«

Die Überzeugung, mit der sie das sagte, entsprach nicht der Kraft, die sie besaß. Aber das war egal. Sie würde die Kraft irgendwie finden. Und den Willen. Wenn sie die Wahl hatte, hierzubleiben und in Gefangenschaft zu geraten oder auf allen vieren von diesem Berg wegzukriechen, würde sie gern den ganzen Weg auf Händen und Knien dahinrobben.

»Dann brechen wir jetzt gleich auf und nutzen die Nacht. Einfach wird es allerdings nicht.«

Grace legte ihm die Hand auf den Arm. Sie spürte, wie sich seine Muskeln anspannten, und sie bekam einen Eindruck davon, über welche Stärke er verfügte.

»Ich werde hier nicht sterben, und ich werde nicht zulassen, dass die mich wieder gefangen nehmen.«

Rio legte die Hand auf ihre und drückte sie dann behutsam. »Sie werden überhaupt nicht sterben.«

Ein zarter Hoffnungsschimmer erwärmte ihr Innerstes. Er sagte das mit so viel Überzeugung – außerdem klang es eher wie ein Schwur als wie eine Feststellung, und daran klammerte sie sich.

»Spüren Sie schon irgendeine Veränderung?«, fragte er.

Sie sah auf ihren geschienten Arm hinunter, beugte die Finger und wartete darauf, dass der Schmerz bis zu ihrem Ellbogen hinaufschoss. Ihre Finger waren steif, aber der Schmerz war nur noch ein dumpfes Pochen. Wie es ihren Rippen ging, würde sie erst wissen, wenn sie versuchte aufzustehen.

»Es ist besser«, sagte sie. Falls das nicht der Wahrheit entsprach, war ihr das egal. Jetzt war sie an der Reihe, ihm ein bisschen Hoffnung zu machen.

»Okay, dann machen wir das jetzt folgendermaßen: Wir gehen hintereinander. Sie halten sich auf meiner Sechs, egal was passiert.«

»Ihrer Sechs?«

»Mein Rücken. Sie bleiben hinter mir. Ich will, dass Sie einen Finger in den Gürtel meines Kampfanzugs einhaken, und wenn ich mich bewege, bewegen Sie sich mit. Ich gehe nicht allzu schnell, und ich werde sehr vorsichtig sein. Wenn ich sage ›runter‹, werfen Sie sich auf den Boden. Ohne zu zögern. Wenn ich sage ›laufen‹, rennen Sie los. Egal was ich Ihnen sage, Sie tun es ohne Rückfrage und ohne Zögern. Verstanden?«

»Ja.«

»Wir treffen uns mit meinen Männern, aber der Weg wird uns mehr Zeit kosten als ihnen, weil wir deutlich langsamer sind. Sie werden doppelt so schnell vorankommen wie wir und auch die doppelte Strecke zurücklegen, um uns so schnell wie möglich Deckung zu geben.«

Sie hatte tausend Fragen, aber sie wusste, jetzt zählte nur eins: dass sie so schnell wie möglich hier wegkamen. Also biss sie sich auf die Lippe und bereitete sich seelisch auf das vor, was nun folgen würde.

Zunächst sah sie sich den Zustand ihres Körpers an. Das Atmen ging leichter, tat allerdings noch immer weh. Ihr Arm war voller blauer Flecke, empfindlich und geschwollen, aber er fühlte sich kräftiger an, als würde der Bruch bereits heilen.

Sie wusste, dass es länger dauern würde, weil sie so schwach war, aber sie war erfreut, dass der Heilungsprozess in den wenigen Stunden der Ruhe bereits in Gang gekommen war. Wäre es mit ihrem Kopf doch bloß genauso!

Sie versuchte, die Müdigkeit abzuschütteln, und schob sich mühsam hoch. Rio machte keine Anstalten, ihr zu helfen. Vielleicht wollte er sehen, wie sie allein zurechtkam. Vielleicht wollte er sie auch auf die Schwierigkeiten vorbereiten, die vor ihnen lagen.

Während er alles beseitigte, was auf ihre Anwesenheit hindeutete, zog Grace sich das letzte Stück hoch und atmete tief die kühle Luft ein.

Ihre Beine zitterten, und diese Schwäche nervte sie unendlich. Sie ballte die nicht geschiente Hand zu einer festen Faust und setzte entschlossen einen Fuß vor den anderen.

Sie konnte das schaffen. Sie würde es schaffen.

»Fertig?«, ertönte Rios Stimme leise und rau an ihrem Ohr.

Als sie sich umdrehte, sah sie, dass er seinen Rucksack auf den Rücken geschnallt hatte und kaum dreißig Zentimeter von ihr entfernt stand. Er betrachtete sie, als wolle er sich klar werden, ob sie es tatsächlich schaffen könne.

»Fertig.«

Er griff nach ihrer Hand und presste den Griff einer Pistole hinein. »Die ist geladen. Hier ist der Sicherungshebel. Wenn es zum Schlimmsten kommt, ziehen Sie und schießen. Sie schießen einfach immer weiter.«

Die Waffe ließ ihre Hand zittern. Sie blickte an sich hinunter und überlegte, wo sie sie verstauen könnte. Rio nahm sie ihr behutsam ab und ließ sie in einem Lederholster dicht neben der Stelle verschwinden, wo sie sich in seinem Gürtel einhaken sollte. Dann stellte er sich vor sie.

Grace steckte zwei Finger durch den Gürtel und trat einen Schritt näher. Sie wollte so nah wie möglich bei ihm sein, ohne dass sie ihn behinderte. Worte hätten nicht ausgereicht, um zu beschreiben, wie ungern sie dieses Vorhaben anging.

Ihr Körper schrie laut um Gnade. Er brauchte Ruhe. Sie war bereits weit über ihre Grenzen hinausgegangen. Und das schon seit längerer Zeit. Aber sie konnte jetzt nicht kneifen. Ihr blieb keine Wahl. Durchhalten oder sterben, und obwohl sie so kurz vorm Aufgeben gewesen war, wollte sie nicht sterben.

»Ich schaffe es, Rio«, sagte sie leise.

Zu ihrer Überraschung streckte er die Hand nach hinten und legte sie ermutigend auf ihre.

»Ich weiß.«

5

Rios Ziel war es, sie zu dem Plateau zu bringen. Seine Männer würden ihren Auftrag erledigen und irgendwie eine Transportmöglichkeit auftreiben. Also bestand seine Aufgabe jetzt darin, dem Feind aus dem Weg zu gehen und Grace sicher an ihm vorbeizuschleusen.

Es war ein aufreibendes Vorhaben, das er allein zehnmal so schnell geschafft hätte. Aber Grace beschwerte sich nicht, und sie war bisher kein einziges Mal gestürzt. Allein dafür verdiente sie seinen Respekt.

Als Grace an seinem Gürtel zog, blieb er stehen. Sie presste sich dicht an ihn und stellte sich auf die Zehenspitzen, um ihm ins Ohr flüstern zu können.

»Da vorne ist jemand«, flüsterte sie. »Vermutlich halten Sie mich für verrückt, aber – ich kann ihn hören. Ihm ist kalt, er ist wütend, und er denkt, er würde das kleine Miststück am liebsten töten, damit die Sache endlich vorbei ist.«

Rio versteifte sich. Er hielt Grace nicht für verrückt. Er kannte ihre Fähigkeiten nicht. Soweit er das bei Shea mitbekommen hatte, waren ihre Kräfte nicht von ihr beeinflussbar. Sie konnte ihre telepathischen Fähigkeiten nicht zielgerichtet einsetzen, sie entzogen sich ihrer Steuerung. Aber vielleicht war das bei Grace anders. Nur – wie zum Teufel wusste sie, was jemand dachte, der ein gutes Stück von ihnen entfernt war?

»Woher bekommen Sie diese Informationen?«, fragte er. Nicht, weil er ihr nicht glaubte, sondern weil er alles an Wissen brauchte.

Müde lehnte sie die Stirn an seinen Rücken. »Ich kann nicht jeden hören, aber dieser sendet laut und deutlich. Er ist wie ein offenes Buch. Ohne den geringsten Schutzschild. Keine natürlichen Begrenzungen. Er ist genervt, und je wütender er wird, desto besser kann ich ihn hören.«

»Was noch? Wie viele sind es? Haben sie Waffen? Ich muss alles wissen, was Sie mitbekommen.«

Schweigend lehnte sie sich an ihn. Sie legte die Hand an seine Schulter und schien sich aufs Äußerste zu konzentrieren.

»Er steht Wache«, sagte sie leise. »Er ist sauer, weil er nur von einem weiteren Mann begleitet wird, von dem er nicht viel hält. Man hat ihnen befohlen, dort Wache zu stehen. Sie wollen ein Dreieck bilden und uns einkreisen. Ich weiß nicht, wie viele sie sind, aber es müssen genügend sein, um ein großes Gebiet abzuriegeln.«

»Das ist gut«, erwiderte Rio beifällig. Er streckte die Hand nach hinten aus, um ihre zu drücken, die inzwischen seinen Rücken hinuntergeglitten war. »Die Informationen können wir nutzen. Ich kann zwei von ihnen erwischen, bevor sie auch nur mitkriegen, was los ist. Wir sprengen ein Loch in ihre Linie und schleichen uns hindurch.«

Er spürte, wie aufgeregt sie auf einmal war. Sie richtete sich auf und erwiderte den Druck seiner Hand. Es war, als hätte die Entschlossenheit, mit der er ihr seinen Plan dargelegt hatte, ihrem Vertrauen und ihrer Hoffnung neue Nahrung gegeben.

»Ich bin bereit.«

Ruhige Entschlossenheit hatte die Niedergeschlagenheit ersetzt, die sie vorher ausgestrahlt hatte. Diesmal war sie wirklich bereit.

»Wissen Sie, wie weit er weg ist?«

»Nein, tut mir leid. Weit jedenfalls nicht. Ich höre ihn sehr deutlich.«

Er drehte sich um und half ihr, sich an den Stamm einer großen Espe zu setzen. »Bleiben Sie hier. Rühren Sie sich nicht.« Er nahm die Pistole aus seinem Halfter und reichte sie ihr. »Benutzen Sie die hier, falls es nötig wird. Ich gehe vor und kümmere mich um die beiden Männer. In spätestens zehn Minuten bin ich zurück.«

Sie nickte und griff nach der Waffe. Ihre Hände hatten aufgehört zu zittern, und so, wie sie die Pistole hielt, war sie mit Schusswaffen offensichtlich gut vertraut.

Um keine weitere Zeit zu verlieren, drehte Rio sich rasch um und verschmolz mit der Dunkelheit. Vorsichtig bewegte er sich in die Richtung, die Grace ihm gezeigt hatte. Jetzt, wo sie nicht mehr hinter ihm herwankte, konnte er sich schneller und leiser bewegen.

Rio schlang sich das Gewehr über die Schulter und kletterte rasch eine Espe hoch, die kräftig genug war, sein Gewicht zu tragen. Auf etwas mehr als halber Höhe hielt er an, schlang die Beine um den Stamm und nahm sein Gewehr von der Schulter. Rasch überprüfte er die Umgebung.

Das erste Ziel hatte er schon bald ausgemacht. Bevor er den Mann erledigte, entdeckte er auch den zweiten. Er vergewisserte sich, dass sonst niemand in der Nähe war, und gab einen Schuss ab.

Sein Ziel war gut dreihundert Meter entfernt, aber er traf genau ins Schwarze. Das erste Opfer fiel um wie ein gefällter Baum. Innerhalb von zwei Sekunden hatte er den zweiten Mann im Visier und erledigte ihn genauso elegant.

Rio glitt den Stamm hinunter und eilte dorthin, wo er Grace zurückgelassen hatte. Als er sich näherte, sah sie hoch, und erfreut stellte er fest, dass sie die Waffe auf ihn richtete.

»Ich bin es«, rief er leise.

Sie senkte die Waffe und sprang auf. »Sind sie tot?«

In ihrer Stimme schwang weder Bedauern noch Angst mit. Nur Hoffnung, dass er erreicht hatte, was er sich vorgenommen hatte.

»Ja, sie sind tot. Wir müssen los. Uns bleibt nur wenig Zeit, bevor der Vorfall entdeckt wird.«

Kaum hatte er sich umgedreht, packte sie seinen Gürtel und schubste ihn fast schon vorwärts. Diesmal ging er schneller, weil er darauf vertraute, dass sie mithalten würde. Sie enttäuschte ihn nicht. Sie eilten durch Wald, jetzt wieder bergab.

Er führte sie direkt an den getöteten Männern vorbei, nicht um sie zu schockieren, sondern weil er sich nicht traute, die Leichen in einem größeren Bogen zu umgehen. Er wollte seine Waffe nicht gebrauchen müssen, wenn Grace direkt hinter ihm war.

Sie zuckte nicht zusammen und zeigte auch sonst keine Reaktion. Sie wurde nicht einmal langsamer. Er fragte sich immer mehr, wie viel sie hatte ertragen müssen. Dass es schlimm gewesen war, wusste er. Aber allmählich bekam er den Eindruck, dass ihr Leid viel größer gewesen war, als er bisher angenommen hatte.

Sobald sie an den toten Männern vorbei waren, wurde Rio noch ein wenig schneller und zog Grace unbarmherzig mit sich. Sie stolperte immer häufiger, und ihm war klar, dass sie erschöpft war. Trotzdem wurde er nicht langsamer. Er würde sie bis an ihre Grenzen treiben und sie dann notfalls den Rest des Wegs tragen.

Als er das Tempo verlangsamte, um auf sein GPS zu schauen, gab Grace ihm auf einmal einen kräftigen Schubs. Beide gingen sie zu Boden, sein GPS flog davon, und im selben Moment ertönte ein Schuss. Bevor er reagieren konnte, hörte er einen weiteren Schuss. Grace hatte die Pistole aus seinem Halfter gezogen und geschossen.

6

Einen Fuß vor den anderen. Den Schmerz ausblenden. Sich konzentrieren.

Wieder und wieder sprach Grace sich das lautlos vor. Sie hätte schon lange nicht mehr sagen können, wie oft sie gestolpert war und sich wieder gefangen hatte, fest entschlossen, Rio nicht aufzuhalten. Inzwischen bewegte sie sich nur noch völlig mechanisch, und bloß ihr Wille hielt sie aufrecht und ließ sie weitermarschieren.

Sie spielte dieses lächerliche Spiel mit sich selbst: Jedes Mal, wenn sie einen Hügel erklommen hatten, versprach sie sich, dass sie nur noch den nächsten schaffen musste. Schließlich gab sie auch das auf, biss die Zähne zusammen und konzentrierte sich ausschließlich auf den jeweils nächsten Schritt.

Sie zog sich tief in sich selbst zurück, dorthin, wo es keinen Schmerz gab, keine Erschöpfung und keine Angst. Nur das Wissen, dass sie sterben würde, wenn sie stehen blieb. Dass sie beide sterben würden. Dieser Mann riskierte alles, und das nur aufgrund eines Versprechens, das er ihrer Schwester gegeben hatte. Sie durfte nicht zulassen, dass er sein Leben ließ, nur weil sie zu schwach war.

Schließlich blieb Rio stehen, holte ein anderes Gerät heraus und sah einen Moment darauf hinunter. Dann hob er den Kopf und starrte in die Ferne. Grace spürte, wie ihre Knie nachzugeben drohten. Sie hatte Krämpfe in den Waden. Als Rio weiterging, glitten ihre Finger aus seinem Gürtel, an dem sie sich die letzten Stunden festgehalten hatte.

Sofort drehte er sich um und kam zu ihr zurück. Er legte ihr die Hände auf die Schultern und hob ihr Kinn an, um ihr in die Augen schauen zu können.

»Grace?«

Sie konnte sich gerade noch an seinem Arm festhalten, bevor ihre Knie endgültig nachgaben. Wenn er sie nicht gehalten hätte, wäre sie zu Boden gestürzt. Als sich die Krämpfe bis in ihre Füße und Zehen ausbreiteten, musste sie sich auf die Lippe beißen, um nicht loszuheulen.

»Ich kann nicht mehr«, flüsterte sie mit letzter Kraft. »Es tut mir leid. Ich kann nicht. Gehen Sie ohne mich weiter. Bitte.«

»Sagen Sie mir, was los ist«, erwiderte Rio drängend.

»Krämpfe. Meine Güte, ich habe überall Krämpfe.«

Er ließ sie auf den Boden sinken, griff nach ihren beiden Beinen und legte ihre Füße gegen seine Oberschenkel. Dann schob er sie nach vorne und dehnte ihre Waden. Mit seinen warmen Händen massierte und rieb er, bis sich die verkrampften Muskeln lockerten.

Schließlich tastete er nach der Wasserflasche an seiner Hüfte und reichte sie ihr. »Trinken Sie. Sie haben nicht genügend Flüssigkeit im Körper. Ich hätte Ihnen schon längst etwas zu trinken geben sollen. Wie blöd von mir, das nicht vorauszusehen.«

Sie trank durstig, aber je länger er dort stand, gut sichtbar und ungeschützt, und ihr die Krämpfe aus den Beinen massierte, desto mehr wuchs ihre Panik.

»Sie können hier nicht bleiben«, sagte sie verzweifelt. »Gehen Sie, Rio. Es kann nicht mehr weit sein. Suchen Sie Ihr Team. Lassen Sie mich hier liegen, und kommen Sie dann zurück.«

»Quatsch«, erwiderte er voller Überzeugung. »Wir gehen zusammen. Ich lasse Sie nicht allein, also seien Sie ruhig.«

Obwohl seine Worte ziemlich unhöflich klangen, waren sie für Grace ein riesiger Trost. Sein Ton ließ sie wissen, dass sie bei Rio in Sicherheit war und dass er eher sterben als sie zurücklassen würde. Und obwohl sie wusste, dass es eigentlich das Sinnvollste gewesen wäre, war sie erleichtert, dass er es nicht vorhatte.

Er nahm ihr die Wasserflasche ab, dann beugte er sich zu ihr hinunter und griff nach ihrer Hand. »Los, Grace. Stehen Sie auf, damit wir weiterkommen. Sie schaffen das. Verdrängen Sie den Schmerz, so wie Sie das vorhin gemacht haben. Bis zum Morgengrauen ist es höchstens noch eine Stunde. Lassen Sie mich jetzt nicht im Stich.«

Seine Worte hätten sie wütend machen sollen. Sie hätte in Tränen ausbrechen und sich weigern müssen. Sie hätte sich auf die Seite rollen und aufgeben müssen. Sie tat nichts davon. Die Härte in seiner Stimme konnte sie nicht eine Sekunde täuschen. In seinen Augen spiegelten sich Sorge und Respekt, und sie wusste sofort, wenn sie nicht aufstand, würde er sie einfach hochheben und den Rest des Wegs tragen.

Sie packte seine Hand und erlaubte ihm, sie hochzuziehen. Wieder spürte sie Krämpfe in ihren Oberschenkeln, und ihre Füße wurden taub. Die Verbandsstreifen, mit denen die Schiene an ihrem gebrochenen Arm befestigt war, hatten sich gelockert, und einer der Stöcke war herausgerutscht. Die plötzliche Bewegungsfähigkeit führte dazu, dass eine Schmerzwelle durch ihr Handgelenk und ihre Finger raste, aber sie ignorierte sie, riss den Rest des Stocks heraus und warf ihn weg.

Sie hätte später nicht sagen können, wie sie die letzte Stunde überstanden hatte. Sie konnte sich nicht erinnern, durch den Espenwald gelaufen oder durch einen kalten Fluss gewatet zu sein, der ihr bis zu den Oberschenkeln reichte. Sie erinnerte sich nur noch, wie sie irgendwann bemerkt hatte, dass es im Osten heller geworden war und dass sie gedacht hatte, die Morgendämmerung müsse kurz bevorstehen.

Die Dämmerung war ihr Talisman geworden. Das Endziel.

Der Himmel hatte eine zarte Lavendelfärbung angenommen, und der Morgenstern funkelte wie ein Zehn-Karat-Diamant am samtenen Firmament. Die Bäume um sie herum nahmen allmählich Konturen an, und sie konnte mehr und mehr von dem sie umgebenden Gelände erkennen.

Sie hatte die Nacht überlebt.

Sie stolperte vor sich hin, fing sich aber jedes Mal, bevor Rio nach hinten griff, um sie aufzufangen. Am wichtigsten war ihr, ihn nicht abzulenken. Er wurde langsamer, und das ärgerte sie, denn sie wusste, das tat er nur für sie.

Nicht jetzt. Nicht wenn sie es fast geschafft hatten. Sie konnte sie fast schon spüren … Freiheit und Sicherheit. Rio hatte versprochen, sie fortzubringen. Hatte versprochen, für ihre Sicherheit zu sorgen. Dafür konnte sie notfalls sogar fliegen.

Sie gab ihm einen Schubs, damit er schneller ging, aber er blieb stehen, drehte sich langsam zu ihr um und legte die Hände an ihre Arme. Sein Blick war sanft, seine Berührung sogar noch sanfter.

»Schon gut, Grace«, sagte er leise. »Wir haben es geschafft. Da vorne sind meine Männer.«

Ohne zu begreifen, was er sagte, starrte sie ihn an. Dann sah sie hinter seiner Schulter eine Bewegung, sah Terrence hinter einer Espe hervortreten und dann die anderen – der, der Diego hieß, und die, an deren Namen sie sich nicht mehr erinnerte.

Als sie näher kamen, spürte Grace, wie all ihre Kräfte sie mit einem Schlag verließen. Ihr Körper krümmte sich zusammen, und der Schmerz traf sie mit einer Wucht, auf die sie nicht vorbereitet war.

Als ihre Knie nachgaben, hörte sie Rio fluchen. Sie fiel unsanft zu Boden, und die Dunkelheit umfing sie wie eine warme, willkommene Decke.

7

»Sie ist völlig hinüber«, sagte Diego grimmig. »Ich habe ihren Arm gerichtet. Ihr Atem ist flach, und der rechte Lungenflügel gefällt mir nicht. Da ist dieses Pfeifen, das nichts Gutes verheißt. Außerdem ist sie völlig dehydriert. Von diesem Berg kommt sie nur runter, wenn wir sie tragen. Da geht gar nichts mehr bei ihr.«

»Kaum zu glauben, dass sie es bis hierhergeschafft hat«, murmelte Terrence.

Die beiden Männer standen über Grace gebeugt, die am Boden lag. Diego hatte sie gründlich untersucht, und sein Gesichtsausdruck sagte alles. Sie war in einem schlimmen Zustand.

»Ich verstehe echt nicht, wie sie das überlebt hat«, erwiderte Diego und richtete sich auf. »Sie ist eine lebende Leiche.«

Rio sah seinen Sanitäter und zweiten Stellvertreter missbilligend an. Er wollte nichts Abfälliges über Grace hören. Sie verfügte über mehr Widerstandskraft und Kampfgeist als die meisten Männer, mit denen er in seinen Jahren bei den Spezialeinheiten gedient hatte. Er hätte jederzeit darauf gewettet, dass sie es schaffte.

»Was für eine Transportmöglichkeit haben wir?«, fragte er.

»Ich habe einen Pick-up organisiert. Einen alten Chevy«, antwortete Terrence.

Rio stöhnte. »Das ist alles?«

Diego zuckte mit den Schultern. »Wir hatten schon Schlimmeres.«

Ja, das hatten sie. Nur hatten sie da keine Frau transportieren müssen, die mehr tot als lebendig war. Eine Frau, die behutsam und vorsichtig behandelt werden musste und nicht auf der Ladefläche eines Pick-ups über holprige Bergstraßen gekarrt werden sollte.

»Ich kann ihr hinten ein provisorisches Bett herrichten«, bot Browning an. »Es wird nicht gerade das Ritz sein, aber es wird reichen.«

»Woher weißt du denn irgendwas über das Ritz?«, knurrte Alton. »Verdammter Schnösel.«

Browning schnaubte. »Du verwechselst mich wohl mit Diego. Er ist doch unser Zuckerpüppchen.«

Rio hob gebieterisch die Hände. »Wir haben überall auf diesem verdammten Berg Leichen hinterlassen. Wir müssen so schnell wie möglich hier weg. Ich werde noch mal versuchen, Sam zu erreichen.«

Terrence schlug gegen seine Jackentasche, als wäre ihm gerade etwas eingefallen. »Du hast eine Nachricht von Steele. Muss wichtig sein. Kam codiert.«

Rio runzelte die Stirn und griff nach dem Gerät, das Terrence aus der Tasche zog. Er tippte seinen Zugangscode ein und las die kurzen Sätze:

Resnick beteiligt. Sieh dich vor. Ausmaß unbekannt. Vertrau ihm nicht. Unsicher, wie KGI zu ihm steht. Hat Geschichte mit beiden Peterson-Schwestern.

Herr im Himmel! Als wenn die Sache nicht schon kompliziert genug gewesen wäre. Steele hatte schon immer einen Hang zu kryptischen Bemerkungen gehabt. Was zum Teufel sollte Rio mit dieser Botschaft anfangen?

Er war eher ein misstrauischer Mensch. Okay, natürlich respektierte er Sam und die anderen Kellys. Sonst würde er ja nicht für sie arbeiten. Aber sein Vertrauen ging nicht so weit, dass er sich angreifbar machte. Und das galt auch für KGI.

Wenn er Steeles Botschaft richtig interpretierte, gab dieser ihm zu verstehen, dass bei KGI nicht alles rundlief und Resnick eine gefährliche Schlange war.

Das änderte nichts daran, dass Rio mit Sam Kontakt aufnehmen musste, aber es verstärkte seine Abneigung, Informationen über eine Frau weiterzugeben, die sich nicht verteidigen konnte.

Er hatte sich sowieso längst entschieden, wie er weiter vorgehen wollte, und sein Plan beinhaltete nicht, Grace nach Tennessee zu bringen – schon gar nicht jetzt, nachdem Steele ihn gewarnt hatte. Sein Instinkt hatte ihm das schon längst empfohlen, und jetzt wusste er, dass er recht gehabt hatte.

»Also los«, sagte Rio grimmig. »Wo steht die Karre, die ihr für uns besorgt habt?«

Terrence ließ seine Zähne aufblitzen und deutete mit dem Kopf nach Westen. »Viertelmeile von hier. In einem Espenhain.«

Rio kniete sich neben Grace und legte die Hand an ihre Wange. Sie rührte sich nicht. Er ließ den Blick über ihren Körper wandern, sah ihre zerrissene Kleidung, die Mischung aus Blut und blauen Flecken, die provisorische Schiene an ihrem verletzten und geschwollenen Arm.

»Einmal noch, Grace«, flüsterte er. »Ein kurzer Weg. Ich schwöre dir, wir bringen dich hier raus.«

»Sie muss so flach liegen wie möglich«, sagte Diego. »Ich fürchte, eine der Lungen ist punktiert. Ihre Farbe gefällt mir nicht, und ihre Atmung auch nicht. Sie atmet immer angestrengter. Wenn wir nicht vorsichtig sind, verschlimmern wir ihren Zustand noch.«

»Wenn wir sie nicht bewegen, ist sie tot«, erwiderte Rio nüchtern.

Diego nickte zustimmend.

Ihnen blieb nicht genügend Zeit, um sie wie vorher auf Rios Rücken zu schnallen. Sie konnten sie nur hochheben und das Beste hoffen.

Rio bedeutete seinen Männern, dass er selbst die Verantwortung für Grace übernehmen würde. Er war derjenige, der ihr versprochen hatte, sie lebend hier rauszubringen. Er war derjenige, der sie weitergetrieben und ihr alles abverlangt hatte, als sie schon längst nicht mehr konnte. Er würde sie ganz allein tragen.

So behutsam wie möglich schob er die Arme unter ihren Körper und hob sie hoch. Dann barg er sie an seiner Brust und richtete den Blick auf Terrence.

»Ich verlasse mich darauf, dass du uns heil hier rausbringst.«

Terrence nickte und gab den Männern dann ein Zeichen, sich um Rio und Grace zu gruppieren. Die Waffen im Anschlag machten sie sich rasch in Richtung des Lastwagens auf.

Als sie das Espenwäldchen erreichten, in dem der Pick-up abgestellt war, linste die Sonne gerade über den Horizont, und der Himmel sah aus, als stünde er in orangefarbenen Flammen.

Rio verzog das Gesicht. Terrence hatte nicht übertrieben, als er von einem Farmlastwagen gesprochen hatte. Aber egal, Hauptsache, er brachte sie den Berg hinunter.

Als sie sich dem Fahrzeug näherten, bemerkte Rio auf einmal eine Bewegung. Sofort ließ er sich zu Boden fallen und warf sich schützend über Grace. Seine Männer reagierten umgehend und errichteten eine lebende Barriere zwischen Rio und der potenziellen Gefahr.

»Nicht schießen. Ich muss mit Rio was klären.«

Als die Worte an sein Ohr drangen, stellten sich Rio die Nackenhaare auf. Vorsichtig ließ er Grace auf den Boden sinken und deutete mit dem Daumen auf Diego. Diego kam herbei und beugte sich schützend über Grace, während Rio aufstand und die Waffe auf den Mann in der Ferne richtete.

»Was zum Teufel tust du hier, Hancock?«

Es war schlimm. Mehr als schlimm. Wenn Hancock hier in den Bergen war, konnte das nur eins bedeuten: Titan war hinter Grace her oder hatte von jemandem den Auftrag erhalten, sie einzufangen.

Verdammt.

8

Obwohl Hancock nicht die geringste Bewegung machte, hielt Rio die Waffe die ganze Zeit auf ihn gerichtet, während er ihn langsam umkreiste. Hancock beobachtete ihn kalt lächelnd. Seine Arme hingen locker an der Seite herunter, als wolle er zeigen, dass er unbewaffnet war und in friedlicher Absicht kam.

Was purer Blödsinn war. Denn falls irgendjemand denken sollte, dass einer von Titans Männern keine Bedrohung darstellte, machte er sich nur etwas vor. Das wusste niemand besser als Rio. Schließlich war er zehn Jahre lang einer von ihnen gewesen.

Dieses Schattenreich war einmal sein Leben gewesen. Er kannte Titan und wusste, wozu er fähig war. Für Titan und seine Männer gab es kein Schwarz oder Weiß. In ihrer Welt war es so grau, dass man sich darin leicht verlieren konnte. Es war eine Welt, in der es keine Regeln gab und das Gesetz keine Rolle spielte.

Hancock und er hatten gemeinsam für Titan gearbeitet. Während seines letzten Einsatzes für Titan hatte Rio Hancock das Leben gerettet. Danach war Rio gegangen und hatte nicht ein einziges Mal zurückgeschaut. Er hatte nicht zurückschauen *wollen*. Doch jetzt starrte ihm die Vergangenheit direkt ins Gesicht, und er hatte das ungute Gefühl, dass Vergangenheit und Gegenwart gerade schwer auf Kollisionskurs gerieten.

»Was tust du hier, Hancock?«

Dabei kannte er die Antwort. Er wusste genau, wieso Hancock hier war, aber er wollte es von ihm selbst hören. Und dann würde er Hancock wissen lassen, dass eher die Hölle zufror, als dass er Grace auch nur berühren würde.

»Nimm die Waffe runter, Rio. Ich bin bewaffnet, aber du hättest mich erwischt, bevor ich auch nur gezogen hätte. Ich bin gut ausgerüstet. Willst du es sehen?« Er hob die Arme, um Rio den Riemen seines Gewehrs und das Holster mit der Pistole zu zeigen.

»Meine Waffe bleibt, wo sie ist. Und jetzt raus mit der Sprache.«

»Ich begleiche eine Schuld. Ich lasse dich ziehen. Diesmal. Mein Auftrag lautet, Grace Peterson gefangen zu nehmen, egal wie. Mein Team ist mindestens zwei Meilen entfernt. Es bleibt, wo es ist, bis ihr weg seid.«

Er hob leicht den Kopf und starrte Rio in die Augen.

»Nächstes Mal kenne ich keine Gnade. Da schnappe ich sie mir, und wenn ich dich einen Kopf kürzer machen muss.«

Rio gab einen Knurrlaut von sich. Er musste sich schwer zusammenreißen, sich nicht auf den Mann zu stürzen, den er einst seinen Freund genannt hatte.

Er warf einen Blick auf Grace, die angeschlagen und so unendlich zerbrechlich auf dem Boden lag, dann nahm er wieder Hancock ins Visier. »Sieh sie dir gut an. Kapierst du, was du angerichtet hast? Ist es jetzt schon so weit mit dir gekommen? Du jagst eine unschuldige Frau?«

Hancock blieb völlig unbeeindruckt. »Es ist ein Auftrag. Genau wie all die anderen. Du weißt doch, wie es läuft, Rio. Spiel hier nicht die Unschuld vom Lande. Auch wenn du jetzt für den Staat und seine Jungs arbeitest, ändert das nichts daran, wer du warst und wo du herkommst. Deine Hände sind genauso schmutzig wie meine, und du wirst sie niemals sauber kriegen. Ich schulde dir was. Du hast mir das Leben gerettet. Nur deshalb verlässt du diese Berge lebend. Mach nicht den Fehler, mich zu unterschätzen oder zu glauben, ich würde ein weiteres Mal wegschauen.«

Rio trat einen Schritt vor. Dann noch einen. Bis er Nase an Nase mit Hancock stand und den Atem des anderen an seinem Kinn spüren konnte. Seine Stimme war kalt, so eisig, dass die Luft um ihn herum schon fast warm wirkte. »Du solltest lieber *mich* nicht unterschätzen. Komm ja nicht in Grace Petersons Nähe. Ich bringe dich um, Hancock, und ich werde es nicht eine Sekunde bereuen.«

»Dann wissen wir ja beide, wo wir stehen. Ich kriege dich, Rio. Dies hier ist deine einzige Warnung.«

Hancock trat einen Schritt zurück, drehte sich um und war zwischen den Bäumen verschwunden, bevor Rio noch irgendetwas sagen oder tun konnte. Bei aller Undurchsichtigkeit hatte Titans Truppe doch ihre Regeln. Hancock hätte problemlos versuchen können, sich Grace zu schnappen. Er hätte Rio und seine Männer in den Bergen einkesseln können. Bei Graces Verletzungen wäre ihnen wohl kaum die Flucht gelungen, jedenfalls nicht, ohne dass sie Tote zu beklagen gehabt hätten.

Aber Hancock war ein echter Kerl, der nach einem Ehrenkodex lebte, auch wenn er sich nicht an das Gesetz hielt. Rio hatte ihm das Leben gerettet, und jetzt war die Schuld beglichen. Nicht nur hatte Hancock bewusst weggeschaut, er hatte Rio auch noch wissen lassen, wer hinter Grace her war.

Rio wünschte sich nur, die Information würde ihm nicht so ein übles Gefühl im Magen verursachen.

Er drehte sich um und eilte mit zusammengebissenen Zähnen zu Grace zurück.

»Was zum Teufel war denn das?«, fragte Terrence.

»Nicht jetzt«, würgte Rio ihn kurzerhand ab. »Wir müssen schleunigst hier raus, bevor Hancock beschließt, dass er für heute großzügig genug war.«

Alton und Browning machten sich rasch daran, auf der Ladefläche des Lastwagens eine Matte auszurollen. Sie zogen sogar ihre T-Shirts aus und legten sie darauf, um es Grace so bequem wie möglich zu machen.

Rio stieg auf die Ladefläche und lehnte sich an das gesprungene Rückfenster, während Terrence und Diego vorsichtig Grace hochhoben und sie dann auf der Matte ablegten. Rio deckte sie so gut wie möglich zu. Ihr Haar stellte ein Problem dar. Es war lang, schwarz wie die Nacht und verfilzt nach Tagen ohne Kamm und Bürste. Er schob es so gut wie möglich hinter ihren Nacken und legte ihr eins der T-Shirts über den Kopf, damit man ihr Gesicht nicht erkennen konnte. Nicht dass es tatsächlich eine Rolle gespielt hätte. Hancock, und somit Titan, wussten, wo sie war, und sie wussten garantiert auch, wie sie aussah. Es war also eigentlich nicht nötig, sie zu verstecken. Sie mussten nur so schnell wie möglich hier weg.

Diego kletterte zu ihnen auf die Ladefläche, während Browning und Alton sich vorne zu Terrence in die Fahrerkabine quetschten. Diego setzte sich an das Rückfenster, an dem Rio vorher gestanden war, sodass Grace zwischen ihnen lag. Beide streckten sie die Beine aus, um zu verhindern, dass Grace von einer Seite zur anderen rollte.

Rio ließ die Hand unter das T-Shirt gleiten, mit dem er Graces Gesicht bedeckt hatte, und strich ihr sanft mit dem Daumen über die Wange.

Bleib bei mir, Grace. Halt durch. Du bist nicht der Typ, der sich drückt, also tu mir das jetzt nicht an. Nicht, wenn ich gerade dabei bin, dich hier rauszuschaffen. Da, wo ich dich hinbringe, wird es dir gefallen. Dort wirst du dich ausruhen, gutes Essen bekommen und dich erholen.

Er bekam keine Antwort. Nichts rührte sich in seinem Kopf. Er hatte allerdings auch keine Antwort erwartet. Grace hatte mehr ertragen, als menschenmöglich war. Er war sich nicht sicher, ob sie die Fahrt überleben würde, egal, wie sehr er sich das wünschte. Und jetzt, wo er wusste, dass Titan in der Sache mit drinsteckte, wusste er auch, dass die Gegenseite nicht aufgeben würde. Hancock und die anderen würden nicht aufzuhalten sein. Es war eine Situation, in der man entweder tötete oder getötet wurde.

Immerhin hatten sie es nicht länger mit einem namenlosen, im Dunkeln operierenden Feind zu tun. Titans Truppe war eine staatliche Organisation. So geheim, dass nur wenige von ihrer Existenz wussten. Extrem gut ausgebildete Leute. Die Besten der Besten. Mittelbeschaffer. Rückenfreihalter.

Und sie hatten den Befehl, Grace gefangen zu nehmen.

»Wer ist der Typ, Rio?«, fragte Diego. »Du hast nicht ein einziges Wort gesagt. Wir müssen wissen, was los ist, und du schweigst wie ein Grab. Ich habe schon kapiert, dass es schlimm ist, aber wir müssen wissen, wie schlimm.«

»So schlimm, wie es nur sein kann«, erwiderte Rio grimmig. »Verdammt.«

Er fuhr sich mit der Hand durch das Haar. Einige Strähnen hatten sich aus dem Band gelöst, das seine Haare zum Pferdeschwanz zusammenhielt. Er schob sie hinter das Ohr und starrte auf die schmale Gestalt auf der Matte hinunter.

Grace Peterson war nicht einfach nur ein weiterer Auftrag. Nicht nur ein weiteres Opfer. An dieser Geschichte hatte er ein zutiefst persönliches Interesse, auch wenn er nicht erklären konnte, wieso. Er hatte sich freiwillig für diese Aufgabe gemeldet. Sam hatte eigentlich Steele und sein Team auf die Suche nach Grace schicken wollen. Aber als Rio die Filmaufnahmen gesehen hatte, die sie kurz vor ihrem Verschwinden zeigten, hatte er den Auftrag kurzerhand an sich gerissen. Himmel, er hatte Sam quasi keine Wahl gelassen. Er hatte ihm einfach gesagt, dass sein Team und er die Suche nach Grace übernehmen würden, und wenig später waren sie auch schon aufgebrochen.

Nein, dachte Rio. Nur über seine Leiche würde Titan diese Frau in die Finger bekommen. Dass man ihr wehtun würden, befürchtete er nicht. Titans Männer hatten mit Sicherheit Anweisung, dass Grace auf keinen Fall etwas passieren durfte. Aber wenn sie einen Auftrag erst einmal übernommen hatten, waren sie gnadenlos. Versagen gab es nicht, und in all den Jahren, in denen Rio mit ihnen gearbeitet hatte, hatten sie nicht einen Auftrag in den Sand gesetzt.

Ihre Aufgabe lautete nicht, sich ein Urteil zu bilden. So etwas wie ein Gewissen kannten sie nicht einmal. Sie trafen keine Entscheidung über Recht und Unrecht. Sie befolgten Befehle. Gewissen war etwas für Schwächlinge. Sie operierten wie gefühllose Maschinen, und genau das machte sie so verdammt gefährlich.

Rio rieb sich müde das Gesicht. Er wusste, dass Hancock ihn gnadenlos jagen würde. Umso froher war er, dass er seine Spuren so gut verwischt hatte, nachdem er sich von Titan abgesetzt hatte. Er hatte sein ganzes Leben im Verborgenen gelebt. Etwas anderes kannte er gar nicht. Seit einiger Zeit besaß er in Belize eine Festung, und bis vor Kurzem hatte außer ihm niemand von ihrer Existenz gewusst.

Aber jetzt wusste KGI davon. Rio schüttelte den Kopf. Steeles Warnung ging ihm nicht aus dem Kopf. Wie hing Resnick in der Sache drin, und konnte man ihm trauen?

Er musste sich mit Sam in Verbindung setzen und ihn warnen. Wenn Titan hinter Grace her war, hatten sie Shea mit Sicherheit ebenfalls im Visier. Er brauchte so schnell wie möglich alle verfügbaren Informationen.

»Okay, es ist also schlimm. Und jetzt rück endlich mit ein

paar Einzelheiten raus, großer Boss. Wird das eine Arschfickerei, bei der wir Gleitcreme brauchen?«

Diegos Humor ließ Rio das Gesicht verziehen.

»Das ist eine verdammt lange Geschichte, und mehr als einmal werde ich sie nicht erzählen. Sobald wir hier raus sind, bekommt ihr alle einen vollständigen Bericht. Auf jeden Fall läuft es darauf hinaus, dass wir uns verdammt in Acht nehmen müssen, und wenn Grace das hier überlebt, wird es ein hartes Stück Arbeit werden, sie vor ihnen in Sicherheit zu bringen.«

9

Sobald sie eine Stadt erreicht hatten, die groß genug war, ließen sie den Lastwagen stehen, und Diego schloss einen SUV kurz. Mit einem gestohlenen Fahrzeug unterwegs zu sein war eigentlich das Letzte, was Rio wollte, schließlich war es schon schlimm genug, dass ihnen Titan auf den Fersen war. Da brauchten sie nicht auch noch Ärger mit der örtlichen Polizei.

In Texas hatte Rio Leute, auf die er sich verlassen konnte, aber dorthin mussten sie erst einmal kommen. Bis dahin konnten sie nur hoffen, dass sie es heil und unversehrt schafften.

Nachdem Rio sich vergewissert hatte, dass Grace so bequem wie möglich lag, rief er als Erstes seinen Kumpel Lazaro an und ließ ihn wissen, dass sie bei ihrer Ankunft sofort ein Flugzeug nach Belize brauchten.

Dann telefonierte er mit Sam.

»Schieß los«, sagte Sam zur Begrüßung.

»Nein, schieß du los«, erwiderte Rio. »Was läuft mit Resnick, und wie hängt er in dem Ganzen drin?«

Ein langes Schweigen folgte. Es gefiel Sam garantiert nicht, dass seine beiden Teamleiter hinter seinem Rücken miteinander geredet hatten, aber nun ja. Rio war nicht gerade ein Freund von Steele, aber wenn es darauf ankam, hielten sie zusammen.

»Habt ihr Grace inzwischen?«, fragte Sam. Seine Stimme klang angespannt.

»Ich muss wissen, was zum Teufel eigentlich los ist.«

»Es ist noch unklar, wie weit Resnick in der Sache mit drinhängt«, sagte Sam schließlich. »Eine weiße Weste hat er auf keinen Fall. Der Idiot hat Shea vom KGI-Gelände entführt, weil er Grace und sie beschützen wollte. Was allerdings dazu geführt hat, dass sie in die Hände der Arschlöcher geraten ist, die mit Grace und ihr rumexperimentieren wollten. Das ist eine lange und komplizierte Geschichte. Zwischen Resnick und dem Labor, in dem Grace und Shea geboren wurden, gibt es eine Verbindung. Oder besser gesagt: Es gibt eine Verbindung zu dem Labor, in dem sie durch das Sperma von Spendern mit besonderen Fähigkeiten erzeugt wurden. Resnick ist eins der fehlgeschlagenen Experimente.«

»Was zum Teufel ist denn das für ein Scheiß?«

»Hör mir einfach mal zu. Grace und Shea wurden von den Petersons aus dem Labor entführt. Die meiste Zeit ihres Lebens waren sie mit ihnen auf der Flucht. Resnick hat sie später finanziell unterstützt, aber dann wurden die Petersons getötet, und Grace und Shea sind geflüchtet. Und so war nicht nur Resnick hinter ihnen her, sondern auch die Arschlöcher, die ihre Fähigkeiten ausnutzen wollten.«

»Und auf welcher Seite steht Resnick nun?«, fragte Rio.

Sam seufzte. »Wie zum Teufel soll ich das wissen? Er behauptet, er will sie beschützen. Als er Shea von einem Gelände in New Mexico gerettet hat, hat er echt alles gegeben. Er schwört, er würde lieber die Öffentlichkeit informieren als zuzulassen, dass ihnen etwas passiert.«

»Vertraust du ihm?«

Sam schnaubte. »Traue ich irgendjemandem, der für Uncle Sam arbeitet?«

Das erleichterte Rio. Er wollte nicht die Motive der Kelly-Brüder hinterfragen müssen, aber er wollte auch nicht auf einmal als der Dumme dastehen. Auch wenn die Kellys seine großzügigen Gehaltsschecks abzeichneten und er ihnen eine Menge an Loyalität entgegenbrachte, vertraute er niemandem blind.

»Und jetzt hätte ich gern von dir ein paar Informationen«, sagte Sam ungeduldig.

»Ich habe Grace«, erwiderte Rio leise. »Es geht ihr nicht gut. Ganz und gar nicht gut.«

Sam stieß einen Fluch aus. »Das wird Shea umbringen. Sie ist selbst noch nicht wieder richtig auf dem Damm.«

»Sam, wir haben es mit einem nicht zu unterschätzenden Gegner zu tun. Es gibt da Einiges, was du nicht weißt. Über mich. Über meine Vergangenheit.«

Sam schwieg einen Moment. »Ich weiß, dass du bei illegalen Operationen dabei warst«, sagte er schließlich.

»Titan. Frag Resnick danach. Er weiß vermutlich, worum es sich handelt. Ich habe keine Zeit, es dir zu erklären. Jedenfalls hängt Titan mit drin. Eine Spezialeinheit. Außerhalb von Recht und Gesetz. Diese Typen sind knallhart. Die albern nicht rum. Und das sind auch keine Amateure. Das sind einige der bestausgebildeten Kämpfer, die es gibt. Und ausgerechnet die hat man beauftragt, Grace einzufangen.«

»Scheiße.«

»Ja, Scheiße. Und wenn sie Grace wollen, haben sie es garantiert auch auf Shea abgesehen. Du musst verdammt gut auf dich und deine Leute aufpassen. Überleg dir, ob du Shea nicht woanders hinbringen willst. Diese Männer werden alles tun, um ihren Auftrag zu erledigen. Das ist das Einzige, was für sie zählt. Wenn du ihnen in die Quere kommst, bist du ein toter Mann. Ich nehme Grace mit. Sag Shea … verdammt, am besten lügst du sie erst mal an. Sag ihr einfach, Grace ist bei mir und in Sicherheit. Erzähl ihr so viel, wie du für nötig hältst

Ehrlich gesagt habe ich meine Zweifel, ob Grace es schaffen wird, aber das muss Shea nicht wissen.«

»Himmel!«, rief Sam bestürzt. »Steele und sein Team erledigen gerade einen Auftrag. Eine einfache Sache, Geiselbefreiung. Das machen die im Schlaf. In zwei Tagen dürften sie wieder zurück sein.«

»Zwei Tage sind vielleicht zu lang.«

»Dann tun wir, was nötig ist«, erwiderte Sam grimmig. »Ich werde meine Brüder informieren, und dann bringen wir Shea und Nathan so schnell wie möglich hier weg.«

»Gute Idee. Ich mache mit Grace das Gleiche.«

Wieder herrschte Schweigen. »Gute Fahrt, Rio«, sagte Sam schließlich. »Wenn du Verstärkung brauchst, bekommst du sie. In etwa achtundvierzig Stunden steht Steele wieder zur Verfügung. Joe und Swanny werde ich zur Sicherheit mit Shea und Nathan mitschicken, aber du weißt, Donovan, Garrett oder Ethan können jederzeit zu dir kommen.«

»Wenn alles klappt, hörst du erst mal nichts mehr von mir. Das Handy schalte ich aus. Ich melde mich erst wieder, wenn ich es für sicher halte.«

»Du traust mir nicht ganz«, sagte Sam nachsichtig.

»Ich traue dir, soweit ich überhaupt jemandem traue.«

Sam lachte. »Das besagt nicht viel, du Spinner. Pass auf dich auf.«

»Und pass du auf deine Familie auf«, erwiderte Rio leise. »Ich kümmere mich um das, was mir gehört. Da kannst du ganz sicher sein.«

Grace öffnete die Augen und blinzelte ein paarmal, weil sie ein Sonnenstrahl traf, der durch das dreckige Fenster hereinfiel. Sie runzelte die Stirn und kniff die Augen leicht zusammen, um ihre Umgebung besser erkennen zu können. Das Letzte, woran sie sich erinnern konnte, war, dass sie zu Rios Team gestoßen waren. Danach hatte ihre Kraft sie endgültig verlassen.

Wo befand sie sich jetzt?

Sie hob den Kopf, was sie entsetzlich viel Mühe kostete. Sie lag auf dem Rücksitz eines SUV. Rio und sein Team hatten sich auf die mittlere Bank und die vorderen Sitze gezwängt. Als sie versuchte sich aufzusetzen, drehte Rio sich um und sah sie so missbilligend an, dass sie den Versuch sofort aufgab.

»Wie fühlen Sie sich?«, fragte er.

Sie ließ sich wieder zurücksinken und seufzte. »Ich weiß es nicht. Fragen Sie mich das später noch mal.«

Er lächelte, und auf einmal wirkten seine dunklen Augen sehr warm.

»Wo sind wir?«, fragte sie.

»Wir haben vor zwei Stunden die Grenze nach New Mexico überquert. Wir liegen gut in der Zeit. Wenn wir weiter so schnell durchkommen, sind wir gegen Abend in El Paso.«

»Was machen wir in El Paso?«

Wieder versuchte sie, sich aufzusetzen, aber Rio streckte die Hand aus und legte sie ihr auf die Schulter. »Nicht. Lassen Sie es langsam angehen. Bleiben Sie ganz ruhig liegen, damit Sie heilen können.«

Sie drehte sich ein wenig auf die Seite und seufzte erleichtert auf, sobald sie eine bequemere Stellung gefunden hatte.

»Und zu El Paso: Dort habe ich einen Freund, der für uns einen Flug nach Belize organisiert.«

Mit weit aufgerissenen Augen starrte sie zu ihm hinauf. »Belize? Wieso Belize?«

»Weil ich dort ein Haus habe. Dort sind Sie in Sicherheit und können sich erst mal erholen. Anschließend überlegen wir uns, wie es weitergehen soll.«

»Ich habe keinen Ausweis. Keinen Pass, meine ich. Nicht mal einen Führerschein. Nichts.«

Terrence drehte sich um und grinste breit. »Der Flieger, der uns hinbringt, ist nicht gerade American Airlines, falls Sie wissen, was ich meine. Da wird man Sie nicht nach einer Bordkarte fragen.«

»Oh.«

Rio fuhr mit dem Finger über ihren Arm. »Machen Sie sich keine Sorgen. Konzentrieren Sie sich ganz auf Ihre Heilung. Den Rest erledigen wir.«

Grace nickte. Ihr blieb ja gar nichts anderes übrig. Sie war diesen Männern hilflos ausgeliefert. Außerdem hatte sie bereits beschlossen, ihnen zu trauen. Denn was die Alternative war, wusste sie nur zu gut. Immerhin hatte Rio sie nicht in einen kalten, sterilen Raum gesperrt und sie gezwungen, wie ein folgsames Hündchen andere Menschen zu heilen. Jedenfalls noch nicht.

Sie legte den Kopf auf die Sitzbank und schloss die Augen. Belize. Die Vereinigten Staaten zu verlassen machte ihr riesige Angst. In einem fremden Land hatte sie keinen Rückhalt. Keinen Pass. Keinen Beweis für ihre Staatsangehörigkeit. Was konnte sie tun, falls sich diese Männer doch als Feinde herausstellten?

Nein, darüber durfte sie jetzt nicht nachdenken, denn ihre Panik wuchs auch so schon von Minute zu Minute. Diese hier waren die Guten. Das musste sie einfach glauben. Denn wenn sich herausstellen sollte, dass sie vom gleichen Kaliber waren wie diese Männer, die sie gefangen gehalten hatten, dann war es mit ihr vorbei.

Einige Zeit später rüttelte Rio sie wach. Sie fuhr sich mit der Hand über die Augen. Ihr war gar nicht bewusst gewesen, dass sie schon wieder geschlafen hatte. Im Wagen, der allmählich zum Stehen kam, war es dunkel.

»Bleiben Sie einfach liegen, Grace, sagte Rio leise. »Bleiben Sie hier, bis ich Ihnen sage, Sie sollen mitkommen, okay? Ich will mich erst mal kurz umsehen.«

Rio stieg aus und gab Terrence und Diego ein Zeichen, dass sie auf Grace aufpassen sollten. Alton und Browning bezogen zu beiden Seiten des Wagens Posten.

Rio ging auf den maroden Lagerschuppen zu, der gleichzeitig als »Büro« für Lazaros Transportgeschäft diente. Sobald er näher kam, hörte er, wie eine Schusswaffe entsichert wurde.

Er zog seine eigene Waffe und rief: »Ich bin's, du blöder, paranoider Idiot. Steck deine Waffe weg, bevor du dich damit umbringst.«

Einen Moment lang war alles still, dann waren schlurfende Schritte zu hören, und die Tür wurde einen Spalt breit geöffnet. Ein großer, schlaksiger Mann schob den Lauf eines Gewehrs durch den Spalt. »Rio? Bist du das?«

Rio seufzte. »Wer denn sonst? Ich habe dich vor einer Stunde angerufen und dir gesagt, dass wir bald da sind.«

Lazaro trat, das Gewehr noch immer fest umklammert, vor die Tür. Immerhin richtete er es jetzt nach oben und nicht mehr auf Rio, wofür dieser sehr dankbar war. Lazaros Nervenkostüm war nicht das beste. Dass seine Waffe aus Versehen losging, war nie ganz auszuschließen.

»Steht das Flugzeug bereit?«, fragte Rio.

Lazaro nickte und deutete mit dem Daumen über die Schulter. »Es steht hinten. Der Pilot ist in fünf Minuten hier. Ihr macht eine ungeplante und nirgendwo verzeichnete Zwischenlandung in Belize, dann fliegt das Flugzeug als Frachtflugzeug weiter nach Peru. Die Papiere habe ich bereits fertig gemacht, alles sieht ganz offiziell aus. Falls ihr in Belize nicht abstürzt, dürfte es nie jemand erfahren. Mein Kumpel da drüben ist bereit, alles ganz unauffällig über die Bühne zu bringen. Keine Unterlagen, dass jemals ein Flieger gelandet ist, wenn du weißt, was ich meine.«

Rio klopfte Lazaro auf den Rücken. »Guter Mann. Wusste ich doch, dass ich auf dich zählen kann.«

»Steigt ein«, erwiderte Lazaro. »Euch bleibt nicht viel Zeit.«

10

»Was zum Teufel soll das heißen, sie ist aus den Bergen entkommen?« Gordon Farnsworth war außer sich. »Ich habe Sie engagiert, weil Sie die Besten sind. Das ist inakzeptabel. Auf jeder Ebene.«

»Regen Sie sich ab«, erwiderte Hancock in einem Tonfall, der Farnsworth ganz und gar nicht gefiel. Er war zu überheblich. Zu: Ist-mir-doch-scheißegal-was-du-denkst-oder-sagst. Irgendwie war Farnsworth klar, dass er vorsichtig vorgehen musste. Titan war eine Größe, mit der man sich nicht anlegte. Aber die Verzweiflung ließ einen schnell mal dumme Dinge tun oder sagen.

»Die Idioten, die beim ersten Mal den Auftrag hatten, sie zu schnappen, haben die ganze Sache total vergeigt«, fuhr Hancock fort. »Die Leichen der Blödmänner liegen überall in den Bergen rum, und wir müssen denen hinterherräumen. Grace Peterson konnte entkommen, weil sie nicht allein ist. Sie hat Helfer. Verdammt gute Helfer.«

Farnsworth fluchte. »Wer? Sagen Sie es mir. Ich kümmere mich drum.«

»Namen spielen keine Rolle«, erwiderte Hancock lässig. »Ich werde Grace Peterson finden und sie Ihnen bringen. Am besten mischen Sie sich gar nicht erst ein, sondern überlassen alles uns.«

So unverblümt hatte Gordon Farnsworth noch nie jemandem gesagt, was er tun sollte. Das wagte niemand. Aber irgendetwas in der Stimme des Manns gab ihm zu denken. Zum ersten Mal in seinem Leben verspürte Farnsworth Angst, und das gefiel ihm ganz und gar nicht.

»Dann handeln Sie gefälligst«, fuhr er Hancock an. »Ich habe nicht unbegrenzt Zeit. Mir bleiben keine Tage oder Wochen. Mir bleiben vielleicht nur Stunden. Und jede Minute, die vergeht, ist eine Minute, die ich mir nicht leisten kann.«

Es kam keine Antwort, und Farnsworth wurde bewusst, dass der andere das Gespräch einfach beendet hatte. Laut fluchend knallte er das Telefon auf die Konsole und ging den Gang entlang zum Zimmer seiner Tochter.

An ihrer Tür blieb er stehen und atmete tief ein, um seine Wut und den grauenhaften Geschmack der Angst loszuwerden. Elizabeth brauchte einen Vater, der stark war.

Als er eintrat, überprüfte die Krankenschwester, die er eingestellt hatte, damit sie Tag und Nacht am Bett seiner Tochter wachte, gerade deren Puls und Blutdruck.

»Wie geht es ihr?«, flüsterte er. Er fürchtete sich vor der Antwort.

Die Krankenschwester schüttelte den Kopf. »Unverändert. Sie schläft ruhig. Ihre Atmung ist im Moment gut. Kein Fieber.«

Farnsworth winkte die Frau fort und setzte sich dann auf den Stuhl neben dem Bett seiner Tochter. Er nahm ihre winzige, zerbrechliche Hand in seine, senkte den Kopf und starrte hinunter auf seine Füße. Als ihn die kalte Wut packte, gepaart mit lähmender Angst, schloss er die Augen.

Er konnte sie nicht verlieren. Sie war das einzig Gute in seinem Leben.

»Daddy?«, flüsterte sie.

Er riss den Kopf hoch, überrascht, dass sie wach war und ihn anstarrte.

»Was tust du?«

Er legte die Hand an ihre Wange und strich mit dem Daumen darüber. Der Kloß in seinem Hals wurde immer größer. »Ich wollte nur nach dir sehen und dir gute Nacht sagen. Wie fühlst du dich?«

»Gut.«

Das war ihre Standardantwort, egal, wie sie sich fühlte. Es machte ihn wütend, dass Elizabeth glaubte, sie müsse ihn schützen. Nie hatte sie zugeben wollen, wenn sie erschöpft war oder Schmerzen hatte. Eigentlich sollte er doch sie beschützen. Und er sollte einen Weg finden, wie es ihr wieder besser ging.

»Das ist prima«, sagte er und strich ihr das goldblonde Haar aus der Stirn. »Du musst noch ein bisschen durchhalten. Es wird bald jemand kommen, der dir helfen kann.«

Elizabeth sah ihn zweifelnd an. Das hatte er wohl schon hundertmal gesagt, wenn er einen neuen Arzt angeschleppt hatte. Und immer war das Ergebnis dasselbe gewesen. Es war nichts zu machen.

»Diesmal wird es anders«, versprach er ihr. Er beugte sich vor und küsste sie auf die Stirn. »Diese Person wird dafür sorgen, dass du dich rundherum besser fühlst. Denk an all die großartigen Sachen, die wir dann unternehmen können. Ich möchte, dass du eine Liste schreibst, und jeden einzelnen Wunsch werden wir uns erfüllen.«

Dafür würde er sorgen. Er würde jeden nur denkbaren Geldbetrag ausgeben, um sie glücklich zu machen.

»Das tue ich morgen, Daddy. Heute bin ich zu müde.«

Er drückte ihre Hand. »Natürlich. Wir können die Liste auch zusammen machen. Was hältst du davon? Vielleicht können wir uns eine Pizza kommen lassen und gleich hier feiern.«

Elizabeth schloss die Augen. »Das wäre großartig. Vielleicht geht es mir dann schon besser.«

Tränen traten Farnsworth in die Augen, und er blinzelte sie wütend weg. »Schlaf jetzt, Schatz. Daddy ist bei dir. Ich gehe erst, wenn du eingeschlafen bist.«

11

Gegen Mitternacht landeten sie in Belize. Rio half Grace aus dem Flugzeug, nachdem er sie in einen dunklen Kapuzenmantel gehüllt hatte. Die warme, feuchte Luft fühlte sich nach dem Frost in den Rocky Mountains sehr angenehm an. Genüsslich sog Grace sie ein, um ein wenig von der Kälte loszuwerden, die sich in ihren Knochen festgesetzt hatte.

Inzwischen hatte sie sich ein wenig beruhigt, und ihre Gedanken waren nicht mehr so wirr, wie sie es lange Zeit gewesen waren. Aber das führte auch dazu, dass sie alles deutlicher wahrnahm. Die Angst, den falschen Männern getraut zu haben. Die Erinnerungen an das Schreckliche, was man ihr angetan hatte. Phantomschmerz mischte sich mit dem sehr realen Schmerz ihrer jüngsten Verletzungen. Das alles fiel über sie her und drohte, sie zu überwältigen.

Klarheit war schrecklich.

Rio schob sie in einen pechschwarzen, klapprigen Lieferwagen und sagte ihr, sie solle sich auf die Ladefläche legen. Tatsache war, dass sie in den letzten Stunden – wer wusste schon, wie viele es waren – nur auf dem Rücken gelegen war. Sie kletterte hinein, setzte sich aber so hin, dass sie mit dem Rücken gegen die Seitenwand lehnte.

Ihr Brustkorb tat ihr noch immer höllisch weh, aber sie konnte wieder normal atmen. Vielleicht nicht so tief und kräftig wie sonst, aber dies war der erste Heilungsschritt.

Sie betrachtete ihren Arm und fuhr mit der Hand über die Stelle, an der er gebrochen war. Als sie die Finger beugte, stellte Grace befriedigt fest, dass die Taubheit fort war. Nur gut, dass Terrence den Bruch eingerichtet hatte, auch wenn es schrecklich schmerzhaft gewesen war. Hätte er das nicht getan, hätte sie die Hand vielleicht verloren, bevor der Heilungsprozess einsetzen konnte.

Der Arm war noch immer blau und geschwollen und auch empfindlich, aber nichts deutete darauf hin, dass die Knochen nicht richtig zusammenwuchsen.

Noch ein Tag, an dem sie sich ausgiebig erholen konnte, und alles würde schon deutlich besser aussehen.

Einen Moment später stieg auch Rio hinten auf die Ladefläche, und die Türen wurden hinter ihm zugeschlagen. Als die Vordertür geöffnet wurde, ging die Innenbeleuchtung an, und Rio sah sie mit zusammengekniffenen Augen an.

»Hatte ich Ihnen nicht gesagt, Sie sollen sich hinlegen? Ich will nicht, dass Ihre Verletzungen noch schlimmer werden.«

»Ich komme schon zurecht«, erwiderte sie leise.

»Wie geht es mit der Lunge?«

»Gut.« Sie war noch immer etwas kurzatmig, aber das war nichts Lebensbedrohliches. Da hatte sie schon weitaus Schlimmeres erlebt.

Die Beleuchtung ging aus, sobald alle Türen geschlossen waren, und dann brauste der Wagen los. Rio und sie wurden hin und her geworfen, als der Transporter durch eine Reihe Schlaglöcher fuhr.

»Ist Ihr Haus weit weg?«, fragte sie.

»Den Fluss hoch. Es ist nicht weit bis zur Ablegestelle.«

»Am Fluss?«

»Ja, den Rest des Wegs legen wir per Boot zurück.«

Plötzlich lief Grace ein kalter Schauder über den Rücken, und sie schlang die Arme um ihren Körper, ohne auf den leisen Protest ihres gebrochenen Arms zu achten.

Sie konnte das ungute Gefühl einfach nicht abschütteln. Bis jetzt hatte Rio sein Wort durchaus gehalten. Aber je weiter er sie in die Wildnis hineinführte, desto größer wurde ihre Panik.

Sie hatte auf die harte Tour lernen müssen, dass sie niemandem vertrauen konnte. Ihr gesamtes Leben hatte sie auf der Flucht verbracht, war von Stadt zu Stadt gezogen, von Haus zu Haus, hatte sich stets möglichst unauffällig verhalten. Und dann, nachdem ihre Eltern ermordet worden waren, hatten Shea und sie sich auch noch getrennt.

Hatte sie die Hölle nur gegen eine andere eingetauscht? Woher wollte sie wissen, dass Rio nicht für Leute arbeitete, die ihre Gabe genauso ausbeuten wollten? Vielleicht verschleppte er sie gerade in irgendein einsam gelegenes Labor, wo sie niemals jemand finden würde.

Sie begann zu zittern und beugte sich vor, zog die Knie an die Brust und ignorierte den Schmerz, den diese Bewegung auslöste.

»Grace?«

Sie antwortete nicht, sondern legte den Kopf auf die Knie und schnappte mühsam nach Luft.

Er strich ihr sanft und beruhigend über das Haar. »He, was ist los? Sie zittern wie Espenlaub.«

Sie hob den Kopf und starrte ihn durch die Dunkelheit an. »Ich habe Angst.«

Er rutschte näher an sie heran, bis sein Bein ihren Fuß berührte und sie spürte, wie seine Wärme auf sie abstrahlte. »Wovor?«

Sie holte tief Luft und beschloss, die Wahrheit zu sagen. Vielleicht würde Rio dann ja ebenfalls ehrlich sein und ihr irgendeinen Hinweis auf seine wahren Absichten geben. Oder zumindest darauf, ob er es ehrlich meinte oder nicht. Er hatte behauptet, er habe sie gehört – in seinem Kopf. Und ganz vage erinnerte sie sich daran, seine Stimme ebenfalls in ihrem Kopf gehört zu haben, aber vielleicht hatte sie sich das auch nur eingebildet.

»Vor Ihnen. Vor denen. Vor allem. Ich habe Angst, nur eine Hölle gegen die andere eingetauscht zu haben. Das gleiche Gefängnis. Der gleiche Schrecken. Nur andere Gefängniswärter.«

Im ersten Moment dachte sie, sie hätte ihn verärgert. Dann wartete sie auf eine beschwichtigende Bemerkung. Aber nichts. Stattdessen schwieg er lange.

»Es ist nur vernünftig, dass Sie auf der Hut sind«, erklärte er schließlich. Diese Antwort überraschte sie – mit so etwas hatte sie nicht gerechnet. »Sie haben eine Menge durchgemacht. Egal was ich sage, ich werde Sie nicht überzeugen können. Sie müssen einfach für sich selbst herausfinden, ob Sie mir trauen oder nicht.«

Natürlich wusste sie das. Aber es klang anders, wenn die Worte aus seinem Mund kamen. Letztendlich war es Rio wohl egal, ob sie ihm traute oder nicht. Er wurde für diesen Job bezahlt und handelte nicht einfach aus Gutherzigkeit. Sie konnte sich nicht sicher sein, wer er war und in welcher Verbindung er zu Shea stand.

Sie wollte ihn gerade nach ihrer Schwester fragen, als der Lieferwagen anhielt.

Sekunden später wurden die hinteren Türen geöffnet, und Diego gab ihnen ein Zeichen, dass sie aussteigen sollten. Rio schwang sich als Erster heraus, und sie kroch ihm hinterher. Als sie bei der Tür angekommen war, hoben er und Diego sie gemeinsam heraus.

Sie landete sanft auf den Beinen.

»Schaffen Sie es?«, fragte Rio.

»Ja.«

Sie sah sich um und entdeckte das pechschwarze Wasser eines Flusses, der sich durch die Landschaft wand. Der Mond stand hoch am Himmel, war aber von dünnen Schleierwolken überdeckt, die rasch über den Himmel zogen.

»Dann los«, murmelte Rio und nahm ihren Arm.

Er führte sie zum Ufer, wo ein Aluminiumboot mit Außenbordmotor lag, ausgestattet mit einer Steuerpinne. Sie stieg ein und kam ins Schwanken, als sich das Boot unter ihr bewegte. Terrence, der sich bereits an Bord befand, nahm sie rasch bei der Hand und führte sie Richtung Bug.

Diego bedeutete ihr, sich auf die Bank in der Mitte zu setzen. Rio setzte sich neben sie, Diego und Terrence nahmen vor ihnen Platz und Alton und Browning hinter ihnen. Alton setzte sich so, dass er den Motor bedienen konnte, und kurz darauf tuckerten sie flussabwärts los.

Es war seltsam, über das dunkle Wasser zu gleiten. Das einzige Licht kam von der Mondsichel, die ab und zu durch die Wolken sichtbar wurde. Grace war das alles nicht geheuer, und so ließ sie den Blick ängstlich von einer Seite zur anderen wandern, konnte aber nicht einmal das Ufer erkennen. Nur vorbeihuschende, vage sichtbare Bäume und eine dschungelartige Landschaft.

In ihrem Hals steckte ein dicker Kloß aus Angst. Stille hatte sich schwer wie Nebel über sie gesenkt. Nur das leise Brummen des Motors war zu hören, während sie weiter flussabwärts fuhren.

Ihr Herz hämmerte, und Adrenalin schoss durch ihre Adern, als am rechten Ufer ein Licht aufblitzte. Sie drehte rasch den Kopf und sah, wie der Strahl einer Taschenlampe zwei Kreise beschrieb und dann rasch wieder erlosch. Rio stieß einen Laut aus, der wie der Ruf eines Tiers klang. Allerdings hätte sie nicht sagen können, welche Art Tier solch ein Geräusch von sich gab, und eigentlich wollte sie es auch gar nicht herausfinden.

Vom Ufer kam ein entsprechender Antwortlaut, der allmählich verklang, während sie ihren Weg weiter fortsetzten.

»Was war das?«, flüsterte sie.

»Pscht«, erwiderte Rio warnend. »Nicht jetzt. Verhalten Sie sich ruhig.«

Erschrocken duckte sie sich und starrte stur geradeaus. Diese Szene war wie aus einem Horrorfilm oder aus einer grässlichen Neuverfilmung von *Anaconda*. Grace rechnete schon fast damit, dass gleich irgendetwas aus dem Wasser auftauchen, ihr Boot in Einzelteile zerlegen und sie alle bei lebendigem Leib fressen würde.

Sie hasste die Dunkelheit. Hasste es, so ängstlich zu sein. Und sie hasste die Vorstellung, was sich unter ihnen im Wasser befand.

Blieb nur zu hoffen, dass sie bald ihr Ziel erreichten – wo auch immer das sein sollte.

Wenige Minuten später wurden ihre Gebete erhört, als das Boot beidrehte und in einen dunklen Seitenarm einbog. Alton ließ es anlegen, und Diego und Terrence sprangen rasch heraus, um es höher auf das Ufer zu ziehen.

»Auf geht's«, sagte Rio kurz angebunden.

Er schob sie zum Bug, wo Diego schon bereitstand, um sie herauszuheben. Rio stieg nach ihr aus, gefolgt von Alton und Browning.

Sie blieb einen Moment stehen, um sich wieder zu fangen und das unaufhörliche Zittern ihrer Knie und Beine unter Kontrolle zu bekommen. Rio legte ihr die Hand auf die Schulter, um ihr Halt zu geben.

»Es ist nicht weit«, sagte er leise. »Nur eine Viertelmeile durch den Dschungel. Ich wollte nicht an dem Flussarm an Land gehen, der am nächsten beim Haus ist. Wir werden uns von hinten anschleichen, über einen der Fluchtwege.«

Sie zog die Augenbrauen hoch. »Klingt, als hätten Sie ein Haus wie das meiner Eltern.«

»Das könnte man so sagen. Ich bin nicht paranoid, aber bei meinem Job rettet es einem das Leben, wenn man immer vom Schlimmsten ausgeht.«

Dagegen ließ sich nichts einwenden.

Wieder schob er sie vorwärts, aber diesmal hielt er ihren Ellbogen. Terrence und Diego gingen vor ihnen. Gelegentlich blieben sie stehen, um Ranken oder Äste zur Seite zu drücken, damit Grace besser vorbeikam, dann übernahmen sie wieder die Vorhut. Es war so dunkel, dass sie Terrences breiten Rücken kaum ausmachen konnte, obwohl er direkt vor ihr ging.

Ein paar Minuten später blieben sie stehen. Diego und Terrence beugten sich herab, zerrten ein paar Tarnnetzte zur Seite und zogen dann eine Holztür hoch. Die Tür wirkte wie der Eingang zu einem Sturmschutzkeller, nur dass sie unauffällig im Boden angebracht war.

Diego kletterte hinunter, und Terrence gab den anderen ein Zeichen, vorauszugehen. Er würde vorläufig oben auf Wachposten bleiben. Rio hielt Graces Hand, bis ihre Füße Halt gefunden hatten, und Diego legte sogleich die Arme um ihre Beine und sicherte sie beim Abstieg.

Es roch intensiv nach Erde und Schlamm. Die Decke war niedrig, und obwohl Grace so klein war, musste sie sich ducken, um nicht mit dem Kopf anzustoßen. Das war kein ausgefeilter Fluchttunnel, wie ihr Vater einen gebaut hatte. Es war ein Tunnel, der roh in die Erde gehauen war, ohne Licht, ohne Absicherung.

Sie fuhr mit den Fingern über die Wand und spürte nur Erde und ein paar verschlungene Wurzeln.

Als Rio seine Taschenlampe anknipste, war sie einen Moment lang geblendet. Er reichte die Lampe nach vorne zu Diego, der den Tunnel vor ihnen damit ausleuchtete. Dann schob Rio sich vor Grace, streckte aber den Arm nach hinten und nahm sie bei der Hand.

Sie fand die Geste tröstlich und ließ sich gern von ihm mitziehen. Er hatte die Finger mit ihren verschlungen und hielt sie die ganze Zeit fest, während sie sich langsam vorwärtsbewegten.

Ein paar Minuten später blieben sie stehen. Rio schob sich an Diego vorbei und gab den Code für das elektronische Schloss ein. Die Barriere vor ihnen, die wie eine solide Stahltür aussah, glitt zur Seite.

Wieder griff Rio nach Graces Hand und zog sie durch die Tür. Sie befanden sich in etwas, das wie ein gewöhnlicher Eingangsbereich aussah.

»Schuhe aus«, sagte Rio, und einer seiner Mundwinkel zuckte dabei leicht. »Ich habe es nicht so gern, wenn meine Böden dreckig werden.«

Grace wusste nicht, ob er das ernst meinte, bis die anderen anfingen, ihre Schuhe auszuziehen. Also schälte sie sich aus ihren durchgelaufenen Turnschuhen, und dann sperrte Rio eine weitere Tür auf.

Sie traten in ein geräumiges Zimmer, das genau wie in einem normalen Haus aussah. Es war ein Wohnzimmer mit Sofas, einem Couchtisch, einem riesigen offenen Kamin, der allerdings nicht wie üblich mit Holz, sondern mit Gas befeuert wurde.

Es gab mehrere bequem aussehende Ledersessel und einen riesigen Fernseher. Das Ganze wirkte wie ein typisches Männerzuhause. Die perfekte Junggesellenbude.

Rio betätigte eine Reihe Schalter, und weitere Lampen leuchteten auf, bis Grace geblendet blinzeln musste.

»Willkommen in meinem Reich«, sagte er in ernstem Ton und deutete auf das Zimmer. »Fühlen Sie sich ganz wie zu Hause.«

12

Sam Kelly stand auf der Terrasse, von der aus man einen Blick auf einen großen Teil des Kentucky Lake hatte, und beugte sich über das Geländer. Er wartete darauf, dass Resnick ihn zurückrief. Das Warten nervte ihn. Er hatte wenig Lust auf solche Geduldsspiele.

Wenn es um seine Familie und die Mitglieder der KGI-Teams ging, war er überfürsorglich. Seit Rios kryptischem Anruf wusste er, dass beide in Gefahr waren und sie alle äußerst vorsichtig vorgehen mussten.

Nathan und Shea hatte er bereits fortgeschickt. Shea war noch immer verletzlich und schwach, auch wenn es ihr von Tag zu Tag besser ging. Sam machte sich dennoch Sorgen, dass die jüngsten Ereignisse sie zurückwerfen würden. Sie und auch Nathan.

Er seufzte müde. Manchmal machten ihn die ewigen Sorgen richtig fertig. Diese Last teilte er mit seinen Brüdern. Aber trotzdem hatte er noch genug zu tragen.

Die Terrassentür glitt auf, und leichte Schritte näherten sich. Eine warme, beruhigende Hand glitt über seinen Rücken. Sophie. Seine Frau. Die Mutter seines Kinds. Wie konnte es sein, dass sie ihm von Tag zu Tag mehr bedeutete?

Voller Vorfreude auf ihre Umarmung drehte er sich um. Und ganz wie er es sich gedacht hatte, schlang sie die zarten Arme um seine Taille, schmiegte sich an ihn und vergrub das Gesicht an seiner Brust.

Er legte das Kinn auf ihren Kopf und sog den angenehmen

Duft ihres Haars ein. Nichts war schöner, als Sophie in den Armen zu halten.

Sie machte sich los und sah zu ihm hoch.

»Worüber grübelst du hier draußen schon wieder nach?«

Er verzog grimmig das Gesicht. »Ich hasse das, Sophie. Ich hasse das alles. Manchmal frage ich mich, ob diese Familie jemals wirklich zur Ruhe kommen wird. Wann wird das aufhören?«

Sie strich ihm über die Wange und über das Kinn. »Ich weiß, dass du dir Sorgen um Nathan und Shea machst. Und jetzt ist auch noch Rio verschwunden. Aber Nathan wird nichts passieren. Joe und Swanny sind bei ihm.«

Er nahm ihre Hand und küsste zärtlich ihre Handfläche. »Ich liebe dich, weißt du das?«

Sie lächelte. »Klar weiß ich das. Es tut mir weh, dich so zu sehen. Immer bürdest du dir die ganze Verantwortung auf. Dabei sind da so viele andere, die sie gern mit dir teilen. Garrett. Donovan. Sogar Ethan. Deine Eltern. Wir sind ein Team, verstehst du? Wir sind eine Familie. Und in einer Familie hilft man sich gegenseitig.«

Er schlang die Arme um ihre Taille, zog sie an sich und beugte sich hinunter, um sie zu küssen. »Woher haben Sie bloß diese Weisheit, Mrs Kelly?«

Sie lächelte ihn an. »Seit ich wieder in deinem Leben bin, hat man mir immer wieder eingeschärft, wozu Familie da ist. Vielleicht ist jetzt der Zeitpunkt gekommen, wo ich zurückgebe, was ich bekommen habe.«

Er beugte den Kopf, bis seine Stirn an ihrer lag. »Du bist eine ganz besondere Frau, Sophie. Meine große Liebe. Vergiss das nie.«

»Und du bist meine, Sam Kelly. Vergessen Sie das ja nie, Mister.«

Er lachte und küsste sie erneut. Dann wollte er gerade vorschlagen, sich in ein paar Aktivitäten zu stürzen, die nicht im Terminkalender vermerkt waren. Doch im selben Moment kündigte das Satellitentelefon einen Anruf an.

Er verzog das Gesicht. »Tut mir leid. Ich erwarte einen Anruf von Resnick. Er muss wissen, was Rio mir erzählt hat.«

Sophie trat ein paar Schritte zurück, hielt aber noch immer seine Hand fest. »Ich warte drinnen.«

Sams Kehle war wie zugeschnürt, als er ihr hinterhersah. Das passierte ihm jedes Mal, wenn er sie betrachtete. Liebe war ein Gefühl, das sich ständig veränderte. Jeden Tag wurde es stärker.

Halbherzig griff er nach dem Telefon. Er wäre lieber ins Haus gegangen und hätte mit seiner Frau geschlafen, als mit einem Mann zu telefonieren, von dem er nicht wusste, ob er ihm noch trauen konnte. In der Vergangenheit hatte man sich auf Resnick verlassen können. Mehr als das: Resnick hatte ihnen so manchen Auftrag zukommen lassen. Ihm war es im Wesentlichen zu verdanken, dass Sams Geschäftsidee so ein Erfolg geworden war. Im Laufe der Jahre hatte er KGI eine Menge Geld eingebracht.

Aber sie hatten sich auch jeden Cent davon verdient.

»Ich brauche Informationen«, kam Sam sofort zur Sache, sobald er den Hörer ans Ohr gehoben hatte. Er war nicht in der Stimmung für Höflichkeitsfloskeln, und er erwartete auch keine.

Resnick war dafür verantwortlich, dass Shea diesen Dreckskerlen in die Hände gefallen war. Man hatte sie gefoltert, hatte sie an eine Maschine angeschlossen, die ihre Gehirnaktivität überwachte und ihr jedes Mal einen elektrischen Schlag versetzte, wenn sie geistig die Fühler nach Nathan ausgestreckt hatte.

KGI hatte Resnick in den Tagen nach Sheas Rettung zwar geholfen, ihm aber nicht verziehen. Außerdem konnten sie sich nicht sicher sein, ob Resnicks Absichten wirklich so edel waren, wie er behauptete.

»Was brauchen Sie?«, fragte Resnick.

Sam sah regelrecht vor sich, wie sich der verdammte Idiot eine Zigarette anzündete und gierig an ihr zog.

»Titan«, erwiderte Sam.

Resnick schwieg. Zu lange. Nur sein Atem war zu hören.

»Was?«, fragte er schließlich.

»Ich brauche alles, was Sie über Titan und seine Truppe wissen, und zwar sofort.«

»Was zum Teufel ist los, Sam? Klären Sie mich auf. Titan ist beziehungsweise war ein verdammt ernster Scheiß. Äußerst ernst. So ernst, wie man sich nur vorstellen kann. Aber die gibt es nicht mehr.«

»Was heißt das, die gibt es nicht mehr?«

»Sagen Sie mir erst, warum Sie das wissen wollen«, blieb Resnick hartnäckig.

Sams Nasenflügel bebten. »Jetzt hören Sie mir mal zu, Sie Idiot. Sie schulden KGI was. Mehr als Sie je zurückzahlen können. Wenn ich Nathan nicht gestoppt hätte, wären Sie längst tot. Er würde Ihnen immer noch mit Vergnügen die Zähne eintreten. Das ist hier kein Spiel. Ich will wissen, wer und was Titan ist. Und warum diese Typen hinter Grace und vermutlich auch hinter Shea her sind.«

»Verdammt!«, flüsterte Resnick. Seine Stimme klang zittrig. Sam konnte hören, wie er den Rauch ausblies. »Okay, Sam: Titan, das waren mal die ganz bösen Buben. Die, an die man sich wandte, wenn niemand anderer den Job machen wollte. Titans Truppe hat aufgeräumt. Oder Chaos angerichtet. Egal, was Regierung oder Militär brauchten, sie haben es gemacht. Ohne lange Fragen zu stellen. Ihre Einsätze haben mehr als ein Land in den Grundfesten erschüttert. Aber es hat sie nie gegeben.«

»Ja, wie das funktioniert, weiß ich«, erwiderte Sam trocken.

»Offiziell hat es sie nie gegeben. Aber jetzt kommt es, Sam: Seit zwei Jahren gibt es sie auch inoffiziell nicht mehr. Sie wurden aufgelöst, in Rente geschickt, wie auch immer Sie das nennen wollen. Ein paar Politiker, die gern Karriere machen wollten, sind da ein wenig zu nah ans Feuer geraten. Also wurde die Organisation aufgelöst.«

Sam runzelte die Stirn. »Rio hat mich angerufen. Er sagt etwas anderes. Laut ihm ist Titan hinter Grace her und könnte Shea ebenfalls im Visier haben. Er wollte, dass ich Shea in Sicherheit bringe, während er sich um Grace kümmert.«

»Moment mal«, sagte Resnick. »Er hat Grace? Er hat sie gefunden? Geht es ihr gut? Wann bringt er sie zu euch?«

»Gar nicht.«

»Wie bitte?«

»Rio will kein Risiko eingehen. Er glaubt – und da stimme ich ihm zu –, dass es unklug wäre, die Mädchen jetzt an einem Ort zusammenzubringen. Er hat mich vor Titan gewarnt. Hat Ähnliches erzählt wie Sie, was mir zeigt, dass er Insiderinformationen über diese Gruppe hat. Wenn er sagt, dass Titan hinter Grace her ist, dann glaube ich ihm das.«

»Verdammt, Sam. Verdammt, verdammt, verdammt. Das ist ganz und gar nicht gut. Wenn er recht hat, dann heißt das, dass Titan zu einer kriminellen Bande geworden ist, die man anheuern kann. Was bedeutet, dass wir keine Ahnung haben, für wen sie arbeiten und was sie bezwecken. Das ist brandgefährlich.«

»Genau. Meine vorrangige Priorität ist die Sicherheit meiner Familie und meines Teams. Ich habe bereits entsprechende Schritte unternommen. Rio hat Grace. Ich bin überzeugt, er würde lieber sterben als zulassen, dass ihr etwas geschieht.«

»Dann können wir nur hoffen, dass Sie recht behalten«, erwiderte Resnick. »Denn Ihr Teamleiter, Rio? Der war bei Titan einer der Anführer, bis er vor ein paar Jahren ausgestiegen ist. Darüber sollten Sie vielleicht mal nachdenken. Und auch darüber, ob Sie ihm wirklich trauen können, wenn er die Frau hat, hinter der Titan angeblich her ist.«

13

Was sollte sie jetzt tun? Sich auf die Couch fallen lassen? Ein bisschen fernsehen? Steif stand Grace da, während die anderen hinter ihr ins Zimmer traten, ihre Rucksäcke absetzten, die Gewehre zur Seite stellten und sich dabei unterhielten.

Sie wusste, was sie wollte, aber irgendwie schien es … unhöflich. Beinahe hätte sie laut aufgelacht, dass sie sich nach allem, was sie durchgestanden hatte, noch Gedanken machte, ob sie sich auch richtig benahm.

Sie brauchte ein Bett. Irgendeins. Notfalls reichte ihr auch der Boden. Sie wollte nur eins: sich hinlegen und ein bisschen von der schrecklichen Spannung und Angst loswerden. Sie wollte schlafen und sich sicher und behütet fühlen.

Rio trat auf sie zu und legte ihr sanft die Hand auf die Schulter. »Diego wird Sie untersuchen. Ich dachte, Sie möchten vorher vielleicht duschen. Ich habe eine Dusche und eine Badewanne. Kommen Sie allein zurecht, oder brauchen Sie Hilfe?«

Ihre Wangen wurden heiß und ihre Lippen taub. Was zum Teufel sollte sie darauf antworten? Selbst wenn sie es allein nicht in die Dusche schaffen sollte, würde sie ihn garantiert nicht bitten mitzukommen.

»Ich kann das schon«, brachte sie mühsam heraus.

»Okay, dann zeige ich Ihnen jetzt Ihr Schlafzimmer. Wenn Sie mit Duschen fertig sind, checkt Diego Sie durch, und anschließend bringe ich Ihnen etwas zu essen. Sie müssen ja schon halb verhungert sein.«

Verblüfft sah sie ihn an. Ihre letzte Mahlzeit lag so lange zurück, dass sie sich kaum noch daran erinnern konnte. Sie hatte an Gewicht verloren, und ihre Rippen standen hervor. Vermutlich sah sie wie eine ausgemergelte Vogelscheuche aus.

Sie starrte auf ihren mageren Bauch hinunter, als erwarte sie irgendeine Reaktion von ihm. Die Vorstellung, etwas zu essen, begeisterte sie nicht gerade, aber sie wusste, sie sollte es wenigstens versuchen.

»Kommen Sie«, sagte Rio freundlich.

Sie ließ sich von ihm durch das Wohnzimmer und einen Flur entlangführen, vorbei an mehreren Zimmern. Am Ende des Flurs öffnete er eine Tür, knipste das Licht an und gab ihr ein Zeichen einzutreten.

Es war ein großes Zimmer. Riesig. Und es wirkte sehr männlich. Schlagartig wurde ihr klar, dass dies Rios Zimmer sein musste. Sie schüttelte den Kopf und trat einen Schritt zurück.

»Ihr Zimmer kann ich unmöglich nehmen. Es gibt doch sicher noch ein anderes.«

Rio lächelte. »Nein. Die sind alle von meinen Männern besetzt – außer Sie möchten bei einem von denen übernachten.«

Als sie die Stirn runzelte, lachte er. Offenbar stand ihr das Entsetzen über diesen Vorschlag deutlich ins Gesicht geschrieben.

»Ich nehme die Couch im Wohnzimmer. Ich brauche nur ein Laken. Eigentlich nicht mal das. Die Couch wird sich wie der Himmel auf Erden anfühlen.«

»Grace«, sagte er und fuhr ihr sanft mit dem Finger über die Lippen. »Seien Sie still. Sie bleiben hier bei mir.«

Erschrocken riss sie die Augen auf, und ihre Knie fingen an zu zittern.

»Sie brauchen keine Angst zu haben. Ich schlafe neben dem Bett auf dem Boden. Die anderen sind gleich nebenan. Sie sollen sich sicher fühlen, denn das sind Sie hier auch.«

»Sie können doch nicht auf dem Boden schlafen«, sagte sie und rang die Hände. Irgendwie fühlte sie sich schuldig bei der Vorstellung, wie er auf den harten Dielen lag, während sie in solch einem komfortablen Bett schlafen würde. Er hatte schon so viel für sie getan.

Wieder lachte Rio. »Honey, der Boden meines Hauses ist besser als so manche Unterlage, auf der ich geschlafen habe. Ich habe ein paar sehr angenehme Laken. Dazu eine Daunendecke und ein paar Daunenkissen. Kurz: Ich werde das Gefühl haben, ich bin in einem Fünf-Sterne-Hotel gelandet. Jetzt hören Sie auf, mit mir zu diskutieren, und gehen Sie unter die Dusche. In einer halben Stunde schicke ich Diego rein. Wenn Sie also nicht wollen, dass er Sie in ihrer vollen Pracht erblickt, müssen Sie sich beeilen. Und gleich danach komme ich mit dem Essen.«

Ihre Augen wurden feucht, und sie strich mit der Hand darüber. Einer Hand, die dreckig war und zitterte.

»Und fangen Sie jetzt ja nicht an zu weinen«, warnte er sie. »Eine Frau, die all das überlebt hat, weint nicht. Sie hält den Kopf hoch und bietet der Welt die Stirn.«

Sie bemühte sich zu lächeln, aber bei seinem sanften Vorwurf hätte sie am liebsten erst recht losgeheult.

Zu ihrer Überraschung nahm er sie in die Arme und zog sie an sich. Seine kräftigen Hände und seine breite Brust fühlten sich unglaublich tröstlich an. Er hielt sie fest und strich ihr beruhigend über den Rücken.

»Es wird schon wieder werden, Grace.«

Sechs simple Worte. Und doch besaßen sie so viel Kraft. Sie waren ein Versprechen und machten ihr Mut. Grace hatte gar nicht gemerkt, wie sehr sie danach hungerte.

Sie schloss die Augen und ließ den Kopf an Rios Schulter sinken, direkt unter seinem Kinn. Dann schlang sie ihm vorsichtig die Arme um die Taille, schmiegte sich an ihn und genoss seine Körperwärme.

»Danke«, flüsterte sie.

Er fuhr ihr mit den Fingern durch das Haar, dann machte er sich behutsam los, hörte aber nicht auf, ihr das Haar aus dem Gesicht zu streichen. »Gehen Sie jetzt unter die Dusche, dann werden Sie sich wieder wie ein Mensch fühlen. Ich suche Ihnen inzwischen etwas zum Anziehen heraus.«

Am liebsten hätte sie sich wieder an ihn gekuschelt und die Wärme und den Trost seiner Umarmung genossen. Sie war ausgehungert nach Zuneigung. Nach menschlichem Kontakt, der ihr nicht aufgezwungen wurde.

Sie vermisste ihre Schwester. Und jetzt, nach dieser Umarmung, vermisste sie Shea mehr als je zuvor.

»Sie haben gesagt, Sie hätten meiner Schwester ein Versprechen gegeben«, sagte sie mit rauer Stimme. »Also kennen Sie Shea. Sie haben sie gesehen und mit ihr geredet. Wie geht es ihr? Ist sie in Sicherheit?«

Rio sah sie mitfühlend an und berührte sie erneut, als könne er spüren, wie sehr sie sich danach sehnte. »Wie wäre es, wenn ich Ihnen alles erzähle, sobald Sie versorgt sind und etwas gegessen haben? Oder besser noch, ich erzähle es Ihnen während des Essens.«

Grace nickte und ging langsam zur Badezimmertür. Sie knipste das Licht an und trat in den Raum hinein. Wie großartig das Badezimmer war, bekam sie kaum mit. Sie wollte nur noch duschen und ins Bett fallen. Nach einem Blick auf die riesige Wanne beschloss sie, dass Baden einfach zu lange dauern würde.

Sie beugte sich in die große Duschkabine, drehte das Wasser an und stellte die Temperatur so heiß ein, wie sie es gerade noch ertragen konnte. Dann zog sie rasch ihre zerrissene Kleidung aus.

Sie sah aus wie ein Wesen aus einer Zombie-Apokalypse.

Als sie unter die Dusche trat, streifte sie die Kabinentür, und ein heftiger Schmerz schoss durch ihren Brustkorb. Stöhnend stellte sie sich unter den heißen Strahl und atmete mühsam.

Schließlich ließ der Schmerz nach, und sie machte sich an die beschwerliche Aufgabe, Körper und Haare zu waschen. Als sie damit fertig war, war sie völlig erschöpft, obwohl sie nur ganz einfache Bewegungen ausgeführt hatte.

Vorsichtig trocknete sie sich ab. Es gab kaum eine Stelle an ihrem Körper, die nicht irgendwie schmerzte. Ihr Arm war noch immer schwach, aber mit Erleichterung stellte sie fest, dass die Schwellung zurückgegangen war und der Bluterguss bereits an Farbe verlor. Probleme hatte sie nur, wenn sie die Finger beugte und dehnte.

Nachdem sie sich eins der großen weichen Handtücher um die Haare geschlungen hatte, wickelte sie sich in ein weiteres Badetuch und ging zurück ins Schlafzimmer.

Auf dem Bett lag Kleidung für sie. Sie wollte gerade danach greifen, als ihr bewusst wurde, dass sie nicht allein im Zimmer war.

Sie zog das Handtuch enger um ihren Körper und richtete den Blick misstrauisch auf Diego.

»Tut mir leid, wenn ich Sie erschreckt habe«, sagte er besänftigend. Es klang fast, als wolle er ein wildes Tier beruhigen. »Ich dachte, Rio hätte Ihnen Bescheid gesagt, dass ich Sie untersuchen muss.«

»Das … das hat er, aber …« Sie presste die Lippen fest zusammen, um sie am Zittern zu hindern, und versuchte es dann erneut. »Ich bin nicht angezogen. Er hat gesagt, er legt mir Kleidung hin.«

»Ich muss Sie erst untersuchen, bevor Sie sich anziehen«, erwiderte er.

Instinktiv trat sie einen Schritt zurück.

Diego hob beschwichtigend die Hände. »Hey, schon gut. Ich hole Rio. Er hätte eigentlich längst mit Ihrem Essen hier sein sollen. Ich wollte Sie wirklich nicht erschrecken. Er sollte eigentlich dabei sein, wenn ich Sie untersuche. Wissen Sie was – ich schaue mal nach, wo er bleibt. Im Schrank hängt ein Bademantel, den können Sie erst mal anziehen, bis wir das hier geklärt haben.«

Er öffnete die Schranktür, nahm einen flauschigen weißen Bademantel heraus und legte ihn neben die Kleidung auf das Bett. Dann lächelte er sie beruhigend an und wandte sich zur Tür.

Graces Schultern sackten herab. Hastig griff sie nach dem Bademantel und eilte zurück ins Bad, bevor noch jemand ins Zimmer kam, während sie nur ein Handtuch trug.

Im Flur stieß Diego auf Rio, der stehen blieb und ihn fragend ansah. »Ich dachte, du willst Grace anschauen?«

»Ja, und ich dachte, du würdest deinen Arsch hierher in Bewegung setzen, bevor sie aus dem Bad kommt. Grace ist vor Angst fast durchgedreht. Sie hatte nur ein Handtuch um, als sie ins Zimmer kam, weil du ihr die Sachen auf das Bett gelegt hattest. Sie war nicht auf mich gefasst, und als ich gesagt habe, dass ich sie untersuchen muss, ist sie beinahe zusammengeklappt.«

Rio fluchte leise. Sie zu erschrecken war das Letzte, was er gewollt hatte.

Er drehte sich zur Seite und schob sich an Diego vorbei ins Schlafzimmer, das allerdings leer war. Die Kleidung lag noch auf dem Bett.

»Ich habe ihr einen Bademantel gegeben«, erklärte Diego. »Sie hatte sich nur in das Handtuch gehüllt, und sie sah extrem nervös aus. Ich dachte, mit dem Bademantel fühlt sie sich vielleicht nicht ganz so verletzlich, und wir müssen bei der Untersuchung immer nur den Teil ihres Körpers aufdecken, den ich mir gerade anschauen muss.«

Rio drückte Diego das Tablett in die Hand. »Hier, nimm das. Ich hole Grace aus dem Badezimmer.«

Diego nahm das Tablett, und Rio eilte zur Badezimmertür. Leise klopfte er an. »Grace? Sie können jetzt rauskommen. Ich habe Ihnen etwas zu essen gebracht. Sobald Diego Sie untersucht hat, schicke ich ihn weg, und Sie können sich erholen und essen, und dann reden wir über Shea.«

Rio wandte sich um und sah, dass Diego ihn empört anstarrte. »Mann, vielen Dank auch«, flüsterte er leise.

Als die Tür einen Spaltbreit aufging, drehte Rio sich wieder um. Grace streckte vorsichtig den Kopf heraus.

»Hey«, sagte Rio leise. »Sind Sie bereit? Wir müssen einfach sichergehen, dass mit Ihnen alles okay ist. Es könnte ja sein, dass Sie mehr medizinische Versorgung brauchen, als wir Ihnen bieten können. Die ganze Sache wird nicht lange dauern.«

»Ich möchte, dass Sie dabeibleiben.« Ihre Stimme war kaum mehr als ein Flüstern.

Die Verletzlichkeit, die in ihren Worten durchklang, zerriss ihm schier das Herz. Zwischen ihnen gab es bereits ein Band des Vertrauens – auch wenn Grace das vielleicht nicht bewusst war. Sie fühlte sich sicher bei ihm. Das war ein Anfang.

»Ich gehe nicht weg«, versprach er. »Kommen Sie raus, damit wir die Sache hinter uns bringen können, bevor Ihr Essen kalt wird. Ich hatte noch Gumbo im Gefrierschrank und habe es in der Mikrowelle heiß gemacht. Das heilt alles, was Sie plagt. Es ist das ultimative Trostessen.«

Er streckte ihr die Hand hin, und sie öffnete langsam die Tür und ließ dann ihre Hand in seine gleiten.

Ihre Haut fühlte sich weich und samtig an. Elektrische Vibrationen schienen seinen Arm hinaufzuzucken, und sofort richteten sich die feinen Härchen an seinem Arm und im Nacken auf.

Sie trug seinen Bademantel. Er schleifte über den Boden, und die Ärmel reichten ihr bis zu den Fingerspitzen. Grace hatte den Gürtel zweimal um sich herumgeschlungen, und bei dem Anblick, wie sie da feucht und frisch geschrubbt in diesem viel zu großen Bademantel stand, konnte er sich ein Lächeln nicht verkneifen. Es gefiel ihm, gleichzeitig kam er sich dabei ziemlich bescheuert vor.

Er löste sich aus seiner Betrachtung und zog sie ins Schlafzimmer. Diego hatte das Tablett auf dem Nachttisch abgestellt und sich in eine Ecke des Zimmers verzogen, damit Grace sich nicht noch mehr bedrängt fühlte, als sie das ohnehin schon tat.

Rio führte sie zum Bett, dann legte er ihr die Hand auf die Schulter und drehte Grace zu sich, damit sie ihm in die Augen sehen musste.

»Sagen Sie mir einfach, wie es Ihnen am liebsten wäre, okay? Ich kann gehen, ich kann bleiben, ich kann mich danebensetzen und wegschauen. Ich kann Ihre Hand halten. Sie werden wissen, dass ich hier bin, aber ich tue nichts, was Ihnen irgendwie unangenehm sein könnte.«

»Bleiben Sie einfach in der Nähe. Falls Ihnen das nicht zu blöd ist«, fügte sie hastig hinzu. Dann schloss sie die Augen. »Ich führe mich bescheuert auf. Es tut mir leid. Ich schaffe das schon.«

Rio legte ihr die Finger unter das Kinn und hob es an. »Grace, Sie sind wieder und wieder von brutalen Männern misshandelt worden. Ich würde mir eher Sorgen machen, wenn diese Untersuchung für Sie völlig problemlos wäre. Sie sind ja schließlich nicht aus Stein.«

Sie holte tief Luft und warf nervös einen Blick in Diegos

Richtung. Dann sackten ihre Schultern herab, und sie begann, den Gürtel des Bademantels zu lösen. »Bringen wir es einfach hinter uns.«

Diego trat vor. »Folgender Vorschlag: Sie stellen sich neben das Bett und ziehen den Bademantel aus. Rio und ich drehen uns um, bis Sie auf der Matratze liegen. Dann legen Sie den Bademantel über sich, und ich decke Sie nur an den Stellen auf, wo ich Sie gerade untersuche, okay?«

Sie lächelte ihn steif an. »Okay.«

Rio drehte sich brav um, während Grace an die Bettkante trat. Einen Moment später hörte er, wie sie sich auf die Matratze legte.

»Sie können sich jetzt umdrehen«, sagte sie leise.

Rio und Diego gehorchten, und Diego machte sich sofort an die Arbeit. Geschäftig trat er an die Bettkante. Rio stand einen Moment einfach nur still da und starrte auf die Frau hinunter, die sich den Bademantel bis zum Kinn hochgezogen hatte.

Sie sah … sie sah verängstigt aus, und er hätte alles gegeben, um das irgendwie ändern zu können. Er trat an die gegenüberliegende Bettkante, setzte sich auf das Bett und schob ein paar Kissen zusammen. Dann lehnte er sich dagegen, griff nach ihrer Hand und drückte sie.

Sie lächelte ihn an, und das löste ganz seltsame Dinge in ihm aus.

Diego hielt ihren verletzten Arm hoch. Er bat sie, ihn zu beugen, das Handgelenk zu drehen, die Finger zu strecken und den Arm am Ellbogen einzuknicken. Grace tat alles, ohne zu murren, allerdings verzog sie ein wenig das Gesicht, als sie die Hand zur Faust ballte.

Behutsam legte Diego ihren Arm auf das Bett zurück und schob den Bademantel dann gerade so weit zur Seite, dass ein Teil ihres Brustkorbs freilag. Er untersuchte ihn, fragte sie, ob er schmerzte, schließlich nahm er sich den Rest des Oberkörpers vor.

»Ist das meiste passiert, als Sie gestürzt sind?«, fragte er. »Oder hatten Sie davor auch schon Verletzungen?«

Sie seufzte. »Das ist schwer zu erklären.«

»Versuchen Sie es. Lassen Sie sich Zeit.«

Sie sah Rio an, und er drückte erneut ihre Hand, um ihr zu zeigen, dass es in Ordnung war. Sie richtete den Blick an die Decke und holte tief Luft.

»Vor dem Sturz war ich krank, verletzt, unpässlich, wie immer Sie das nennen wollen, weil ich in kürzester Zeit so viele Menschen heilen musste. Nie ließ man mir eine Pause. Es kam ein Patient nach dem anderen, eine endlose Folge von Elend, Krankheit und Irrsinn. Ich war schwach und überzeugt, ich würde sterben.«

Sie hielt kurz inne und fuhr dann leise fort: »Als ich gestürzt bin … diese Wunden sind real. Nicht dass die anderen das nicht wären. Aber ich habe sie nur übernommen und sie mir nicht selbst zugezogen. Um auf Ihre Frage zurückzukommen: Die Sturz-Verletzungen kamen zu den vorigen Wunden dazu, aber die anderen hatten bereits begonnen zu heilen – jedenfalls soweit das unter den Umständen möglich war.«

Rio und Diego warfen sich einen kurzen Blick zu. Grace schilderte das Vorgefallene sachlich und kurz, und doch waren ihre Verzweiflung und ihre Qual nicht zu überhören. Sie hatte fürchterlich gelitten. Ihre körperlichen Wunden würden hoffentlich heilen. Aber die emotionalen Narben waren tief und würden für immer bleiben.

»Gut, Grace, wir sind fast fertig. Aber Sie müssen mir noch sagen, wo Sie sich überall verletzt haben, als Sie gestürzt sind. Bei unserem letzten Gespräch waren Sie nicht ganz bei sich. Sie haben nur von den Rippen und dem Arm geredet. Wie sieht es mit Ihrem Kopf aus? Tut Ihnen sonst noch irgendwas weh?«

Vor lauter Konzentration schob sie die Unterlippe vor und runzelte die Stirn. Dann schüttelte sie langsam den Kopf.

»Und wie fühlt es sich jetzt für Sie an? So als würden Sie heilen? Dauert das Heilen länger als sonst?«

»Es dauert länger. Es schmerzt stärker. Ich fühle mich … schwächer. Als wäre ich irgendwie zerbrochen.«

Rio rückte an sie heran und legte ihr den Arm um die Schultern. Sofort schmiegte sie den Kopf an seine Brust.

Verdammt, sie war wirklich völlig am Ende. Geistig wie körperlich. Wie sie es schaffte, trotzdem so entschlossen weiterzumachen, war ihm ein Rätsel. Er hatte gespürt, dass sie ihr Schicksal akzeptiert hatte. Und doch war es, als könne sie einfach nicht aufgeben. Selbst mit dem Tod vor Augen trieb sie sich mit übermenschlicher Kraft an. Bis zu einem Punkt, an dem fast jeder andere längst aufgegeben hätte.

Diego zog den Bademantel sorgfältig wieder zurecht. »Ich würde sagen, Ihnen geht es erstaunlich gut dafür, dass Sie vermutlich mehrere Rippen gebrochen haben, von denen eine die Lunge punktiert hat. Ihre Atemgeräusche waren auf der einen Seite deutlich schlechter, aber jetzt klingen sie fast schon wieder normal. Den Arm können Sie in alle Richtungen bewegen, und ich könnte nicht mal mehr sagen, an welcher Stelle er gebrochen war. Das ist echt erstaunlich.«

»Ich glaube, ich weiß einfach nicht, wie man stirbt«, erwiderte sie matt.

Rio runzelte die Stirn. Diego war seine Besorgnis ebenfalls anzumerken.

»Reden wir nicht vom Sterben, sondern konzentrieren wir uns darauf, dass Sie wieder auf die Beine kommen«, sagte Rio. »Am besten fangen wir mit einem guten Essen an. Bist du fertig?«

Diego nickte und wandte sich zur Tür.

»Diego?«, rief Grace ihm hinterher.

Er blieb stehen und drehte sich um.

»Danke.«

Er lächelte. »War mir ein Vergnügen. Sie sind eine großartige Frau, Grace. Ich werde nie begreifen, wie Sie es in Ihrem Zustand diesen Berg hinuntergeschafft haben, aber ich bin total stolz auf Sie.«

Bei so viel Lob färbten sich Graces Wangen rosa, und als Diego das Zimmer verließ, lag ein leichtes Lächeln auf ihren Lippen.

»Ich drehe mich jetzt um und stelle das Essen bereit«, sagte Rio. »Ziehen Sie doch einfach die Trainingshose und das T-Shirt an, die ich für Sie bereitgelegt habe, und dann kommen Sie wieder ins Bett. Ich stopfe Ihnen Kissen in den Rücken und stelle Ihnen das Tablett auf die Decke.«

Sie setzte sich auf und zog den Bademantel enger um sich. »Und dann reden wir über Shea?«

Rio nickte. »Ja, dann erzähle Ihnen alles über Shea.«

14

Grace zog sich rasch an. Dass Rio so nah und sie völlig nackt war, machte sie nervös. Auch wenn es im Grunde gar keinen Anlass dazu gab. Rio würde bei ihrem Anblick wohl kaum in Versuchung geraten oder gar von Lust überwältigt werden. Dazu war sie viel zu unattraktiv. Das letzte Jahr war nicht gut zu ihr gewesen, und die vergangenen Monate hatten sie endgültig in ein Wrack verwandelt.

Als sie sich das viel zu große Sweatshirt über den Kopf zog, wurde ihr bewusst, dass sie sich gerade um ihr Aussehen Gedanken gemacht hatte … aber nur in Bezug auf Rio. Die anderen spielten keine Rolle. Nur Rio.

Sie spürte, wie ihr die Schamesröte ins Gesicht stieg. Wie sie auf diesen Mann wirkte, war nun wirklich das Letzte, worüber sie sich Gedanken machen sollte.

»Sind Sie fertig?«

Unwillkürlich zuckte sie zusammen. Wie lange hatte sie schon komplett angezogen hier gestanden und den Saum des Sweatshirts umklammert?

Sie drehte sich um und kroch rasch zurück ins Bett. »Ich bin so weit.«

Rio wandte sich zu ihr um, aber Grace konnte ihm kaum in die Augen sehen, so blöd kam sie sich vor. Sie war eine erwachsene Frau, die sich wie ein kleines Dummerchen aufführte. Das war mehr als peinlich. Sie war sauer auf sich selbst, weil sie sich – wenn auch nur einen Moment lang – gestattet hatte, wie ein hormongesteuerter Teenager zu denken.

Falls sie jemals lebend aus all dem herauskommen sollte, würde sie sich einen Tag in einem Spa gönnen, würde sich eine Pediküre und Maniküre machen lassen und all diese kleinen Freuden genießen, die Frauen nun mal so liebten. Vielleicht würde sie dann auch einen heißen Doppelgänger von Rio treffen und ihrer Fantasie freien Lauf lassen.

Bis es so weit war, musste sie sich allerdings erst einmal darauf konzentrieren, am Leben zu bleiben. Sonst war die Farbe ihrer Zehennägel nämlich auch egal.

Rio half ihr, sich gegen das Kopfteil zu stützen, und stopfte ihr mehrere Kissen in den Rücken. Dann legte er eins auf ihren Schoß und stellte das Tablett darauf. Sofort stieg ihr der Geruch des Gumbo in die Nase.

Jetzt erwachte auch ihr Magen zum Leben. Es fühlte sich an, als würde er sich plötzlich zusammenziehen und dann anfangen wild zu kreischen und um sich zu treten. Grace spürte, wie ihr der Schweiß auf die Stirn trat. Mit zitternden Händen griff sie nach dem Löffel.

Rio legte die Hand auf ihre und hielt sie fest. Behutsam entwand er ihr den Löffel und rührte damit den Eintopf um, bevor er den Löffel eintauchte und ihn dann prüfend an die Lippen führte. Nachdem er sich von der Temperatur überzeugt hatte, hielt er Grace den Löffel hin.

Sie war zu überrascht, um zu protestieren, und schon glitt die warme Masse in ihren Mund. Es war der Himmel auf Erden. Wärme breitete sich in ihrem Hals aus und floss von dort weiter in ihren Magen.

Als er den Löffel erneut in den Eintopf tauchte, fand sie ihre Sprache wieder. »Rio, nicht. Ich kann allein essen. Himmel, komme ich mir lächerlich vor. Das ist ja derart peinlich!«

»Ihre Hände zittern so heftig, dass es an ein Wunder grenzen würde, wenn Sie den Löffel problemlos zum Mund führen könnten. Sie würden sich und das ganze Bett vollkleckern. Also seien Sie ruhig, und essen Sie.«

Um seine Worte zu unterstreichen, führte er den Löffel erneut an ihre Lippen, und sie schluckte und genoss den Geschmack.

Danach veränderte Rio seine Position so, dass er nicht mehr neben ihr, sondern ihr gegenübersaß.

»Sie müssen ganz viel Wasser trinken«, sagte er mit rauer Stimme. »Sie sind noch immer dehydriert, und ich will nicht, dass Sie wieder Krämpfe bekommen.«

Reflexartig griff sie nach einer der offenen Flaschen auf dem Tablett und trank in großen Schlucken. Sobald sie erst einmal angefangen hatte, war es, als könne sie nicht mehr aufhören. Sie wollte nur immer weiter und weiter trinken. Nichts hatte jemals so gut geschmeckt.

Behutsam zog Rio ihre Hand hinunter, in der sie die Flasche hielt. »Langsam, Grace. Sie werden sonst krank. Außerdem muss ich Ihnen auch ein wenig Essen einflößen.«

Während er sie langsam, Löffel für Löffel, fütterte, legte er die freie Hand auf ihre und strich ihr mit dem Daumen über die Finger. Seine Berührung hatte eine beruhigende Wirkung auf sie, und die schreckliche Anspannung in ihrer Nackenmuskulatur ließ allmählich ein bisschen nach.

»Gut?«, fragte er.

»Ausgezeichnet«, flüsterte sie. »Ich glaube, noch nie hat etwas so gut geschmeckt.«

»Sagen Sie mir, wenn Sie sich allmählich satt fühlen oder wenn Ihnen schlecht wird. Ich will nicht, dass Sie sich übernehmen.«

An diesem Punkt war sie bereits, aber sie aß noch ein wenig weiter, weil das Gumbo einfach zu gut war, um aufzuhören. Schließlich lehnte sie sich seufzend zurück. »Danke. Es reicht.«

Rio rutschte vom Bett, griff nach dem Tablett und verließ wortlos das Zimmer. In der eintretenden Stille lauschte sie, ob irgendetwas im Haus zu hören war. Irgendetwas von den anderen Männern. Aber es war völlig still.

Vermutlich waren sie alle ins Bett gegangen. Grace fühlte sich ein wenig schuldig, wenn sie daran dachte, was die Männer alles auf sich genommen hatten, um sie in Sicherheit zu bringen. War das alles wirklich passiert? Sie hatte so viele Fragen, mehr als ihr müder Kopf ertragen konnte.

Als Rio zurück ins Zimmer kam, sah sie hoch. Er zögerte einen Moment, dann sagte er: »Ich habe Ihnen versprochen, dass wir reden, und das werden wir auch, aber ich würde gern erst unter die Dusche gehen, wenn es Ihnen nichts ausmacht. In fünf Minuten bin ich wieder zurück. Glauben Sie, Sie schaffen es, so lange wach zu bleiben?«

Wieder fühlte sie sich schuldig, weil er ihr zuliebe alles andere aufgeschoben hatte. Er trug noch immer die Sachen, die er bei der Rettungsaktion angehabt hatte.

»Bitte, tun Sie das«, erwiderte sie. »Lassen Sie sich Zeit. Ich bleibe wach. Mir ist wichtig zu erfahren, was Shea zugestoßen ist und wie es ihr geht.«

Rio nickte. »Okay, in fünf Minuten bin ich wieder da.«

Er ging zu seiner Truhe, holte frische Kleidung heraus und verschwand dann im Badezimmer. Durch die geschlossene Tür hörte Grace, wie die Dusche angestellt wurde. Sie rutschte ein wenig tiefer unter die Decke und hoffte, ihr Versprechen, wach zu bleiben, auch halten zu können.

Als Rio genau vier Minuten später aus dem Badezimmer kam, war er noch dabei, sich das Haar trocken zu rubbeln. Er hatte nicht lange wegbleiben wollen, weil Grace so ausgesehen hatte, als würde sie jeden Moment wegkippen.

Sie war tatsächlich eingeschlafen, und als er das sah, musste er lächeln. Kopf und Oberkörper waren fast schon von den Kissen heruntergerutscht, die sie stützten. Er warf das Handtuch zur Seite, trat leise an die Bettkante, setzte sich vorsichtig hin und schüttelte sie sanft wach.

»Grace«, flüsterte er. »Wachen Sie auf, Honey. Nur so lange, bis Sie richtig bequem liegen, okay?«

Sie riss die Augen auf und schnappte entsetzt nach Luft. Er hatte die Hand auf ihr Handgelenk gelegt und konnte spüren, wie ihr Puls raste.

»Entschuldigung. Ich wollte Sie nicht erschrecken.«

Sie richtete sich auf und schob sich wieder weiter nach oben gegen den Kissenstapel. »Nein, das ist in Ordnung. Ich wollte auch gar nicht einschlafen.«

»Vermutlich wäre es gar nicht so schlecht, wenn Sie sich erst mal ausruhen. Sie sind völlig erledigt.«

Enttäuscht sah sie ihn an. »Sie haben doch gesagt, wir würden reden.«

»Habe ich«, bestätigte er. »Und das werden wir auch tun. Nur vielleicht nicht heute Abend. Sie sind erschöpft, Grace. Ich weiß gar nicht, wie Sie es schaffen, immer noch bei Bewusstsein zu sein. Jeder andere wäre schon längst ins Koma gefallen.«

Störrisch blickte sie ihn an. »Mir geht es gut. Ich will wissen, was mit meiner Schwester los ist. Schlafen kann ich auch hinterher noch.«

»Okay, aber erst möchte ich es Ihnen bequem machen.«

Rio reichte ihr die Hand und half ihr, aus dem Bett aufzustehen. Dann schüttelte er die Decken auf, richtete ihre Kissen und bedeutete ihr, sich wieder hinzulegen. Sobald sie lag, ging er auf die andere Seite des Betts und setzte sich so hin, dass er Grace ansehen konnte.

»Woher kennen Sie meine Schwester?«, fragte sie, bevor er auch nur den Mund öffnen konnte.

»Sie hat vor ein paar Monaten einem amerikanischen Soldaten geholfen, aus der Gefangenschaft zu fliehen.«

Grace nickte. »Ja, ich war gewissermaßen dabei, als die Sache eskalierte. Ich hatte Angst, Shea könnte verletzt werden. Längere Zeit Telepathie anzuwenden schwächt sie sehr. Hinzu kam, dass sie dem Mann die ganzen Schmerzen abgenommen hat.«

Rio sah sie neugierig an. »Shea behauptet, dass sie ganz anders ist als Sie. Sie sagt, sie kann jemandem nur eine begrenzte Zeit lang den Schmerz abnehmen, aber niemanden richtig heilen.«

»Das stimmt«, erwiderte Grace leise. »In manchen Punkten sind wir unterschiedlich. In anderen aber auch gleich. Shea kann ihre Begabung nicht gezielt einsetzen, was sie immer frustriert hat. Sie weiß nie, an wen sie gerät. Wen sie hören wird. Wer in der Lage sein wird, sie zu hören.«

»Und Sie? Sie können Ihre telepathischen Fähigkeiten gezielt einsetzen?«

Grace schaute auf ihre Hände hinunter, und Rio hätte sie am liebsten in die Arme genommen, bis sie spürte, dass sie in Sicherheit war.

»Das konnte ich. Ich bin mir nicht sicher, ob es noch geht. Das ist alles solch ein Chaos. Ich weiß nicht, wie weit mich das, was passiert ist, beeinträchtigen wird. Die Verbindung zu Shea habe ich gekappt, um sie zu schützen. Aber als ich die Verbindung dann wieder aufnehmen wollte, konnte ich das nicht. Ich habe den Eindruck, jetzt gelingt mir so etwas eher zufällig. Den Mann in den Bergen habe ich gehört. Er hat so viel Wut ausgestrahlt, dass ich ihn nicht nur hören, sondern fast schon spüren konnte. Aber jetzt ist alles um mich herum still. Ich konnte meine Begabung gezielter einsetzen als Shea. Aber diese Kontrolle ist mir nun abhandengekommen. Vielleicht kriege ich sie nie zurück.«

Ihre Mundwinkel hingen frustriert herab, und das machte Rio traurig. Sie klang so verzweifelt und erschöpft.

»Zurück zu diesem Soldaten, den Shea gerettet hat – kennen Sie ihn?«

Er nickte. »Ich arbeite für seine Brüder, alles ehemalige Soldaten. Sie haben eine Firma, die gefährliche Aufgaben übernimmt, die sonst niemand machen kann oder will. Manchmal bekommen wir Aufträge vom Staat, militärische Eingriffe, die die Regierung offiziell nicht durchführen kann. Manchmal sind es auch private Auftraggeber, zum Beispiel bei Geiselbefreiungen oder bei der Suche nach Entführungsopfern … im Prinzip alles, wo Muskelkraft und unauffälliges Vorgehen gefragt sind.«

Grace riss entsetzt die Augen auf. Nervös verschränkte sie die Hände ineinander, und Rio konnte spüren, dass ihr gerade außerordentlich unwohl zumute war. Man musste kein Genie sein oder über telepathische Fähigkeiten verfügen, um zu wissen, was in ihrem Kopf vor sich ging.

»Grace, hören Sie mir zu. Die Leute, die hinter Ihnen her sind, könnten ebenfalls von Regierungskreisen beauftragt worden sein. Auf dem Papier stehen wir vielleicht alle auf derselben Seite, dennoch gibt es da jede Menge Unter- und Nebengruppen, die ihre eigenen Ziele verfolgen. Meine Männer und ich übernehmen manchmal auch Aufträge für den Staat, aber wir sind keine Angestellten der Regierung. Und vor allem gehen wir nicht auf unschuldige Zivilisten los.«

»Wo ist Shea jetzt?«, fragte sie nervös.

Rio lächelte. »Ich vermute, sie ist bei Nathan, und er passt sehr gut auf sie auf. In besseren Händen könnte sie gar nicht sein. Er liebt sie. Sie sind gemeinsam durch die Hölle gegangen.«

»Aber es geht ihr gut?«, hakte Grace sofort nach.

»Ja, sie ist bei Nathan und dem Rest von KGI in Sicherheit.«

»KGI? Ist das der Name Ihrer … Organisation?«

Wieder nickte Rio.

»Wissen Sie, wer hinter Shea und mir her ist?«

Rio schüttelte den Kopf und seufzte. »Ehrlich gesagt bin ich mir nicht mal sicher, dass nur eine Gruppierung hinter Ihnen her ist. Ich habe das Filmmaterial gesehen, das die Überwachungskamera von Ihnen im Haus Ihrer Eltern aufgezeichnet hat. Shea hat es ebenfalls gesehen. Sie hat dort mit Nathan zusammen nach Ihnen gesucht. Als wir die Aufnahmen gesichtet haben, habe ich ihr versprochen, Sie nach Hause zu bringen.«

Grace schloss die Augen und stützte den Kopf mit der Hand ab. »Wie sollen wir leben, wenn ständig jemand hinter uns her ist und uns für seine Zwecke benutzen und zerstören will?«

Als sie die Augen wieder öffnete, waren sie zu Rios Entsetzen voller Tränen. Oh, verdammt. Wenn sie jetzt anfing zu weinen, war er geliefert.

»Was ist passiert, nachdem Sie im Haus Ihrer Eltern waren, Grace?«, fragte er, um sie abzulenken. »Hat man Sie gefangen genommen? Ist es Ihnen gelungen zu fliehen?«

Sie seufzte. »Shea hatte recht. Vermutlich war es dumm von mir, nach Antworten zu suchen. Ich war einfach so frustriert von diesem Leben, das wir führen mussten. Oder besser gesagt von diesem Nicht-Leben. Wir waren seit einem Jahr auf der Flucht. Hatten uns nicht ein einziges Mal getroffen. Dauernd lebten wir in der Angst, dass die Leute, die unsere Eltern getötet hatten, uns aufspüren würden. Ich habe mich vor meinem eigenen Schatten gefürchtet. Habe niemandem vertraut. Wenn mich jemand angelächelt hat, war ich sofort misstrauisch und habe mich so schnell wie möglich verdrückt. Wenn jemand ›Hallo‹ sagte, bin ich erstarrt. Wenn mich jemand etwas länger angesehen hat, war ich überzeugt, dass ich verfolgt werde. Das war kein Leben mehr. Ich habe meine Schwester vermisst. Ich wollte, dass wir beide normal leben können. Also habe ich mich auf die Suche nach Antworten gemacht. Ich habe das Tagebuch meiner Mutter gefunden, beziehungsweise der Frau, die ich immer für meine Mutter gehalten habe.«

Sie schwieg kurz und fuhr dann mit Bitterkeit in der Stimme fort: »Dabei war sie nur eine Wissenschaftlerin, die Shea und mich im Labor erzeugt hat. Dann haben wir ihr leidgetan, und sie hat uns entführt, um uns selbst aufzuziehen.«

»Das hat Shea uns erzählt«, erwiderte Rio leise. »Sie hat das Tagebuch gefunden, das Sie im Fluchttunnel verloren haben.«

Graces Mundwinkel sanken nach unten. »Dann kennt sie jetzt also die Wahrheit.«

Rio nickte. »Was ist passiert, nachdem Sie im Haus waren? Ist es Ihnen gelungen zu entkommen?«

»An dem Tag, ja. Aber sie waren nah, und ich war panisch und habe mich dumm verhalten. Ich habe meine Spuren nicht so gut verwischt, und ein paar Wochen später hatten sie mich dann. Ich kann Ihnen nicht mal sagen, wo ich war. Die meiste Zeit war ich durch die Medikamente, die sie mir gegeben haben, völlig weggetreten. Bis sie anfingen, mir Testpersonen zu bringen, die ich heilen sollte. Da musste ich dann wach und munter sein, um zu tun, was sie von mir wollten.«

Rio wurde übel. Er mochte sich gar nicht vorstellen, wozu man sie gezwungen hatte und wie das für sie gewesen sein musste. Vielleicht würde sie sich davon nie wieder erholen. Diese Idioten hatten den Wert ihrer Begabung nicht einmal erkannt. Sie waren viel zu sehr damit beschäftigt gewesen, sie zu zerstören, ohne zu wissen, was sie da taten.

Grace runzelte die Stirn. »Sie sagten, vielleicht sei mehr als eine Gruppierung hinter mir her.«

Rio nickte. »Ich weiß es nicht mit Sicherheit, aber nach allem, was ich in Erfahrung gebracht habe, ist es nicht auszuschließen.«

»An dem Tag, an dem ich geflohen bin, wurde das Gebäude, in dem man mich festhielt, bombardiert. Außerdem erinnere ich mich an Schüsse. Chaos brach aus. Die Wände meiner Zelle stürzten ein, und ich konnte hinauskriechen und fliehen. Viele der Wissenschaftler waren tot, aber ich glaube nicht, dass die Explosion die Ursache war. Überall war Blut, als wären sie abgeschlachtet worden.«

Sie schwieg, schloss die Augen und wiegte sich vor und zurück. Alarmiert legte er ihr die Hand auf den Arm, aber sie entzog sich ihm.

»Lassen Sie mir einen Moment Zeit. Mir ist gerade etwas eingefallen. An jenem Tag habe ich etwas von einem Mann ganz in der Nähe aufgefangen. Ich weiß noch, wie kalt mir war und wie viel Angst er mir eingejagt hat. Ich konnte seine Entschlossenheit spüren, mich zu finden und alle umzubringen, die irgendetwas von mir wussten.« Sie richtete den Blick wieder auf Rio. »Was hat das zu bedeuten? Wieso sollte er das tun?«

Rio seufzte. »Titan.«

»Titan?«

Was jetzt kam, war ihm total zuwider. Er wollte ihr keine Angst machen. Aber er würde absolut ehrlich zu ihr sein, denn jede Täuschung würde später nur zu Problemen führen. Auf keinen Fall durfte es so weit kommen, dass sie sich von ihm abwandte, nur weil sie das Gefühl hatte, er würde versuchen, sie zu täuschen.

Rio konnte nicht länger still sitzen. Er stand auf und tigerte vor dem Bett auf und ab.

»Titan ist eine hochqualifizierte, hochspezialisierte militärische Sondereinheit. Offiziell gibt es sie nicht. An diese Leute wendet man sich, wenn sonst niemand infrage kommt. Sie räumen auf, wenn etwas schiefgegangen ist und wenn einem keine anderen Möglichkeiten mehr bleiben.«

Verwirrt runzelte Grace die Stirn. »Woher wissen Sie dann so viel über sie?«

»Weil ich mal einer von ihnen war.«

Einen Moment lang war sie völlig still, als wäre das, was er gesagt hatte, noch nicht richtig bei ihr angekommen. Dann schaute sie ihn auf einmal entsetzt an und sank in die Kissen zurück. Aber – das musste er ihr lassen – sie flippte nicht aus.

»Sie sagen, Sie waren dabei.« Ihre Stimme klang fest. »Wieso sind Sie das denn nicht mehr?«

Er blieb stehen und sah sie an. Sie fragte, sie urteilte nicht. Er bewunderte sie von Minute zu Minute mehr. Sie war wirklich eine starke Frau. Jemand, der unter Druck nicht zusammenbrach. Eine Frau wie sie hatte er noch nie kennengelernt – und das, obwohl er die Frauen der Kelly-Familie kannte, die alle durchaus bemerkenswert waren. Überlebenskünstlerinnen. Kämpferinnen. Tapferer als so mancher Mann.

Aber Grace hatte etwas, das ihn innehalten und aufmerksam werden ließ.

Er setzte sich auf die Bettkante. »Ich habe beschlossen, dass unerschütterliche und bedingungslose Loyalität nichts für mich ist.«

Sie sah ihn zweifelnd an. »Manche würden sagen, dass Loyalität etwas Gutes ist.«

»Aber blinder Glaube ist niemals gut. Eine Einheit aus Robotern zu sein, die, ohne nachzufragen, tun, was man ihnen befiehlt … irgendwann konnte ich das einfach nicht mehr. Ich habe während meiner Zeit mit Titan einen großen Teil meiner Seele verloren.«

»So schlimm war es?«, fragte sie leise.

Er fuhr sich mit der Hand durch das noch feuchte Haar. »Nicht alles. Es gab Gutes und Böses. Letztendlich kommt es immer darauf an, auf welcher Seite man steht. Gibt es Dinge, die ich bereue? Ja. Aber es gibt auch Dinge, die ich nicht bereue. Für mich war der Zeitpunkt gekommen, etwas Neues anzufangen, um wenigstens den letzten Rest meiner Seele zu retten.«

»Und KGI ist besser?«

»Anders«, erwiderte Rio. »Wir entscheiden selbst, welche Aufträge wir annehmen. Die Kellys … die sind anständig. Rechtschaffen. Sie sind integer und haben Prinzipien. Deshalb arbeite ich für sie. Deshalb arbeitet mein Team für sie.«

Seine Ausführungen schienen sie zu erleichtern.

»Shea ist in sehr guten Händen, Grace. Nathan liebt sie abgöttisch. Er wird sie beschützen, und wenn es ihn das Leben kostet.«

Sie seufzte wehmütig. »Ich bin froh, dass sie ihr Glück gefunden hat und in Sicherheit ist. Das ist, was ich mir immer für sie – für uns beide – gewünscht habe. Einfach ein normales Leben.«

Rio nahm ihre Hand in seine. »Das werden Sie bekommen, Grace. KGI lässt Sie nicht im Stich.«

»Danke. Ich weiß nicht, was ich getan hätte, wenn Sie mich nicht gefunden hätten. Ich …« Sie schloss die Augen und senkte den Kopf. »Ich war bereit zu sterben. Ich glaube, ich wollte es sogar. Ich war so schrecklich erschöpft. Ich kann Ihnen gar nicht recht sagen, wie ich mich gefühlt habe.«

Rio strich ihr über das Haar und ließ eine der feuchten Strähnen durch seine Finger gleiten. »Es ist keine Schande zuzugeben, dass man am absoluten Tiefpunkt angekommen war. Das haben wir alle schon mal erlebt.«

Sie hob den Kopf und sah ihm in die Augen. »Was war Ihr absoluter Tiefpunkt?«

Er musste schlucken, denn noch immer spürte er den Schmerz über Rosalinas Tod. Sie war alles gewesen, was ihm noch geblieben war. Und es war ihm nicht gelungen, sie so zu beschützen, wie er das hätte tun sollen. In gewisser Weise war sie der Anstoß gewesen, dass er Titan verlassen hatte.

»Meine kleine Schwester ist gestorben«, antwortete er leise. »Sie war schwanger. Ihr Freund, der Vater des Kindes, hat sie zusammengeschlagen, weil sie mit einem anderen Mann geredet hat.«

Grace sah ihn mitfühlend an. »Das tut mir so leid. Was ist passiert? Hat man ihn bestraft?«

»Er ist tot«, erwiderte Rio tonlos.

Grace riss entsetzt die Augen auf. Sie biss sich auf die Lippe und starrte ihn durchdringend an, als würde sie den Grund ahnen, zögerte aber nachzufragen.

Er nahm ihr die Entscheidung ab. Sie sollte wissen, von was für einem Menschen ihre Sicherheit abhing. Sie sollte alle Fakten kennen.

»Ich habe ihn aufgespürt und umgebracht.«

»Gut«, erwiderte sie voller Überzeugung. »Und hoffentlich nicht zu schnell.«

Rio sah sie überrascht an, dann musste er lachen. Sie hatte das Kinn entschlossen vorgereckt und sie sah einfach … süß aus.

»Es ging nicht schnell.«

»Jeder Mann, der die missbraucht, die schwächer und wehrlos sind, hat es verdient, dass man ihm die Eier abschneidet.«

Unwillkürlich musste Rio lächeln. »Das stimmt. Ich werde

Ihnen die Einzelheiten ersparen, aber er hat seine gerechte Strafe bekommen.«

Sein Herz fühlte sich sogleich ein wenig leichter an. Nicht so schwer wie sonst, wenn er von seiner Schwester sprach. Grace sah aus, als würde sie sich den Dreckskerl am liebsten schnappen und gleich noch einmal umbringen. Solch eine Wildheit gefiel ihm gut bei einer Frau.

»Da bin ich froh«, sagte sie. Sie rieb sich die Arme, als wäre ihr kalt. »Es ist so ein schreckliches Gefühl, wenn man nicht in der Lage ist, sich zu wehren.«

»Sie sind nicht mehr hilflos, Grace. Sie haben jetzt mich.«

Sie nahm seine Hand fest in ihre und drückte sie. »Die haben mir etwas genommen, Rio. Etwas, das ich vielleicht nie mehr zurückbekomme. Dafür hasse ich sie.«

Er rutschte näher an sie heran und legte ihre Hand auf seinem Oberschenkel ab. »Was denn?«

Ihr Gesicht verzog sich vor Wut. »Meine Schwester. Sie haben meine Verbindung zu ihr zerstört. Mir war nie bewusst, wie sehr ich davon abhängig bin, bis ich sie verloren hatte. Ich hasse die Stille. Ich fühle mich so … allein.«

Rio nahm sie behutsam in die Arme und legte ihren Kopf an seine Brust. »Sie werden diese Verbindung zurückbekommen. Ich kenne ein paar Übungen für das Gehirn, die Ihnen vielleicht helfen werden. Sie sind durch die Hölle gegangen, Grace. Da können Sie nicht erwarten, das unversehrt zu überstehen. Sie müssen erst mal heilen. Nicht nur körperlich, sondern auch geistig. Vor allem geistig. Ihr Körper wird sich von allein erholen, aber Ihr Geist hat unter all dem, was Sie ertragen mussten, schwer gelitten. Vermutlich kapselt er sich ab, um Sie zu schützen. Er hat auf Überlebensmodus umgestellt, genau wie Sie.«

»Sie machen mir Hoffnung«, hörte er sie an seiner Brust flüstern. »Ich hatte so lange überhaupt keine Hoffnung mehr, aber mit Ihnen kann ich mich wieder erinnern, wie es war, als ich noch geglaubt und gehofft habe.«

Er hielt sie noch einen Moment länger fest, dann ließ er sie los. »Für heute Abend war das genug, denke ich. Wenn Sie nicht mehr so todmüde sind, haben Sie bestimmt noch weitere Fragen. Aber jetzt müssen Sie sich erst mal ausruhen und heilen. Wir können morgen weiterreden.«

Sie nickte, und er wickelte sie wieder sorgfältig in die Decke ein. Dann ging er zum Schrank und holte weitere Decken und ein paar Kissen heraus. Nachdem er sich auf dem Boden eine bequeme Schlafstätte hergerichtet hatte, wandte er sich noch einmal zu ihr um. »Okay, wenn ich das Licht ausmache?«

»Ja«, murmelte sie.

Sie hatte sich bereits tief unter die Decke gekuschelt und lag jetzt auf der Seite, mit dem Gesicht zu ihm. Sie sah müde aus. Abgezehrt. Und dennoch war sie in seinen Augen wunderschön. Vielleicht, weil er ihr Herz gesehen hatte. Ihren Geist und ihre Widerstandskraft.

Grace hatte in der kurzen Zeit, die er sie kannte, bereits großen Einfluss auf sein Leben gehabt, und er wusste, er würde sie nie vergessen.

Er drehte den Dimmer, bis es dunkel im Zimmer war. Dann kroch er in sein provisorisches Bett. Seine Muskeln kreischten protestierend auf, und vor Müdigkeit dröhnte ihm der Schädel.

Er war fast schon weggedöst, als er leise ihre Stimme hörte.

»Rio?«

Er öffnete die Augen und drehte sich in ihre Richtung.

»Sind Sie wach?«

Sie sagte es so leise, dass er es beinahe nicht gehört hätte.

»Ja. Alles in Ordnung?«

Sie schwieg lange. »Grace?«

»Würden Sie …« Sie beendete den Satz nicht, als wäre es ihr peinlich, die Frage zu stellen, die sie gern gestellt hätte. »Würden Sie bei mir schlafen? Auf dem Bett, meine ich. Ich fühle mich sicherer, wenn … wenn Sie in der Nähe sind.«

Sein Herz schlug seltsame Kapriolen, als er die Angst und das Zögern in ihrer Stimme hörte. Verdammt, für sie würde er notfalls auch einen Berg verschieben.

Er stand auf und knipste das Licht an. Sie blinzelte und sah erwartungsvoll zu ihm hoch.

Also schlug er die Decken zurück und legte sich neben sie. Dann griff er hinter sich nach dem Lichtschalter und knipste das Licht erneut aus. Wieder wurde es dunkel, und er drehte sich zurück zu ihr, sodass sie mit dem Gesicht zueinander lagen.

Es war still, nicht einmal ihren Atem konnte er hören. Sie lag steif und völlig unbeweglich da, aber er wusste, sie war weder entspannt, noch schlief sie.

»Kommen Sie her«, sagte er leise.

Er hob den Arm, und sofort kuschelte sie sich an ihn. Ihr Körper war eine warme Überraschung, als sie sich an seine Brust schmiegte und ihre Beine sich berührten.

Er blieb regungslos liegen und wartete, wie sie reagieren oder ob sie irgendein Zeichen von Unwohlsein bei so viel Nähe zeigen würde. Aber erstaunlicherweise rückte sie noch näher an ihn heran, gab einen erleichterten Seufzer von sich und lag dann entspannt in seinen Armen.

»So besser?«, fragte er.

Er spürte, dass sie nickte.

Lange lag er einfach so da, weil er nicht wusste, was er jetzt tun sollte. Schließlich legte er den Arm um ihre Taille, damit sie nicht wegrutschen konnte. Sie rührte sich nicht einmal – sie schlief bereits fest.

Er entspannte sich und ließ sich tiefer in die Kissen sinken.

Grace fühlte sich klein und leicht in seinen Armen an. Wieder musste er daran denken, wie zerbrechlich sie war und wie viel innere Stärke sie trotzdem besaß.

Er beugte den Kopf hinunter und fuhr sanft mit den Lippen über ihr Haar. »Gute Nacht, Grace«, flüsterte er.

15

Grace erwachte mit dröhnendem Schädel. Es kostete sie riesige Mühe, die Augen zu öffnen. Einen Moment lang blieb sie ganz still liegen und machte innerlich eine Bestandsaufnahme ihres Körpers und ihrer Verletzungen. Dann hob sie den Arm und untersuchte die Stelle, an der er gebrochen war. Sie beugte und streckte die Finger, aber abgesehen davon, dass sie ein wenig steif waren, schien alles in Ordnung zu sein.

Ihre Träume waren sehr verworren gewesen, eine Mischung aus realen Vorkommnissen und Erfindungen ihrer Angst. Mehrfach hatte sie versucht, ihre Schwester mental zu erreichen, doch an diesem Punkt konnte sie nur hoffen, dass sie keinen Erfolg gehabt hatte. Shea hätte sich sonst schreckliche Sorgen um sie gemacht, und das war das Letzte, was Grace wollte. Vor allem jetzt, nachdem Rio ihr erzählt hatte, wie glücklich ihre Schwester war.

Verliebt.

Beschützt.

Sie verspürte einen Anflug von Neid, doch sofort fühlte sie sich schuldig, weil sie sich auch nur einen Moment lang solch eine Empfindung erlaubt hatte.

Sie setzte sich auf. Vermutlich war Rio schon vor längerer Zeit aufgestanden. Sonnenlicht fiel durch das eine Fenster ganz oben in der Wand herein. Grace fand es seltsam, dass alle Fenster im Haus so weit oben waren. Ein Blick nach draußen war nicht möglich. Außerdem waren die Fenster zu klein, um durchzuklettern. Unwillkürlich fragte sich Grace, ob Rio sich jemals Gedanken gemacht hatte, wie er bei einem Feuer entkommen wollte.

Sie schüttelte den Kopf. Irgendwie konnte sie sich nicht vorstellen, dass Rio so etwas Grundlegendes übersehen haben sollte. Dafür wirkte er viel zu aufmerksam und vorausschauend.

Obwohl Grace sich deutlich besser fühlte, bewegte sie sich sehr behutsam. Besser nichts riskieren. Sie wollte – musste – wieder gesund werden, und nicht nur körperlich. Genauso wichtig war es, wieder zu der Frau zu werden, die sie gewesen war, bevor dieser ganze Albtraum begonnen hatte.

Auf der Kommode lagen eine Jeans und ein T-Shirt. Grace runzelte die Stirn und ließ die Finger über den weichen, abgetragenen Stoff gleiten. Die Sehnsucht, die sie schlagartig überfiel, war so überwältigend, dass sie rasch die Finger wegzog und sie in der anderen Hand vergrub.

Tränen sammelten sich in ihren Augen. Sheas Kleidung. Wann war ihre Schwester hier gewesen? Wie war Rio an diese Kleidungsstücke gekommen?

Ihr Herz schlug so schnell, dass ihr schwindelig wurde. Jedes Mal, wenn sie sich fragte, ob sie Rio und seinen Männern gegenüber nicht zu vertrauensselig gewesen war, packte sie die Angst. Wenn sie nun diejenigen waren, vor denen sie sich am meisten fürchten sollte? Sie war hier in Belize, irgendwo an irgendeinem Fluss, mitten im Niemandsland.

Sie schloss die Augen, legte die Hand erneut auf Sheas Kleidung und zog sie an die Brust, um sich zu trösten. Einen kurzen Moment lang war es, als würde sie ihre Schwester wieder in den Armen halten.

Sie hatte sich in der Nacht an Rio gekuschelt, weil sie sich einsam und verängstigt gefühlt und ihm vertraut hatte. Jetzt fragte sie sich, ob sie nicht unglaublich dumm gewesen war. Aber diese Frage stellte sie sich ja schon seit der Zeit in den Bergen.

Ihre größte Angst war, die falschen Entscheidungen zu treffen und die falschen Leute in ihre Nähe zu lassen. Schon sehr lange hatte sie keinem Menschen mehr vertraut. Keinem, außer Shea. Aber diese Verbindung war inzwischen verloren gegangen.

Sie zog sich Sheas T-Shirt über den Kopf und strich es glatt. Normalerweise passte ihr Sheas Kleidung nicht. Shea war kleiner und schmaler, aber Grace hatte in den letzten Monaten viel gelitten. Jetzt hing ihr das T-Shirt locker von den Schultern.

Als Nächstes zog sie die Hose an, und abgesehen davon, dass sie ein wenig zu kurz war, passte sie ihr bestens. Grace hatte eine Menge Gewicht verloren. Wie viel, wollte sie lieber nicht wissen.

Sie schloss die Augen und atmete tief ein. Sie konnte Shea riechen. Konnte sie spüren, als hielte sie sie in den Armen. Wenn Rio für die Organisation arbeitete, die Shea im Moment beschützte, dann müsste Grace doch mit ihr sprechen können, oder?

Dann würde sie zumindest eine Sorge weniger haben: ob sie sich vor Rio und seinem Team in Acht nehmen musste oder ob sie wirklich die Guten waren.

Tja, dachte Grace. Selbst wenn sie das nicht waren, wurde sie von ihnen zumindest deutlich besser behandelt als von den Leuten, bei denen sie davor in Gefangenschaft gewesen war. Bis jetzt …

Sie suchte im Badezimmer, bis sie eine Zahnbürste und eine Bürste für ihre Haare fand. Ihr Haar war völlig verfilzt, weil sie es am Abend zuvor gewaschen, aber nicht ausgekämmt hatte, sondern sofort ins Bett gegangen war.

Sie setzte sich auf die Matratze und machte sich daran, ihre Haare zu entwirren. Während sie im Schneidersitz dasaß, war ihr sehr bewusst, wie glücklich sie sich schätzen konnte, solch alltägliche Dinge zu tun. Früher wäre ihr das überhaupt nicht aufgefallen, weil sie in Eile gewesen wäre oder an etwas so Selbstverständliches keinen Gedanken verschwendet hätte. Jetzt war sie dankbar dafür.

Sie schloss die Augen, fuhr sich mit der Bürste durch die Haare und versuchte, ihre aufgewühlten Gefühle wieder in den Griff zu bekommen. Sie dachte an Shea, konzentrierte sich intensiv auf den vertrauten Weg zu ihr, aber jedes Mal, wenn sie die Fühler nach ihr ausstreckte, war da nur Schwärze. Ihre Verzweiflung wuchs mit jedem gescheiterten Versuch.

Es tut mir so leid, Shea. Das ist meine Schuld. Ich habe dich ausgeschlossen. Aber jetzt brauche ich dich.

Die Hand, in der sie die Bürste hielt, wurde langsamer, und Tränen brannten heiß in ihren Augenwinkeln. Grace atmete kräftig durch die Nase ein und blinzelte die Tränen fort. Nachdem sie ein paarmal tief durchgeatmet hatte, hob sie den Kopf und sah, dass Rio in der Tür stand und sie betrachtete.

»Geht es Ihnen besser?«, fragte er.

Sie nickte und setzte die Bürste erneut in Bewegung. Die gleichmäßigen Striche über ihre Kopfhaut hatten eine beruhigende Wirkung.

»Irgendetwas macht Ihnen zu schaffen, nicht wahr?«

Grace seufzte, legte die Bürste weg und strich die Haare nach hinten. Sie legte die Hände auf die überkreuzten Fußknöchel und knetete nervös ihre Finger.

»Ich muss mit Shea sprechen. Da ich mental keine Verbindung zu ihr aufnehmen kann, wollte ich Sie bitten, Shea für mich anzurufen. Sie sagten doch, sie sei bei Leuten, mit denen Sie zusammenarbeiten, nicht wahr?«

Rio lehnte sich an den Türrahmen, neigte den Kopf zur Seite und sah sie lange durchdringend an. Dann lächelte er, und seine Augen blitzten amüsiert auf. Das Lächeln löste ein ungutes

Gefühl in Grace aus. Es wirkte, als wüsste er von Dingen, von denen sie keine Ahnung hatte. Sein prüfender Blick war ihr unangenehm, aber sie weigerte sich, ihm auszuweichen.

»Sie vertrauen mir nicht, stimmt's?«

Grace war schon drauf und dran, ihm zu widersprechen, aber sie wollte nicht lügen. Stattdessen starrte sie genauso durchdringend zurück. »Da bin ich mir noch nicht sicher. Aber wenn ich mit meiner Schwester reden könnte, würde das einige meiner Sorgen zerstreuen.«

Sein Grinsen wurde breiter. »Manch einer würde vermutlich sagen, dass Sie nicht in der Position sind, um zu verhandeln.«

Ihre Wangen liefen rot an, aber sie war nicht gewillt, dieses Duell im Niederstarren zu verlieren. Betteln würde sie ebenfalls nicht. Sie hatte gebettelt, bis sie heiser gewesen war. Um Gnade. Um Freiheit. Ihre Bitten waren auf taube Ohren gestoßen. Nie wieder würde sie sich so erniedrigen.

»Ich muss mit meiner Schwester reden«, wiederholte sie. »Wenn ich keine Gefangene bin, dürfte das doch keine Schwierigkeit darstellen.«

Rio zog die Augenbrauen hoch. »Gefangene? Honey, ich habe Sie auf meinem Rücken über die Rocky Mountains getragen. Wenn Sie eine Gefangene wären, hätten Sie zu Fuß gehen müssen.«

»Ich bin zu Fuß gegangen!«, erwiderte sie empört. »Ich habe es allein geschafft. Vielleicht nicht am Anfang, aber dann schon.«

Rios Gesichtsausdruck wurde weicher. In seinen Augen lag noch immer dieses Funkeln. »Das stimmt, Grace.« Er kam zum Bett geschlendert und setzte sich auf die Kante. »Ich kann nicht garantieren, dass ich Shea erreichen werde. Ich kann es nur versuchen. Sie müssen verstehen, dass Ihre Schwester in genauso großer Gefahr schwebt wie Sie.«

Grace runzelte besorgt die Stirn. »Ich muss mit ihr reden, Rio. Sie wird nicht begreifen, wieso ich nicht Kontakt zu ihr aufnehme. Vermutlich ist sie völlig aufgelöst. Ich muss wissen, dass es ihr gut geht, und außerdem muss ich sie wissen lassen, dass es *mir* gut geht.«

Rio sah sie freundlich, aber durchdringend an. Er schien sich die Sache durch den Kopf gehen zu lassen. Grace spürte, wie nahe sie dran war, doch wieder zu betteln, auch wenn sie sich geschworen hatte, das nicht mehr zu tun. Sie biss sich auf die Lippen. Verdammt, sie wollte nie wieder jemanden anflehen.

»Ich kann es versuchen«, sagte er schließlich. »Ich habe keine Ahnung, wo Shea ist. Aber ich kann Sam anrufen und schauen, was sich machen lässt. Doch nur unter bestimmten Bedingungen.«

Sie sah ihn fragend an. »Was für Bedingungen?«

»Sie müssen meinen Bedingungen zustimmen, bevor ich mir überlege, den Anruf zu machen.«

Graces Frustration war so groß, dass sie ihn am liebsten geschlagen hätte. Es kostete sie große Anstrengung, ruhig zu bleiben und den Blick nicht zu senken.

»Was für Bedingungen?«, brachte sie mühsam heraus.

Er schüttelte den Kopf. »Ich halte hier alle Trümpfe in der Hand, Grace. Ich will mich nicht wie ein Arschloch aufführen, aber wenn ich weiterhin für Ihre Sicherheit sorgen soll, ist es wichtig, dass Sie meinen Bedingungen zustimmen, egal ob Sie sie für sinnvoll halten oder nicht.«

Sie hätte ihm wirklich am liebsten eine runtergehauen. Automatisch ballte sie die Hand zur Faust und hielt sie dann schnell mit der anderen Hand fest, bevor sie sich selbständig machen konnte. Verdammt noch mal. Sie hatte es satt, sich hilflos zu fühlen. Sie hatte es satt, den Launen anderer Leute ausgeliefert zu sein.

Als wüsste er genau, wie sie innerlich kämpfte, griff Rio behutsam nach ihrer fest geballten Faust. Er fuhr mit dem Daumen über die weißen Knöchel und sah ihr in die Augen.

»Würden Sie sich besser fühlen, wenn Sie mich schlagen? Tun Sie es, wenn Sie wollen. Nur zu, Grace. Hauen Sie richtig zu.«

Sie starrte ihn an, als wäre er verrückt geworden. War er wütend? Nein, er wirkte völlig ruhig. Sie konnte nicht begreifen, was das sollte. Machte er sich etwa über sie lustig?

»Schlagen Sie mich«, wiederholte er. »Holen Sie sich die Kontrolle zurück, Grace. Behaupten Sie sich. Haben Sie sich schwach und ohnmächtig gefühlt, als die Sie in ihrer Gewalt hatten? Haben Sie sich gewünscht, Sie hätten mehr Macht? Sie könnten sich wehren? Vielleicht waren Sie dafür zu verängstigt. Haben Sie sich in eine Ecke geduckt und darauf gewartet, dass jemand kommt und Sie rettet?«

Die Wut ging mit ihr durch, und ihre Faust schoss los. Sein Kopf flog nach hinten, und durch ihre Knöchel jagte ein schier unerträglicher Schmerz. Einen Moment lang war sie zu überrascht, um zu begreifen, was sie getan hatte.

Rio hob den Kopf, rieb sich das Kinn und grinste. »Guter Schlag. Sie könnten noch ein wenig mehr Kraft reinlegen, daran sollten wir noch arbeiten. Aber im Prinzip war das nicht schlecht.«

Ihr blieb der Mund offen stehen. »Sind Sie wahnsinnig?«

Er sah sie mit schiefgelegtem Kopf an. »Ein- oder zweimal hat man das schon von mir behauptet. Hängt davon ab, wie Sie Wahnsinn definieren.«

»Ich habe Sie gerade geschlagen. Sind Sie denn nicht wütend?«

»Fühlen Sie sich jetzt besser?«

Sie runzelte die Stirn. Am liebsten hätte sie noch einmal zugeschlagen. Er war so verdammt ruhig. Brachte diesen Mann denn nichts aus der Fassung? Sie streckte die Finger und blickte auf sein Kinn, wo sich auf der gebräunten Haut eine leichte Rötung abzeichnete.

»Ja, es hat gutgetan.«

Und tatsächlich fühlte sie sich ein klein wenig besser. Ein Teil ihrer rasenden Wut hatte sich verflüchtigt, sobald sie ihren Treffer gelandet hatte.

Er lächelte. »Aktion erfolgreich abgeschlossen.«

Sie schüttelte den Kopf. »Sie spinnen wirklich.«

Er ließ ihre Hand los und lehnte sich zurück. »Wir können an ein paar Selbstverteidigungstechniken arbeiten. Dafür, dass Sie so geschwächt sind, haben Sie eine Menge Kraft.«

»Ich will einfach mit meiner Schwester reden«, brach es aus Grace heraus.

»Sobald Sie meinen Bedingungen zugestimmt haben, werde ich mein Bestes tun, um Shea zu erreichen.«

»Welche Bedingungen?«, fragte sie entnervt. »Ich kann doch erst zustimmen, wenn ich sie kenne.«

Er blickte sie spöttisch an. »Im Gegenteil. Bevor ich nicht Ihre uneingeschränkte Zustimmung habe, werden Sie nicht mit Shea reden.«

Grace war so verletzt, dass ihr im ersten Moment keine Antwort einfiel. Wie konnte er ihre Schwester benutzen, um Druck auf sie auszüben?

»Sie Schwein.«

Er zuckte mit den Schultern. »Man hat mich auch schon Schlimmeres genannt. Außerdem bin ich das Schwein, das für Ihre Sicherheit sorgt.«

Er war so wenig zu bewegen wie ein Berg. Grace konnte sich nicht vorstellen, dass Tränen oder weiblicher Kummer daran etwas ändern würden. Nicht dass sie sich zu solchen Manipulationen herabgelassen hätte. Sie hatte nur noch ihren Stolz, alles andere hatte man ihr genommen – ihre Ehre, ihren Lebenswillen. Manchmal war sie überzeugt, dass sie sogar ihre Seele eingebüßt hatte. Aber ihren Stolz würde sie sich nicht auch noch nehmen lassen.

»Na gut«, gab sie sich geschlagen. »Ich stimme zu, egal was es ist.« Sie wappnete sich gegen das, was jetzt kommen würde. Hoffentlich hatte sie nicht gerade einen Pakt mit dem Teufel geschlossen.

Rio nickte, wirkte aber nicht hämisch, nur weil er Sieger geblieben war. Ernst sah er sie an. »Ich weiß, Shea ist Ihre Schwester, und Sie haben die Neigung, alles mit ihr zu teilen. Ich will aber nicht, dass unser momentaner Aufenthaltsort bekannt wird.«

Grace zog die Stirn in Falten. »Aber die wissen doch, wo Ihr Haus ist, oder? Ich meine … dies ist doch Ihr Haus, nicht wahr?« Dann fielen ihr die Kleidungsstücke wieder ein, und sie fuhr fort: »Außerdem war Shea hier. Das hier sind ihre Sachen. Wie sind Sie an die gekommen?«

Er hob beschwichtigend die Hände. »Eins nach dem anderen. Ja, das ist Sheas Kleidung. Nein, sie war nicht hier. Ich habe sie zuletzt gesehen, als Nathan und sie aus dem Haus Ihrer Eltern zurückkamen, direkt nachdem Sie zum letzten Mal Kontakt mit ihr aufgenommen hatten. Shea hat KGI um Hilfe bei der Suche nach Ihnen gebeten. Ich habe mich freiwillig gemeldet.«

Überrascht blickte Grace ihn an. »Wieso?«

»Wieso was?«

»Wieso haben Sie sich freiwillig gemeldet? Wieso sollten Sie sich um eine Frau kümmern, die Sie nicht einmal kennen?«

Rio lächelte. »Sie scheinen in Ihrem Leben einer Menge

schlechter Menschen begegnet zu sein. Aber nicht jeder ist ein Arschloch. Ich wollte Shea helfen. Ich wollte Ihnen helfen. So einfach ist das.«

Beschämt senkte Grace den Kopf, aber Rio hob ihn am Kinn wieder an.

»Zu Ihrer anderen Frage: Ja, KGI weiß von diesem Gelände. Sie haben erst kürzlich davon erfahren. Aber zu wissen, dass es mir gehört, heißt nicht, dass sie wissen, wo wir uns momentan aufhalten. Und mir wäre recht, wenn das so bliebe.«

»Vertrauen Sie denen denn nicht? Sie arbeiten doch für die, oder?«

»Ich traue niemandem«, erwiderte er trocken. »Nicht, wenn etwas so Wichtiges auf dem Spiel steht. Daher dürfen Sie in dem Gespräch mit Ihrer Schwester nur sagen, dass es Ihnen gut geht. Sie können gerne über allgemeine Dinge mit ihr reden, nur nicht über Ihren Aufenthaltsort. Shea wird natürlich wollen, dass Sie nach Hause kommen. Sie wird Sie bei sich haben wollen.«

»Und warum geht das nicht?«, hakte Grace sofort ein. »Sie haben mir doch am Anfang versprochen, dass Sie mich nach Hause bringen.«

Rio nickte. »Das kommt schon noch. Sobald es sicher ist. Bis dahin dürfen Shea und Sie auf keinen Fall an ein und demselben Ort sein. Das würde dem Feind die Arbeit zu sehr erleichtern.«

»Ich muss also zustimmen, dass ich Shea nicht verrate, wo ich bin, und dann lassen Sie mich mit ihr reden?«

Rio nickte. »Natürlich werde ich zuhören. Sollten Sie sich auf verbotenes Terrain begeben, unterbreche ich sofort die Verbindung.«

Grace öffnete den Mund, um ihm zu widersprachen. Doch dann fiel ihr ein, dass dies eine Entweder-oder-Situation war.

Rio wirkte leider nicht, als würde er sich zu irgendetwas überreden lassen.

»Schön«, stimmte sie schließlich zu. »Einverstanden.«

Rio stand auf und stellte sich an das Fußende des Betts. »Na gut. Kommen Sie doch einfach mit, essen Sie was, und dann rufen wir an.«

16

Grace ging barfuß den Gang entlang und vergrub die Zehen in dem dicken Teppich. Sie spürte, wie es deutlich kühler an ihren Füßen wurde, als sie in den Wohnbereich kam, der statt mit Teppich mit Holzdielen ausgelegt war.

Nach ein paar Schritten blieb sie stehen und betrachtete die Männer, die auf den Sesseln und dem großen Sofa saßen und ein Footballspiel im Fernsehen anschauten, wobei sie über Punktevergaben stritten und Fantasiemannschaften zusammenstellten.

Es wirkte alles so … normal. Als wäre sie zufällig in einen gemütlichen Männerabend hineingeraten. Nicht als wäre sie von Söldnern umgeben, die den Auftrag hatten, sie zu beschützen.

Terrence war der Erste, der hochsah und sie entdeckte. Er hob die Hand, die fast so groß war wie ihr Kopf, und winkte sie näher.

»Kommen Sie, Miss Grace, sonst verpassen Sie noch das Spiel.«

Automatisch sah Grace sich nach Rio um. Er stand in der Küche hinter dem frei stehenden Tresen und bereitete offensichtlich etwas zu essen zu.

Rio deutete mit dem Kopf auf Terrence. »Gehen Sie ruhig. Die beißen nicht.«

Grace wischte sich die Hände an der Jeans ab und ging zögerlich auf die Testosteronansammlung zu. Ein paar Männer rückten hektisch zur Seite, um den Platz neben Terrence frei zu machen.

Grace setzte sich in die Ecke, froh, nur an einer Seite einen Mann neben sich zu haben, und kuschelte sich an die Armlehne.

»Wie geht es Ihnen?«, fragte Terrence.

»Besser«, erwiderte sie und nickte. »Danke.«

Diego richtete den Blick auf sie und betrachtete sie so ausgiebig, dass sie am liebsten vom Sofa gerutscht wäre.

»Sie haben wieder eine bessere Gesichtsfarbe«, sagte er schließlich. »Noch ein bisschen blass, aber das wird schon.«

»Danke, das denke ich auch.«

»Darf ich Sie was fragen?«, rief Browning.

Überrascht sah Grace ihn an. Er saß seitlich von ihr in einem Sessel, in der einen Hand ein Bier.

»Äh … ja klar.«

»Diese Fähigkeit zu heilen – wie machen Sie das?«

Grace war so daran gewöhnt, sofort dichtzumachen, sobald es um ihre Fähigkeiten ging, dass sie sich automatisch verkrampfte.

Terrence sah Browning vorwurfsvoll an. »Führ dich hier nicht wie ein Arschloch auf.«

Diego zuckte mit den Schultern. »Er spricht doch nur laut aus, was wir anderen auch gern wüssten. Wir alle haben Shea kennengelernt. Wir wissen, was sie für Nathan getan hat. Laut Shea ist Grace diejenige, die Swanny geholfen hat, als Nathan und er in Afghanistan geflüchtet sind. Kein Wunder, dass wir neugierig sind.«

Grace sah sich fast schon panisch nach Rio um. Er stand noch an derselben Stelle wie vorher und kümmerte sich um irgendetwas auf dem Herd. Aber sein Blick war unverwandt auf sie gerichtet. Allerdings wusste Grace diesen Blick nicht zu deuten. Fast schien es ihr, als wolle er ihr sagen, damit müsse sie allein klarkommen.

Einen Moment lang war sie wütend, dass Rio ihr nicht zu Hilfe eilte. Doch dann begriff sie, dass er etwas wusste, was sie selbst nicht wahrhaben wollte: Sie musste stärker werden. Sie musste ihr Selbstvertrauen zurückgewinnen und ihren Lebensmut wiederfinden. Wie sollte das gehen, wenn sie sich immer nur auf ihn verließ?

Sie richtete den Blick wieder auf Rios Männer und zwang sich, sich zu entspannen. Natürlich waren sie neugierig. Das wäre jeder. Und vermutlich erwarteten sie im Gegenzug für die Tatsache, dass sie ihr Leben für sie riskierten, wenigstens eine Erklärung.

Vermutlich hatten sie recht.

Sie holte tief Luft. »Ich weiß nicht, wie ich das mache. Ich konnte das einfach … schon immer. Beim ersten Mal, an das ich mich erinnere, war ich noch sehr jung. Ich hatte einen Vogel gefunden, der mit gebrochenem Flügel auf dem Boden herumflatterte. Ich habe ihn hochgehoben, und ich weiß noch, dass ich mir von ganzem Herzen gewünscht habe, ich könnte ihm helfen.«

Auch der Rest der Männer hatte sich inzwischen zu ihr gedreht und lauschte.

»Und? Haben Sie ihn geheilt?«, fragte Browning.

Sie nickte. »Eine Zeit lang saß er völlig still in meinen Händen. Dann fing er an zu flattern und versuchte sich zu befreien. Ich habe die Hände geöffnet, und er ist davongeflogen. Aber im nächsten Moment schoss ein fürchterlicher Schmerz durch meinen Arm. Ich konnte buchstäblich spüren, wie mein Arm brach. Ich war völlig verängstigt. Ich bin zu meiner Mutter gerannt, und die hat mir gesagt, so etwas dürfe ich nie wieder tun.

»Shea war auch da und hat mir den Schmerz abgenommen«, fuhr Grace nach einer kurzen Pause fort. »Ich kann mich erinnern, wie ich auf dem Schoß meiner Mutter gesessen bin und

Shea die Hände um meinen Arm gelegt hat. Ihr Gesicht war vollkommen ernst. Ihre Worte habe ich noch heute im Ohr. »Ich mache es besser, Grace.« Und das hat sie dann auch. Zumindest vorübergehend.«

»Wow, das ist heftig«, sagte Decker. »Unglaublich, was Sie beide tun können.«

»Als ich älter wurde, konnte ich meine Fähigkeiten zielgerichteter einsetzen. Konnte sie steuern. Ich weiß wirklich nicht, wie ich es erklären soll. Ich konnte weit von jemandem entfernt sein, aber wenn ich eine Verbindung zu demjenigen hatte, konnte ich ihn trotzdem heilen. So wie bei dem Mann, den Sie Swanny nennen.«

»Kein Wunder, dass es Leute gibt, die Sie unbedingt in die Finger bekommen wollen«, sagte Terrence. »Die Möglichkeiten sind unbegrenzt. Das Militär und jede radikale Gruppe dürften ein gesteigertes Interesse an Ihnen haben.«

»Eine unschätzbare Kampfkraft«, ergänzte Diego. »Wird jemand verletzt, heilt Grace ihn über eine mediale Verbindung. Zack, schon ist derjenige wieder auf den Beinen.«

Grace schüttelte bereits den Kopf, bevor Diego geendet hatte. »Ich bin kein Medium. Es gibt keine mediale Verbindung. Ich kann auch nicht im üblichen Sinn die Gedanken anderer Leute lesen. Es ist … anders. Ich habe telepathische Fähigkeiten, was bedeutet, dass ich mentale Strömungen wahrnehmen kann. Ich kann irgendwie heilen, telepathisch, würden Sie vermutlich sagen.«

»Dann können Sie also nicht unsere Gedanken lesen?«, hakte Browning nach.

Von all den Männern im Raum schien er sich am meisten für ihre Fähigkeiten zu interessieren. Die ganze Zeit hatte er ihr höchst konzentriert zugehört.

»Nur, wenn ich mit Ihnen verbunden wäre.«

»Können Sie zu jedem eine Verbindung aufnehmen?«, fragte Decker. »Shea sagte, sie könne das nicht steuern.«

»Das konnte ich mal«, erwiderte sie leise. »Ich bin mir nicht sicher, ob ich es noch kann.«

Alle sahen sie forschend an. Ein unangenehmes Schweigen machte sich breit.

»Das kommt schon wieder.«

Grace drehte den Kopf. Rio stand direkt hinter dem Sofa, auf dem sie saß.

»Mit der richtigen Pflege und Erholung kommt das zurück.«

»Ich hoffe, Sie haben recht.« Seufzend drehte sie sich wieder um, und ihre Schultern sackten herab. Sie setzte sich ein wenig schräg hin, damit sie nicht nur die anderen, sondern auch Rio im Blick behalten konnte. »Ich habe oft gedacht, ich will diese Begabung nicht haben. Dass es einfacher wäre – dass mein Leben einfacher wäre –, wenn mein Kopf still wäre. Wenn ich andere Leute nicht hören würde. Wenn ich nicht heilen könnte.«

»Und jetzt?«, fragte Diego.

»Ich vermisse meine Schwester«, erwiderte Grace. Bei dem Gedanken, dass sie diese Verbindung zu ihrer Schwester verloren hatte, wurde ihr das Herz schwer. »Das letzte Jahr war schwierig. Sie hat möglichst selten mit mir Verbindung aufgenommen, weil sie immer Angst hatte, zu viel über mich und meinen Aufenthaltsort zu erfahren. Sie wollte nicht, dass man sie gegen mich benutzt oder mich über sie anlockt.«

»Und wie haben Sie Ihre Fähigkeit verloren?«, fragte Decker. »Das verstehe ich nicht. Wie ist das passiert?«

Sofort stand Grace wieder alles vor Augen, was sie hatte durchmachen müssen, und sie fühlte sich wie betäubt. In ihren Gelenken und Muskeln spürte sie das Echo der alten Schmerzen. Die Stimmen in ihrem Kopf schrien. Ohne sich bewusst zu sein, was sie tat, legte sie die Hände an die Schläfen und schloss die Augen, in dem verzweifelten Versuch, die Erinnerungen zu verscheuchen.

»Das reicht«, hörte sie Rio bestimmt sagen. »Jetzt essen Sie erst mal etwas, Grace. Sie müssen mit Ihren Kräften haushalten.«

Grace schluckte. Rio war gerade für sie eingesprungen – was er ihr vorher verweigert hatte, um ihr begreiflich zu machen, dass sie nicht die ganze Zeit so schwach sein konnte. Die Vergangenheit konnte ihr nichts anhaben. Erinnerungen konnten sie nicht verletzen. Diese Fähigkeit besaßen nur die Gegenwart und die Zukunft. Sie musste aufhören, die Gespenster der Vergangenheit zu fürchten.

Noch immer starrten die Männer sie an. Sie räusperte sich und schob die Schatten zur Seite.

»Als sie …« Erneut musste sie tief Luft holen. *Reiß dich zusammen, Grace. Das ist doch nicht so schwierig.* »Als sie mich all diese Testpersonen haben heilen lassen, hat mir das große Schmerzen bereitet. Nicht nur körperlich, auch geistig. Wenn ich jemanden heile, übernehme ich dessen Verletzung oder Krankheit. Sie wird dann zu meiner. Als ob ich sie direkt von demjenigen auf mich übertrage. Der andere geht geheilt und erlöst davon. Ich muss mich dann selbst erst einmal erholen. Einige der Testpersonen waren schwere Fälle. Mit jedem einzelnen Fall wurde ich schwächer, bis ich sicher war, ich würde sterben. Ich habe die Verbindung zu meiner Schwester gekappt, weil ich nicht riskieren wollte, in einem Moment der Schwäche Kontakt zu ihr aufzunehmen, ohne dass ich mir dessen bewusst war. Ich wollte nicht, dass sie mich so sah, und ich wollte sie nicht in Gefahr bringen.«

Terrence machte ein wütendes Gesicht. Diego runzelte erbost die Stirn, während die anderen noch immer eher verwirrt wirkten.

»Sie haben die Verbindung einfach gekappt? Das können Sie?«, fragte Decker.

Grace nickte. In ihren Augen standen Tränen. »Es war das Härteste, was ich in meinem Leben tun musste. Sie war … sie war ein Teil von mir. Immer bei mir, und plötzlich war ich allein und völlig verängstigt. Und ich kam dem Sterben immer näher.«

»Absolut unglaublich«, murmelte Diego. »Was zum Teufel wollten die damit beweisen? Dass sie in der Lage sind, Sie umzubringen? Was hätte Ihr Tod denen denn genutzt? Wenn die Ihre Kräfte brauchen, wieso haben die sich dann nicht besser um Sie gekümmert?«

Grace strich sich unauffällig über die Wange und war froh, dort keine Spur von Feuchtigkeit zu finden. »Ich glaube, sie haben es nicht verstanden. Wie sollten sie auch? Vermutlich dachten sie, ich spiele meine Schwäche nur vor, damit ich ihre Erwartungen nicht erfüllen muss. Erst als ich …«

Sie schüttelte den Kopf und presste die Lippen fest aufeinander. Darüber wollte sie nicht reden. Es beschämte sie noch immer, obwohl sie wusste, dass es nicht ihre Schuld war, dass sie keine Kontrollmöglichkeit gehabt hatte.

Rio räusperte sich. »Das reicht jetzt endgültig. Essen Sie erst mal was, Grace.«

Dankbar sah sie ihn an. Diesmal erlaubte sie ihm gern, sie zu retten. Sie stand auf und ließ die zitternden Hände in den Taschen ihrer Jeans verschwinden, um zu verbergen, wie traumatisiert sie noch immer von den letzten Wochen war.

Zu ihrer Verblüffung erhob sich Terrence ebenfalls und schloss sie in seine riesigen Arme. Mit offenem Mund lehnte sie an seiner breiten Brust, während er ihr beinahe die Luft abdrückte.

Seine tröstende Geste berührte sie sehr, und so schlang sie

zögernd die Arme um seine Taille und erwiderte die Umarmung. Er fuhr mit seiner großen Hand über ihren Rücken, und als er sich von ihr löste, klopfte er ihr noch ein paarmal leicht verlegen auf die Schulter.

»Sie sind hart im Nehmen, Miss Grace«, sagte er mit rauer Stimme. »Lassen Sie sich ja nie von irgendjemandem etwas anderes einreden.«

Sie lächelte zu ihm hoch. »Danke, Terrence. Sie sind sehr liebenswürdig.«

»Gehen wir was essen. Rio kocht wirklich gut, wenn er zu Hause in seiner Küche ist.«

Sie ließ zu, dass Terrence sie in die Küche und zu dem großen Tresen mit den Barhockern führte. Neugierig sah sie sich um, denn am Abend zuvor hatte sie alles nur am Rande wahrgenommen. Die Küche war tatsächlich ein Traum. Das Reich eines Profikochs. Erstklassige Geräte. Ein riesiger sechsflammiger Gasherd. Zwei Backöfen. Alles rostfreier Edelstahl.

Es ergab keinen Sinn.

Sie war mit den Männern in der Wildnis unterwegs gewesen und hatte sie beobachtet. Rio war ein verwegener Kämpfer. Ein dunkler, in sich gekehrter Typ, dessen Äußeres allein schon ausreichte, um Leute abzuschrecken. Aber hier? Hier war er unglaublich locker. Außerdem war er ein Anhänger leiblicher Genüsse – darauf ließen die Einrichtung, die Küchengeräte und all die Luxusgegenstände jedenfalls schließen.

Allein für die Bettwäsche hätte Grace sterben können. So etwas bekam man nicht einmal in den besten Hotels.

Rio liebte es offensichtlich, sich ein schönes Leben zu machen, wenn er gerade nicht unterwegs war, um die Welt zu retten. Es war schwierig, den Mann, der jetzt vor ihr stand, mit dem in Einklang zu bringen, der sie auf seinem Rücken über einen Berg getragen hatte.

Terrence bot ihr einen Stuhl fast am Ende des Tresens an und setzte sich dann neben sie. Rechts von ihr war noch genau ein Platz frei, vermutlich für Rio, da alle anderen bereits von seinen Teammitgliedern besetzt waren.

Rio stellte einen Teller vor sie, und sofort stieg ihr ein köstlicher Duft in die Nase. Ihr Magen fing an zu knurren, und sie schloss die Augen, um den Luxus zu genießen, eine Mahlzeit in einem gemütlichen Zuhause einnehmen zu können.

Nachdem Rio die anderen ebenfalls versorgt hatte, setzte er sich auf den Stuhl neben sie und sah sie auffordernd an.

»Essen Sie«, sagte er. »Sobald Sie fertig sind, versuche ich, Shea für Sie ans Telefon zu bekommen.«

17

Das Essen war eher einfach. Brathähnchen, Gemüse und Reis sowie heiße Brötchen frisch aus dem Backofen. Aber Grace konnte sich nicht erinnern, wann sie zuletzt so gut gegessen hatte.

Sie genoss es, einfach dort zu sitzen, ihr Hähnchen zu zerschneiden und den Geschmack und die Wärme auf der Zunge zu spüren. Sie ließ sich Zeit, wollte das Gefühl voll auskosten. Dass sie eine Mahlzeit so lange wie nur möglich ausdehnte, war vermutlich ein Hinweis darauf, dass sie nicht mehr ganz bei Verstand war.

Aber für sie war es wie Weihnachten und Thanksgiving auf einmal. Fehlte nur noch Shea.

Rios Versprechen fiel ihr wieder ein, und nun aß sie doch wieder etwas schneller. Sie war bereits satt, dennoch hatte sie das Bedürfnis, alles aufzuessen. Wenn man so lange keine Nahrung mehr bekommen hatte, war das plötzlich keine Selbstverständlichkeit mehr.

Nachdem sie den letzten Bissen hinuntergeschluckt hatte, sah sie hoch. Die Männer waren schon fertig und starrten sie seltsam an. Mit rotem Kopf schob Grace ihren Teller von sich.

»Das hat wirklich lecker geschmeckt, Rio. Danke.«

Er sah sie durchdringend an, legte den Kopf zur Seite und bedeutete den anderen zu verschwinden. Sobald die Männer fort waren, nahm er ihren Teller und die der anderen und stellte sie in die Spüle. Dann sah er hoch und blickte sie eine Zeit lang schweigend an.

»Wann haben Sie zuletzt etwas gegessen?«, fragte er schließlich. »Ich meine, richtig gegessen, Grace. Ich habe Sie gestern Abend und heute beobachtet. Sie haben nicht ein einziges Mal den Blick von Ihrem Essen gewandt. Als hätten Sie Angst, es könne sich selbständig machen und davonspazieren.«

Sie biss sich auf die Unterlippe und senkte den Kopf, um sich seinem durchdringenden Blick zu entziehen.

»Sie haben Gewicht verloren seit dem Zeitpunkt, als Sie auf dem Film der Überwachungskamera zu sehen waren. Sie waren schlank, aber kräftig. Sie hatten mehr Muskelmasse. Jetzt wirken Sie, als hätten diese Typen Sie beinahe verhungern lassen.«

Seine Worte trafen sie, auch wenn sie wusste, dass er es nicht abwertend meinte. Er war wütend. Nicht auf sie. Sie wusste, wie sie aussah. Wie jemand, der gerade noch dem Tod von der Schippe gesprungen war. In der Gefängniszelle hatte sie oft das Gefühl gehabt, bereits unter der Erde zu liegen, in tiefster Dunkelheit. Aber das war alles nur in ihrem Kopf gewesen. Statt zur Zuflucht war ihr Kopf zur Hölle geworden.

»Die meiste Zeit haben sie mir Infusionen gegeben«, erwiderte sie leise. »Ehrlich gesagt bin ich mir nicht sicher, was da alles drin war. Diese Wochen sind – waren – ziemlich verschwommen. Jedenfalls habe ich keine regelmäßigen Mahlzeiten bekommen, die ich eigenhändig zu mir genommen hätte, falls das Ihre Frage war.«

Rios Gesichtsausdruck wurde immer wütender. Seine braunen Augen wirkten fast schon schwarz.

»Solange Sie hier sind, werde ich spezielle Mahlzeiten für Sie zubereiten. Sie werden nicht wieder hungern müssen, Grace.«

Überrascht sah sie ihn an. Dann musste sie über diesen leidenschaftlichen Schwur ein wenig lächeln. Mit gutem Essen verwöhnt zu werden, und das in einer luxuriösen Umgebung, war gar kein schlechtes Angebot.

»Könnten Sie … würden Sie jetzt Shea für mich anrufen?«, fragte sie eifrig.

Er blickte sie ernst an. »Sie müssen verstehen, dass es mir vielleicht nicht gelingen wird.«

Sie verzog den Mund und konnte nicht verhindern, dass sich ihre Stirn in Falten legte.

»Ich tue, was ich kann«, erklärte Rio. »Ich weiß, dass Ihnen das wichtig ist.«

Er ging um den Tresen herum und hielt ihr die Hand hin. Grace verschränkte die Finger mit seinen und ließ es zu, dass er sie vom Stuhl herunterzog. Er führte sie durch die Küche zu einem kleinen Raum, der einem Patio ähnelte, nur dass er völlig abgeschlossen war. Die Fenster waren dunkel getönt, und die Scheiben schienen sehr dick zu sein, sodass draußen alles leicht verzerrt wirkte.

Dahinter aber lag ein üppiger, gut gepflegter Garten. Ein kleiner Teich mit hübschen japanischen Kois wurde von einem Wasserfall gespeist, der über mehrere Felsblöcke hinabstürzte, bevor er auf das Becken traf, in dem die Fische träge im Kreis schwammen.

»Was ist das?«, fragte sie und sah sich in dem Raum um.

»Das hier ist ein sicherer Raum. Ein Ort, wo man die Umgebung genießen kann, ohne tatsächlich draußen zu sein. Gleich um die Ecke ist ein Swimmingpool, der ebenso wie dieser Raum komplett mit kugelsicherem Glas geschützt ist.«

Sie riss verblüfft die Augen auf. »Haben Sie so viele Feinde?«

»Ja.«

Mit dieser Antwort hatte sie nicht gerechnet, aber wenn sie erwartet hatte, dass Rio das näher ausführen würde, dann lag sie falsch. Ohne etwas hinzuzufügen, holte er sein Telefon heraus und tippte eine Reihe Zahlen ein.

Rio wartete darauf, dass die Verbindung zustande kam, und beobachtete Grace währenddessen aus den Augenwinkeln. Sie hatte sich abgewandt, aber ihr Körper wirkte angespannt. Dass sie aufgewühlt war, war deutlich spürbar. Sie machte ein paar Schritte, drehte sich um, und er sah, dass sie die Hände fest zusammengepresst hatte.

Als er verbunden wurde, murmelte Rio das Passwort, und gleich darauf war Sam am Apparat, kurz angebunden und sehr geschäftsmäßig.

»Rio, was zum Teufel ist los? Wo bist du, und geht es Grace gut?«

Rio zog eine Augenbraue nach oben. »Gibt es irgendeinen Grund, warum es ihr nicht gut gehen sollte? Sie ist bei mir und erholt sich bestens.«

»Resnick hat mich angerufen. Wie es aussieht, hast du ein Problem, das nicht unbedingt nur mit Grace zu tun hat.«

Rio hätte beinahe gelacht. Als wenn das etwas Neues wäre.

»Lass den Quatsch, Sam. Erzähl mir einfach, was er gesagt hat. Ich nehme an, ihr habt über Titan gesprochen.«

»Ja. Er behauptet, sie würden seit zwei Jahren nicht mehr existieren. Sie wurden aufgelöst und in Rente geschickt.«

Rio schnaubte. »Das ist eine verdammt naive Aussage von jemandem, der es eigentlich besser wissen sollte. Glaubt er wirklich, nur weil die Regierung keine Verwendung mehr für sie hatte, würden sie einfach verschwinden, sich eine normale Arbeit suchen, Häuser mit Gartenzäunen kaufen und eine Horde Kinder großziehen?«

Am anderen Ende der Leitung herrschte lange Schweigen. »Er hat behauptet, du wärest eins der Gründungsmitglieder von Titan gewesen.«

Ja, dachte Rio. Er hatte schon damit gerechnet, dass das rauskommen würde. Das war kein Schock für ihn. Und er würde jetzt bestimmt keine Zeit damit verlieren, sich zu entschuldigen oder Erklärungen über seine Vergangenheit abzugeben.

»Was willst du mir damit sagen?«, fragte er.

Sam seufzte. »Nichts. Ich weiß, dass du deine Geheimnisse ungern preisgibst, Rio. Aber meinst du nicht, es wäre gut gewesen, wenn ich das gewusst hätte? Wenn alles stimmt, was über Titan gesagt wird, dann hast du KGI in eine gefährliche Situation gebracht. Solche Leute lassen jemanden nicht einfach ziehen, wie Resnick es so schön formuliert hat. Was heißt, dass sie dir vermutlich schon die ganze Zeit auf den Fersen sind.«

»Wenn ihr Ziel wäre, mich umzubringen, läge ich jetzt schon längst unter der Erde. Oder irgendwo anders – und zwar zerstückelt.«

»Für so gut hältst du die?«

»Die haben es echt drauf, Sam. Das sind keine Amateure oder irgendwelche Jungs, die gern Soldaten spielen. Die haben mich bestimmt nicht aus den Augen verloren. Aber der Typ, der nach meinem Weggang die Leitung übernommen hat, schuldet mir etwas. Ich habe ihm das Leben gerettet. Deshalb, und nur deshalb lebe ich noch.«

»Hauptsache, ich weiß, auf welcher Seite du stehst«, erwiderte Sam leise.

Rio schwieg einen Moment lang. Ihm gefiel es nicht, ausgequetscht zu werden, auch wenn ihm klar war, dass Sam das tun musste. »Ich bin hier, Sam. Ich mache meine Arbeit. Das sollte reichen, damit du weißt, auf welcher Seite ich stehe.«

»Dein Auftrag war, Grace herzubringen.«

»Das sehe ich anders.«

Sam seufzte. »Irgendwann wirst du sie rausrücken müssen.«

»Das ist mir klar, aber ich werde sie nicht in eine noch größere Gefahr bringen, indem ich genau das tue, was die von mir erwarten – nämlich Grace zu ihrer Schwester zu bringen.«

»Okay. Das sehe ich auch so«, entgegnete Sam. »Vorläufig zumindest. Halt mich regelmäßig auf dem Laufenden. Wir haben Shea ein Versprechen gegeben, und ich habe nicht vor, es zu brechen. Schon gar nicht nach allem, was sie für Swanny und Nathan getan hat.«

»Grace hat ihnen ebenfalls geholfen. Ohne sie hätten es die beiden nie geschafft, aus Afghanistan rauszukommen.«

»Dem widerspreche ich nicht. Ich will nur, dass wir tun, was für beide das Richtige ist.«

»Fürs Erste bleibt Grace bei mir, und jetzt würde sie gern mit Shea reden.«

Rio konnte fast hören, wie sich die Rädchen in Sams Kopf drehten.

»Sie kann ihre Telepathie nicht einsetzen«, fuhr er leise fort und hoffte, dass Grace ihn nicht hören konnte. »Sie hat zu viel Schaden genommen. Aber sie will unbedingt mit Shea reden, und ich habe versprochen, dass ich versuche, es möglich zu machen.«

Sam fluchte. »Das geht nicht. Noch nicht.«

»Was soll das heißen, das geht nicht?«, fuhr Rio ihn an.

»Ganz ruhig, Mann. Es ist ja völlig okay, dass sie mit ihrer Schwester sprechen will. Aber ich habe Nathan und Shea weggeschickt. Auf deinen Vorschlag hin, wie ich vielleicht hinzufügen sollte. Sie haben sich noch nicht gemeldet. Sie sind unterwegs. Sobald ich von ihnen höre, kläre ich das mit dem Anruf. Darauf gebe ich dir mein Wort.«

Rio fluchte leise und warf Grace einen Blick zu. Voller Hoffnung starrte sie ihn an. Diese Hoffnung musste er nun zerstören.

»Sieh zu, dass es schnell passiert«, sagte er zu Sam.

»Nur mit der Ruhe. Lass mir einfach ein bisschen Zeit.«

»Ich habe keine Zeit.«

»Da kann ich dir nicht helfen. Ich sage Shea Bescheid, sobald ich von ihr höre.«

Rio murmelte seine Zustimmung und beendete das Gespräch. Er spürte Graces Enttäuschung bereits, bevor er sich zu ihr umgedreht hatte.

»Was ist los?«, fragte sie mit zitternder Stimme. »Geht es Shea gut? Wieso kann ich nicht mit ihr reden?«

Rio legte die Hände an ihre Schultern und drückte sie leicht. »Nathan bringt sie gerade an einen Ort, wo sie sicher ist. Sobald sie angekommen sind, lässt Sam Shea wissen, dass Sie mit ihr reden wollen. Ich weiß, wie wichtig Ihnen das ist, Grace, aber Ihre Sicherheit – Ihrer beider Sicherheit – hat einfach Vorrang.«

Grace schluckte, und er sah, wie sehr ihr diese Nachricht zu schaffen machte. Sie drehte sich um, ging zu den Fenstern und schaute hinaus in den Garten. Dann lehnte sie die Stirn gegen die Scheibe und schloss die Augen.

Rio hatte auf einmal ein sehr ungutes Gefühl. Besorgt beobachtete er, wie Grace die Hände gegen das Glas presste und sie dann zu Fäusten ballte.

Ihr gesamter Körper spannte sich an, und sie stieß einen leisen Schrei aus. Dann drehte sie sich um, sackte in sich zusammen und glitt mit dem Rücken an der Scheibe herunter, bis sie auf dem Boden saß, die Knie an die Brust gezogen. Tränen liefen ihr die Wangen hinab. Sie legte den Kopf auf die Knie und schluchzte verzweifelt vor sich hin.

18

Schmerz tobte durch ihren Kopf, Schmerz, für den sie selbst verantwortlich war, weil sie es immer weiter versucht hatte, weil sie einfach nicht hatte glauben wollen, dass sie die Verbindung zu ihrer Schwester nicht reaktivieren konnte.

»Grace.«

Leise erklang ihr Name. So leise und sanft, dass sie es beinahe nicht gehört hätte. Aber sie *spürte* es. Wie ein liebevolles Streicheln, mit dem ein Teil der Dunkelheit in ihrem Inneren verschwand.

Mit letzter Kraft hob sie den Kopf. Rio hockte vor ihr auf dem Boden und starrte sie besorgt an.

»Was ist los? Was ist passiert?«, fragte er.

Sie legte die Stirn wieder auf die Knie und atmete ein paarmal tief ein. »Ich kann es nicht. Ich habe es so intensiv versucht, aber sie ist einfach nicht da. Mein Gott, Rio, was soll ich tun?«

»Wer ist nicht da?«, hakte er nach.

»Die Verbindung«, erwiderte sie frustriert. Sie hob den Kopf und schaute ihn verzweifelt an. »Die Verbindung zu meiner Schwester, die ich zerstört habe. Sie ist fort. Alles ist fort. Ich kann mich nicht konzentrieren. Ich kann zu niemandem Kontakt aufnehmen. In meinem Kopf ist nur ein riesiges schwarzes Loch, und es frisst mich auf.«

Statt etwas zu erwidern, stand Rio auf, nahm ihre Hände und zog sie hoch.

»Sie brauchen Schuhe«, sagte er, während er sie Richtung Wohnzimmer hinter sich herzog.

Völlig überrumpelt starrte Grace auf seinen Rücken. »Wohin gehen wir?«

Ohne zu antworten, führte Rio sie durch die Küche und dann zu einem Schrank im Flur hinter dem Wohnzimmer. Er ließ ihre Hand los, kramte einen Moment in dem Schrank herum und holte dann ein Paar Schuhe heraus, das den Eindruck machte, als könne es ihr passen.

Er stellte die Schuhe neben ihren Füßen auf den Fußboden. »Ziehen Sie sie an.«

Verwirrt blieb sie stehen und fragte sich, was ihr entgangen war. Da sie aber sah, wie entschlossen er wirkte, tat sie schließlich seufzend, was er gesagt hatte. Als sie fertig war, ging er zu dem Waffenregal neben dem Hintereingang und griff nach einer Pistole. Er schob einen Ladestreifen hinein, steckte zwei weitere in die Tasche, griff dann nach einer weiteren Pistole und lud auch diese. Anschließend zog er ein Schulterholster über und steckte beide Pistolen ein.

Danach kehrte er zu ihr zurück, nahm sie bei der Hand und zog sie hinter sich her.

Grace schüttelte den Kopf, um ihn wieder freizubekommen, und fragte sich, was Rio bloß zu dieser Reaktion gebracht haben mochte. »Wohin gehen wir?«

»Das werden Sie gleich sehen.«

Sie gingen ein paar Treppenstufen hinunter, offenbar in den Keller. Zu ihrer Überraschung blieb Rio jedoch gleich darauf stehen und drückte einen Knopf, woraufhin sich die Türen eines Aufzugs öffneten. Verblüfft ließ Grace sich hineinschieben. Rio drückte einen weiteren Knopf, und der Aufzug glitt nach unten.

Grace versuchte, nicht darüber nachzudenken, wie weit sie jetzt unter der Erde war. Der hysterische Gedanke huschte ihr durch den Kopf, dass Rio sie irgendwohin brachte, wo er sie töten würde.

Als sie aus dem Aufzug traten, war um sie herum tiefste Finsternis. Sobald Graces Augen sich an die Dunkelheit gewöhnt hatten, konnte sie weiter vorn ein trübes Licht erkennen. Rio nahm ihre Hand und führte sie darauf zu.

Es dauerte einen Moment, bis sie begriff, dass das Licht aus einer länglichen, rohrähnlichen Öffnung in der Decke eines Tunnels kam.

Es war kühl und ein wenig feucht, wie in einer Höhle, und sie vermutete, dass es sich auch genau darum handelte. Von Menschen gemacht, aber dennoch eine Höhle. Sie zitterte, obwohl ihr gar nicht kalt war, und Rio zog sie automatisch näher an sich, als wolle er ihr von seiner Wärme abgeben.

Männer, die so etwas für eine Frau taten, drehten sich doch nicht plötzlich um und erschossen sie, oder? Sonst könnte es ihnen ja egal sein, ob sie fror? Sie hustete, um das hysterische Lachen zu überspielen, das sie kaum noch unterdrücken konnte. Sie hatte wirklich endgültig den Verstand verloren.

Rio würde sie nicht umbringen. Dazu hätte er längst Gelegenheit gehabt. Außerdem war es undankbar von ihr, so etwas zu denken, schließlich hatte er sie wirklich gut behandelt. Verdammt, er hatte sogar sein Leben riskiert. Und sie brach hier in Panik aus, weil er sie durch einen dunklen Tunnel Gott weiß wie viele Meter unter der Erde führte.

Sie gingen weiter durch die Dunkelheit, und Grace war sich sicher, dass sie sich inzwischen nicht mehr unter dem Haus befanden. Außerdem fiel ihr auf, dass der Tunnel kaum merklich nach oben führte.

In der Ferne hörte sie ein leises Geräusch. Worum es sich dabei handelte, konnte sie nicht ausmachen, obwohl sie vor Konzentration die Stirn runzelte. Es war ein tiefes Brummen, das mit jedem Schritt, den sie näher kamen, lauter wurde.

Dann sah sie hinter einem Felsvorsprung einen schmalen

Lichtschlitz. Auch die Luft hatte sich verändert. Es war neblig. Und das Geräusch war Wasser. Eine Menge Wasser.

Während Rio sie weiter in Richtung des Lichts zog, wurde ihr klar, dass es sich um eine Öffnung im Felsen handeln musste. Offensichtlich endete der Tunnel hinter einem Wasserfall.

Fasziniert folgte sie Rio, wobei sie den Blick nicht von den herabstürzenden Wassermassen abwenden konnte, die immer deutlicher sichtbar wurden. Schließlich blieben sie stehen. Sie befanden sich in einer Vertiefung hinter dem Wasserfall, um den ein schmaler Pfad herumführte.

»Wow!«, flüsterte sie.

Rio lächelte und lenkte sie dann auf den Pfad. Grace blickte sich um. Das Wasser kam von einem Felsen über ihnen und stürzte dann in einen Teich unter ihnen hinab. Mit dem Rücken zum Felsen schlängelte sie sich langsam vorwärts, um nicht von der Gischt völlig durchnässt zu werden. Sobald sie den Wasserfall umgangen hatten, befanden sie sich in einem friedlichen Paradies.

»Das ist unglaublich!«

»Ja, nicht wahr? Das ist mein ganz privater Fluchtweg. Hierher komme ich oft, wenn ich wieder zu mir selbst finden muss.«

Zu sich selbst finden? Rio wirkte nicht wie ein Mann, der sich verloren ging. Er hatte ihr von seiner Vergangenheit bei Titan erzählt. Aber das lag hinter ihm. Jetzt wirkte er wie ein Mann, der in sich ruhte. Zumindest kam ihr das so vor. Er war ein Fels. Verlässlich. Vorausschauend. Und … selbstbewusst. Das war das Wort, das ihr auf der Zunge gelegen war. Er war selbstbewusst, aber keineswegs arrogant. Er wusste sehr gut, wie kompetent er war. Nein, nicht kompetent. Das klang viel zu mittelmäßig. Er war eindeutig mehr als nur kompetent. Er war …

Sie richtete den Blick auf ihn und betrachtete ihn ausführlich. Seine Haltung, seine ruhige Kraft und sein Auftreten. Das alles hatte etwas Magnetisches, aber wie genau das zustande kam, hätte sie nicht sagen können.

Ihr Blick fiel auf die Pistolen, die er in seinem Holster trug. Stirnrunzelnd drehte sie sich einmal um sich selbst und musterte den Dschungel, der eine Barriere zwischen ihnen und dem Rest der Welt zu bilden schien. Eine Welt, die auf einmal gar nicht mehr so idyllisch wirkte. Nicht wenn sie wusste, dass dort draußen das Böse auf sie lauerte.

»Sind wir hier sicher?«

Rio zog sie weiter den Weg entlang, der in Serpentinen bis zum Teich hinabführte und dann weiter an einem kleinen Fluss entlang, der sich durch das Gelände schlängelte.

»Ich bin gern auf alles vorbereitet. Der Tunnel führt zur Rückseite des Wasserfalls. Ich will nicht behaupten, dass niemand bis zum Wasserfall oder zum Teich gelangen könnte, aber es wäre verdammt schwierig, und ich wüsste garantiert, wenn jemand in der Nähe wäre. Der Dschungel ist hier beinahe undurchdringlich, völlig unberührt. Er zieht sich ganz um den Felsen herum, und der Bewuchs ist so dicht, dass der Wasserfall nicht einmal aus der Luft zu sehen ist. Sind wir hier also hundertprozentig sicher? So naiv bin ich nicht. Aber ich würde behaupten, fast neunundneunzigprozentig.«

Sie sah, wie seine Mundwinkel zuckten. Seine Augen blitzten, und dann wurde sein Lächeln breiter. Seine Verwandlung vom ernsten, knallharten Kämpfer, der ständig das Gelände abgesucht hatte, in einen gelösten, zu Scherzen aufgelegten Mann faszinierte sie maßlos.

Mit einer einladenden Geste sagte er: »Kommen Sie. Da unten ist der ideale Platz, um sich hinzusetzen und dieses Naturschauspiel zu genießen.«

Sie folgte ihm zum Ufer des Teichs, wo eine aus einem Baumstamm gefertigte Bank stand. Der Anblick entzückte sie.

Sie ließ sich auf das glatte Holz sinken, atmete tief ein und genoss die Schönheit und den Frieden um sie herum.

Rio setzte sich neben sie, wobei sich ihre Beine fast berührten. Fasziniert betrachteten sie beide das Wasser, das in den Teich hinunterstürzte.

»Ich möchte, dass Sie etwas tun – mir zuliebe.«

Sie wandte den Kopf und stellte fest, dass er sie wieder mit diesem durchdringenden Blick ansah, bei dem sie das Gefühl hatte, er würde ihre Seele Schicht um Schicht entblößen.

»Schließen Sie die Augen, und lenken Sie Ihre Gedanken nach innen. Stellen Sie sich vor, wo Sie gerade sind. Sehen Sie es sich noch einmal an, aber dann schließen Sie die Augen und beschwören das Bild herauf. Riechen Sie die Luft. Lauschen Sie dem Wasser, aber auch all den anderen Geräuschen um Sie herum. Spüren Sie die Feuchtigkeit auf Ihrer Haut und die Wärme der Luft. Verbannen Sie den Schmerz und die Angst und den Schrecken aus Ihrem Kopf. Konzentrieren Sie sich auf Ihre Schwester und auf den Weg, den Sie viele Jahre benutzt haben. Er ist immer noch da, Grace. Sie müssen ihn nur wiederfinden.«

Ihre Augen wurden heiß und begannen zu brennen. Sie war versucht, sie zu reiben, aber sie wollte nicht noch mehr Gefühle zeigen, als sie das eh schon getan hatte.

Rio berührte ihr Gesicht, als wisse er genau, was in ihr vorging. »Ich will nicht behaupten, dass ich mich mit Telepathie auskenne. Verdammt, bevor ich Shea kennengelernt habe, dachte ich immer, so was gibt es nur im Film. Aber ich verstehe etwas von der Kraft des Geists über die Materie. Ich weiß, wenn man stark sein will, muss auch der Geist stark und konzentriert sein. Der Geist muss genauso heilen wie der Körper. Das Gehirn kennt Wege, sich und Sie vor der völligen Zerstörung zu bewahren. Sie waren an Ihrer Grenze, also hat es sich als Schutzmaßnahme abgeschottet. Jetzt müssen Sie ihm einfach Zeit lassen, um zu heilen, damit sich der alte Weg zu Ihrer Schwester wieder öffnen kann.«

»Glauben Sie wirklich, das wird er?«, flüsterte Grace. Sie fürchtete sich vor der Hoffnung, spürte allerdings bereits einen Funken, den sie nicht unterdrücken konnte. Hoffnung war ein Riesengeschenk und ein Fluch zugleich.

»Viele tun Meditation mit einem verächtlichen Lächeln ab. Aber die besten Kämpfer wissen, dass ihr Körper nur so stark ist wie ihr Geist. Ein körperlich viel schwächerer Mensch kann einen stärkeren Gegner besiegen, wenn er ihm mental überlegen ist.«

Vorsichtig berührte sie seine Wange, wie er es vorher bei ihr getan hatte. »Wie kommt es, dass Sie das wissen? Es klingt so logisch, wenn Sie es erklären. Dann komme ich mir nicht so … verrückt vor.«

Er lächelte. »Sie sind nicht verrückt, Grace. Sie sind nur angeschlagen. Aber Sie sind eine Überlebensküstlerin, und Sie werden es schaffen.«

Sie wandte das Gesicht wieder dem Wasserfall zu. Langsam fühlte sie sich … zuversichtlicher. Ein wenig erleichtert und, ja, optimistisch. Wann hatte sie zuletzt so etwas wie Hoffnung verspürt?

Sie blickte sich um und versuchte, jede Einzelheit dieses paradiesischen Orts in sich aufzunehmen. Dann tat sie wie geheißen, schloss die Augen und lenkte ihre Gedanken nach innen.

»Achten Sie auf Ihre Atmung«, sagte Rio leise. »Tief ein, tief aus. Beim Ausatmen die Spannung abgeben. Stellen Sie sich vor, wie Sie nach und nach jeden Teil Ihres Körpers entspannen, und dann lassen Sie es geschehen.«

Seine Stimme schien von immer weiter weg zu kommen. Grace stellte sich ihre wunderschöne Umgebung vor, und dann sog sie mit dem Atem den Geruch des Wassers, der Pflanzen und sogar der Erde ein, außerdem einen süßlichen Geruch wie von einer exotischen Pflanze.

Mehr und mehr gelang es ihr, durch das Rauschen des Wassers hindurch die anderen Geräusche wahrzunehmen. Vögel. Insekten. In der Ferne glaubte sie sogar einen Affen zu hören. Viele Vögel. Allmählich konnte sie ihr Gezwitscher unterscheiden und mindestens sechs verschiedene Rufe ausmachen.

Sie wandte das Gesicht nach oben und spürte den leichten Sprühregen auf ihrer Haut, der sie erfrischte.

Und schließlich begab sie sich in ihren Geist und versuchte behutsam, den Weg zu ihrer Schwester zu finden. Die Schwärze war beängstigend, aber Grace gab nicht auf.

Mehrere schier ewige Minuten lang zwang sie sich, ruhig zu bleiben. Sie ließ sich durch ihre innere Dunkelheit treiben und versuchte, sich mit ihr auszusöhnen.

Je länger sie so dasaß, desto weniger bedrohlich kamen ihr die Stille und die Schwärze vor. Statt Hilflosigkeit und Angst empfand sie einen Frieden, der einem warmen Sommernachmittag glich.

Sie genoss den Frieden und hielt ihn fest. Sie weigerte sich, ihn loszulassen und zu der Angst der vergangenen Monate zurückzukehren.

Frei zu sein von all der erdrückenden Verzweiflung, und sei es auch nur für wenige Momente, war wie ein paar Sekunden im Himmel.

Sie hatte keine Ahnung, wie lange sie so dagesessen war. Es hätten Stunden oder auch nur ein paar Sekunden sein können. Als sie die Augen wieder öffnete, saß Rio noch immer neben ihr und starrte in die Ferne, geduldig auf sie wartend.

Als ob er ihren Blick gespürt hätte, drehte er den Kopf und sah sie fragend an. »Fühlen Sie sich ein bisschen besser?«

»Sie sind großartig, Rio. Sie wären bestimmt ein guter Therapeut geworden oder ein Yogalehrer oder jemand, der sich auf Meditation spezialisiert … irgend so etwas. Obwohl ich das vielleicht nicht sagen sollte. Ich kenne mich ja nicht mal selbst. Aber trotzdem – irgendwie fällt es mir schwer, den Mann, der hier neben mir sitzt, mit dem Krieger zusammenzubringen, der mich aus der Hölle gerettet hat. Das geht einfach nicht in meinen Kopf.«

»Wir sind auch Menschen«, erwiderte er, aber in seiner Stimme schwang kein Tadel mit. »Alle meine Männer. Sie sind die Besten der Besten. Nirgendwo gibt es so gute Kämpfer. Darauf würde ich mein Leben wetten. Aber sie haben trotzdem eine menschliche Seite – eine, die nichts mit Blut und Tod und Angst zu tun hat.«

»Das wollte ich damit auch nicht sagen«, entgegnete sie entschuldigend.

»Wie geht es Ihrem Kopf jetzt? Tut er noch weh? Sind Sie angespannt?«

Grace ließ sich einen Moment Zeit, ihren Körper zu erforschen, dann schüttelte sie langsam den Kopf. »Mir geht es schon viel besser. Ehrlich, ich fühle mich … irgendwie leer. Es ist angenehm. Als würde mich nichts mehr niederdrücken.«

»Das ist gut. Der nächste Schritt ist, darüber zu reden.«

Überrascht hob sie den Kopf und richtete den Blick wieder auf Rio. »Darüber reden? Allmählich klingen Sie wie einer dieser Seelenklempner.«

Er ignorierte ihre abweisende Reaktion, wandte ihr das Gesicht zu und starrte sie an, bis sie unruhig auf der Bank hin und her zu rutschen begann.

»Was wollten Sie vorhin sagen, Grace? Als die Männer Sie ausgefragt haben, was passiert ist. Sie haben angedeutet, dass diese verdammten Mistkerle sich erst vernünftig um Sie gekümmert haben, als … Als was, Grace? Was musste passieren, damit denen endlich mal klar wurde, dass sie Sie langsam töteten?«

Sie senkte beschämt den Kopf und schloss die Augen, als könne sie so die Erinnerung ausblenden. Aber sie setzte sich hartnäckig fest, wie ein brutaler Hinweis auf die Person, zu der sie für kurze Zeit geworden war.

»Wovor haben Sie Angst?«, fragte Rio. »Die können Ihnen jetzt nichts mehr tun. Sie haben überlebt. Diese Typen haben es nicht geschafft, Sie zu vernichten.«

»Doch, das haben sie!«, brach es aus ihr heraus.

Die Tränen, die in ihren Augen brannten, ließen sich nicht länger zurückhalten. Wie Säure liefen sie ihre Wangen hinab, und sie hätte beinahe laut aufgeschrien. Meine Güte, wie gern hätte sie einfach losgebrüllt!

Rio nahm ihre Hand und drehte sie sanft herum, sodass die Handfläche nach oben zeigte. Sofort versuchte Grace, sich loszureißen. Doch er hielt ihre Hand fest – behutsam, aber unnachgiebig.

Vorsichtig fuhr er über die verblassende Linie an ihrem Handgelenk. Es hatte lange gedauert, bis die Wunde sich geschlossen hatte, so tief war sie gewesen. Grace ballte die Hand zur Faust und schloss die Augen.

»Was ist passiert, Grace?«, fragte er leise. »Am anderen Handgelenk haben Sie eine ähnliche Narbe. In Anbetracht Ihrer Heilfähigkeit müssen das ganz grauenhafte Wunden gewesen sein.«

»Sie haben mich vernichtet«, wiederholte sie und klang dabei schwach und geschlagen. »Himmel, Rio, es war so schrecklich! Ich habe versucht mich umzubringen. Ich schäme mich so deswegen. Beinahe hätten sie mich nicht gerettet. Wären sie ein paar Minuten später gekommen, hätte ich zu viel Blut verloren gehabt. Aber wofür ich mich am meisten schäme: Als ich wieder zu mir kam, war mein erster Gedanke, wie leid es mir tat, dass es mir nicht gelungen war. Doch das war nicht ich. Ich schwöre Ihnen, das war nicht ich. Trotzdem konnte ich nicht aufhören mir zu wünschen, ich hätte es geschafft.«

Er nahm ihre Hand in seine und rieb über die noch nicht ganz verheilte Narbe.

»Was ist passiert?«

»Es war ein Test«, erwiderte sie bitter. »Ich hatte schon so viel durchgemacht. Ich war körperlich und geistig am Ende, hatte dauernd Schmerzen und litt an einem Dutzend verschiedener Krankheiten. Sogar das Atmen tat mir weh.«

»Was für ein Test?«, hakte er behutsam nach.

»Sie haben mir eine Frau gebracht, die in einer Anstalt lebte, weil sie für sich selbst eine Gefahr darstellte. Sie war geisteskrank und selbstmordgefährdet. Sie hatte schon mehrfach versucht, sich umzubringen, und sie stand unter ständiger Aufsicht und unter starken Medikamenten. Sie haben sie zu mir gebracht und mich gezwungen, sie zu heilen.«

»Oh, Grace.«

Seine Stimme war voller Mitgefühl. Noch immer streichelte er ihr Handgelenk, und sie stellte fest, dass ihr das jetzt deutlich weniger ausmachte als noch vor ein paar Minuten.

»Es war die Hölle«, flüsterte sie. »Noch nie war ich so verzweifelt. Es überwältigte mich, eine Woge nach der anderen. Die Stimmen riefen alle, ich sei wertlos, ich sei ein Nichts, und ich würde der Welt einen Gefallen tun, wenn ich mich umbrächte. Ich war es nicht wert, am Leben zu sein.

Zuerst habe ich dagegen angekämpft. Ich wusste, das war sie, die da von mir Besitz ergriffen hatte. Ich wusste, das war nicht ich. Aber nach einiger Zeit konnte ich nicht mehr unterscheiden, wo ich anfing und sie aufhörte. Ich hörte nur noch, dass ich sterben musste, unbedingt sterben musste.«

»Das tut mir so leid«, sagte Rio. »Honey, das tut mir unglaublich leid.«

»Es gelang mir irgendwie, ein Stück aus dem Bettgestell herauszubrechen. Es war vorne spitz, und ich habe es in mein Handgelenk gepresst und die Haut aufgerissen. Es war ein Impuls, den ich nicht länger unterdrücken konnte. Ich kam nicht gegen ihn an. Er beherrschte mich, bis ich nur noch eine Marionette war, die von den Geistern in meinem Kopf gelenkt wurde. Als sie mich gefunden haben, war ich schon fast bewusstlos, und ich habe sie angefleht, mich sterben zu lassen.«

Rio zog sie behutsam in seine Arme. Er ließ ihre Haare durch seine Finger gleiten und hielt Grace einfach nur fest, während sie all das Entsetzliche erzählte, das sie hatte erdulden müssen.

»Am meisten schäme ich mich, dass ich sterben wollte, obwohl ich wusste, dass ich das nicht war. Ich hatte aufgegeben. Ich hatte einfach aufgegeben und wollte mich wie ein Feigling davonstehlen.«

Sie verbarg das Gesicht an seiner Schulter und schlang die Arme um ihn. Er setzte sich ein wenig anders hin, damit er sie noch fester an seine Brust drücken konnte.

Kurz darauf machte er sich los, legte die Hände an ihre Wangen, beugte sich vor und brachte seinen Mund nahe an ihren. Verblüfft erwiderte sie seinen Blick, dann hielt sie den Atem an, schockiert über das, was gleich passieren würde. Schockiert, dass sie es sich so sehr wünschte.

Seine Lippen berührten ihre. Warm. Sinnlich. Elektrisierend. Ein Schauder überlief sie von Kopf bis Fuß, als ihre Münder miteinander verschmolzen.

Seine Hände waren wie Feuer auf ihrer Haut und hielten sie im Ansturm der Gefühle fest.

Der Kuss wurde intensiver, seine Zunge glitt über ihre Lippen, einmal, zweimal, als suche sie den Eingang zu ihrem Mund.

Mit einem Seufzer ergab sie sich und kam ihm entgegen.

Abgesehen von der telepathischen Verbindung zu ihrer Schwester war dies die einzige Nähe, die sie je erlebt hatte. Nach so etwas hatte sie sich zutiefst gesehnt. Intimität. Eine liebvolle Geste. Das Gefühl, jemandem wenigstens einen Moment lang etwas zu bedeuten.

Rios Atem ging schnell und abgehackt. Genau wie ihrer.

Inzwischen reichte es ihr nicht mehr, still dazusitzen wie eine passive Teilnehmerin. Sie wollte ihn berühren. Wollte ihn schmecken. Wollte ihn mit allen Sinnen in sich aufnehmen, bis sie außer ihm nichts mehr sah, roch oder spürte.

Als er den Mund schließlich von ihrem löste, war sie wie betäubt. Aus dem Gleichgewicht gebracht. Als hätte eine Welle sie umgeworfen, und sie hätte den Boden unter den Füßen noch nicht wiedergefunden.

Sanft strich er ihr über das Haar und sah sie zärtlich an.

»Du bist eine außergewöhnliche Frau, Grace. Du hast nicht einfach nur überlebt. Du hast gesiegt. Du bist durch eine unvorstellbare Hölle gegangen, und trotzdem hast du dich zurückgekämpft.«

Sie kuschelte sich an ihn, schloss die Augen und genoss seine Berührung.

Sanft drückte er ihr einen Kuss auf die Stirn. »Ich werde mit dir schlafen, Grace. Nicht jetzt, sofort. Ich werde dich nicht bedrängen und nichts übereilen. Aber von dem Moment an, als ich dich zum allerersten Mal gesehen habe, warst du mein. Ich habe keine Erklärung dafür. Ich kann die Verbindung nicht einmal richtig verstehen. Aber sie ist da, und ich glaube, du fühlst sie auch. Ich werde warten, bis der richtige Moment gekommen ist, aber du gehörst zu mir.«

Sie saß ganz still da, während die Bedeutung seiner Worte allmählich einsank.

Was er ihr da ohne Umschweife sagte, warf sie völlig aus der Bahn. Er hatte nicht gefragt, und es handelte sich auch nicht um eine Wunschvorstellung, die er äußerte. Er hatte es so selbstverständlich gesagt, wie er seinen Männern Befehle gab.

Und wie er sie ansah … falls sie irgendwelche Zweifel an seiner Aussage gehabt hätte, hätte sein Blick sie sofort überzeugt, dass er jedes einzelne Wort ernst meinte.

Ein Schmerz machte sich in ihrem Herzen bemerkbar, tiefer noch, in ihrer Seele. Sehnsucht ergriff Besitz von ihr. Wie lange schon hatte sie davon geträumt, einem Mann so nahe zu sein? Einem Mann, bei dem sie keine Angst haben musste, dass er ihr Geheimnis erfuhr.

Rio kannte es bereits, und er akzeptierte es.

Er hatte gesagt, sie gehöre zu ihm.

Noch nie hatte sie wirklich zu jemandem gehört. Nicht mal zu den beiden Menschen, die behauptet hatten, ihre Eltern zu sein. Sie hatte immer nur Shea gehabt. Niemand sonst war ihr jemals nahe gekommen.

»Ich weiß nicht, was ich sagen soll«, brachte sie mühsam heraus.

Rio lächelte sie freundlich, aber bestimmt an. »Du musst auch nichts sagen, Grace. Du gehörst zu mir, und das war von Anfang an so. Du hattest nicht die geringste Chance. Schon ab dem Moment nicht mehr, als ich beschlossen habe, dass ich der Mann bin, der dich nach Hause bringt.«

19

Grace fühlte sich leicht benommen und unsicher auf den Beinen. Dafür waren allerdings der Schmerz und die Trauer darüber verschwunden, dass es ihr nicht gelungen war, mit ihrer Schwester Kontakt aufzunehmen. Stattdessen ging ihr unablässig Rios unverblümte Ankündigung durch den Kopf.

Was sollte das bedeuten?

Was genau sollte das bedeuten?

Die Gründe für sein Verhalten konnte sie nicht einmal ansatzweise begreifen. Noch vor einem Jahr hätte sie von sich gesagt, dass sie eine einigermaßen attraktive Frau war. Die wenigsten Frauen fanden sich wirklich schön. Das galt auch für sie. Aber wenigstens hatte sie keine allzu großen Probleme mit ihrem Aussehen gehabt. Sie war nur etwas schüchtern und zurückhaltend gewesen, wenn es um persönliche Beziehungen ging.

So wie Shea und sie aufgewachsen waren, hatte es kaum eine Möglichkeit gegeben, Freundschaften zu knüpfen oder vielleicht sogar eine Beziehung zu einem Mann zu haben.

Dennoch war sie mit ihrem Aussehen nicht unzufrieden gewesen. Aber im vergangenen Jahr hatte sie viel von ihrer Kraft verloren. Von ihrer Muskelspannung. Die Fitnessübungen, zu denen sie sich regelmäßig gezwungen hatte, hatten sie zweifellos gerettet, denn wäre sie am Anfang nicht so kräftig gewesen, hätte sie das Grauen garantiert nicht überlebt.

Jetzt war sie dünner. Ausgelaugt. Sie schien nur noch aus Angst und Erschöpfung zu bestehen. Furchtsame kleine Mäuse waren nicht anziehend für Männer, oder? Die meisten wollten eine Frau, die stabil war, und nicht eine Irre, die versucht hatte, sich umzubringen.

Und mal ganz abgesehen davon: Wie konnte Rio – oder sie – überhaupt nur auf die Idee kommen, dass da zwischen ihnen etwas … was auch immer …

Er strich ihr über die Wangen. »Ich habe dir das alles nicht gesagt, um dir Angst zu machen, Grace. Subtil und taktvoll sind zwei Eigenschaften, die man mir nie zum Vorwurf gemacht hat. Ich bin geradeheraus, und Spiele mag ich nicht und spiele sie auch nicht. Tut mir leid, wenn ich dir zu nahe getreten bin.«

Darauf wusste sie keine Antwort. Was hätte sie auch sagen sollen?

Sanft fuhr er noch einmal mit den Lippen über ihre und enthob sie dann des Problems, was zum Teufel sie jetzt sagen sollte, indem er sie einfach zu dem Pfad umdrehte, der zum Wasserfall führte.

»Wir sollten zurückgehen. Hier ist es zwar sicher, aber es ist trotzdem besser, wenn die Männer als zusätzlicher Schutz da sind. Allerdings möchte ich, dass du auch im Haus an dem weiterarbeitest, was wir gerade besprochen haben. Versuch es mit den mentalen Übungen, die ich dir gezeigt habe. Arbeite weiter daran, die Verbindung zu deiner Schwester wiederherzustellen. Über kurz oder lang wird es dir gelingen.«

Sie nahm seine Hand, um ihn daran zu hindern, auf die Rückseite des Wasserfalls zu gehen. Als er sich mit fragendem Blick zu ihr umdrehte, stellte sie sich auf die Zehenspitzen und küsste ihn.

Ihr Kuss war schüchtern, ein bisschen verrutscht und nicht annähernd so aufregend wie Rios. Kaum hatten ihre Lippen seine berührt, konnte sie sich gar nicht schnell genug zurückziehen.

Aber ihre offensichtliche Unerfahrenheit schien ihn in keiner Weise zu stören, denn seine Überraschung machte einem Ausdruck großer Zufriedenheit Platz.

»Danke«, sagte sie ernst.

Fragend zog er eine Augenbraue nach oben.

»Für alles.« Sie deutete auf den Wasserfall und die Umgebung. »Für dies hier. Für dein Verständnis. Für alles, was du riskiert hast, um mich zu retten. Dafür, dass du mir helfen wolltest und mich nicht verurteilt hast. Ich weiß gar nicht, wie ich meine Dankbarkeit so richtig ausdrücken soll. Mir fehlen die Worte, um dir genau zu erklären, was ich fühle. Aber ich will, dass du es weißt. Das ist mir wichtig.«

»Und weißt du, was *du* wissen musst?«, fragte Rio ernst.

Fragend sah sie ihn an. »Was denn?«

Er berührte mit der Fingerspitze ihre Nase. »Ich will, dass du weißt, wie besonders du bist, Grace Peterson. Ich glaube, das war dir lange nicht mehr bewusst. Vielleicht hast du es auch nie geglaubt. Aber ich sehe es, und ich wünsche mir, dass du es ebenfalls siehst.«

Es war zu viel. Wie konnte er in sie hineinschauen und wissen, was sie am dringendsten brauchte? Jemanden, der an sie glaubte. Jemanden, der sie für etwas Besonderes hielt, nicht wegen ihrer Gabe, sondern weil sie … einfach weil sie Grace Peterson war.

»Ich küsse dich jetzt noch einmal«, flüsterte sie.

Seine Augen wurden dunkel, und er blieb regungslos stehen. Dann griff er nach ihrer Hand und verschränkte die Finger mit ihren.

»Ich bin Wachs in deinen Händen.«

Sanft presste sie sich an ihn, sodass ihre Brüste über seinen muskulösen Oberkörper strichen, als sie sich auf die Zehenspitzen erhob. Rio legte seine Hände um ihre Taille, ließ sie dann auf ihren Po hinuntergleiten und senkte den Kopf, um ihr entgegenzukommen.

Sie küsste ihn, aber der kurze Kontakt genügte ihr nicht. Sie wollte mehr. Diesmal wollte sie ihn erkunden. Vorher war er der Aktive gewesen, während sie einfach nur still dagestanden war, völlig verblüfft und überwältigt von der Intensität.

Diesmal wollte sie es langsam und anhaltend. Sie wollte ihn schmecken. Wollte sich Zeit nehmen und die Intimität und seine Hände auf ihrem Körper genießen.

Wieder küsste sie ihn, und diesmal ließ sie ihren Mund auf seinem liegen. Nervös fuhr sie mit der Zunge über seine Lippen. Sofort öffneten sie sich und sogen ihre Zunge nach innen.

Ansonsten hielt Rio sich zurück, offensichtlich wollte er ihr die Führung überlassen. Er hielt sie einfach weiter fest, seine Hände lagen besitzergreifend auf ihrem Po, aber sonst bewegte er sich nicht. Nicht einmal ein Muskel zuckte, während sie behutsam seinen Mund erkundete.

Allmählich wuchs ihr Selbstvertrauen, und sie fühlte sich mutig genug, um ihre Finger durch sein Haar gleiten zu lassen. Heute trug er es offen, nicht wie sonst zu einem Pferdeschwanz gebunden. Es war lang, seidig und reichte ihm bis auf die Schultern. Die leichte Wellung verlieh Rio einen verwegenen Look, als wäre er gerade ein wenig zerwühlt von einem Kampf zurückgekehrt.

Sie ließ die Strähnen durch die Finger gleiten und fand schließlich den Mut, die Hände auf seine Brust zu legen. Seine Muskeln bewegten sich, und sie spürte, wie sie sich unter ihrer Berührung anspannten. Seine breiten Schultern schienen zu zucken, und sein Atem, der bis eben noch so gleichmäßig gewesen war, wurde schneller und abgehackter.

Langsam wollte sie sich zurückziehen, aber Rio ließ sie nicht los. Seine Hände blieben auf ihrem Po liegen, und als sie einen Schritt zurücktrat, folgte er ihr.

»Ich mag es, wenn du mich benutzt«, sagte er grinsend. »Das darfst du gern wieder tun, wann immer dir danach zumute ist.«

Sofort wurde sie rot und senkte den Kopf.

Er lachte und fuhr mit den Händen über ihre Hüften. Dann legte er einen Finger unter ihr Kinn und hob es sanft an.

»Du gehörst zu mir«, wiederholte er. »Wir werden schon noch dorthin kommen. Wo dieses ›dort‹ ist, kann ich noch nicht mit Sicherheit sagen, aber gemeinsam werden wir es schaffen.«

Sie nahm den ganzen Mut zusammen, der ihr noch geblieben war, und nickte zaghaft. Es fühlte sich an, als habe sie es gerade mit der ganzen Welt aufgenommen.

Seine Augen funkelten triumphierend, und sein Gesicht drückte uneingeschränkte Zufriedenheit aus. Es war die Miene eines siegreichen Kriegers am Ende einer langen Schlacht. Dabei war es ja gar nicht so schwer gewesen, sie zu erobern.

Egal, was das zwischen ihnen war. Egal, welche Gefahren auf sie lauerten und was morgen vielleicht passieren würde. Heute hatten sie eine Art Übereinkunft geschlossen. Eine Verbindung, die womöglich schon entstanden war, bevor sie sich überhaupt zum ersten Mal getroffen hatten. Und dann war dieses innere Band zu einer unverbrüchlichen Realität geworden, als Rio ihr zu Hilfe geeilt war und sie von der Schwelle zum Tod zurückgerissen hatte.

Ja, dachte Grace. Im Moment war nur eins wichtig: Sie war nicht allein. Sie lief nicht mehr blind vor Angst ziellos durch die Gegend. Es war Zeit, Position zu beziehen, und dieser Mann würde an ihrer Seite sein.

Wie konnte sie da verlieren?

20

»Wie geht es nun weiter, Rio?«, fragte Grace, die es sich auf dem Sofa gemütlich gemacht hatte.

Sie war in die Ecke gerutscht und saß im Schneidersitz mitten in einem Berg aus Kissen. Das war ihr Nest, in das sie sich geflüchtet hatte, und sie beabsichtigte nicht, es so bald wieder zu verlassen.

Von Zeit zu Zeit kam einer von Rios Männern vorbei. Diego war schwimmen gegangen, und Grace hatte einen Blick auf ihn in Badehose erhaschen können. Seinem Aussehen nach musste er regelmäßig hart trainieren. Nicht, dass die anderen Männern weniger kräftig waren, aber Diego war … Er war einfach ein schöner Anblick.

Terrence war danach an ihr vorbeigekommen, in Muskelshirt und Trainingshose. Sie hatte den Blick kaum von seinen Armen abwenden können, die wie Baumstämme aussahen. Es war unglaublich: Sogar seine Muskeln hatten Muskeln! Er tänzelte mehr, als dass er ging, aber das hatte nichts mit Eitelkeit zu tun. Nein, dieser Mann war einfach so riesig, dass er beim Gehen irgendwie schaukelte. Decker, Browning und Alton waren zum Wachdienst eingeteilt, das jedenfalls hatte Diego im Vorbeigehen verkündet.

Rio, der in der Küche stand und Gemüse schnitt, sah hoch. Es war faszinierend, wie wohl sich dieser hartgesottene Krieger bei häuslichen Aufgaben fühlte, zum Beispiel wenn er in der Küche herumwerkelte. Ihr war rasch aufgefallen, dass er alles im Haus mit großer Sorgfalt behandelte, vom Handtuch, das im Badezimmer genau an seinem Platz hing, bis zu Fingerabdrücken am Kühlschrank, die er sofort wieder wegwischte.

Nie ließ er irgendetwas einfach liegen. Und seine Männer schien er zu der gleichen Sorgfalt erzogen zu haben, denn auch sie verhielten sich so. Das Team erinnerte sie an eine gut geölte Maschine, bei der alle Teile nahtlos ineinandergriffen. Es schien fast, als könnten sie die Gedanken der jeweils anderen lesen.

Bei dieser Vorstellung musste Grace lächeln. Vielleicht waren Rios Männer diejenigen mit den telepathischen Fähigkeiten. Wäre das nicht eine spannende Geschichte?

»Grace?«

Sie drehte den Kopf um. Rio sah sie erwartungsvoll an. Seinem Gesichtsausdruck nach zu urteilen, hatte er sie nicht zum ersten Mal angesprochen. Während sie ihn und seine Männer analysiert hatte, hatte er versucht, ihre Aufmerksamkeit zu erregen.

»Da bist du ja«, sagte er, als sie den Blick auf ihn richtete.

Sie wurde rot. »Tut mir leid. Was hast du gesagt?«

Er schüttelte amüsiert den Kopf. »Du hast mich gefragt, wie es jetzt weitergeht. Ich habe nur zurückgefragt, wie du das meinst.«

Sie runzelte die Stirn, weil sie sich nicht mehr an ihre Frage erinnern konnte. Aber dann fiel ihr wieder ein, wie seine Männer sich verhielten und wie alltäglich und normal alles wirkte, und ihr wurde klar, dass es genau darum ging.

Sie hob die Hand und machte eine Geste, die den ganzen Raum umfasste, als würde sich ihre Frage damit erklären. »Ich habe dich gefragt, wie es weitergeht. Damit meine ich: jetzt. Wir haben unser Land verlassen. Wir sind hierhergekommen. Und jetzt? Wann sehe ich Shea? Du hast von Sicherheit gesprochen, aber werde ich jemals in Sicherheit sein? Auch wenn ich es sehr zu schätzen weiß, was ihr alle für mich getan habt, kann ich hier nicht auf Dauer wie in einer Seifenblase leben. Du hast ein Leben. Ich nicht so sehr, aber eines Tages hätte ich gern eins.«

Rio trat um den Küchentresen herum. Sie dachte, er würde zu ihr kommen, aber er lehnte sich nur mit dem Rücken an die Arbeitsplatte, hakte die Daumen in die Hosentaschen ein und betrachtete sie.

»Gute Frage. Ich bin mir noch nicht ganz sicher.«

Grace zog die Stirn in Falten. Das war nicht die Antwort, mit der sie gerechnet hatte. Aber wenigstens hatte er sie nicht angelogen. Nicht ein einziges Mal. Er hatte ihr die Wahrheit nie verschwiegen, ganz egal, wie brutal sie sein mochte. Rio machte ihr keine falschen Hoffnungen, und er redete nicht um den heißen Brei herum.

Sie drückte eins der Kissen an ihre Brust und senkte den Kopf, bis ihr Kinn darauf zu liegen kam. »Werden wir das Haus wieder verlassen?«

Bei dieser Vorstellung packte sie sofort die Angst. Was blödsinnig war, schließlich war sie noch keine vierundzwanzig Stunden hier. Dennoch fühlte sie sich sicher. Und Sicherheit war ein Gefühl, dass sie schon lange nicht mehr gehabt hatte. Sie hatte schon fast vergessen, wie es sich anfühlte, zu entspannen und einmal für fünf Minuten nicht auf der Hut zu sein.

Rio schüttelte den Kopf. »Nein. Vorläufig bleiben wir hier. Ich habe meine Fühler ausgestreckt und ein paar Leute, die mir noch was schulden, wegen Informationen angehauen. Im Moment weiß ich nur, dass Titan hinter dir her ist. Ich habe Sam informiert, damit er Zeit hat, Shea fortzubringen. Sie sind auf alles vorbereitet.«

Grace kniff die Augen zusammen. »Sam. Das ist dein Chef,

nicht wahr? Der, der KGI leitet? Ist das nicht Nathans älterer Bruder?« Und dann schoss ihr plötzlich etwas ganz anderes durch den Kopf, lenkte sie ab und lähmte sie.

Sie ballte die Hände zu Fäusten und sah zu Rio hoch. »Hat Shea schon geheiratet? Du hast gesagt, dass Nathan und sie ein Paar wären. Dass er sie liebt.«

Die Vorstellung, sie könnte die Hochzeit ihrer Schwester verpasst haben, war unerträglich. Es kostete sie große Mühe, nicht in Tränen auszubrechen. Sie schaffte es nur, weil sie wusste, wenn sie erst einmal anfing zu weinen, würde sie so bald nicht wieder aufhören. Wenn Shea geheiratet hatte, war das der endgültige Beweis, dass sie beide jetzt völlig unterschiedliche Leben lebten.

Diesmal kam Rio zum Sofa. Als er sich neben sie setzte, berührte sein Oberschenkel ihr Knie. Er nahm eine ihrer Hände und bog behutsam die Finger auf. Dann legte er die Hand an ihre Wange und fuhr mit dem Daumen an ihrem Augenwinkel entlang, als prüfe er, ob es da Tränen gäbe. Das zwang Grace, den Kopf zu heben und ihn anzusehen.

»Ohne dich würde sie niemals heiraten«, sagte er leise. »Shea hat die ganze Zeit an dich gedacht. Sie ist dir zu diesem verdammten Haus gefolgt, in das du eigentlich nie wieder hättest gehen dürfen. Und sie auch nicht. Aber sie hat sich schreckliche Sorgen um dich gemacht, weil sie nicht wusste, wo du steckst. Ob du vielleicht völlig allein und verängstigt bist. Ob du Schmerzen hast oder in Gefahr schwebst. Sie hat dauernd versucht, mit dir Verbindung aufzunehmen. Als ich angeboten habe, dich zusammen mit meinem Team zu suchen, hat sie mich mehrfach gebeten, ja gut auf dich aufzupassen. Sie will nur, dass du heil nach Hause kommst. Zu ihr.«

Tränen traten Grace in die Augen, doch sie lächelte sie fort, denn sie kannte Sheas Entschlossenheit, wenn es um die Menschen ging, die sie liebte. Shea war in vielerlei Hinsicht … Grace war sich nicht sicher, welches Wort das richtige war. Die Ereignisse des letzten Jahres hatten ihre jüngere Schwester dramatisch verändert. Shea war nicht mehr die liebe, sanfte, naive Frau, die keiner Fliege etwas zuleide tun konnte. Sie war härter und zynischer geworden, und Grace hatte sich darüber maßlos gegrämt.

»Erzähl mir von Nathan und seiner Familie«, sagte sie. Noch immer schwang der Schmerz in ihrer Stimme mit. »Sind sie gut zu ihr? Ist sie glücklich? Ich will nur das Beste für sie. Sie hat es so sehr verdient. Als unsere Eltern ermordet wurden, habe ich ein paar unverzeihliche Dinge zu ihr gesagt. Aber wenn sie nicht die Initiative ergriffen hätte, hätten wir es vermutlich nicht lebend aus dem Haus herausgeschafft. Ich will nur, dass sie glücklich ist und geliebt wird.«

Rio legte den Arm um ihre Schultern und zog sie an sich.

»Nathan betet sie an. Sehr viel mehr kann ich dir nicht erzählen. Kurz nachdem er mit ihr nach Tennessee kam, bin ich aufgebrochen. Ihre größte Sorge galt dir. Sie wollte Oregon eigentlich nicht verlassen, weil sie dachte, du wärst irgendwo in der Nähe. Aber Nathan hat darauf bestanden, so schnell wie möglich zu verschwinden, was auch völlig richtig war. Er hat deine Schwester an einen Ort gebracht, wo sie in Sicherheit ist. Vorher hat er ihr allerdings noch ein Versprechen gegeben. Das Versprechen, dass KGI – und somit auch Sam – alles Notwendige tun werden, um dich nach Hause zu bringen. Dass wir nicht locker lassen, bis du in Sicherheit bist. Ich habe um den Auftrag gebeten.«

»Warum?«, flüsterte sie.

»Weil ich auf der Überwachungskamera eine verletzliche Frau mit angsterfüllten Augen gesehen habe. Aber ich habe auch eine starke, kämpferische Frau gesehen. Ich habe eine

Frau gesehen, die ich kennenlernen wollte. Eine Frau, die vom ersten Moment an zu mir gehörte.«

Grace hielt den Atem an, bis ihr ganz schwindelig wurde, dann atmete sie so kräftig aus, dass ihr die Knie zitterten.

»Nathan hat eine schwierige Zeit hinter sich«, fuhr Rio fort. »Shea war seine Rettung. Er wurde zwei Monate in Afghanistan gefangen gehalten und konnte schließlich mit ihrer Hilfe entkommen. KGI ist es gelungen, ihn da rauszuholen, weil Shea uns die nötigen Informationen geliefert hatte. Danach ging es ihm erst mal nicht so gut, aber er ist stark. Shea und er brauchen beide noch ein bisschen Zeit, bis sie wieder richtig auf den Beinen sind, doch gemeinsam werden sie das schaffen. Die beiden brächte man vermutlich nicht mal mehr mit dem Brecheisen auseinander. Seelenverwandte klingt ziemlich albern, aber für die Verbindung zwischen den beiden trifft dieses Wort genau zu.«

»Das klingt doch nicht albern«, widersprach Grace leise. »Es klingt großartig.«

»Shea ist in guten Händen, Grace. Das schwöre ich dir. Nathan würde niemals zulassen, dass ihr etwas zustößt. Er würde für sie sterben. Er hat fünf ältere Brüder, die jederzeit alles für ihn tun würden, und dann sind da noch Steeles Team und meins. Ich bin verdammt wählerisch, wem ich traue und wen ich als Familie bezeichnen würde. Aber falls es in meinem Leben so etwas wie eine Familie gibt, dann sind das die Kellys.«

»Sie klingen sehr nett«, sagte Grace sehnsüchtig.

»Du wirst sie lieben, und sie dich auch.«

Grace runzelte die Stirn. Eine Familie zu haben erschien ihr ganz und gar unwirklich. Nicht mehr als ein ferner Traum. Aber eines Tages … eines Tages würde sie ihre Schwester wiedersehen, und falls Shea Nathan heiratete, würden die Kellys gewissermaßen auch ihre Familie sein. Dann würde es auch in ihrem Leben lauter Menschen geben, die ihr helfen und sie beschützen wollten.

Das alles klang so wunderbar, dass sich ihre Brust schmerzhaft zusammenzog.

Dennoch, letztendlich würde es nicht ihre Familie sein, sondern Sheas. Shea hatte Nathan. Grace freute sich über alle Maßen für ihre Schwester. Und sie war erleichtert. Aber sie war auch ein wenig neidisch, denn sie hätte ebenfalls gern gehabt, was Shea jetzt genießen konnte.

Liebe. Fürsorge. Zuverlässigkeit. Ein normales Leben. Lachen. Kinder. Eine große Familie. Atmen können, lächeln, ohne Angst leben.

Sie schloss die Augen und versuchte erneut, Kontakt zu ihrer Schwester aufzunehmen. Ihre Sehnsucht war wie ein lebendes, atmendes Wesen.

Shea. Bitte, sei da.

Ganz kurz glaubte sie ein Echo in ihrem Kopf zu hören. Wie ein ferner Ruf, der nach ihrer Schwester klang. Als würde Shea ihren Namen sagen. Doch sofort war alles wieder verschwunden.

Aber das Gefühl hielt an, und Grace spürte einen gewissen Trost, der ihre Traurigkeit ein wenig linderte.

Sie öffnete die Augen und sah, dass Rio sie freundlich und verständnisvoll anschaute.

»Sie war da«, sagte Grace mit brüchiger Stimme. »Ich könnte schwören, dass ich sie einen Moment lang gehört habe. Vielleicht habe ich es mir nur eingebildet, aber ich glaube wirklich, dass ich Shea gehört habe.«

Sie strich sich mit den Händen über die Arme und schlang sie dann um ihren Körper, als könne sie Sheas noch immer spürbare Aura so besser am Verblassen hindern.

Rio zog sie noch näher an sich und drückte sie fest an seine

Brust. Grace legte den Kopf an das ausgebleichte T-Shirt und genoss die Wärme und den Trost, den er ihr bot. Er stützte sein Kinn auf ihren Kopf.

»Das wird schon noch, Grace. Es läuft doch schon viel besser. Du hast überhaupt keine Ähnlichkeit mehr mit der verzweifelten, gebrochenen Frau von vor ein paar Tagen, die mich angefleht hat, sie sterben zu lassen. Du bist selbständig diesen Berg hinuntergegangen, mit einem gebrochenen Arm, kaputten Rippen und geistig völlig erschöpft. Ich habe mit Männern gedient, die das nicht geschafft hätten, also sei ein bisschen gnädiger zu dir.«

Lächelnd akzeptierte sie den Vorwurf, wie einen sanften Klaps auf den Rücken. Sie mochte Rio, wenn er knurrig und rechthaberisch war.

»Und wie geht es nun weiter?«, kam Grace wieder auf den Anfang ihres Gesprächs zurück.

Rio strich ihr über das Haar und spielte mit ein paar Strähnen. »Wir warten.«

Sie richtete sich auf und sah ihn an. »Worauf?«

Er schaute sie durchdringend an und antwortete ihr dann so schonungslos wie immer.

»Wir warten, bis es sicher ist, oder bis wir wissen, was sie vorhaben. Entweder greifen wir diese Typen an, oder wir warten, bis sie uns angreifen. So oder so, ein Kampf ist unvermeidlich. Die Frage ist nur, wann und wo.«

Grace schnappte nach Luft. Sie versuchte, ihr Zittern zu unterdrücken, wusste aber, dass ihr das völlig misslang.

»Ist Titan so gefährlich?«

»Titan hält sich nicht an Regeln«, erwiderte Rio grimmig. »In der Welt dieser Leute zählen nur die Regeln, die sie selbst aufgestellt haben. Versagen gibt es nicht. Was sie wollen, bekommen sie auch. In diesem Fall wollen sie dich.«

Grace fühlte sich auf einmal entsetzlich hilflos, und sie konnte kaum noch atmen. »Was können wir denn dann überhaupt tun? Wie können wir sie bekämpfen, wenn sie so verdammt unbezwingbar sind?«

»Ich habe nicht gesagt, dass sie unbezwingbar sind. Ich habe nur gesagt, dass sie eine ernst zu nehmende Bedrohung darstellen. Ich will, dass dir das klar ist. Dass du es mit jeder Faser deines Körpers begreifst. Sei niemals auch nur für einen Moment unaufmerksam.«

»Dann können wir sie also besiegen?«

Sie versuchte, nicht allzu hoffnungsvoll zu klingen, denn dann hätte er herausgehört, wie verzweifelt sie war.

»Wir haben keine andere Wahl«, antwortete Rio ernst. »KGI hat ein hervorragend ausgebildetes Team, aber wir mussten uns aufspalten. Wir können Shea nicht alleine lassen, und dich lasse ich erst recht nicht alleine. Was bedeutet, dass die Hälfte unserer Männer es mit der kompletten Titan-Truppe aufnehmen muss. Aber eins sollst du auch wissen: KGI verliert nie. Es gibt kein anderes Team mit so viel Herz, Mut und Entschlossenheit. Nirgendwo. Wir kämpfen, weil wir an das glauben, was wir tun. Titans Leute kämpfen, weil sie dafür bezahlt werden.«

Die Spannung, die sich in ihr aufgebaut hatte, ließ ein wenig nach. Sanft strich Grace über Rios kantige Gesichtszüge.

»Weißt du, was ich glaube?«

Er sah sie fragend an. »Was denn?«

»Ich glaube, du bist auch etwas ganz Besonderes.«

Das schien ihn in Verlegenheit zu bringen. Plötzlich wirkte Rio, als wisse er nicht, was er antworten solle. Und sie ließ ihm auch gar keine Zeit für eine Antwort. Sie reckte sich empor, legte die Hände an seine Wangen und küsste ihn.

Mit ihm war sie irgendwie mutiger. Selbstbewusster. Sie

nahm ihm alles ab, was er über sie sagte. Er schaffte es, dass sie ihm glaubte. Mit ihm fühlte sie sich … wertvoll.

Nie in ihrem Leben hatte sie sich ernsthaft vorgestellt, mit einem Mann zusammen zu sein – mal abgesehen von den üblichen Teenagerfantasien, die auch Shea und sie gehabt hatten. Grace konnte sich noch genau erinnern, wie sie unter viel Gekicher über Sex gesprochen hatten. Wobei Shea immer etwas wagemutiger gewesen war, wenn es um dieses Thema ging.

Grace war zu ängstlich gewesen. Sie hatte sich nicht vorstellen können, eine Beziehung zu haben. Schließlich stand immer zu befürchten, dass ihre Eltern wieder mit ihnen umzogen. Sie hatte sich nach Zugehörigkeit gesehnt, nach Wurzeln. Doch gleichzeitig hatte sie schreckliche Angst davor gehabt, dass ihr all das im nächsten Moment wieder weggenommen würde.

Jetzt war vermutlich auch nicht der richtige Zeitpunkt, aber wann hatte sie sich jemals so sicher gefühlt wie jetzt? Und Rio gab ihr nicht nur körperlich ein Gefühl von Sicherheit. Irgendwie vermittelte er ihr auch den Eindruck, ganz zu sein. Lebendig. Tatkräftig.

Er gab ihr ein Gefühl von … Wertschätzung.

Sie presste ihren Mund noch fester auf seinen. Es fühlte sich berauschend an, die Aktive zu sein. Nach der langen Gefangenschaft war das befreiend. Sie war diejenige, die hier die Entscheidungen traf. Sie hatte ihr Schicksal in der Hand. Es geschah, was sie wollte. Und da gab es eine Sache, die sie jetzt ganz dringend wollte, mehr als alles andere auf der Welt: von diesem Mann geliebt zu werden.

Sie wollte sich für ein paar Stunden in seinen Armen verlieren. Sich vor der Welt verstecken. Seinen Körper erforschen und spüren, wie diese herrlich rauen Hände über ihre Haut glitten.

Die Fantasie war so lebhaft, dass Grace beinahe laut aufgestöhnt hätte.

Rio löste sich von ihr und machte so einen Teil ihrer Euphorie zunichte. Er packte sie fest am Kinn und zwang sie, ihm in die blitzenden Augen zu schauen.

»Grace«, sagte er mit rauer Stimme. »Hör auf. Außer … außer du willst nicht, dass es aufhört. Aber du musst wissen, wohin das führt. Denn wenn du mir nicht auf der Stelle sagst, dass du nur einen Kuss wolltest, werde ich dich in mein Schlafzimmer bringen. Und dort werde ich dich lieben, bis keiner von uns beiden mehr aufrecht gehen kann.«

»Ich will mehr«, flüsterte sie.

Kaum hatte sie diesen Satz ausgesprochen, wurde sie von den widersprüchlichsten Gefühlen erfasst. Atemlosigkeit. Angst. Nervosität. Aber auch die Befriedigung, mutig gewesen zu sein und es laut gesagt zu haben. Die Chance ergriffen zu haben, selbst auf die Gefahr hin, von Rio zurückgewiesen zu werden.

Ihr ganzes Leben war von Unsicherheit und Zurückhaltung geprägt gewesen. Nie war sie ein Risiko eingegangen. Nie hatte sie gewagt, aus dem Schatten herauszutreten und nach dem zu greifen, was sie wollte.

»Wie viel mehr, Grace?«, fragte Rio. Er sah sie derart durchdringend an, dass ihre Haut Feuer zu fangen schien.

»Alles. Egal was. Was immer du mir geben kannst. Bitte, Rio. Bring mich nicht dazu, dich anzubetteln. Das ist auch so schon hart genug für mich.«

Er schien leise zu fluchen, dann senkte er den Mund auf ihren und küsste sie so intensiv, dass sie vollkommen überwältigt war. Dieser Kuss war keine behutsame Bitte. Es war eine Inbesitznahme. Ein Vorgeschmack dessen, was gleich kommen würde.

Rio löste sich von ihr und schnappte nach Luft. Seine Augen funkelten, und seine Hand, die an ihrer Wange lag, zitterte.

»Du wirst nie um etwas betteln müssen. Nicht bei mir. Bei niemandem. Ich gebe dir, was du willst, Grace. Ich muss nur hundertprozentig sicher sein, dass du weißt, worauf du dich einlässt.«

Ihre Lippen bebten, und ihre Knie zitterten. Ihre Haut fühlte sich heiß an, sie schmerzte vor Lebendigkeit.

»Sag mir, was du willst«, stieß er hervor. »Ich will hören, wie du es sagst.«

Vermutlich war es das Unverblümteste, was sie je getan hatte, aber ihre Worte kamen ohne Zögern: »Ich will, dass du mit mir schläfst, Rio.«

21

Es kostete Rio unglaubliche Kraft, sich Grace nicht einfach über die Schulter zu werfen und mit ihr in sein Schlafzimmer zu stürmen. Er wollte sie auf keinen Fall unnötig erschrecken.

Betteln? Glaubte sie wirklich, sie müsse betteln, damit er mit ihr schlief?

Himmel, er war kurz davor gewesen, auf die Knie zu sinken und sie anzuflehen, dass er sie einfach nur berühren durfte. Dass er ihr all die Zärtlichkeit zukommen lassen durfte, die ihr so lange verwehrt worden war.

Er wusste gar nicht, wo er anfangen sollte, so berauscht war er von dieser schönen, tapferen Frau, die da vor ihm stand und offenbar Angst hatte, er könne Nein sagen.

Wieder küsste er sie, einfach weil er nicht widerstehen konnte. Sie war süß und warm und so wunderbar weich. Er genoss es, wie sich ihre Lippen an seine schmiegten, als würden sie jeden kostbaren Moment in sich aufsaugen.

Er ließ die Hände an ihrem Körper hinabwandern, bis er ihre Finger fand und sie mit seinen verschränkte. Dann trat er einen Schritt zurück und zog sie mit sich. Eine ihrer Hände ließ er los, hielt dafür die andere aber umso fester. Schließlich drehte er sich um und ging Richtung Schlafzimmer.

Grace zögerte einen Moment, und beinahe hätte Rio laut geflucht. Verdammt, er hatte sie verloren. Sie hatte es sich anders überlegt. Das eben war nur eine unüberlegte Aussage im Eifer des Gefechts gewesen.

»Und die anderen?«

Erleichtert atmete er auf. Sie wollte also doch keinen Rückzieher machen.

»Meine Männer wissen genau, dass sie mich nicht stören dürfen. Die machen ihren eigenen Kram, bis ich ihnen was anderes auftrage.«

Er berührte ihr Gesicht und strich ihr zärtlich über die Wange. »Vertrau mir, Grace.«

Ihr Gesicht hellte sich auf, und das Blau ihrer Augen schien noch intensiver zu werden.

»Ich vertraue dir.«

Er drückte ihre Hand und ging dann den Rest des Wegs zum Schlafzimmer.

Es fühlte sich seltsam an, als sie schließlich hinter der geschlossenen Tür standen, ein für Rio ganz neues Gefühl. Die meisten seiner Beziehungen – wenn man sie überhaupt so bezeichnen konnte – waren eine schnelle Angelegenheit gewesen. Abends losziehen, in einem Hotelzimmer landen. Eine schöne Nacht. Und dann brach er am nächsten Morgen zu einem neuen Auftrag auf.

Wie jeder andere ließ auch er gern Dampf ab, doch nie ließ er zu, dass Sex oder eine Frau ihn von seinem Job ablenkten. Aber was sollte er tun, wenn die Frau selbst der Job war?

Und sie war nicht einfach irgendeine Frau. Sie war keine von denen, die er schnell zum Orgasmus bringen wollte, nur um dann so bald wie möglich aus dem Bett springen zu können und seine Kampfstiefel anzuziehen.

Er wollte sich Zeit lassen und sie mit der Aufmerksamkeit bedenken, die sie verdiente. Er wollte jeden einzelnen Zentimeter ihres Körpers berühren und schmecken. Mehr noch, er wollte sie all das Schreckliche vergessen lassen, das ihr widerfahren war.

Grace entzog ihm die Hand, wandte den Blick ab und saugte

die Unterlippe zwischen die Zähne. Sie wirkte zögerlich und auf eine charmante Art schüchtern. Am liebsten hätte er sie in die Arme genommen und ihr den Himmel auf Erden versprochen.

»Grace.«

Als sie hochsah, bemerkte er, dass ihr Kinn leicht zitterte.

»Ich werde dich jetzt ausziehen, aber du musst mir sagen, ob das für dich in Ordnung ist. Wenn ich mich zuerst ausziehen soll, damit du dich nicht benachteiligt fühlst, kann ich das gern machen. Du sagst mir, was du brauchst, und ich sorge dafür, dass es geschieht.«

Sie legte die Stirn in Falten und sah ihn überrascht an. In dem Moment wurde ihm klar, was das Beste für sie war: Dass er die Führung übernahm, damit sie sich die ganze Zeit sicher fühlte.

Ohne auf eine Antwort zu warten, trat er auf sie zu und schob die Hände unter den Saum ihres T-Shirts. Seine Handflächen glitten über ihren flachen Bauch und dann weiter nach oben, wobei er das T-Shirt mitzog.

»Heb mal die Arme.«

Langsam hob sie sie, und er zog ihr das T-Shirt über den Kopf. Sein Blick blieb an ihren Brüsten hängen. So rund und reizvoll. Wunderbar weiblich. Sie war dünn, weil sie viel an Gewicht verloren hatte, was ihre Brüste nur noch voller wirken ließ. Sie hatten die perfekte Größe, passten genau in seine Hände.

Und ihre Brustwarzen hatten einen köstlichen rosa Farbton. Spitz ragten sie aus ihrer weichen Umgebung hervor und schienen nur so nach seinem Mund zu schreien.

Verschämt wollte Grace die Hände darüberlegen, aber er hielt sie davon ab.

»Tu das nicht. Du bist schön, Grace. So wunderschön. Du musst nichts verbergen. Schon gar nicht vor mir.«

Ihr Lächeln wirkte ein wenig verzagt, aber ihre Augen leuchteten auf. Sie starrte ihn an, als wäre er der einzige Mann auf der Welt. Als wäre er jemand ganz Besonderes.

Er knöpfte ihre Hose auf und schob sie nach unten, bis sie auf ihre Knöchel rutschte.

»Setz dich auf die Bettkante«, sagte er.

Er hielt sie fest, damit sie auf dem kurzen Weg nicht stolperte. Sobald sie auf der Bettkante saß, zog er ihr die Hose aus.

Sie trug eine einfache Baumwollunterhose, aber die wirkte an Grace, als würde sie direkt aus der neuen Kollektion von Victoria's Secret stammen.

»Leg dich hin«, sagte er mit rauer Stimme.

Langsam lehnte sie sich zurück, bis sie auf dem Rücken lag, die Haare über dem Bett ausgebreitet. Ihre Beine baumelten vom Bettrand herab, ihre Zehen erreichten gerade noch den Boden.

Er ließ die Hände ihre Beine hinaufwandern, arbeitete sich von den Knien zu ihren Hüften hoch. Während er die Daumen unter den Gummibund ihres Slips schob, beugte er sich hinunter und küsste die leichte Vertiefung ihres Nabels.

Sie zitterte, und eine zarte Gänsehaut bedeckte ihren ganzen Körper.

Langsam zog er ihr die Unterhose von den Hüften und entblößte die dunklen Locken. Dann zog er das winzige Stoffstück weiter hinunter, bis es schließlich an ihren Füßen hing und dann auf den Boden fiel.

Als er den Kopf hob und seinen Blick wieder auf Grace richtete, fiel ihm sofort die Verletzlichkeit in ihren Augen auf.

»Ich werde dich lieben, Grace. Ich werde dich berühren und schmecken, und du wirst dich richtig gut fühlen. Aber falls ich irgendwann irgendetwas tue, bei dem du dich nicht wohl fühlst, musst du mir das unbedingt sagen. Versprich mir das.«

»Ich verspreche es«, flüsterte sie.

Er küsste erst das eine, dann das andere Knie. Danach ließ er die Hand zwischen ihre Knie gleiten und drückte sie auseinander. Genüsslich strich er über die zarte Haut auf der Innenseite ihrer Schenkel, die sich wie Samt anfühlte. Langsam drückte er ihre Schenkel weiter auseinander, bis ihre weiche Weiblichkeit offen und feucht vor ihm lag.

Ehrfürchtig senkte er den Kopf. Er war ganz versessen darauf, endlich ihren Geschmack auf seiner Zunge zu spüren.

Vorsichtig drückte er mit den Daumen ihre Schamlippen auseinander. Grace zitterte unkontrolliert, und ihre Beine spannten sich an. Er streichelte sie, einen Moment lang zufrieden, nur die weiche Haut fühlen zu dürfen.

Schließlich berührte er ihre Klitoris, zuerst ganz leicht, dann etwas fester. Diesmal schob Grace ihm ihre Hüften entgegen und ballte die Hände zu Fäusten.

Sobald ihre Klitoris zu einem harten Knubbel geworden war, fuhr er mit der Zunge darüber. Grace schrie auf, aber er sah nicht hoch, um ihre Reaktion zu überprüfen. Die Spannung, die durch ihren Körper lief, sagte ihm auch so, dass sie ihr Vergnügen gehabt hatte.

Sanft saugte er an ihr und fuhr immer wieder mit der Zungenspitze über den empfindlichen kleinen Hügel.

»Rio!«

Es klang eher wie ein geflüsterter Seufzer. Es war genau jener Ton, der das Ego eines Mannes aufbaute. Das Zeichen dafür, dass er seine Frau glücklich machte. Dass sie in diesem Moment an keinen anderen Mann dachte.

Langsam arbeitete er sich nach unten vor, genoss ihren Geschmack und die Art, wie sie sich ihm entgegenwölbte. Er leckte über ihre Öffnung, dann ließ er einen Finger hineingleiten.

Beinahe hätte er laut gestöhnt. Sie war so verdammt eng, dabei hatte er gerade einmal einen Finger in ihr. Wie wahnsinnig musste es sich erst anfühlen, sie so eng um seinen Schwanz herum zu spüren!

Obwohl alles in ihm danach schrie, sich von seiner Hose zu befreien und in ihre Wärme hineinzustoßen, war ihm klar, dass er dies hier nicht vermasseln durfte. Grace verdiente Besseres als eine schnelle Nummer. Er wollte ihr mehr geben. Er wollte, dass es … dass es etwas ganz Besonderes wurde.

Tja, und je mehr man es wollte, desto schwieriger wurde es. Das sah sein Schwanz offenbar ähnlich, denn er hatte ihm gerade eine dringende Zwei-Minuten-Warnung geschickt: Entweder Rio kam jetzt zur Sache, oder es war vorbei.

Also holte er tief Luft, atmete ihren Geruch ein und … wäre beinahe gekommen, noch immer vollständig bekleidet. Verdammt, er musste sofort aus diesen Klamotten raus. Am liebsten wäre er gleich auch noch aus seiner eigenen Haut herausgeschlüpft.

Wieder küsste er sie. Dann zog er seinen Finger zurück. Grace wirkte leicht benommen, aber ihre Augen funkelten vor Begierde.

»Bleib ganz ruhig liegen«, quetschte er mühsam hervor.

Rasch begann er sich auszuziehen, doch als er sein T-Shirt hochreißen wollte, unterbrach ihn ihre raue Stimme.

»Nein, nicht so schnell. Bitte. Ich möchte zusehen.«

Rio musste die Augen schließen und sich sammeln. Alles, was sie tat und sagte, haute ihn einfach um. Er konnte sich nicht erinnern, jemals eine Frau getroffen zu haben, die so neugierig auf seinen Körper gewesen war. Auf den Genuss, den er ihr schenken wollte. Normalerweise hatten es seine Bett-Gespielinnen genauso eilig wie er. Es ging um Sex. Um heißen, verschwitzten, *schnellen* Sex.

Doch diesmal war alles anders. Von ihm aus konnte das hier die ganze Nacht weitergehen.

Langsam zog er das T-Shirt nach oben und entblößte ihrem Blick Zentimeter für Zentimeter seine Brust. Und Grace wandte den Blick nicht eine Sekunde ab. Als er sich das T-Shirt schließlich über den Kopf zog, verlor er sie für einen Moment aus den Augen. Doch als er wieder aufsah, war ihr Blick weiter liebkosend auf ihn gerichtet.

Dass sie seinen Anblick genoss, war offensichtlich. Ihre Augen funkelten und signalisierten uneingeschränkte Zustimmung. Am liebsten hätte er die Muskeln angespannt oder irgendetwas anderes gemacht, um sie zu beeindrucken. Offenbar brachte Grace ihn dazu, sich in einen unreifen, angeberischen Teenager zu verwandeln.

»Jetzt deine Hose«, flüsterte sie.

Sie stützte sich auf den Ellbogen, um eine bessere Sicht zu bekommen. Damit ihr auf keinen Fall etwas entging, trat Rio vorsichtshalber einen Schritt zurück. Als er die Hände an den Reißverschluss legte, schnappte Grace leise nach Luft.

Allmählich fand sich Rio in die Rolle des Strippers hinein. Er ließ sich Zeit, den Knopf zu öffnen und den Reißverschluss hinunterzuziehen, während er Grace genau beobachtete. Ob sie wohl wusste, wie leicht man ihr all ihre Gedanken vom Gesicht ablesen konnte?

Nachdem er den Reißverschluss hinuntergezogen hatte, hakte er die Daumen in den Bund seiner Hose, hielt einen Moment inne und begann dann, sie nach unten zu schieben. Als sein Schwanz heraussprang, riss Grace die Augen weit auf. Ihr Blick wanderte zu seinem Gesicht hinauf, dann wieder hinunter und wieder hinauf.

Er konnte es nicht lassen, sein angeberischstes Grinsen aufzusetzen.

»Gefällt dir, was du siehst?«, fragte er.

»Ich hätte nie gedacht, dass du keine Unterhose trägst.«

Er zog eine Augenbraue nach oben. »Ist das alles, was du zu sagen hast? Du kleiner Frechdachs!«

Sie lächelte, dann lief sie rot an. »Ich bin nur froh, dass du meine Gedanken nicht lesen kannst.«

Rio kniff die Augen zusammen und trat auf sie zu. Sein Schwanz hatte sich inzwischen noch mehr aufgerichtet. Er war so verdammt geschwollen, dass die Haut spannte und jede Bewegung schmerzhaft war. Rio hatte das Gefühl, dass er gleich aus den Nähten platzen würde. Noch nie im Leben war er so hart gewesen.

Er stützte die Hände zu beiden Seiten ihres Beckens auf und beugte sich so weit vor, dass ihre Münder einander ganz nahe waren und er ihren Atem an seinen Lippen spüren konnte.

»Sag mir, was du gedacht hast, Grace.«

Wieder riss sie die Augen auf und errötete noch mehr.

»Sag es. Ich will jeden einzelnen schmutzigen Gedanken hören, der dir durch den Kopf geschossen ist.«

Ihre Pupillen wurden riesig, was ihre Augen fast schwarz wirken ließ.

»Ich habe mich gefragt, wie du jemals in mich reinpassen sollst«, flüsterte sie, als gäbe sie ein Geheimnis preis.

Er lächelte, und dann küsste er sie heftig. Als er den Mund von ihrem löste, lächelte er noch immer. »Das passt schon, Grace. Dafür werde ich sorgen.«

22

Graces Augen weiteten sich womöglich noch ein Stück mehr, und sie sah an ihm hinunter, als wolle sie sich selbst vergewissern. Er fuhr mit der Hand seinen Schwanz auf und ab, damit sie ihn in voller Größe begutachten konnte.

»Siehst du? Ist doch gar nicht so schlimm«, sagte er grinsend.

Sie wirkte nach wie vor nicht überzeugt. Nun, wenn sie sich über seine Größe immer noch Sorgen machte, wenn er erst mal in ihr war, dann hatte er sowieso alles falsch gemacht.

Nachdem er einmal vorsichtig die Eichel gedrückt und einen Moment gewartet hatte, bis sich der drohende Orgasmus zurückzog, legte er die Hände an ihre Schultern und drückte Grace erneut behutsam nach unten. Diesmal wollte er sich vor allem ihren perfekten Brüsten widmen.

Er wollte die eine Seite ihres Körpers hinauf- und die andere hinunterlecken. Und obwohl er Brüste genauso sehr liebte wie jeder andere Mann, brannte er schon darauf, ihren Hintern zu streicheln und jede Kurve und Wölbung ihrer zarten Rückseite auszukundschaften. Ein runder Hintern machte ihn immer an, und Grace war nach ihrem Martyrium zwar extrem schlank, hatte aber trotzdem einen Hintern, für den man sterben konnte. Schon bevor er sich auf sie gestürzt hatte, hatte er sich so manches Mal ausgemalt, wie es wäre, ihn in den Händen zu halten.

Oder sich mit den Handflächen darauf abzustützen, wenn er sie von hinten nahm.

Verdammt, er hatte sich sogar vorgestellt, sie anal zu nehmen, wofür er sich hinterher doch sehr geschämt hatte. Sie war so süß und lieb und schön, und er spielte in seinem Kopf Szenen durch, die aus einem ekligen Pornofilm hätten stammen können.

Er rutschte zwischen ihre Beine und senkte seinen Körper so weit nach unten, dass er endlich die Lippen auf ihre steifen Brustwarzen legen konnte. Sein Schwanz strich über ihre Schamlippen und lag dann eingeklemmt zwischen ihren beiden Körpern. Seine Eichel berührte die zarte Haut an ihrem Bauch.

Rio senkte den Kopf, damit er an ihre Brüste kam, ohne sich bewegen zu müssen. Er genoss es, wie sein Schwanz auf ihrer Haut entlangrieb. Grace bewegte sich unruhig unter ihm, und ihm war klar, dass sie so langsam etwas ungeduldig wurde. Tja, da war sie nicht die Einzige.

Er leckte über ihre harte Brustwarze, leckte noch einmal und saugte dann behutsam daran. Grace krallte die Finger in sein Haar. Ihr fester Griff überraschte ihn. Verdammt, vermutlich würde sie ihm alle Haare ausreißen, und es war ihm völlig egal. Solange sie dabei seinen Namen schrie, konnte sie tun, was sie wollte.

»Das gefällt mir«, flüsterte sie.

Rio lächelte und hob den Kopf, um sie anzusehen. »Mir gefällt es auch. Du hast wunderschöne Brüste, Grace. Du bist äußerlich genauso schön wie innerlich.«

In ihren Augen schimmerte es feucht, und er beugte sich vor, um sie auf den Mund zu küssen. »Hey, das habe ich nicht gesagt, um dich zum Weinen zu bringen. Das ist die gottverdammte Wahrheit.«

Sie strich ihm über die Wange und das leicht raue Kinn. »Danke. Danke, dass du mir einiges von dem zurückgibst, was ich verloren habe.«

»Wenn es nach mir geht, bekommst du alles zurück.«

Noch einmal küsste er ihre Lippen, dann hangelte er sich zu ihrer anderen Brust hinunter und schob sie nach oben, damit die Brustwarze noch stärker hervorstand. Behutsam fuhr er mit den Zähnen darüber, biss sanft hinein und saugte sie in seinen Mund.

Wieder fasste sie in seine Haare und lenkte so seine Bewegungen. Schnell fand er heraus, dass sie es liebte, wenn er sie erst sanft berührte und dann heftig saugte.

Er rieb mit seinem Schwanz über ihre Scham und über ihren Bauch und mimte so Bewegungen, die sie gleich tatsächlich vollführen würden. Jedes Mal, wenn er an ihrer Brust saugte, wurde sie feuchter und glitschiger. Er hatte ganz offensichtlich ihre erogene Zone entdeckt.

»Du treibst mich in den Wahnsinn«, sagte sie, als sie ihn wieder zu ihren Brüsten hinunterzog.

Er lachte atemlos, aber als sie sein Haar noch fester packte, zuckte er zusammen. Sie mochte zwar ängstlich und schüchtern sein, was Sex im Allgemeinen betraf, aber wenn ihr etwas gefiel, gab es kein Halten.

Er blieb mit dem Mund auf ihren Brüsten, ließ aber eine Hand zwischen ihren Körpern hindurch nach unten wandern. Behutsam befühlte er ihren feuchten Eingang und testete, ob sie bereit war. Sie war heiß und feucht, und sobald er sie mit den Fingerspitzen ein wenig öffnete, wölbte sie ihm das Becken entgegen und stöhnte.

Oh ja, und wie sie bereit war!

Vorsichtshalber küsste er sie noch einmal. Dann zog er sie so weit an den Rand des Betts, dass ihr Hintern ganz nah an der Bettkante zu liegen kam und sich genau auf der richtigen Höhe und im richtigen Winkel befand, um ihm das Eindringen zu erleichtern.

»Leg deine Beine um mich«, befahl er. Sie sollte es nicht unbequem haben, und so nah an der Kante würde es verdammt ungemütlich für Grace werden, wenn er ihre Beine nicht abstützte.

Sofort schlang sie die Beine um seine Taille, und er ließ die Hände unter ihren Hintern gleiten und genoss es, wie fest dieser sich anfühlte.

Schließlich zog er die Hand wieder fort und ließ einen seiner Finger in Grace hineingleiten, um sie noch besser vorzubereiten. Dann nahm er seinen Schwanz und schob ihn in ihren Eingang.

Kaum hatte er ihn ein kleines Stück hineingebohrt, umfing ihn ihre Hitze. Eng schloss sich ihr geschwollenes Gewebe um ihn, und es fiel ihm schwer, tiefer einzudringen.

Etwas so Wahnwitziges hatte er noch nie erlebt.

Rio zog sich zurück, obwohl er gerade mal mit der Eichel in ihr gewesen war. Er begann, sie sanft zu streicheln, damit sie sich entspannte. Sein Finger tauchte in ihre Feuchtigkeit ein, und als Antwort wölbte sie ihm das Becken entgegen.

Wieder glitt er in ihre Öffnung hinein und schob sich vorwärts, und sofort verspannte Grace sich wieder. Sie runzelte die Stirn und sah ihn verzweifelt an, und in dem Moment dämmerte es ihm. Rasch zog er sich aus ihr zurück, ohne auch nur den Versuch zu machen, seinen Schock zu verbergen.

»Grace?«

Mit Tränen in den Augen sah sie zu ihm hoch. Er fühlte sich hundsmiserabel. Er würde ihr wehtun. Er würde ihr Schmerzen zufügen, obwohl es das Letzte war, was er tun wollte.

Sie war noch Jungfrau, und er hatte es nicht gewusst. Beinahe wäre er zu weit gegangen und hätte ihr mit dem ersten heftigen Stoß jegliche Lust genommen. Und das alles nur, weil er so erpicht darauf gewesen war, in ihrer köstlichen Hitze zu versinken.

»Warum hast du mir das nicht gesagt?«, fragte er mit rauer Stimme. »Das gehört nun wirklich zu den Dingen, über die wir vorher hätten sprechen sollen.«

Sie wurde rot und sah beschämt weg. Er beugte sich über sie, presste seinen Körper gegen ihren, legte die Hände an ihre Wangen und zwang sie so, ihn anzusehen.

»Versteh mich nicht falsch«, sagte er. »Es geht nicht darum, dass ich das merkwürdig finde oder dich nicht will. Es geht darum, dass ich das hier zu einer möglichst guten Erfahrung für dich machen möchte. Du hast in letzter Zeit nichts als Schmerzen und Missbrauch erlebt. Das hier ist nicht einfach nur dein erstes Mal, Grace. Es ist auch mein erstes Mal. Es ist mein erstes Mal mit *dir*, und ich will, dass wir es beide als etwas Wunderschönes in Erinnerung behalten.«

»Du machst es doch wunderschön«, flüsterte sie. »Du gibst mir das Gefühl, schön zu sein. Begehrt. Noch nie hat mir jemand solch ein Gefühl gegeben, Rio. Bitte, hör nicht auf. Es tut mir leid, dass ich es dir nicht gesagt habe. Ich hätte dir eigentlich so weit vertrauen sollen, dass ich von Anfang an ehrlich zu dir gewesen wäre. Aber ich wollte dich einfach so sehr, und ich wollte nicht, dass es wegen meiner Jungfräulichkeit irgendwie komisch wird. Und vielleicht … vielleicht habe ich auch gedacht, du würdest mich nicht mehr so gern wollen, wenn du wüsstest, dass ich keinerlei Erfahrung habe«, fügte sie hinzu und zog eine Grimasse.

Sie nicht wollen? Verdammt, gerade brüllte der primitive Höhlenmensch in ihm triumphierend auf und trommelte sich auf die Brust wie ein Besessener. Tatsache war, ihn machte es total glücklich, dass sie noch keinen anderen gehabt hatte. Dass sie noch nie jemanden so sehr begehrt hatte, dass sie sich ihm hingegeben hätte. Dass er der Erste, der Auserwählte sein würde.

»Das war ein dummer Gedanke«, sagte er und sah sie tadelnd an.

Ihre Augen leuchteten auf. Sie legte die Hände an seine Wangen und küsste ihn. »Dann schlaf mit mir«, flüsterte sie. »Bitte.«

Er glitt an ihr hinunter und begann, ihre Brustwarzen mit der Zunge zu umspielen. »Sobald du wieder wahnsinnig vor Lust bist.«

»Schon geschehen«, erwiderte sie und schnappte nach Luft.

Dennoch umwarb er sie geduldig mit Zunge und Lippen, mit Koseworten und mit zärtlichem Streicheln. Er küsste sich über ihren Bauch nach unten und kniete sich dann auf die Matratze, damit sein Mund genau zwischen ihren Schenkeln war. Ein Kuss. Nur ein harmloser Kuss, den er auf ihr zitterndes Geschlecht drückte, und schon war es, als hätte sie der Blitz getroffen. Als er mit der Zunge ihre Klitoris umkreiste und sie gnadenlos aufstachelte, bäumte Grace sich auf.

Ihre Knie bebten. Sie zitterte am ganzen Körper, während er sie weiter mit seinem Mund verwöhnte. Er küsste ihren Eingang, gab ihm sanfte, zärtliche Entschuldigungsküsse, als wolle er für die Schmerzen um Verzeihung bitten. Dann hob er den Kopf und ließ einen Finger in ihre Öffnung gleiten, um den Widerstand zu prüfen. Behutsam dehnte er sie, wobei er sie nicht eine Sekunde aus den Augen ließ. Als sie das Gesicht verzog, ließ er den Finger sofort wieder aus ihr herausgleiten.

»Rio, bitte!«

Er richtete sich auf und sah sie ernst an. »Ich habe dir doch gesagt, dass du mich nie wegen irgendetwas anbetteln musst, Grace. Niemals.«

Er legte die Handflächen auf ihren Bauch, ließ sie hinauf zu ihren Brüsten gleiten und umfasste sie. Dann sah er Grace tief in die hübschen blauen Augen und brachte sich erneut zwischen ihren Schenkeln in Position.

Er ließ den Daumen über ihre Klitoris wandern und schob seinen Schwanz dann vorsichtig in sie hinein. Er wollte nicht einfach zustoßen, andererseits wollte er das Unvermeidliche auch nicht unnötig hinauszögern und ihr dadurch noch mehr Schmerzen verursachen. Er spürte, wie sie seinem unaufhaltsamen Eindringen nachgab, und dann hörte er sie nach Luft schnappen.

Sie spannte sich um ihn herum an. Die Augen hatte sie weit aufgerissen, und ihre Lippen öffneten sich zu einem stummen Schrei.

Rio schluckte und biss die Zähne fest aufeinander, während er verzweifelt versuchte, nicht die Kontrolle über seinen Körper zu verlieren.

Er war kurz davor durchzudrehen. Heiß und geschwollen schloss sie seinen Schwanz ein, und dabei hielt sie ihn so fest gepackt, dass er vor Lust fast explodierte. Noch nie in seinem ganzen Leben hatte sich etwas so gut angefühlt. Aber als er ihr in die Augen schaute und merkte, wie sie krampfhaft versuchte, die Tränen zurückzuhalten, zog sich seine Brust so fest zusammen, dass er kaum noch Luft bekam.

»Es tut mir so leid, Baby«, flüsterte er.

Er küsste ihre Stirn, ihre Wangen, dann leckte er die Tränen in ihren Augenwinkeln weg.

»Ich werde dir nicht mehr wehtun, ich schwöre es dir.«

Sie hob das Kinn und stürzte sich hungrig auf seinen Mund. »Bitte, Rio. Hör nicht auf. Verlass mich nicht. Du hast mir nicht wehgetan. Es war nur der Schock, und dann war es so überwältigend.«

»Pscht, Honey«, beruhigte er sie. »Ich verlasse dich nicht.« Er strich ihr eine Haarsträhne aus dem Gesicht und küsste sie zärtlich.

Als ob er sie verlassen würde! Bevor sie nicht völlig befriedigt war, würde er nirgendwohin gehen. Nur über seine Leiche würde die Lage so bleiben, wie sie jetzt war.

In Rios Kopf türmten sich so viele Fragen auf, dass ihm schon ganz schwindelig war. Vor allem wollte er gerne wissen, wie diese Frau so weit gekommen war, ohne jemals mit jemandem geschlafen zu haben. Waren da draußen denn nur Idioten unterwegs, oder hatte Grace all diese Männer bewusst nicht an sich herangelassen? Und wenn ja, wieso dann er und wieso gerade jetzt?

Vermutlich sollte er schleunigst mal damit aufhören, zu viel in die Tatsache hineinzuinterpretieren, dass sie ausgerechnet ihm ihre Jungfräulichkeit geopfert hatte. Aber das war gar nicht so einfach. Grace hatte sich ihm hingegeben. Und nicht einem anderen. Ihm. Es war ein kostbares Geschenk, das ihm ein unglaubliches Gefühl von Befriedigung verlieh. Kein anderer Mann auf dieser Welt würde jemals bekommen, was sie ihm gegeben hatte. Das gehörte allein ihm.

»Schau mich an«, sagte er. Als sie gehorchte, küsste er sie erneut, rührte sich ansonsten aber nicht. Er hatte Angst, sich zu bald wieder zu bewegen, Angst, ihr noch mehr wehzutun, als er das schon getan hatte. »Wir werden das ganz langsam und behutsam angehen.«

Sie nickte, und er sah die Erleichterung in ihren Augen.

»Ich werde mich jetzt gerade so weit aufrichten, dass ich mich wieder deinen fantastischen Brüsten widmen kann. Versuch du, dich so gut wie möglich zu entspannen. Ich will, dass du das hier genießt. Es hat dir gefallen, als ich deine Brüste und deine Brustwarzen berührt habe.«

Sie errötete, nickte aber zustimmend.

»Beim letzten Mal bist du sofort feucht geworden. Also wiederholen wir das, und dann werde ich allmählich anfangen, mich in dir zu bewegen, und besonders sanft sein, bis wir den Bogen raushaben, okay?«

Wieder traten ihr Tränen in die Augen, und das zerriss ihm beinahe das Herz. Dann legte sie beide Hände an seine Wangen und küsste ihn so intensiv, dass ihm die Luft wegblieb. Leider führte der Kuss auch dazu, dass er in ihr noch härter wurde.

Grace rutschte unter ihm hin und her, als müsse sie die richtige Stellung finden. Offensichtlich versuchte sie, sich an seine Größe zu gewöhnen und an die Tatsache, dass da plötzlich ein Mann an einer Stelle war, wo zuvor noch nie einer gewesen war.

»Danke, dass du das für mich zu so etwas Großartigem machst«, sagte sie mit erstickter Stimme.

Ihre Worte machten ihn sprachlos. Er öffnete zwar den Mund, der blieb ihm dann aber offen stehen. Großartig? Er starrte auf sie hinunter, als hätte sie den Verstand verloren, aber sie lächelte ihn nur an und küsste ihn.

»Ich kann mir nicht vorstellen, dass irgendein anderer so sanft und behutsam vorgegangen wäre. Du bist mir ein Rätsel, Rio. Nach außen so hart, aber weißt du, was ich glaube? Innerlich bist du ein riesiger Flauschball.«

»Flauschball?«

Er war entsetzt. Flauschball? Verdammt, sollten seine Männer das jemals hören, wäre er geliefert. Damit würden die Jungs ihn noch in einer Million Jahren aufziehen.

Und falls Steeles Team Wind davon bekam, war er erledigt. Er wagte sich das gar nicht erst vorzustellen. Verdammt, Steele würde sich die nächsten zehn Jahre pausenlos über ihn lustig machen.

Ihr Lächeln wurde breiter. »Ja, ein Flauschball. Ein liebenswerter, wundervoller Flauschball.«

»Ach, zum Teufel!«

Sie lachte, und er nahm an, dass damit die Tränen von vorher besiegt waren.

»Wenn ich mich richtig erinnere«, sagte sie, »hast du vorhin etwas von meinen Brüsten gesagt.«

Er zog eine Augenbraue nach oben. »Oh ja, Ma'am. Ich mag es, wenn Sie mich rumkommandieren.«

»Küss sie«, bat sie leise. »Ich liebe deine Zunge und deinen Mund und wie du an ihnen saugst. Ich kann gar nicht beschreiben, wie gut sich das anfühlt.«

Ihre Worte waren Musik in seinen Ohren und ließen ihn bis ins tiefste Innere erschauern. Sein Schwanz schob sich vorwärts, und er wollte sich schon dafür entschuldigen, als Grace leise aufstöhnte, die Augen schloss und ihm einladend ihre Brüste entgegenreckte.

Erleichtert, dass das Schlimmste vorbei zu sein schien, kam Rio ihrem Wunsch nach. Er leckte erst die eine Brustwarze, dann ließ er der anderen die gleiche Behandlung zukommen.

Er knabberte, saugte und leckte, bis Grace sich stöhnend unter ihm wand. Vermutlich war ihr nicht einmal bewusst, dass sie die ganze Arbeit machte. Er ließ ihr ihre eigene Geschwindigkeit, obwohl es ihn fast umbrachte, sich zurückzuhalten und sie nicht einfach hart zu nehmen.

Sie wölbte ihm das Becken entgegen und nahm ihn so noch tiefer in sich auf. Die Beine hatte sie so fest um seinen Rücken geschlungen, dass er die Abdrücke ihrer Fersen mit Sicherheit noch tagelang auf seinem Hintern sehen würde.

»Rio, bitte.«

»Was denn, Schatz?«

»Ich weiß es nicht!«, jammerte sie. »Ich brauche …« Sie schloss die Augen und wölbte ihm erneut das Becken entgegen. »Bitte.«

Sie war feucht und glitschig und heiß und auch nicht mehr so eng wie vorher. Sie stand kurz vor dem Orgasmus, und er wollte, dass er etwas ganz Besonderes für sie wurde.

»Halt dich an mir fest, Schatz, okay? Vertrau mir, ich bringe dich dorthin, wo du hinwillst.«

Sofort legte sie die Hände an seine Schultern und grub die Nägel in seine Haut. Er sah das Vertrauen in ihren Augen, wie ein Licht in finsterster Nacht.

Er nahm sie fest in die Arme und begann, langsam in sie hineinzustoßen. Sie seufzte, dann stöhnte sie, schnappte nach Luft und wimmerte. Sie war laut und zappelig, und er genoss jede Sekunde.

»Mehr«, verlangte sie.

Er grinste, küsste ihren schönen Mund und fing dann an, tief und fest in sie hineinzustoßen, um ihr zu zeigen, dass sie ihm gehörte.

»Oh ja«, stöhnte sie auf. »Oh, das gefällt mir auch.«

»Mir ebenfalls, Babe, mir ebenfalls.«

Seine Muskeln spannten sich an, aber er biss die Zähne aufeinander, wild entschlossen, Grace zuerst kommen zu lassen. Sie riss die Augen weit auf, ihr ganzer Körper wurde steif, und ihre innersten Muskeln zitterten um seinen Schwanz herum, was ihn endgültig in den Wahnsinn trieb.

»Lass los, Schatz. Kämpf nicht dagegen an. Lass es einfach geschehen.«

Sie wurde weich und feucht, wie flüssige Seide, die ihn anschmiegsam umgab. Und dann spürte er, wie sie um seinen Schwanz herum zu zucken begann.

»Oh, verdammt«, stieß er hervor. »Ich komme auch. Oh Gott, Grace. Hoffentlich tue ich dir nicht weh«

Sie schrie ihn an, ja nicht aufzuhören. Und er brüllte ihren Namen, als der Orgasmus in heftigen Wellen über ihn hereinbrach. Als sie unter ihm bereits ganz schlaff war, kam er noch immer, stieß immer wieder in sie hinein und ergoss sich in sie.

Noch immer heftig zitternd und zuckend ließ er seinen

Oberkörper schließlich auf ihren hinuntersinken. Meine Güte, fühlte sich das gut an! Am liebsten hätte er sich niemals aus ihr zurückgezogen. Noch nie im Leben hatte er sich so befriedigt gefühlt.

Er zog sie derart fest an sich, dass sie kaum noch Luft bekam, aber so war sie ganz nah bei ihm, und das war alles, was zählte.

Wenig später rollte er sie beide auf die Seite, ohne auf ihren verschlafenen Protest zu achten. Dabei rutschte er aus ihrer Wärme heraus, und sie stöhnten beide auf, wenn auch – wie er vermutete – aus unterschiedlichen Gründen.

Nach diesem Sexmarathon musste sie völlig wundgescheuert sein. Noch nie in seinem Leben war er so lange in einer Frau geblieben. Und Grace war Jungfrau gewesen.

Er warf einen Blick auf seinen Schwanz, und als er dort ein wenig Blut entdeckte, runzelte er die Stirn. Dass er ihr hatte wehtun müssen, gefiel ihm ganz und gar nicht. Sie war in ihrem Leben schon genug verletzt worden.

»Bleib einfach liegen«, flüsterte er ihr ins Ohr. »Ich hole einen Waschlappen, dann machen wir dich sauber, und du kannst schlafen, wenn du willst.«

»Mhm«, murmelte sie.

Lächelnd stand er auf und ging ins Badezimmer, um sich mit einem feuchten Waschlappen zu säubern. Dann ließ er das Wasser laufen, bis es warm wurde, hielt einen weiteren Waschlappen darunter und wrang ihn aus.

Als er zurückkam, hatte Grace die Augen geschlossen, aber sobald er zu ihr ins Bett kam, schlug sie sie auf.

»Spreiz mal die Beine«, sagte er sanft.

Schüchtern tat sie wie geheißen, hob das eine Bein an, winkelte es ab und stützte den Fuß am anderen Bein ab.

Als er den Waschlappen auf ihre Haut drückte, seufzte sie. Es hatte etwas außerordentlich Intimes, den Beweis seiner Inbesitznahme wegzuwischen. Der Waschlappen wurde klebrig von ihrem Blut und seinem Samen. Lange starrte Rio ihn an. Erst jetzt wurde ihm so richtig klar, was er gerade getan hatte.

Sie war Jungfrau gewesen, und er ihr erster Mann. Außerdem hatte er nicht daran gedacht, ein Kondom zu benutzen. Und schlimmer noch, das war ihm völlig egal.

In seiner Vorstellung gehörte sie ihm. Was immer sich daraus ergeben sollte, würden sic gemeinsam bewältigen. Genau wie die Gefahren, die ihnen drohten.

Er warf den Waschlappen zur Seite, deckte sie wieder zu, kroch neben sie ins Bett und zog sie fest an sich.

Es gab eine Menge, worüber er nachdenken musste. Er musste eine Reihe von Entscheidungen treffen. Aber einige Entscheidungen waren bereits gefallen. So wie er beim ersten Mal, als er Grace Peterson gesehen hatte, zu dem Entschluss gekommen war, dass sie ihm gehörte.

Er hatte sie gefunden. Er hatte geschworen, sie zu beschützen. Sie war hier in seinen Armen, in seinem Allerheiligsten.

Für ihn kam das einem Heiratsantrag gleich.

23

Grace döste in Rios Armen träge vor sich hin. Statt zu schlafen, verharrte sie schon die ganze Zeit in einem tranceähnlichen Zustand. Sie war schlapp und völlig energielos, aber es fühlte sich großartig an.

Es war gut, ihn neben sich zu spüren. Kräftig. Warm und sehr tröstlich. Sie fühlte sich geborgen, behütet und geschätzt. Und genau das war ihre Schwäche.

Sie wollte jemanden, der ihr echte Zuneigung schenkte. Für den sie mehr war als nur eine kurze, unpersönliche Affäre.

Sie rieb ihre Wange an Rios Brust und seufzte.

»Weshalb seufzt du?«

Sie hob den Kopf und stellte fest, dass er hellwach war und sie durchdringend ansah. Sie stützte den Kopf in die Handfläche und schob den Ellbogen unter das Kopfkissen, damit sie ihn anschauen und dabei trotzdem so nah wie möglich an ihm dranbleiben konnte.

»Es schien einfach angebracht«, erwiderte sie.

Er berührte ihre Wange und strich ihr dann sanft über das Haar, während er sie weiter ausgiebig betrachtete. Dann legte er den Kopf auf die Seite und fragte: »Warum ich?«

Ihre Wangen wurden heiß. Sie wollte seine Frage nicht bewusst falsch verstehen. Allerdings war sie sich nicht sicher, wie ehrlich sie zu ihm sein sollte. Ihre Antwort konnte eine Menge zwischen ihnen verändern. Oder nichts.

»Du musst wissen, wie mein Leben gewesen ist«, sagte sie leise. »Wir sind dauernd umgezogen. Hatten nie Freunde. Haben nie jemandem getraut. Das ist uns so in Fleisch und Blut übergegangen, dass es für Shea und mich nach einiger Zeit völlig normal war, Einzelgänger zu sein. Shea … Shea kam etwas besser mit der Situation zurecht als ich. Sie hat mehr ausprobiert. Sie wollte ein normales Leben, und ich denke, am Anfang war sie noch naiv genug zu glauben, sie könne diese Normalität wirklich haben. Wir haben beide unsere Lebensumstände geleugnet, aber sie hat die Realität noch mehr ignoriert als ich. Vermutlich hat Shea gedacht, wenn sie sie einfach nicht zur Kenntnis nimmt, existiert sie auch nicht.«

Grace hielt kurz inne. Doch dann fuhr sie leise fort: »Für mich war es ein täglicher Kampf. Dauernd sah ich Leute, die Schmerzen hatten. Die bedürftig waren. Ich wusste von kranken Kindern. Ich habe mit dem Wissen gelebt, dass ich ihnen hätte helfen können. Ich hätte etwas verändern können, aber ich durfte niemandem etwas sagen. Wenn ich mich einem von ihnen zugewandt hätte, wäre nicht nur ich, sondern auch meine Schwester aufgeflogen.«

»Da lag eine Riesenverantwortung auf deinen Schultern«, sagte Rio.

»Ich habe mich gehasst.«

Rio sah sie durchdringend an. Dann legte er die Hand an ihre Wange. »Nein. Tu das nicht.« Er küsste sie zärtlich und strich ihr über das Haar. »Du kannst nicht für die ganze Welt verantwortlich sein. Du kannst nicht jedem helfen. Du weißt doch, was es mit dir macht. Wenn du stirbst, hilft das niemandem.«

»Es frustriert mich aber, verstehst du? Da habe ich diese großartige Gabe, aber Moment, einsetzen darf ich sie nicht, es könnte zu viel sein, und dann würde ich sterben. Was soll das? Wozu soll das gut sein? Meine Gabe nicht einzusetzen kommt mir so verantwortungslos und egoistisch vor. Wenn ich sie allerdings einsetze, bringe ich meine Schwester und mich in Gefahr. Egal wie ich mich entscheide, das Ergebnis ist immer unbefriedigend.«

Wieder war sie den Tränen nahe, aber anstatt ihm ihre Schwäche erneut zu zeigen, rutschte sie ganz nahe zu ihm hin und vergrub den Kopf unter seinem Kinn im Kissen.

Rio hörte nicht auf, ihr über das Haar zu streicheln. Lange sagte er nichts. Nur sein Atem war in dem stillen Zimmer zu hören.

Als er schließlich sprach, klang seine Stimme ernst und doch gelassen.

»Darauf weiß ich auch keine Antwort, Grace. Vielleicht wird erst noch klar, was der Sinn deiner Begabung ist. Vielleicht liegt deine Aufgabe im Moment nur darin zu überleben, bis du erfährst, wozu du mit dieser Begabung gesegnet worden bist.«

Sie blieb ganz still liegen und ließ sich seine Worte durch den Kopf gehen. Dann sah sie zu ihm hoch. »Glaubst du wirklich?«

Er zuckte mit den Schultern. »Ich glaube fest daran, dass alles einen Sinn hat. *Ein jegliches hat seine Zeit, und alles Vorhaben unter dem Himmel hat seine Stunde*.«

Verblüfft, dass er einen Spruch aus der Bibel zitierte, riss sie die Augen auf.

Er sah sie spöttisch an. »Wie? Hast du mich nicht für einen religiösen Typen gehalten?«

Da sie nicht wusste, was sie darauf antworten sollte, schwieg sie.

»Was ich sagen will: Schon in den alten Zeiten glaubten weise Menschen, dass jeder einen Zweck auf Erden erfüllt und dass es für alles unter der Sonne einen richtigen Zeitpunkt gibt. Deine Aufgabe ist momentan, gesund zu werden. Kräftiger zu werden. Und dann wird eines Tages der Moment kommen, wo dir klar wird, zu welchem Zweck du auf Erden bist. Vielleicht nicht heute oder morgen oder nächstes Jahr. Aber ich glaube nicht an Unfälle der Natur. Dir wurde diese Gabe geschenkt, und deiner Schwester die ihre. Und das hat einen Grund.«

Sie seufzte. »Aber wir wurden nicht geboren. Wir sind nicht Teil von Gottes Schöpfung. Wir wurden in einem Reagenzglas gezeugt, in einem kalten, sterilen Labor, wo man spezielle Fähigkeiten, wie sie gelegentlich in der Bevölkerung vorkommen, gezielt reproduzieren wollte. Zu einem bestimmten Zweck.«

Er lächelte und berührte ganz sanft ihre Lippen. »Und du glaubst nicht, dass Gott dabei auch irgendwie die Finger im Spiel hatte? Nur weil du nicht auf die althergebrachte Art empfangen wurdest, heißt das doch nicht, dass dein Leben weniger Sinn hat. Könnte es nicht sein, dass Gott beschlossen hat, aus etwas Schlechtem etwas Gutes zu machen? Schau dir an, was Shea für Nathan getan hat. Und für Swanny. Ohne sie wären die beiden nicht mehr am Leben. Unterschätze niemals deinen Wert, Grace. Oder den Sinn deiner Existenz. Es gibt einen Grund, warum du auf dieser Welt bist. Und einen Grund, warum du jetzt hier bei mir bist.«

Er wickelte sich eine ihrer Haarsträhnen um den Finger und zupfte leicht daran. »Ist dir schon mal der Gedanke gekommen, dass du vielleicht für mich auf dieser Welt sein könntest?«

Verblüfft sah sie ihn an. Was sollte sie darauf erwidern? Also drehte sie den Spieß um und sagte: »Und vielleicht bist du auf der Welt, um mich zu retten.«

Er lächelte. »Vielleicht. Vielleicht retten wir beide uns gegenseitig.«

»Wieso müsstest du gerettet werden, Rio? Wer bist du? Ist Rio dein richtiger Name?«

Seine Augen verdüsterten sich, und seine Lippen wurden zu einem schmalen Strich. »Mein richtiger Name ist Eduardo

Bezerra. So. Jetzt habe ich dir etwas erzählt, was die meisten Menschen nicht wissen.«

Sie runzelte die Stirn. »Du siehst nicht aus wie ein Eduardo. Rio passt zu dir. Aber wie bist du an den Namen gekommen?«

»Beim Militär bekommt jeder über kurz oder lang einen Spitznamen verpasst. Mein Vater war Amerikaner, meine Mutter Brasilianerin. Ich bin in Rio de Janeiro geboren, aber wir sind zurück in die Staaten gezogen, als ich noch sehr klein war. Direkt nach der Highschool bin ich zur Army gegangen. Als ich zu den verdeckt operierenden Einheiten kam, hörte Eduardo Bezerra sowieso auf zu existieren. Es wurde offiziell verkündet, er sei im Gefecht gestorben.«

Es war bedrückend, sich vorzustellen, was das bedeutete. Fragend sah sie ihn an. »Aber was ist mit deiner Familie? Mit deinen Eltern? Du hast von einer Schwester gesprochen. Denen hat man doch nicht erzählt, dass du tot bist?«

Seine Augen trübten sich, und er drehte sich von ihr weg und rutschte an die Bettkante. Er setzte sich auf, zog die Bettdecke mit sich und blieb mit gesenktem Kopf sitzen.

Umständlich kam sie auf die Knie. Sie fühlte sich nackt und verletzlich. Aber was sie gerade eben in Rios Augen gesehen hatte, berührte sie tief im Inneren. Sie hatte seinen Schmerz gespürt. Einen Moment lang hatte es sich angefühlt, als habe ihr Geist diesen Weg wieder geöffnet, als hätte sie einen Blick in seinen Kopf werfen können.

Qual. Schuld. So viel Schuld und Schmerz.

Vorsichtig legte sie ihm die Hand auf die Schulter. Er zuckte zusammen, und seine Muskeln begannen sich unter ihrer Berührung heftig zu bewegen, aber sie zog die Hand nicht zurück.

Dann schlang sie die Arme um ihn, lehnte den Kopf an seine Schulter und hielt ihn einfach nur ganz fest.

»Hast du alles gesehen?«, fragte er bitter. »Ich habe dich ganz kurz in meinem Kopf gespürt.«

Sie küsste ihn auf die Schulter und ignorierte seinen unwirschen Ton. »Nein. Selbst wenn ich es könnte, hätte ich es nicht getan. Ich baue diese Verbindung nur zu Menschen auf, die mir sehr nahe stehen. Das ist ein Einbruch in die Privatsphäre, und so etwas würde ich nie mit dir machen.«

Er legte die Hand auf ihre. »Jetzt hast du es mir aber gegeben. Da flippe ich aus, weil du in meinem Kopf bist, aber wenn du sagst, so etwas machst du nur mit Menschen, die dir nahestehen, gefällt mir das auch nicht. Beides auf einmal kann ich vermutlich nicht haben, oder?«

Sie legte das Kinn auf seine Schulter und seufzte. »Sag mir doch einfach, was los ist, Rio. Es kann doch nicht so etwas Schwieriges sein, dass ich es nur erfahre, indem ich deine Gedanken lese. Kannst du mir nicht erzählen, was passiert ist? Haben sie deinen Eltern gesagt, dass du im Kampf gestorben bist?«

Er packte ihre Hand fester, ließ sie dann aber zögernd los. »Ja. Damals war ich jung und idealistisch. Und alles zum Wohl Amerikas. Um meinem Land zu dienen, musste ich sterben. Es dufte keine Bindungen mehr geben. Sie wollten den ultimativen Soldaten. Keine Familie. Keine Altlasten. Nichts, was mich zurückhielt. Nichts, das wichtiger war als meine Mission. Meine Eltern hatten Rosalina, und ich dachte, alles wäre gut.«

Mit einem tiefen Seufzer strich er ihr über das Gesicht, dann über die Haare.

»Ich war ein egoistischer, ruhmsüchtiger Idiot.«

Bei dem bitteren Ton seiner Stimme zuckte Grace zusammen. »Und jetzt? Wissen sie inzwischen, dass du noch lebst?«

»Ja«, erwiderte Rio so leise, dass sie es beinahe nicht gehört hätte. »Für sie bin ich trotzdem tot.«

Grace war sich nicht sicher, ob sie richtig gehört hatte. »Das verstehe ich nicht.«

»Diesen Teil kennst du bereits. Meine Schwester hatte sich mit einem Mann eingelassen, der alles andere als gut für sie war. Er war älter, dazu ein Kontrollfreak. Er war ein absolutes Schwein. Er hat sie umgebracht.«

Obwohl er ihr das bereits erzählt hatte, lief es Grace eiskalt den Rücken hinunter bei der Vorstellung, dass einem Menschen einfach das Leben genommen worden war.

»Ich hätte dort sein sollen. Dann wäre das nie passiert. Mein Vater hatte einen Herzinfarkt. Ich wusste nichts davon. Ich war zu sehr damit beschäftigt, die Welt zu retten, oder zumindest habe ich das geglaubt. In Wahrheit versank ich in einer Grauzone, in einer schlammigen, undurchsichtigen Brühe. Meine Mutter hatte Angst vor Rosalinas Mann, und mein Vater konnte in seinem Zustand nicht viel tun. Zwischen zwei Missionen bekam ich dann auf einmal immer mehr Zweifel. Zweifel, ob meine Entscheidung für das Militär richtig gewesen war. Ich glaubte nicht mehr an das, was wir taten. Ich war mir nicht mal mehr sicher, welchem Herrn wir dienten. Ich ging zum Haus meiner Schwester, wollte sie nur sehen. Ich wusste noch nicht einmal, ob sie Kinder hatte. Ich wollte nur schauen. Mich vergewissern, dass sie glücklich und gesund war. Vorgefunden habe ich eine schwangere Frau, die so schlimm verprügelt worden war, dass sie in meinen Armen starb, fest überzeugt, ich sei ein Geist.«

Er verbarg das Gesicht in den Händen. »Ich habe Rache geschworen. Rache war alles, woran ich denken konnte. Ich habe mich so schuldig gefühlt. Und verantwortlich. Der Zweck meines Daseins bestand nur noch darin, den Dreckskerl für das büßen zu lassen, was er getan hat. Ich habe ihn aufgespürt und getötet. Ich bereue es nicht. Er hat gelitten, genau wie Rosalina, und als das erledigt war, bin ich zu meiner Mutter und meinem Vater gegangen und habe ihnen erzählt, was ich getan hatte. Alles.«

Grace hielt den Atem an. Sie nahm Rio noch fester in die Arme, denn sie spürte, dass an dieser Stelle alles aus dem Ruder gelaufen sein musste. Sie fürchtete sich vor dem, was er als Nächstes sagen würde.

»Ich werde nie vergessen, wie meine Mutter mich angesehen hat. So kummervoll und enttäuscht. Mein Vater sah einfach nur grau und erschöpft aus. Sie sagte, niemand, der sich ihr Sohn nennt, würde die eigene Familie seinen Tod betrauern lassen. Und niemand, der sich ihr Sohn nennt, würde mit Blut an den Händen und nach Rache stinkend ihr Haus betreten. Und dann hat sie hinzugefügt, dass ich in ihren Augen um nichts besser sei als der Mann, der ihre Tochter getötet hatte, und dass *ihr* Sohn bereits vor Jahren gestorben sei.«

»Oh, Rio«, flüsterte sie. »Das tut mir so leid.«

»Ich hatte es verdient«, erwiderte er freudlos.

»Niemand verdient es, dass ihm nicht vergeben wird.«

»Ich hatte meiner Familie den Rücken zugekehrt.«

Sie widersprach ihm nicht, obwohl sie einiges dazu hätte sagen können. Aber das hätte letztendlich nichts geändert. Und irgendwelche inhaltslosen Floskeln halfen ihm nicht weiter. Manchen Schmerz heilte nur die Zeit. Und manche Wunden heilten sehr viel langsamer als andere.

Aber sie konnte ihn trösten. Genau wie er sie getröstet hatte. Grace glitt vom Bett, setzte sich auf Rios Schoß und schlang ihm die Arme um den Nacken.

Rio starrte sie durchdringend an. »Eins musst du wissen, Grace. Ich werde mich nie von dir abwenden. Ich verlasse dich nicht. Ich habe geschworen, dich zu beschützen, und ich sterbe lieber, als dass ich mein Wort breche. Ich werde niemals zulassen, dass mit dir so etwas passiert wie mit meiner Schwester oder meiner Familie.«

Sie strich ihm die Haare aus der Stirn, immer wieder, in der Hoffnung, dass ihre Berührung für ihn so tröstlich war wie für sie. »Hattest du Titan bereits verlassen, als du zu Rosalina gegangen bist?«

»Die endgültige Entscheidung war noch nicht gefallen. Wie ich schon sagte, das war zwischen zwei Missionen. Nach ihrem Tod bin ich ausgestiegen und habe ein Jahr lang dieses Schwein gejagt. Und dann, nach der Konfrontation mit meiner Familie, wusste ich, dass ich das nicht mehr tun konnte. Ich konnte nicht zurück. Obwohl ich für meine Familie nicht mehr existierte, wäre es mir wie Betrug vorgekommen. Dennoch bin ich nicht ihnen zuliebe zu KGI gegangen. Sondern mir zuliebe. Ich wollte gern morgens in den Spiegel schauen und die Person wiedererkennen können, die mir da entgegensieht. Und ich wollte in Frieden mit dieser Person leben.«

»Hast du dich deswegen bereit erklärt, mich zu suchen?«, fragte sie neugierig. »War das so etwas wie Buße? Hattest du das Gefühl, du müsstest die Vergangenheit wiedergutmachen?«

Rio runzelte die Stirn und sah sie durchdringend an. Dann nahm er ihr Kinn in die Hand, damit sie seinem Blick nicht ausweichen konnte.

»Verdammt, nein. Du bist doch kein Objekt, das dazu dient, meine Schuld abzutragen. Glaubst du das etwa? Dann irrst du dich gewaltig. Ich habe mich freiwillig für die Suche nach dir gemeldet, weil ich bei deinem Anblick meine Zukunft gesehen habe. Es war, als hätte mich der Blitz getroffen. Auf einmal war alles klar. Ich hätte mich dem nicht entziehen können, selbst wenn ich gewollt hätte.«

Völlig verblüfft starrte sie ihn an.

Er fuhr mit dem Daumen über ihre Unterlippe und beugte

sich dann vor, um sie zu küssen. »Ich erwarte nicht, dass du das verstehst. Verdammt, ich verstehe es ja selbst nicht. Aber ich erwarte, dass du es akzeptierst. Und mich. Denn, ob es dir klar ist oder nicht, ab jetzt werde ich ständig ein Teil deines Lebens sein. Die Frage ist nur noch, wie und wo ich hineinpasse, wenn all das hier vorbei ist. Aber eins steht fest: Ich gehe nicht weg.«

24

Es amüsierte Rio zu sehen, wie verdattert Grace auf seine Besitzansprüche reagierte. Er hatte ihr quasi gesagt, sie gehöre ihm und habe in diesem Punkt kein Mitspracherecht. Was nicht stimmte. Natürlich hatte sie das. Er war nicht gut genug für sie, und das wusste er auch verdammt genau. Sie verdiente jemanden viel Besseren als ihn. Aber falls sie ihm den Laufpass geben sollte … nun, er würde lügen, wenn er behauptete, er würde ihre Entscheidung einfach so akzeptieren.

Manche Dinge waren es wert, dass man darum kämpfte. Grace Peterson war eins davon.

Aber er wusste auch, dass sie einen weiten Weg vor sich hatten, mit sichtbaren und unsichtbaren Hürden. Es würde nicht einfach werden, und es würde seine Zeit dauern.

Sosehr ihn ihre Überraschung auch amüsierte, machte sie ihn doch auch wütend. Warum fiel es Grace so schwer zu glauben, dass jemand sie begehrte? Sie tat ja fast so, als habe außer ihrer Schwester noch nie jemand etwas für sie empfunden.

Allein dass sie so dachte, tat ihm weh. Es war höchste Zeit, dass jemand ihr deutlich machte, was für eine großartige Frau sie war.

Als sie erneut sein Gesicht mit ihren zarten Fingern berührte, konnte er sich nicht mehr zurückhalten. Er reagierte einfach auf sie. Sein Schwanz wurde hart. Da sie auf seinem Schoß saß, konnte er das auch schlecht vor ihr verbergen. Himmel, er rammte ihr das verdammte Ding ja schon fast in den Hintern.

»Bei dir weiß ich nie so recht, was ich sagen soll, Rio. Immer wieder denke ich, dass das alles nicht real ist. Dass es nur ein bizarres Hirngespinst ist und dass ich gleich in Gefangenschaft aufwache, und alles war nur ein schöner Traum. So etwas wie das hier passiert einfach nicht.«

Er lachte. »Honey, du müsstest dich mal hören. Du bist unglaublich skeptisch und sagst, dass so etwas wie das hier nicht passiert. Weißt du eigentlich, wie absurd das von einer Frau mit deinen außergewöhnlichen Fähigkeiten klingt? Ich sollte eigentlich derjenige sein, der sich mit Händen und Füßen dagegen wehrt, dass so etwas im wirklichen Leben passieren kann. Aber Tatsache ist, es passiert. Mir. Dir. Ich bin dauernd auf irgendwelchen Missionen unterwegs. Das ist nichts Neues. Neu ist, dass es mich völlig aus der Bahn wirft, nur weil ich auf dem Filmmaterial einer Überwachungskamera eine Frau sehe und sofort weiß, dass ihr Leben irgendwie unwiderruflich mit meinem verbunden ist. Das ist etwas, was nicht jeden Tag passiert. Alles andere? Völlig normal.«

Sie küsste ihn. Gerade hatten sie noch geredet, doch jetzt verschlang sie ihn hungrig. Beinahe hätte er das Gleichgewicht verloren und wäre nach hinten umgekippt. Sie schlang die Arme um seinen Hals, vergrub die Hände in seinem Haar und hielt ihn fest gepackt, als könne er ihr sonst entkommen.

Dabei würde er nur zu gern die ganze Nacht hier sitzen bleiben, wenn sie ihn so küsste.

Als sie ihn losließ, hätte er beinahe gewimmert. Sie fuhr fort, sein Gesicht zu streicheln, und er hätte am liebsten geschnurrt. Er war ja so etwas von verloren! Ob sie wohl ahnte, dass sie ihn nur ein wenig zu streicheln brauchte, ihn auf eine bestimmte Art ansehen musste, und schon wollte er ihr die Welt zu Füßen legen?

Es war verrückt. Das alles. Noch nie hatte er sich ernsthaft in eine Frau verliebt. Schon gar nicht innerhalb von wenigen

Tagen. Und erst recht nicht, bevor er sie überhaupt kennengelernt hatte.

Aber, verdammt, in Grace Peterson hatte er sich Hals über Kopf verliebt. Unheilbar. Unwiderruflich.

Sie rutschte von seinem Schoß herunter, und bevor er protestieren konnte, ging sie zwischen seinen Schenkeln in die Knie. Sie legte die Hand um seine Erektion, ließ die Finger sanft auf und ab gleiten und sah fasziniert zu, wie er immer härter wurde.

Oh verdammt, das würde die reinste Folter werden. Grace betrachtete die Welt wie etwas, das es zu erforschen galt. Als würde sie die Dinge in Augenschein nehmen und dann ein bisschen mit ihnen herumexperimentieren. Nicht dass er etwas dagegen gehabt hätte, aber das würde seine Geduld schwer auf die Probe stellen. Wenn er dies hier überstand, ohne sich zu blamieren, hatte er sich einen Orden verdient.

»Rio?«

Sie klang atemlos und zögerlich, aber auch ein wenig erregt, was ihn wiederum sehr erregte. Aber er zwang sich zur Beherrschung und versuchte krampfhaft, nicht daran zu denken, dass sein Schwanz in ihrer Hand lag und sie ihn mit jeder Streicheleinheit weiter in den Wahnsinn trieb.

»Ja, Honey.«

»Ich weiß nicht genau, wie man das macht. Ich würde aber gern. Ich meine …«

Sie brach ab, lief dunkelrot an und senkte den Kopf. »Kannst du mir zeigen, wie man das macht?«

Falls er nicht völlig danebenlag, kniete sie vor ihm, die Hände um seinen Schwanz gelegt, und bat ihn ihr zu zeigen, wie sie ihm einen blasen sollte.

Ein Teil von ihm flüsterte ihm zu, er solle nicht solch ein Arschloch sein, sondern sie hochheben, sie wie ein Festmahl auf dem Bett ausbreiten und ihr zeigen, was er ihr mit dem Mund alles Gutes tun konnte. Auf gar keinen Fall würde er in sie eindringen, schließlich war sie vor einer Stunde noch Jungfrau gewesen und musste noch ganz wund sein.

Der andere Teil von ihm schrie ihn an, ihr ganz genau zu zeigen, wie er es mochte, und zwar in allen Einzelheiten.

Die Entscheidung fiel, als sie den Kopf hob, ihn aus ihren wunderschönen blauen Augen ansah und sagte: »Ich möchte dich schmecken, Rio. Genau wie du vorhin mich geschmeckt hast. Ich weiß, dass Männer das mögen, aber ich habe keine Vorstellung, was ich tun soll und wie.«

Er stöhnte. »Oh ja, wir mögen das sehr.«

Sie lächelte. »Dann zeig es mir.«

Er ließ die Hand über ihr Haar gleiten und vergrub die Finger darin. Mit der anderen nahm er ihr behutsam seinen Schwanz aus der Hand und rieb ihn ein paarmal, bis er richtig steif war.

»Komm weiter hoch«, wies er sie an.

Sie stützte die Handflächen auf seine Oberschenkel und drückte sich nach oben.

Er strich ihr zärtlich über den Nacken, damit sie sich wohlfühlte. Dann positionierte er seinen Schwanz so, dass er eine Linie mit ihrem Mund bildete.

»Jetzt mach den Mund auf«, sagte er liebevoll. »Leck über die Spitze. Nimm ihn noch nicht in den Mund. Erreg mich. Ich lasse mich gern erregen. Stell es dir wie Flirten vor. Gib mir einen Vorgeschmack davon, wie gut es sein wird.«

Ihre rosa Zunge schoss hervor und fuhr zaghaft über seine Eichel. Er schnappte nach Luft und unterdrückte ein Stöhnen. Verdammt, fühlte sich das gut an, dabei hatte sie ihn noch kaum berührt.

»Ein bisschen mehr«, ermutigte er sie.

Sie ließ die Zunge um seine Spitze kreisen und fuhr dann zusätzlich einmal an der Unterseite seines Schafts entlang. Oh verdammt, das gefiel ihm. Das war seine Lieblingsstelle.

Er packte seinen Schwanz und zog ihn zurück. Sie runzelte die Stirn und sah ihn so bestürzt an, dass er sich am liebsten in den Hintern getreten hätte.

»Habe ich was falsch gemacht?«

»Nein, überhaupt nicht. Ich wollte dir gerade sagen, wie prima du das machst.«

Er ließ die Finger über die straff gespannte Haut an der Unterseite gleiten, direkt vor der Eichel. »Deine erogene Zone sind deine Brüste. Meine ist hier. Ich liebe es, hier berührt zu werden. Saugen, lecken, was immer du tun magst, es wird mir garantiert gefallen.«

»Oh«, sagte sie und lächelte.

Wieder packte er ihr Haar und führte ihren Mund zu seinem Schwanz. »Mach ihn wieder auf.«

Dieses Mal ergriff sie mehr die Initiative. Sie leckte über die Eichel und um sie herum und hielt zwischendrin inne, um der Stelle, die er ihr gezeigt hatte, besondere Aufmerksamkeit zu widmen. Er schloss die Augen und ließ sie eine Zeit lang spielen.

»Jetzt nimm mich richtig in den Mund. Ganz langsam. Pass auf deine Zähne auf. Und mach die Öffnung eng. Saug, wenn du mich in dich aufnimmst, aber nicht zu fest.«

Er schob sich tiefer in ihren Mund. Die ganze Zeit sah Grace ihm in die Augen. Sie beobachtete ihn genau, als müsse sie jede seiner Reaktionen genau registrieren, auf ihr Streicheln, ihr Saugen und auf diese Art, wie sie mit der Zunge über seinen Schwanz glitt.

»Wir lassen es ganz langsam angehen. Ich will dich nicht überfahren. Wenn du dich daran gewöhnt hast, zeige ich dir mehr. Jetzt schau erst mal, dass du deinen Rhythmus findest, auch fürs Atmen. Atme durch die Nase ein, wenn ich tief in dir bin. Wenn ich hinausgeleite, kannst du um meinen Schwanz herum atmen. In einer Minute werde ich so weit sein, dass ich so tief in dich hineinmöchte, wie du mich aufnehmen kannst. Ich will nicht, dass du in Panik gerätst. Du bist diejenige, die den Ton angibt. Du nimmst mich nur so tief in dich auf, wie es dir passt, okay?«

Sie nickte, und bei dieser Bewegung glitt ihre Zunge über die Unterseite seines Schwanzes.

»Komm noch ein bisschen höher, damit du über mir bist. Dann werde ich meine Hand wegnehmen, und du nimmst mich auf. Ich lehne mich zurück und lasse dich eine Zeit lang machen, was dir gefällt.«

Sie sah ein wenig verunsichert zu ihm hoch. Er lächelte sie beruhigend an. Verdammt, eigentlich brauchte sie gar keine Anleitung, aber er musste zugeben, dass es ihn doch ziemlich anmachte, eine Beinahe-Jungfrau zwischen seinen Schenkeln zu haben, die seinen Anweisungen lauschte, wie er am besten zu erregen war.

Sie ließ ihn Fantasien entwickeln, von deren Existenz er nichts geahnt hatte.

Sobald ihre Hand auf seine glitt, überließ er ihr die Regie. Er lehnte sich zurück und stützte sich mit den Handflächen auf die Matratze, während sie etwas höher rutschte und sich über ihn beugte.

»Beweg die Hand im Gleichtakt mit deinem Mund«, sagte er. »Wenn du mich einsaugst, gehst du mit der Hand nach unten. Wenn du mich rausrutschen lässt, gehst du mit der Hand Richtung Eichel und drückst fest zu.«

»Ist es so richtig?«, fragte sie unschuldig.

Sie packte seinen Schwanz fest und sog die Eichel langsam in den Mund, aber das war noch nicht alles. Sie ließ die Hand nach unten gleiten, folgte mit dem Mund und nahm ihn tief in sich auf, während sie gleichzeitig mit Mund und Hand Druck ausübte.

Heiliges Kanonenrohr!

»Genau so«, flüsterte er mit rauer Stimme.

Er spürte, dass sie lächelte, und schon glitt ihr warmer Mund erneut über seinen Schwanz. An der Eichel hielt sie inne, umspielte sie mit der Zunge und ließ auch seiner erogenen Zone ein paar Extrazuwendungen zukommen.

»Du lernst schnell«, stieß er mit zusammengebissenen Zähnen hervor. Seine gesamte Kiefermuskulatur war völlig verkrampft, weil er verzweifelt versuchte nicht zum Orgasmus zu kommen.

Sie ließ ihn aus dem Mund gleiten, streichelte ihn aber weiter mit der Hand. Von der Aufmerksamkeit, die sie ihm schenkte, waren ihre Lippen leicht geschwollen. Sie sah zu ihm hoch.

»Mir gefällt, wie du schmeckst«, sagte sie schüchtern, was ihn erneut aufstöhnen ließ. »Du bist so hart, und trotzdem so weich. Es ist interessant.«

»Interessant?«, krächzte er.

»Wie schmeckt es, wenn du kommst?«

Er hustete und richtete sich auf. »Hm, ich habe es nie probiert, also kann ich dir das nicht beantworten.«

Sie lachte. »Macht es dir was aus zu kommen, in meinem Mund, meine ich? Oder ist es zu früh? Ich habe gehört, bei Männern dauert es länger … du weißt schon … bis sie nach dem Sex wieder können. Ich habe gelesen, dass Frauen viel schneller wieder zum Orgasmus kommen und nicht so viel Zeit dazwischen brauchen.«

»Hast du dir etwa in der Bibliothek Bücher zu dem Thema ausgeliehen?«

»Auf Google findet sich alles«, erwiderte sie grinsend. »Also, macht es dir was aus?«

Ihre Stimme klang ein wenig ängstlich, und beinahe hätte er »Verdammt, nein!« gebrüllt, doch es gelang ihm gerade noch, sich zu beherrschen.

Etwas ausmachen? Das sollte wohl ein Witz sein. Wenn sie in diesem Moment in seinen Kopf sehen könnte, wäre sie garantiert unendlich schockiert. Er stellte sich nämlich gerade lebhaft vor, wie er so tief in ihrem Mund steckte, dass seine Eier auf ihrem Kinn lagen.

Als er ihr schließlich antwortete, gelang es ihm sogar, gelassen zu klingen.

»Das macht mir überhaupt nichts aus. Ich will nur absolut sicher sein, dass du es wirklich willst.«

Sie nickte eifrig, während sie ihn weiterstreichelte. »Ich will. Mir gefällt die Vorstellung ... Also, vermutlich klingt das blöd, aber das hat so etwas ... Intimes, findest du nicht auch?«

Er schloss die Augen und schaffte es gerade noch zu nicken. Wenn sie so weitermachte, würde er kommen, bevor er es bis in ihren Mund geschafft hatte.

Und da machte sie sich Gedanken, ob er schon wieder konnte! Er wusste nicht, ob er beleidigt oder belustigt sein sollte. Offensichtlich wusste sie wirklich nicht viel über Sex, obwohl sie versucht hatte, vor ihrem ersten Mal möglichst viel an Informationen zu sammeln.

Sie lockerte die Hand, bis nur noch ihre Fingerspitzen über seinen Schwanz streichelten. Dann fuhr sie mit der Zunge von seinen Eiern bis zu seiner Eichel hoch. Bevor er sich noch fragen konnte, was sie wohl als Nächstes tun würde, hatte sie ihn schon tief in ihren Mund gesaugt.

Er traf hinten an ihre Kehle, und automatisch stieß er nach oben, unfähig, diese Reaktion zu unterdrücken.

Wieder legte sie die Hand um seinen Schaft und arbeitete sich an die Spitze vor, während er aus ihr herausglitt. Allmählich fand sie ihren Rhythmus mit Hand und Mund und packte ihn von Mal zu Mal fester.

»Leg die andere Hand um meine Eier«, sagte er mit rauer Stimme. »Drück sie, aber nicht zu sehr. Bearbeite sie, während du mir einen bläst.«

Seine unverblümte Sprache hatte auf sie beide dieselbe Auswirkung. Grace zitterte. Ihre Brustwarzen richteten sich auf und wurden zu harten Spitzen, die vor ihm auf und ab wippten. Freudentröpfchen flossen in ihren Mund, und er machte sich schon Sorgen, dass ihr das nicht gefallen würde.

Stattdessen wurde Grace langsamer und schien es zu genießen, fast als müsse sie eine Entscheidung treffen, wie sehr sie den Geschmack mochte. Sie ließ ihre Zunge über seine Eichel gleiten, um jeden Tropfen aufzufangen, dann konzentrierte sie sich wieder auf das Saugen.

Sie hatte beide Hände auf seinem Körper, eine an seinen Eiern, die sie sanft drückte und massierte, die andere an seinem Schwanz, an dem sie mit jeder Bewegung ihres Munds auf und ab glitt.

»Tiefer«, drängte er sie. »Nimm mich ganz tief in dich auf. Halt mich dort.«

Er wollte nicht die Regie an sich reißen und sie zu irgendetwas zwingen. Sie sollte das Tempo selbst bestimmen, alles nach Lust und Laune erforschen und tun, was ihr in den Sinn kam. Es war verdammt sexy, mit ihr gemeinsam zu entdecken, wie es war, jemandem einen zu blasen.

In gewisser Weise fühlte es sich an, als wäre es das erste Mal in seinem Leben. Er hätte auch sagen können, dass er noch nie etwas Besseres erlebt hatte als das, was hier und jetzt geschah, mit einer Frau, die nichts anderes wollte, als ihm Vergnügen zu bereiten.

Und Grace war nicht zu stoppen. Wieder nahm sie ihn ganz

tief in sich auf. Dann schluckte sie, ihre Kehle schloss sich um ihn, und er verlor endgültig die Beherrschung.

Er wölbte ihr das Becken entgegen und konnte gerade noch stammeln, dass er jetzt kommen würde, und dann ging es auch schon los. Aber Grace saugte weiter und führte ihre Bewegungen fort, ohne sich von dem plötzlichen, heftigen Erguss in ihrem Mund aus dem Rhythmus bringen zu lassen.

Als ihre Bewegungen allmählich langsamer wurden, fuhr er ihr sanft und liebevoll mit den Fingern durch die Haare. Er spürte, wie sie schluckte, und er wusste, sie hatte alles in sich aufgenommen, was er zu geben gehabt hatte. Er stöhnte.

Sie schien instinktiv zu wissen, dass er jetzt sehr viel empfindlicher war, denn sie lockerte ihren Griff und ließ ihn sanft aus sich herausgleiten. Sein Schwanz sackte zur Seite, noch halb aufgerichtet, und sie sah zu ihm hoch, die Lippen feucht von seinem Erguss.

»Das war unglaublich«, sagte er heiser. »Danke.«

Sie errötete, lächelte ihn aber trotzdem strahlend an, und ihre blauen Augen leuchteten.

»Komm her«, sagte er, nahm ihre Hände und zog sie an sich.

Er schlang die Arme um sie und legte sich auf den Rücken, sodass sie auf ihm zu liegen kam. Dann rollte er sich mit ihr auf die Seite und verschränkte die Beine mit ihren.

»Danke. Ich glaube, ich hatte noch nie eine Frau, die mir so viel Vergnügen bereiten wollte.«

Sie hob den Kopf, damit ihr Mund näher an seinem Ohr war, und flüsterte, als würde sie ihm ein großes Geheimnis verraten: »Ich mag es, wie du schmeckst. Darf ich das irgendwann noch mal machen?«

Wieder stöhnte er. Glaubte sie wirklich, er würde Nein sagen?

25

Grace erwachte mit einem Ruck. Rio stand über sie gebeugt und rüttelte sie an den Schultern. Als sie sein besorgtes Gesicht sah, war sie sofort hellwach. Durch das Fenster fielen Sonnenstrahlen ins Zimmer und badeten es in morgendliches Licht.

»Ich muss los und etwas überprüfen«, sagte Rio. Seine Stimme klang angespannt.

Sie setzte sich auf. »Was bedeutet das? Muss ich fort?«

Er machte eine abwehrende Geste. »Nein. Du bleibst mit Browning hier. Ich nehme Terrence mit. Decker, Diego und Alton werden einen elektronischen Perimeterschutz installieren, um sicherzugehen, dass niemand eindringt.«

»Ist denn jemand hier?«, fragte sie. »Was ist los, Rio?«

»Vielleicht nichts, aber ich werde kein Risiko eingehen. Browning ist gerade von seinem Wachposten zurückgekommen und hat Personen in der Nähe des Flusses gemeldet. Er meinte, sie hätten nicht wie Einheimische ausgesehen. Wie ich schon sagte, vermutlich ist es nichts, aber ich werde es auf jeden Fall überprüfen.«

Sie biss sich auf die Lippe, nickte aber.

»Hör mir zu. Ich will, dass du jetzt aufstehst und dich anziehst, damit du jederzeit aufbruchsbereit bist. Aber ich will auch, dass du in diesem Zimmer bleibst, bis ich zurückkomme. Außer Browning sagt etwas anderes. Falls ich aus irgendeinem Grund nicht zurückkommen kann, um dich zu holen, wir aber aufbrechen müssen, dann bringt er dich durch einen der Fluchttunnel zu mir.«

Grace spürte, wie ihr Puls zu rasen begann, bis sie ihn sogar an den Schläfen spüren konnte. Sie stieg aus dem Bett und blickte nach rechts und links, ohne zu wissen, wonach sie überhaupt Ausschau hielt.

Rio legte ihr die Hände auf die Schultern und drehte sie um, sodass sie ihn ansehen musste. Er beugte sich zu ihr hinunter und gab ihr rasch einen Kuss.

»Flipp bitte nicht aus. Du musst unbedingt die Ruhe bewahren. Im Schrank sind Sachen zum Anziehen. Nimm dir, was du brauchst. Ich komme so schnell zurück, wie ich kann.«

Er küsste sie ein letztes Mal, und dann war er fort, bevor sie ihm auch nur sagen konnte, er solle auf sich aufpassen.

Nach diesem aufwühlenden Weckruf war es Grace unmöglich, sich zu entspannen. Hektisch durchsuchte sie den Schrank und entschied sich schließlich für ein T-Shirt und Shorts mit Gummizug in der Taille. Perfekt.

Stirnrunzelnd überlegte sie, ob sie rasch noch duschen sollte oder lieber nicht. Rio war gerade erst gegangen, und so schnell würde er wohl kaum herausfinden können, ob es wirklich ein Problem gab, oder?

Schließlich entschied sie sich dafür, es zu riskieren. Im Rekordtempo duschte sie und wusch sich das Haar. Sie trocknete sich ab, zog sich an und machte sich daran, ihr Haar zu trocknen. Sie kämmte es aus und band es dann mit einem Gummi zu einem Pferdeschwanz zusammen.

Einen Schönheitswettbewerb würde sie nicht gewinnen, aber sie war zu allem bereit.

Ihr war klar, dass der Morgen nicht mehr zu retten war, dennoch musste sie es irgendwie schaffen, sich zu entspannen. Also legte sie sich auf das Bett und begann mit den Übungen, die Rio ihr am Vortag gezeigt hatte.

Nach und nach ließ die Angst nach, und es gelang ihr, sich zu konzentrieren. Ruhe machte sich in ihr breit. Es war, als wäre ihr Geist ein verknotetes Seil, das sich allmählich entwirrte.

Behutsam streckte sie die Fühler nach ihrer Schwester aus und versuchte, den vertrauten Pfad wiederzufinden, den sie so viele Jahre genutzt hatte. Aber sie hatte sich verändert. Ihr Geist war ein anderer geworden, genau wie sie selbst. Nichts war mehr wie zuvor, und sie musste den Weg erst neu entdecken.

Sie konzentrierte sich auf Sheas Gesicht und blendete alles andere aus. Sie rief sich die Stimme ihrer Schwester in Erinnerung und wie sie klang, wenn sie telepathisch kommunizierten.

Eine tröstliche Wärme breitete sich in ihrem Körper aus. Sie konnte Sheas Lächeln regelrecht spüren. Und dann ein kaum wahrnehmbares Echo, so leise, dass sie zunächst glaubte, es sich nur eingebildet zu haben.

Grace.

Ihr Name. Shea suchte den Kontakt zu ihr.

Sie wollte gerade antworten, als die Tür aufflog und Browning mit ernstem Gesichtsausdruck hereingestürmt kam.

»Auf geht's. Wir müssen zu Rio.«

Ihr Herz fing wild an zu hämmern. Rasch stand sie auf, schlüpfte in ihre Schuhe und eilte Browning hinterher, der bereits den Flur entlanglief.

»Was ist los? Was ist passiert?«, rief sie.

»Einzelheiten weiß ich nicht. Rio hat angeordnet, dass ich Sie fortbringen soll, und genau das tue ich. Wir treffen uns im nordwestlichen Sektor.«

Grace runzelte die Stirn. Das war weit weg vom Fluss. Waren sie hinter ihr her? Hatten sie sie so schnell gefunden?

Browning lotste sie durch einen Tunnel, in dem sie noch nicht gewesen war. Er endete in einer kleinen Höhle, eigentlich mehr ein Loch, das gut einen Meter vom Boden entfernt aus einem Felsen herausgeschlagen worden und von Kletterpflanzen und dickem Moos bedeckt war.

Browning sprang als Erster hinaus und gab ihr dann ein Zeichen, ihm zu folgen. Er fing sie auf, nahm sie bei der Hand und zog sie tiefer in das dichte Laub.

Zweige und Büsche klatschten ihr ins Gesicht und gegen Brust und Beine. Mehrfach blieb Grace im Gestrüpp hängen und wäre beinahe gestürzt. Sie stolperte in Browning hinein, den ihr langsames Vorwärtskommen ungeduldig zu machen schien.

Ein paarmal hatte sie den Eindruck, er wolle etwas sagen, doch dann presste er die Lippen zusammen und drängte sie weiter.

Nachdem er sie bestimmt eine Stunde lang – zumindest kam es ihr so vor – durch den Urwald geschleift hatte, gelangten sie auf eine Lichtung. Vor ihnen, direkt am Ufer des Flusses, lag etwas, das wie ein kleines Dorf aussah.

Verwirrt runzelte Grace die Stirn. Browning hatte davon gesprochen, nach Nordwesten zu gehen. Aber der Fluss lag nicht nordwestlich des Hauses. Als aus den kleinen Hütten mehrere Menschen traten, packte sie ihn am Arm.

»Browning, was ist los? Was tun wir hier?«

Er zog eine Grimasse und fasste sie am Handgelenk, so fest, dass es wehtat. Als sie versuchte sich zu befreien, packte er nur noch fester zu.

»Es tut mir leid, Grace«, sagte er leise. »Das musste ich einfach tun. Rio wird stocksauer sein, dass ich ihm eine falsche Information gegeben habe, um ihn und die anderen aus dem Weg zu schaffen, aber ich musste es tun. Freiwillig hätte er Sie niemals hierherkommen lassen.«

Ihr Magen zog sich schmerzhaft zusammen. »Wovon zum Teufel reden Sie?«

Sie versuchte, einen Schritt zurückzutreten, aber er ließ sie nicht los, Als sie versuchte, sich zu befreien, zog er seine Pistole. Grace erstarrte. Sie konnte nicht glauben, was sie sah. Was war hier los? Browning hatte die Waffe auf sie gerichtet.

»Nicht, Grace, bitte. Ich tue Ihnen nur weh, wenn Sie sich nicht fügen. Hören Sie mir einfach zu, okay? Uns bleibt nicht viel Zeit.«

In dem Moment kam eine junge Frau auf Browning zugerannt und stieß einen Schwall Wörter aus, von denen Grace nicht eines verstand. Browning hob die Hand mit der Pistole, um die Frau zum Schweigen zu bringen, dann aber zog er sie an seine Seite, ohne Graces Handgelenk loszulassen.

Grace stockte der Atem. Eine Welle aus Panik flutete durch sie hindurch. Sie hatte Brownings Befehl keine Minute hinterfragt. Rio hatte ihr selbst gesagt, sie solle mit Browning mitgehen, wenn er das anordnete. Sie hatte Rios Männern vertraut, weil sie sein verlängerter Arm waren. Was hätte sie denn sonst auch tun sollen, schließlich war es genau das, was er angeordnet hatte. Browning hatte Rio und die anderen getäuscht, damit er sie aus dem Haus bekommen konnte. Aber wozu?

Browning sagte etwas zu der Frau und bedeutete ihr dann zu verschwinden. Schließlich wandte er sich wieder zu Grace um und sagte: »Ich brauche Ihre Hilfe.«

Sein Ton klang bittend, aber Grace war nur noch wütend. »Sie lügen mich an, schleifen mich durch den Dschungel, richten Ihre Waffe auf mich, und dann haben Sie die Frechheit, mich um Hilfe zu bitten?« Sie blickte auf ihr Handgelenk hinunter. »Sie tun mir weh.«

Browning lockerte seinen Griff ein wenig, ließ sie aber nicht los. Er blickte wieder in die Richtung, in die die Frau verschwunden war, dann zeigte sich auf einmal Erleichterung auf seinem Gesicht. Grace folgte seinem Blick und sah, dass die Frau mit einem Baby auf dem Arm auf sie zugeeilt kam.

Einige der Dorfbewohner hatten einen lockeren Halbkreis um sie herum gebildet, und weitere gesellten sich zu ihnen. Leise murmelten sie vor sich hin. Mehrere von ihnen sahen die Frau mitfühlend an. Andere schüttelten den Kopf, als würden sie das alles völlig verrückt finden.

Langsam kam die Frau auf Grace zu. Flehend schaute sie sie an und sagte dann: »Bitte seien Sie nicht böse mit Mitch. Ich habe ihn gebeten, das zu tun. Es ist die einzige Chance. Sie sind unsere einzige Hoffnung.«

Verwirrt richtete Grace den Blick auf Browning.

»Mitch ist mein Vorname«, murmelte er.

»Was zum Teufel wird hier gespielt?«, fragte Grace zum – wie ihr vorkam – hundertsten Mal. »Wieso bin ich hier?«

Endlich ließ Browning ihre Hand los, doch dann fiel ihr auf, dass auch hinter ihr inzwischen mehrere Dorfbewohner standen. Selbst wenn sie beschloss zu fliehen, konnte sie nirgendwohin. Abwesend rieb sie über die Flecken an ihrem Handgelenk, während sie darauf wartete, dass irgendjemand damit herausrückte, was hier vor sich ging.

Browning zog die junge Frau an seine Seite und legte ihr besitzergreifend den Arm um die Taille. Seine Miene wirkte entschlossen, genau wie Grace das von Rio kannte.

»Das hier sind Sumathi, meine Frau, und unser Kind, Ana. Ana ist …« Er zögerte, dann fuhr er mit erstickter Stimme fort: »Sie ist krank. Sie wird sterben.«

Wieder ergriff Sumathi das Wort. »Bitte, Sie müssen ihr helfen. Eine andere Möglichkeit gibt es nicht. Sie ist so schwach. Ich fürchte, wenn ihr niemand hilft, wird sie heute noch sterben.«

Während Grace das Kleinkind in Sumathis Armen anstarrte, verflog ein Teil ihres Ärgers. Das Baby war mager, ganz anders als gesunde Kinder, die rosig und pausbäckig waren. Dieses Baby lag kraftlos in seinen Decken.

»Was fehlt ihr?«, wandte Grace sich an Browning.

»Die Ärzte nennen es Entwicklungsstörung. Keiner weiß Genaues. Sie will einfach nicht essen. Sie hat keine Kraft. Sie verkümmert, und ich weiß nicht, was ich tun soll. Ich wollte sie in die USA bringen, damit sie dort im Krankenhaus behandelt werden kann. Ich hatte vor, Rio um Hilfe zu bitten, und er hätte mir bestimmt auch geholfen. Aber ich habe es selbst erst vor Kurzem erfahren, und inzwischen, fürchte ich, würde sie die Reise gar nicht mehr überleben. Sumathi hat sie hier zu Ärzten gebracht, aber die sagen immer nur, sie soll sie füttern. Ihr spezielle Säuglingsnahrung geben. Sie hat alles versucht, hat sogar eine andere Frau gebeten, sie zu säugen. Aber unsere Tochter stirbt.«

Die Verzweiflung in seiner Stimme ließ Graces Wut weiter schwinden. Hilflos betrachtete sie das Baby. Sie wusste, sie musste es versuchen. Wusste, was es mit ihr machen würde. Wusste, dass sie eine weitere Heilung vielleicht nicht überstehen konnte.

Sie war sich nicht einmal sicher, ob sie es dieses Mal überhaupt schaffen würde.

Mit erstickter Stimme sagte sie: »Sie müssen wissen, dass ich mir nicht sicher bin, ob es mir gelingt. Zu meiner Schwester habe ich keinen Kontakt mehr aufnehmen können, seit … seit all das passiert ist. Ich habe seitdem nicht mehr versucht zu heilen. Ich weiß nicht, ob ich es noch kann.«

»Ich bitte Sie nur, dass Sie es versuchen«, erwiderte Browning leise. »*Wir* bitten Sie.«

Grace ließ den Blick über all die neugierigen Zuschauer schweifen. Ihr war nicht wohl in ihrer Haut. Wussten hier alle, worum Browning sie bat? Fragend sah sie ihn an.

Er schüttelte den Kopf. »Ich habe ihnen nur gesagt, dass Sie Ärztin und auf solche Fälle spezialisiert sind. Die wissen nicht, woher ihre Heilkräfte stammen. Ich mag zwar ein egoistischer, verlogener Mistkerl sein, aber so hätte ich Sie niemals bloßgestellt.«

»Ich muss allein mit ihr sein«, sagte Grace.

»Dann machen Sie es also?«

Die Hoffnung in seiner Stimme hatte etwas Erdrückendes. Sumathis Augen fingen an zu strahlen, gleichzeitig wurden sie feucht.

»Danke«, flüsterte Sumathi. »Möge Gott Ihr ganzes Leben mit Ihnen sein.«

Wie hätte sie dieser Frau sagen sollen, dass ihr Leben vielleicht schon hier enden, dass sie es vielleicht für das ihres Kindes würde eintauschen müssen? Aber wenn sie auf das winzige Mädchen hinabschaute, das so schwach war und kaum noch kämpfte, war Grace klar, dass sie sich nicht abwenden konnte. Egal, was es ihr antat. Dieses Kind war unschuldig. Es verdiente die Chance, aufzuwachsen und ein außergewöhnlicher Mensch zu werden.

Vielleicht war es der Sinn ihres Lebens, gerade dieses Kind zu retten.

»Kommen Sie mit«, sagte Browning und führte sie zu einer etwas entfernter liegenden Hütte.

»Wieso sind die beiden hier?«, fragte Grace. »Wieso sind sie nicht mit Ihnen in den USA, wo man sich um sie kümmern könnte?«

Browning seufzte. »Ich wusste nichts von Sumathis Schwangerschaft. Wir haben uns kennengelernt, als ich zwischen zwei Aufträgen mit Rio hier war. Beim nächsten Mal hatte ich nur ganz kurz Zeit, weil wir einen weiteren Auftrag hatten und Rios Haus als Rückzugsort genutzt haben. Diesmal wollte ich sie fragen, ob sie mit mir in die USA kommen will. Ich wollte ihr ein Haus kaufen, damit wir als Familie zusammenleben können. Ich habe noch kaum etwas von Ana mitbekommen. Vielleicht … vielleicht, wenn ich rascher zurückgekehrt wäre, hätte ich irgendwas tun können. Sie zu Ärzten in den USA bringen. Aber jetzt läuft uns die Zeit davon, und Sie sind unsere einzige Hoffnung.«

Grace schloss die Augen. Es war die alte Geschichte. Sie war für jemanden die letzte Hoffnung. Und wer war ihre letzte Hoffnung?

Sie erreichten die Hütte und traten ein. Dann schloss Browning die Tür hinter ihnen. Sumathi stand mit Ana in den Armen da und starrte Grace voller Hoffnung an.

»Sie wissen, was es mit mir machen wird«, sagte Grace leise. »Sie können mich danach nicht einfach hierlassen. Ich werde völlig hilflos sein.«

»Egal, was Sie von mir halten, ich würde Sie nie einfach zurücklassen. Rio wird erfahren, wo Sie zu finden sind.«

Das war nur ein kleiner Trost, dachte Grace. Noch immer war sie unsicher und voller Angst. Sie haderte mit den Konsequenzen. Früher hätte sie nicht eine Sekunde lang gezögert. Sie war so ausgelaugt und angeknackst gewesen, dass sie ihr Leben, ohne zu zögern, gegen das des Babys eingetauscht hätte.

Aber jetzt lagen die Dinge anders. Oder etwa nicht?

Da gab es jemanden, dem sie etwas bedeutete. Rio hatte gesagt, er würde Teil ihres Lebens sein.

Aber als sie dann Sumathis tränenüberströmtes Gesicht sah und die Mutterliebe und die Verzweiflung in ihren Augen bemerkte, konnte sie nicht anders. Wie sollte sie dieses Baby zum Tod verurteilen?

Dann wäre sie auch nicht besser als der Mann, der Rios Schwester umgebracht hatte.

»Geben Sie sie mir«, sagte sie resigniert.

Sofort eilte Sumathi zu ihr und legte ihr das Kind in die

Arme. Grace sank auf die Knie und legte das Baby dann vorsichtig ab.

Die Kleine blieb völlig regungslos. Als hätte sie den Kampf bereits aufgegeben.

Grace streckte die Fühler nach ihr aus und hoffte, eine Verbindung aufbauen zu können. Sie versuchte, den Kontakt so warm und tröstlich wie nur möglich zu machen. Sie schloss die Augen und konzentrierte sich ganz auf das Baby vor ihr. Ihre Umgebung blendete sie aus, die Geräusche in der Ferne und auch die besorgten Eltern, die sich über sie gebeugt hatten.

Die Verbindung war so schwach, dass Grace sie beinahe nicht wahrgenommen hätte. Sie empfing ein kaum spürbares Lebenszeichen, und sie wusste, dass es für dieses winzige Leben fast zu spät war.

Sobald sie die Verbindung aufgebaut hatte, konzentrierte sie sich darauf, dem Baby die Schwäche zu nehmen und auch die Dunkelheit, die seine Seele umgab. Der Tod lauerte bereits, und jetzt war es Graces Aufgabe, ihn zu verscheuchen.

Der Tod war sogar bereits zu riechen. Grace sog ihn in sich auf, entzog dem Baby die Schwärze und ersetzte sie durch Wärme und Aufmunterung und durch die Güte, die ihr bis vor ein paar Tagen noch als etwas weit Entferntes erschienen war.

Sie schöpfte aus der Kraft, die Rio ihr gegeben hatte. Aus dem Lebenswillen, den er in ihr geweckt hatte. Und sie reichte ihn weiter an dieses Kind.

Schwäche drang in ihren Körper ein. Sie stöhnte unter dem Gewicht. Es erstickte sie, drückte sie gnadenlos nach unten. Verzweiflung überfiel sie und saugte sie in ein schwarzes Loch, in das sie nie wieder hatte zurückkehren wollen.

Sie schwankte und spürte, wie Browning sie stützte. Aber es nützte nichts. Sie hatte nicht einmal mehr die Kraft, den Kopf aufrecht zu halten.

Sie war nicht länger sie selbst, sondern dieses kleine Baby, das sich kaum noch ans Leben klammerte. Ihr war bewusst, dass sie die Verbindung lösen musste, und so kratzte sie ihre letzten Reste an Kraft zusammen und trennte das Band zwischen dem Kind und ihr.

Ein herzhafter Schrei erklang, und Sumathi schnappte verwundert nach Luft. Grace starrte benommen auf das Baby hinunter, das jetzt um sich trat und mit den Armen ruderte, als verlange es, sofort gefüttert zu werden. Seine Farbe war besser, und es hatte nicht länger den Anschein, als würde der Tod diesen Kampf gewinnen.

Aber als Grace zu Browning hochschaute und sah, wie blass er war und welches Entsetzen in seinen Augen lag, da wusste sie, dass der Tod ein neues Opfer gefunden hatte.

26

Seine Wut war ein furchterregendes schwarzes Etwas, das immer mehr außer Kontrolle geriet, während Rio sich einen Weg durch den Dschungel bahnte. Terrence hatte Mühe, ihm zu folgen, Decker, Alton und Diego eilten hinterher, aber keiner konnte mit dem Teamchef Schritt halten.

Die Botschaft war einfach gehalten gewesen. Browning hatte Grace, und jetzt brauchte sie Rio. Browning hatte durch das Funkgerät düster und resigniert geklungen. Noch nie hatte Rio solche Angst gehabt, doch dann war die Angst von einer unglaublichen Wut abgelöst worden. Er war von einem Mann hintergangen worden, dem er vertraut hatte. Von einem Mitglied seines Teams.

Sie waren mehr als nur ein Team. Sie lebten zusammen, atmeten dieselbe Luft, waren durch etwas verbunden, das sich die meisten nicht erklären konnten. Und trotzdem hatte Browning Grace entführt. Hatte sie in unglaubliche Gefahr gebracht. Hatte Rio belogen. Genau wie seine Kollegen.

Allein dafür verdiente er den Tod.

Aber Browning hatte zudem auch noch Grace geschadet. Dem einzigen Menschen auf der Welt, den Rio als sein Eigentum betrachtete. Einer Frau, für die er notfalls sterben würde, um sie zu beschützen.

Browning hatte Hand an Grace gelegt. Er hatte ihr Angst gemacht und Gott weiß was noch. Er hatte berührt, was Rio gehörte.

»Rio, verdammt, lauf mal ein bisschen langsamer, und reg

dich etwas ab«, rief Terrence. »Du bringst ihn sonst noch um, bevor wir die ganze Geschichte kennen.«

Rio blieb kurz stehen, um seinem Stellvertreter einen vernichtenden Blick zuzuwerfen, einem Mann, dem er bedingungslos vertraute. Nur dass er gerade gelernt hatte, dass Vertrauen so brüchig war wie ein Knochen.

»Er wird sterben. Daran gibt es nichts zu rütteln. Die Frage ist nur, wie lange ich den Dreckskerl leiden lasse, bevor ich ihn töte.«

Diego stieß einen Fluch aus und versuchte, sich an Rio vorbeizudrängen. Aber Rio hatte sich bereits wieder in Bewegung gesetzt und rannte im Eiltempo durch den Dschungel auf das südöstliche Flussufer zu. Sein Herz schlug wie ein Hammer, und das Blut jagte wild durch seine Adern.

Was hatte Browning getan? Und warum?

Unzählige Szenarien schossen ihm durch den Kopf. Dass Browning zum Verräter geworden war und Grace an Hancock ausgeliefert hatte. Aber wieso sollte er ihm dann sagen, wo Grace zu finden war und dass sie ihn brauchte?

Er bahnte sich einen Weg durch das dichte Gestrüpp, das ihn von dem Dorf trennte, welches direkt neben seinem Grundstück am Fluss lag. Rasch ließ er den Blick über das Gelände schweifen, das Gewehr im Anschlag und bereit, auf jede Bedrohung zu schießen.

Die Dorfbewohner spritzten auseinander, sobald sie ihn und seine Männer erblickten. Angstschreie ertönten, und Kinder wurden rasch in den Dschungel fortgebracht. Aber Rio war es egal. Sein Blick traf sich mit Brownings, der vor einer Hütte stand, unbewaffnet, steif und aufrecht, als warte er auf sein Urteil.

Rio stürmte mit voller Wucht auf ihn zu, doch Browning zuckte nicht einmal zurück. Selbst als Rio ihn zu Boden stieß, wehrte er sich nicht.

»Wo ist sie?«, knurrte Rio.

Seine Stimme war die eines Besessenen, ein Produkt seiner höllischen Wut und der entsetzlichen Angst um Grace.

Er packte Browning am T-Shirt und zog ihn hoch, bis ihre Gesichter nur noch wenige Zentimeter voneinander entfernt waren.

»Drinnen«, erwiderte Browning, und sein Kummer war ihm deutlich anzuhören.

Rio ließ ihn los und stürmte auf die Tür zu. Er riss sie auf und sah Grace auf dem Boden liegen. Eine junge Frau beugte sich über sie. Grace gegenüber lag ein Baby, das in eine Decke eingewickelt war.

»Weg da«, knurrte er.

Er ließ sich auf die Knie fallen und schubste die junge Frau mehr oder weniger aus dem Weg. Grace lag vollkommen reglos da, blass, ihr Atem so flach, dass sich ihre Brust kaum hob und senkte. Er fühlte ihren Puls, der unendlich schwach und unregelmäßig war.

Meine Güte. Was hatte sie getan?

Als die Tür aufging, blickte er hoch. Browning sah ihn schuldbewusst an. Hinter ihm stand Terrence, das Gesicht wutverzerrt.

Terrence stieß Browning in den Raum. »Erzähl ihm, was du getan hast!«

Die Frau rappelte sich hoch und rannte auf Browning zu. Sie warf sich zwischen Rio und ihn und klammerte sich an Browning, als versuche sie ihn zu schützen.

Behutsam löste sich Browning aus ihrem Griff und schob sie von sich. »Nicht, Sumathi. Du wusstest, dass es so kommen würde. Es war ein Handel. Mein Leben für das meiner Tochter. Es war klar, dass er mich für diesen Verrat umbringen wird.« Voller Trauer und Bedauern richtete er den Blick auf Grace.

»Ich wollte ihr nicht wehtun. Aber es war der einzige Weg, den ich gesehen habe.«

Rio stand auf. Seine Hände zitterten. »Du hast ihr das angetan? Obwohl du wusstest, was es mit ihr macht, hast du sie dazu gezwungen?«

Sumathi schob das Kinn vor. »Nein! Er hat sie nicht gezwungen! Es war ihre Entscheidung. Er hat sie hierhergebracht, aber es war ihre Entscheidung.«

»Sumathi, sei ruhig«, sagte Browning mit fester Stimme. »Geh in die Hütte deiner Eltern, und bleib dort, bis das hier vorbei ist.«

Sie wollte protestieren, doch Browning brachte sie mit einem Blick und einer Geste zum Schweigen.

Sumathi eilte zu ihrem Baby, nahm das schlafende Kind auf die Arme und verließ mit einem letzten traurigen Blick auf Browning die Hütte.

Rio war das alles ein Rätsel. Im Grunde interessierte ihn aber auch nur die Tatsache, dass Grace kaum einen Meter entfernt lag und es ihr extrem schlecht ging. Und an all dem war sein Teamkollege schuld.

»Du hast genau dreißig Sekunden Zeit für eine Erklärung«, presste er hervor.

Browning deutete in die Richtung, in die die junge Frau verschwunden war. »Sumathi ist meine Frau, und sie hat ein Kind von mir, Ana. Die Kleine war schon von Geburt an krank. Sie hat nicht zugenommen. Von Tag zu Tag wurde sie schwächer. Die Ärzte meinten, es sei eine Entwicklungsstörung und dass wir dies und jenes tun sollten. Aber nichts hat geholfen, und Ana lag im Sterben.«

Browning war deutlich anzuhören, wie entsetzlich das für ihn gewesen war.

»Als wir die Suche nach Grace übernommen haben, habe

ich Hoffnung geschöpft. Nachdem ich gehört hatte, was sie tun kann, habe ich gedacht, mein Gott, sie ist ein Wunder. Diese Frau kann Ana helfen. Und in dem Moment wurde mir klar, dass ich alles tun würde, sogar dich hintergehen, um meine Tochter zu retten.«

Rios Magen zog sich schmerzhaft zusammen. »Hast du sie dazu gezwungen? Was hast du ihr angedroht?«

Browning hob den Kopf und sah Rio aus blitzenden Augen an. »Ich habe ihr nichts angedroht. Ich habe dir eine falsche Information gegeben, damit ich sie vom Grundstück fortbekommen konnte, ohne dass du Verdacht schöpfst. Ich habe sie hierhergebracht und ihr erklärt, wieso. Zuerst war sie verängstigt und verwirrt. Dann wirkte sie eher schicksalsergeben. Sobald sie Ana gesehen hatte, konnte sie nicht Nein sagen. Ich weiß, ich hätte das nicht tun sollen. Aber das habe ich, weil es die einzige Chance war, die meiner Tochter noch blieb.«

Auf den Gesichtern von Rios Männern zeichneten sich die widersprüchlichsten Gefühle ab. Wut. Enttäuschung. Aber auch Verständnis und Unentschiedenheit. Als könnten sie sich über einen Mann, der verzweifelt seine Tochter zu retten versucht hatte, kein Urteil erlauben.

Aber Rio konnte ihm das nicht durchgehen lassen. Nicht wenn Graces Leben auf dem Spiel stand. Vielleicht starb sie genau in diesem Moment. Browning hatte das Vertrauen des Teams missbraucht. Er hatte sie alle hintergangen. Wie sollten sie ihm je wieder vertrauen? Wie konnte er Browning je wieder zu Graces Schutz abstellen, nachdem dieser Verräter gezeigt hatte, dass er sie für seine Ziele einfach opfern würde?

Rio wollte auf ihn losgehen. Wollte ihn töten. Aber als er die Resignation in Brownings Blick sah, brachte er es einfach nicht über sich. Ein Mann tat nun mal sehr viel, um zu schützen, was ihm gehörte. Die Absicht verurteilte Rio nicht, wohl aber die Methode.

Da er wusste, dass er sich dringend um Grace kümmern musste, wandte Rio sich wortlos von Browning ab. Das war das Zeichen, dass sein ehemaliger Teamkollege für ihn nicht mehr existierte.

Das Herz war ihm schwer, als er sich hinunterbeugte und Graces schlaffen Körper behutsam von der Matte hochhob. Als er auf die Tür der Hütte zuging, bildeten Terrence, Diego, Alton und Decker ein Spalier für sie. Browning blieb reglos stehen, und Rio schenkte ihm weder einen Blick, noch richtete er das Wort an ihn.

Browning hatte seine Wahl getroffen. Eine Wahl, die zu treffen er das Recht hatte, die Rio ihm aber dennoch nicht verzeihen konnte. Nicht wenn seine Liebe dafür geopfert worden war.

Jetzt musste Browning mit den Konsequenzen leben. Genau wie er selbst, dachte Rio.

Wortlos folgten die Männer Rio aus der Hütte und ließen Browning zurück. Rio trat in den Sonnenschein hinaus und wartete dann, bis Terrence neben ihm stand.

»Sieh zu, dass du ein Boot findest, das uns zurückbringt. Ich will Grace so behutsam wie möglich transportieren und nicht den holprigen Weg durch den Dschungel nehmen, über den wir hergekommen sind.«

Ein älterer Mann, dessen Haut von einem langen Leben in der Sonne faltig und ledrig war, trat auf sie zu. Er trug eine weite, zerrissene Hose und ein dreckiges T-Shirt. Mindestens zwei seiner Schneidezähne fehlten, aber er sah Rio ernst an.

»Ich habe ein Boot.«

»Meine Frau braucht es dringend«, erwiderte Rio. »Ich zahle gut, wenn Sie mir das Boot überlassen.«

Der alte Mann schüttelte den Kopf und machte einen Schritt auf sie zu. Er legte die Hand auf Graces Stirn und murmelte leise einen Spruch. Dann trat er zurück und bedeutete Rio, ihm zu folgen.

»Terrence, du kommst mit«, sagte Rio. Zu den anderen sagte er: »Wir treffen uns beim Haus. Prüft nach, ob alles sicher ist.«

Das Boot war klein und gehörte zu der Art, die man mit Stocherstangen vorwärtsbewegte. Rio stieg vorsichtig hinein, stellte sich in die Mitte und ließ sich dann mit Grace in den Armen nieder. Terrence stieg ebenfalls ein, gefolgt von dem alten Mann, der dann einen Jungen herbeiwinkte. Der Junge kletterte ins Boot und begab sich rasch zum Heck.

Der alte Mann und der Junge arbeiteten Hand in Hand. Sie stießen das Boot mit den Stangen vom Grund ab und lenkten es in die Strömung. Dabei hielten sie sich nahe am Ufer, im seichten Wasser, und bewegten die Stocherstangen in ruhigem und gleichmäßigem Rhythmus.

»Wie geht es ihr?«, fragte Terrence leise.

Rio starrte auf Graces Gesicht hinunter. Sie rührte sich nicht. Ihre Atmung war so schwach, dass Rio nicht mal das Heben und Senken ihrer Brust erkennen konnte. »Ich weiß es nicht. Für so etwas war sie nicht kräftig genug. Am liebsten würde ich Browning umbringen. Sie hatte schon so viel durchgemacht. Wie konnte er das von ihr verlangen? Auf diese Art ihr Leben aufs Spiel setzen?«

Terrence seufzte und wandte den Blick ab. Der große Mann kämpfte mit sich. Rio kannte ihn zu gut, um sich täuschen zu lassen.

»Jetzt spuck schon aus, was du denkst«, sagte er grimmig.

Terrence richtete den Blick wieder auf Rio. »Was er getan hat, war zweifellos falsch. Ich hänge inzwischen sehr an dieser kleinen Dame. Sie ist stark. Eine Kämpferin. Ich mag ihren Stil.

Deshalb würde ein Teil von mir Browning am liebsten den Krokodilen zum Fraß vorwerfen.«

»Und der andere Teil?«

»Versteht, warum er das getan hat.«

Rio nickte. »Das leuchtet mir ein. Wenn es nur das wäre, könnte ich darüber hinwegsehen. Aber er hat das Team verraten. Er hat sich gegen uns gestellt. Er hat sich für Unehre und gegen Zusammenhalt entschieden. Das kann ich ihm nicht verzeihen.«

»Ja, da stimme ich dir zu. Ich kann bloß nachvollziehen, wieso er es getan hat.«

»Ich habe ihn am Leben gelassen. Er kann mit seiner Frau und seinem Kind zusammen sein. Aber er wird nie wieder für mich arbeiten.«

»Das ist nur fair«, erwiderte Terrence. »Nicht alle hätten so viel Verständnis gezeigt wie du.«

Rio verzog den Mund. »Ich wollte ihn umbringen, weil er es gewagt hat, sie anzurühren. Weil er ihr Angst gemacht hat und sie für eine Minute an mir hat zweifeln lassen. Weil er sie mit meinem angeblichen Befehl weggelockt hat. Ich habe ihr gesagt, sie soll mit ihm mitgehen, falls er das befiehlt. Ich selbst habe ihr das gesagt. Jetzt muss sie doch glauben, ich hätte sie den Wölfen zum Fraß vorgeworfen. Er hat Glück, dass meine Sorge um Grace größer ist als meine Wut, sonst wäre garantiert Blut geflossen.«

»Das hätte sie niemals geglaubt«, widersprach Terrence. »Egal was für einen Mist Browning verzapft hat, sobald sie dort war, muss sie gewusst haben, dass du das niemals angeordnet hast.«

Rio richtete den Blick wieder auf Grace und küsste sie auf die Stirn. »Ich hoffe, du hast recht, Terrence.«

Sobald sich das Boot dem Steg in der Ausbuchtung des Flusses näherte, von der aus man zu Rios Haus gelangte, beugte sich der alte Mann vor, wartete, bis der Steg nahe genug herangekommen war, sprang dann auf die verwitterten Holzplanken und sicherte das Boot mit der Stange am Steg, damit die anderen aussteigen konnten.

Terrence kletterte als Erster hinaus und beugte sich dann hinunter, um Rio Grace abzunehmen. Anschließend schwang sich Rio aus dem Boot und trat neben den alten Mann.

»Danke. Ich weiß Ihre Hilfe sehr zu schätzen.«

Der alte Mann nickte förmlich. »Ana ist mein Enkelkind. Diese Frau hat sie mir zurückgegeben. Ich stehe noch immer in ihrer Schuld. Möge Gott sie auf ihren Wegen geleiten.«

»Sie geht nirgendwohin«, knurrte Rio.

Der alte Mann sah ihn einen Moment lang schweigend an und schenkte ihm dann ein zahnloses Lächeln. »Nein, das glaube ich auch nicht.«

Er stieg ins Boot, und der Junge und er manövrierten es wieder in den Fluss, um in ihr Dorf zurückzukehren.

Rio trat zu Terrence, der mit Grace in den Armen am Ufer auf ihn wartete. Rio nahm sie ihm vorsichtig ab und zog sie nah an sich. Er legte das Kinn auf ihr dunkles Haar und machte sich an den Aufstieg über den gepflasterten Weg, der zu einem der Tore führte.

Fünfzehn Minuten später betrat Rio das Haus, und ein Teil seiner Anspannung fiel von ihm ab. Hier fühlte er sich am sichersten. Grace war wieder da, wo sie hingehörte. Jetzt musste er nur noch dafür sorgen, dass sie wieder gesund wurde.

Er packte Grace in das Bett, in dem er erst am Tag zuvor mit ihr geschlafen hatte, und zog die Bettdecke sorgsam über ihre kalte Haut. Er hatte keine Vorstellung, was er für sie tun könnte. Er hatte keine Ahnung, wie krank sie war.

Wenn es so gelaufen war wie bei den anderen Heilungen,

von denen sie erzählt hatte, dann hatte sie dem Baby das Leiden abgenommen und zu ihrem eigenen gemacht. Wenn das Baby sterbenskrank gewesen war, wurde auch Grace kämpfen müssen, um zu überleben. Rio konnte nur hoffen, dass ihre Kraft reichte, sich dem Kampf mit dem Tod zu stellen.

27

Die beiden nächsten Tage wich Rio nicht von Graces Seite. Er saß bei ihr und nickte nur gelegentlich kurz ein. Er versuchte sie dazu zu bewegen, etwas zu essen, etwas zu trinken, aber genau wie bei dem Baby war es vergebliche Liebesmüh. Sie hatte weder die Kraft noch den Willen zu überleben.

Rio wusste, dass es nicht an ihr lag. Nicht Grace war diejenige, die aufgeben wollte. Aber sie musste nicht nur gegen die Schwäche und die Krankheit ankämpfen, sondern auch gegen den Willen des Kinds. Er konnte sich nur ansatzweise vorstellen, durch was für eine Hölle sie ging.

Also blieb er die ganze Zeit bei ihr. Nachts hielt er sie in den Armen. Tagsüber saß er an ihrem Bett. Er sprach zu ihr – meistens Unsinn –, denn sie sollte auf keinen Fall den Eindruck bekommen, er hätte sie auch nur für eine Sekunde verlassen. Falls es ihr irgendwie Kraft gab zu wissen, dass er mit ihr gemeinsam kämpfte, dann würde er das nur zu gern tun.

Am Morgen, nachdem er Grace zurückgebracht hatte, rief er Sam an. Mit angespannter Stimme informierte er ihn, dass sie einen Mann verloren hatten. Als Sam nachfragte, sagte Rio nur, dass es nicht durch Kampfhandlungen passiert war.

Sam war weise genug, Rio die Führung seines Teams selbst zu überlassen. Rio trainierte seine Männer. Er kümmerte sich um sämtliche Probleme, die auftauchten. Rios Männer folgten ihm, und nur ihm. Von Sam oder von KGI nahmen sie keine Befehle entgegen. Die Befehle kamen von Rio.

»Ich schicke dir jemanden«, sagte Sam.

»Nein«, widersprach Rio. »Ich brauche noch ein paar Tage, und dann sind wir hier weg. Bis dahin dürfte Steele von seinem Auftrag zurück sein, außer du hast ihn schon wieder für was anderes eingeplant.«

»Nein, im Moment liegt nichts an. Du kannst alles an Rückendeckung bekommen, was du brauchst.«

»Das werde ich tatsächlich brauchen, wenn wir aufbrechen. Aber ich will nicht, dass ihr hier einfallt, das erregt zu viel Aufmerksamkeit. Wir stoßen woanders zusammen.«

»Sag, wo, und ich sorge dafür, dass genügend Leute dort sind«, erwiderte Sam.

»Hast du von Shea gehört? Ich würde Grace gern etwas Positives erzählen können, wenn es ihr wieder besser geht.«

Es dauerte einige Zeit, bis Sam antwortete: »Was zum Teufel ist passiert, Rio? Als wir zuletzt miteinander gesprochen haben, ging es Grace bereits besser, zumindest hast du das behauptet.«

»Es wird ihr auch wieder besser gehen.« Rio klang sehr entschieden. »Alles andere lasse ich nicht zu.«

Wieder herrschte Schweigen in der Leitung, bis Rio schließlich grimmig sagte: »Wir werden um einen Kampf nicht herumkommen, Sam. Daran führt kein Weg vorbei. Titan wird nicht aufgeben, und wir können uns nicht für immer verstecken. Ich versuche so lange wie möglich auf Zeit zu spielen, weil Grace wiederhergestellt sein muss, bevor die Scheiße losgeht. Aber der Tag wird kommen, und ich kann verdammt noch mal nichts dagegen tun.«

»Wir lassen uns doch nicht von so einer dahergelaufenen Möchtegern-Geheimtruppe einschüchtern«, knurrte Sam.

Diese Antwort brachte Rio zum Lachen. Titan war alles andere als eine Möchtegern-Truppe. Aber Rio gefiel, wie Sam den Gegner niedermachte.

»Jetzt erzähl mir von Shea, damit ich was für Grace habe, wenn sie wieder zu sich kommt.«

»Sie ist im Moment weder mit dir noch mit mir so recht glücklich«, erwiderte Sam trocken. »Als ich ihr erzählt habe, dass du angerufen hast, wollte sie sofort mit ihrer Schwester reden. Leider musste ich dann bekennen, dass das nicht möglich ist, weil ich nicht genau wusste, wo ihr steckt. Für mich in meiner Rolle als euer Chef war das nicht gerade einer der aufbauendsten Momente.«

Rio lachte. »Das kann ich mir vorstellen.«

»Aber es geht ihr gut. Sag Grace, dass es Shea, wie es klingt, deutlich besser geht als ihr. Nathan passt sehr gut auf sie auf. Sie sehnt sich verzweifelt nach Grace, und ich soll dir sagen, dass sie ein paarmal beinahe die Verbindung zu ihr hat aufnehmen können. Sie möchte gern, dass Grace es ebenfalls weiterversucht.«

»Ich werde es ihr ausrichten«, erwiderte Rio. »Grace hat es versucht. Es tut ihr weh, dass sie ihre Schwester auf diesem Weg nicht erreichen kann. Falls du noch mal mit Shea sprichst, sag ihr doch … Schau, ich weiß, Grace wollte nicht, dass Shea sieht, was sie alles durchgemacht hat. Aber Grace braucht Sheas Hilfe. Sie würde nicht wollen, dass ich dir das sage. Sie würde nicht wollen, dass ich Shea da mit reinziehe, aber im Moment nehme ich alles, was ich kriegen kann. Es geht ihr nicht gut, Sam. Wenn es Shea gelingen würde, zu ihr durchzukommen, würde das, glaube ich, eine riesige Hilfe sein. Ich brauche … Ich werde alles tun, was nötig ist, um Grace zurückzuholen.«

»Was zum Teufel ist da draußen passiert, Rio?«

Rio zögerte einen Moment, dann sagte er: »Jemand, dem ich stets vertraut habe, hat sich Graces Fähigkeiten zunutze gemacht. Er hat sie in eine Situation gebracht, in der sie nicht

Nein sagen konnte, dabei ging es ihr noch lange nicht gut genug, um schon wieder jemanden zu heilen. Als ich sie gefunden habe, war sie halb tot, und seitdem liegt sie hier und ringt mit dem Tod. Sie kämpft einen Kampf, bei dem ich ihr nicht helfen kann.«

»Sie bedeutet dir was. Diese Frau ist mehr für dich als nur ein Auftrag.«

Rio schwieg. Er weigerte sich, Sams Einschätzung zu bestätigen.

»Das hätte mir schon auffallen müssen, als du die Mission an dich gerissen hast«, murmelte Sam. »Tut mir leid, dass es nicht gut läuft, Mann. Ich werde sofort mit Shea reden. Nathan wird nicht sehr glücklich darüber sein, aber er kann ihr wohl kaum verbieten, ihrer Schwester zu helfen. Zumal Grace Nathan und Swanny geholfen hat, als Swanny auf der Flucht verletzt wurde.«

»Ich weiß das zu schätzen, Sam«, sagte Rio leise. Er bat nur sehr ungern um etwas, aber für Grace war er bereit, über seinen Schatten zu springen. Er würde alles tun, um sie zurückzubekommen. »Ich melde mich wieder.«

»Gib mir Bescheid, wenn ihr so weit seid, Rio. Bis es losgeht, habe ich alle in den Startlöchern.«

»Ich melde mich in achtundvierzig Stunden wieder. Bis dahin hat sich die Lage hier hoffentlich zum Besseren entwickelt.«

»Ich warte«, erwiderte Sam. »Wir alle warten.«

Rio beendete das Telefongespräch und kehrte zurück zum Bett, auf dem Grace still und reglos lag. Er setzte sich so auf die Kante, dass er ihr Gesicht betrachten konnte. Vorsichtig berührte er sie, zuckte aber zurück, als er spürte, wie kalt ihre Haut war. Ihr Gesicht war blass und wirkte fast schon durchscheinend.

Sie sah so wehrlos aus, doch Rio wusste, dass sie alles andere als das war. Sie hatte Mut und Durchhaltevermögen wie die stärksten aller Kämpfer. Etwas Ähnliches hatte er noch nie erlebt.

»Komm zu mir zurück, Grace«, flüsterte er. »Ich lasse nicht zu, dass dir irgendetwas passiert. Hier bist du in Sicherheit. Komm einfach zu mir zurück. Kämpf dagegen an, Schatz. Kämpf noch ein letztes Mal. Komm zurück zu den Menschen, die dich lieben.«

Grace wusste, dass sie im Sterben lag , und es machte sie unglaublich wütend. Ihr Körper hatte diese Tatsache in gewisser Weise bereits akzeptiert. Er verhielt sich, als wäre er schon tot und diese Nachricht sei nur noch nicht bei ihrem Gehirn angekommen.

Es war, als hätte ihr Körper genug ausgehalten und jetzt endgültig aufgegeben. Ihre Heilfähigkeit sprang nicht an, wie sie das normalerweise tat.

Die dunklen Schatten des Todes lauerten und versuchten, sie in ihre ungemütliche Umarmung zu ziehen. Je länger sie so dahinschwebte, desto mehr bemächtigte sich die Dunkelheit ihrer. Es war die endgültige Finsternis, das Schlafzimmer ohne Nachtlicht. Es war beängstigend und überwältigend, und je länger es andauerte, desto mehr schien sie von dort fortzutreiben, wo sie eigentlich sein wollte.

Es war schwer, ihr Leben von dem des Kinds zu trennen, das sie gerettet hatte. Sie wusste nicht mehr, wo das eine aufhörte und das andere begann.

Sie war so müde. Es wäre so leicht gewesen, loszulassen und an einen sehr viel bequemeren Ort davonzuschweben. Die Schatten flüsterten ihr zu. Lockten sie zärtlich, mit einem leisen Singsang, der ihre Seele streichelte.

Aber jedes Mal, wenn sie kurz davor war nachzugeben, wurde sie von einer unsichtbaren Kraft zurückgezogen. Von einem Willen, der viel ausgeprägter war als der ihre in ihrem jetzigen Zustand.

Er war unangenehm. Beharrlich. Unbeugsam. Und dennoch fühlte sie sich davon angezogen, weil sie das Gefühl hatte, dass sie dorthin gehörte. Nicht an diesen anderen, dunklen Ort.

Und dann nahm sie in der Dunkelheit ein anderes Wesen wahr. Einen Sonnenstrahl. Wärme hüllte sie ein und verdrängte einen Teil der eisigen Kälte, die in ihren Körper eingedrungen war.

Grace.

Beim Klang ihres Namens zuckte sie zusammen. Sie versuchte zu antworten, wusste aber nicht, wie. Sie wartete, wollte ihren Namen erneut hören, aber um sie herum blieb es still, und die Kälte breitete sich wieder in ihr aus.

Nein! Sie hätte am liebsten geweint. Einen Moment lang hatte sie echten Trost empfunden. Sie hatte Wärme und Zärtlichkeit gespürt. Liebe, die für sie bestimmt war. Jemand kämpfte für sie.

Grace, verdammt. Gib nicht auf. Ich habe keine Ahnung, ob du mich hören kannst. Ich weiß nicht, ob ich das richtig mache, aber wehe, du wagst es, mich zu verlassen.

Wer war das? Wer sprach da? Das war doch eine ganz andere Person. Es verwirrte Grace, in zwei Richtungen gezerrt zu werden, und doch kamen beide Stimmen von demselben Ort. Da kämpften zwei unterschiedliche Leute … um sie.

Grace. Ich weiß, dass du irgendwo da draußen bist und dass du mich brauchst. Ich bin hier. Ich liebe dich. Bitte gib den Kampf nicht auf.

Shea.

Die Stimme ihrer Schwester nach so langer Zeit zu hören warf Grace völlig aus der Bahn. Ihr Herz krampfte sich zusammen. Sie erbebte, bis ins tiefste Innerste. Tränen liefen ihr über die Wangen. Warme Tränen auf kalter Haut.

Kannst du sie hören, Grace? Redet Shea gerade mit dir? Du weinst, Honey. Ich weiß, dass du mindestens einen von uns hören kannst. Kämpfe. Wir wollen dich zurück. Kämpfe, Grace. Wag es ja nicht aufzugeben. Du bist stärker als das hier. Nichts kann dich umwerfen. Hörst du mich? Nichts kann dich besiegen außer deinem eigenen Willen.

Rio.

Grace, bitte rede mit mir. Sag mir, wie ich dir helfen kann. Du warst immer so stark, für uns beide. Lass mich jetzt die Starke sein. Lass mich dir helfen.

Shea?

Mit letzter Kraft versuchte Grace, Verbindung zu ihrer Schwester aufzunehmen. Eine lähmende Angst überfiel sie, denn wenn es ihr nicht gelingen sollte, wenn sie nicht antworten könnte, würde das ihr Ende bedeuten.

Grace! Ich höre dich. Ich höre dich, Grace. Ganz leise. Du klingst so schwach, aber du wirst kräftiger werden. Rede mit mir. Gib nicht auf. Sag mir, was du brauchst.

Ich wollte nicht, dass du mich so siehst.

Die Botschaften, die sie ihrer Schwester schickte, waren voller Tränen. Ihre beste Freundin. Der eine Mensch auf der Welt, den sie bedingungslos liebte.

Oh Grace, weißt du denn nicht, wie sehr ich dich liebe? Wie sehr du geliebt wirst? Wir waren beide so darauf fixiert, die andere zu schützen, dass wir ganz vergessen haben, wie stark wir gemeinsam sind. Seite an Seite. Wir dürfen uns nicht länger gegenseitig ausschließen. Hörst du mich? Von jetzt an heißt es du und ich gegen die Welt.

Grace lächelte. Wie entschieden Shea das sagte! Wärme breitete sich in ihrem Geist und in ihrem Herzen aus. Sonnenschein löste die Dunkelheit ab und verjagte ein wenig die Schatten, die sich hartnäckig festklammerten und sich weigerten, ihren Würgegriff so bald aufzugeben.

Ich bin so müde, Shea. Mir ist so kalt. Noch nie habe ich mich so schwach gefühlt. Ich will nicht aufgeben, aber ich weiß nicht, ob meine Kraft noch zum Kämpfen reicht.

Und dann spürte sie, dass noch jemand anwesend war. Warm, aber anders. Stark und überwältigend. Sie spürte, wie sie hochgehoben und ihr die Kraft verliehen wurde, die sie so dringend benötigte.

Ich bin hier. Wir sind hier. Ich spüre ihn dort bei dir. Spürst du ihn auch? Ich spüre ihn durch dich, und er ist stark, Grace. Er ist stark genug für euch beide. Stütz dich auf ihn. Stütz dich auf uns.

Rio.

Sie sandte nur das eine Wort aus, ließ es aus der tiefsten Tiefe ihrer Seele kommen. Es war ein Schrei in der Nacht, gefolgt vom Versprechen der Morgenröte.

Ich bin hier, Grace. Genau hier. Ich lasse dich nicht gehen. Nimm dir von mir, was du brauchst. Du warst so lange ganz allein. Hast dich nie an andere gewandt. Sei diesmal stark genug, um Hilfe zu bitten.

Sie sog den Trost tief in sich hinein. Genoss das Licht, hielt sich daran fest, um die Dunkelheit abzuwehren. Sie klammerte sich an die Hoffnung und die Liebe, die ihr so bereitwillig von den beiden Menschen angeboten wurden, denen sie so viel bedeutete.

Jede Zelle ihres Körpers füllte sich mit Wärme. Es war wie elektrischer Strom, der sich einen Weg durch jeden Muskel bahnte und ihren Körper von Krankheit, Wahnsinn und Verlust aller Hoffnung reinigte.

Ich bin so froh, dass ihr da seid.

Die Botschaft galt sowohl Rio als auch Shea, baute eine Brücke über den Abgrund und formte so ein unauflösbares Band zwischen ihnen.

Lasst mich nicht los. Ich will nicht aufgeben.

Diesmal hörte sie ihre Stimmen lauter. Lauter in ihrem Kopf. Ganz nah.

Niemand lässt dich los, Honey.

Ich bin hier, Grace. Ich bin immer hier. Immer bei dir, sagte Shea kämpferisch.

Und dann begannen die Schmerzen und die Kälte tatsächlich zu verschwinden. Grace spürte, wie die erdrückende Last leichter wurde, als ihre kleine Schwester ihr einen Teil davon abnahm. Shea hatte die Fähigkeit, die Gefühle von anderen Menschen zu übernehmen. So wie sie das für Nathan getan hatte, als er gefoltert worden war. So wie sie das seitdem noch manches Mal getan hatte. Deshalb hatte Grace nicht gewollt, dass Shea Bescheid wusste. Sie hatte nicht gewollt, dass Shea sah, welche entsetzlichen Schmerzen und welche tiefe Verzweiflung sie im Würgegriff hielten.

Nein! Shea, hör auf! Wag es nicht, mir das abzunehmen. Es reicht, dass du hier bist. Tu das nicht. Hörst du mich? Du sollst nicht statt meiner leiden. Du hast schon genug durchgemacht.

Tränen traten ihr in die Augen. So wollte sie das nicht.

Lass sie dir helfen, Grace.

Rios Befehl war deutlich. Er duldete keinen Widerspruch. Er hatte sie gepackt, und er würde sie nicht loslassen, fast als hielte er einen Teil von ihr gefangen.

Ich will nicht, dass sie so etwas jemals spüren muss, wandte Grace ein.

Sie hat Menschen um sich, die sie unterstützen. Nathan ist bei ihr. Sie ist nicht allein. Und du bist das auch nicht mehr. Sei nicht so stur. Nimm unsere Unterstützung an. Lass uns dir hel-

fen. Erlaub uns, dir das Schlimmste abzunehmen, bis du wieder stark genug bist, selbst damit fertigzuwerden.

Durch die Verbindung zu Shea drang noch mehr Wärme und Liebe in sie ein. Grace spürte, wie ihre Schwester sie in die Arme nahm, festhielt und sie hin und her wiegte, als wäre sie ein Kind, das Trost brauchte.

Sie klammerte sich an Shea, umarmte sie ebenfalls und ließ sie nicht mehr los, aus Angst, die Verbindung könne abreißen. Ihre Schwester küsste sie sanft auf die Stirn und strich ihr das Haar aus dem Gesicht.

Schlaf jetzt, Grace. Ruh dich aus, damit dein Körper heilen kann, und wenn du wieder aufwachst, wirst du stärker und wieder du selbst sein.

Dann spürte sie, wie ein anderer Mensch sie küsste. Der Kuss war intimer, es war der Kuss eines Liebhabers. Ein warmes Streicheln. Eine zärtliche Berührung. Rios Arme lösten Sheas ab, zogen Grace fest an sich. Schützten sie, bildeten eine Barriere zwischen ihr und der Dunkelheit.

Jetzt ist alles gut, Honey. Ich habe dich. Du wirst wieder gesund werden. Schlaf jetzt. Wenn du aufwachst, werde ich hier sein.

28

Als Grace die Augen aufschlug, war sie sich nicht recht sicher, wo sie sich befand. Sie richtete den Blick auf die Decke und ließ ihn von dort weiter zu dem Fenster hoch oben an der Wand wandern, durch das Licht in das Schlafzimmer fiel, in dem Rio und sie sich geliebt hatten.

Als Nächstes wurde ihr bewusst, dass sie nicht allein im Bett war. Rio lag eng an sie geschmiegt, als wolle er sie vor der ganzen Welt beschützen. Das Bein hatte er über ihre Beine gelegt, den Arm hatte er besitzergreifend um ihre Taille geschlungen, sein anderer Arm lag unter ihrem Kopf. Und sie war völlig nackt.

Sie lächelte. Sie war wieder da. Sie lebte. Sie hatte es geschafft.

Keine Frage, sie war so schwach wie ein neugeborenes Kätzchen. Sie fühlte sich schlaff wie eine nasse Nudel, und ihr Kopf war ein einziger Brei. Aber sie verfügte über neue Kräfte. Kräfte, die sie vorher nicht besessen hatte, und eine Energie, wie sie sie nicht mehr empfunden hatte, seit sie die Verbindung zu Shea gekappt hatte.

Shea! Diese Energie verdankte sie der Gegenwart ihrer Schwester in ihrem Kopf. Sie war ständig anwesend, genau wie vorher. Tränen sammelten sich in Graces Augen, und sie biss sich auf die Lippe, um nicht nach ihr zu rufen, aus Angst, sie habe die Wiederherstellung der Verbindung zu ihrer Schwester nur geträumt.

Ich bin hier, Grace.

Die Stimme ihrer Schwester ließ ihre Seele aufjauchzen.

Ich hatte schon befürchtet, ich hätte alles nur geträumt. Ich bin so froh, dass du da bist. Ich habe dich so sehr vermisst.

Ich habe dich auch vermisst, Grace. Ich liebe dich. Wir waren viel zu lange getrennt. Aber jetzt können wir zusammen sein. Jetzt ist alles anders. Jetzt können wir … ein Leben haben. Ich will nie mehr ohne dich sein. Dafür gibt es auch keinen Grund mehr. Nathan und seine Familie haben versprochen, für deine Sicherheit zu sorgen. Und jetzt hast du … Rio. Du weißt, dass du mir alles über ihn erzählen musst.

Grace lächelte durch ihre Tränen hindurch. Freudentränen. Das hier war so sehr wie in alten Zeiten, als Shea und sie alles miteinander geteilt hatten.

Abgemacht. Sobald du mir alles über Nathan erzählt hast.

Sie spürte, wie Shea als Antwort lächelte.

Wir reden, wenn du wieder bei Kräften bist. Konzentrier dich erst mal darauf, gesund zu werden, Grace.

Ich liebe dich.

Ich dich auch.

Auch wenn das Gespräch beendet war, konnte Grace noch immer die Gegenwart ihrer Schwester spüren. Wie sehr sie sie vermisste, hatte sie erst so richtig gespürt, nachdem die Verbindung dauerhaft abgebrochen war.

»Hast du dich mit Shea unterhalten?«

Sie drehte sich um. Rio war wach und hatte sie schweigend beobachtet. Sie lächelte. »Ja. Ich kann noch gar nicht fassen, dass sie wieder da ist. Ich dachte schon, ich würde nie wieder telepathisch mit ihr reden können.«

Zärtlich küsste Rio sie. Nachdem er die Lippen von ihren gelöst hatte, blieb er mit dem Mund ganz nah bei ihrem, legte die Stirn an ihre und umfasste ihr Kinn mit der Hand.

»Ich bin vor allem froh, dass *du* wieder da bist«, sagte er.

»Du hast mir Angst gemacht, Grace. Ich dachte schon, ich hätte dich verloren.«

»Ich dachte auch, ich hätte mich verloren«, erwiderte sie ehrlich.

Rio rückte ein wenig von ihr ab, ließ die Hand jedoch an ihrem Kinn liegen und drehte es so, dass sie ihn ansehen musste. »Wieso hast du es getan?«

Sie seufzte und schloss die Augen. »Ich wollte nicht sterben, falls es das ist, was du meinst. Ich hätte mich beinahe geweigert, weil ich Angst hatte zu sterben.«

Rios Gesicht nahm einen grimmigen Ausdruck an. »Browning hat behauptet, er hätte dich nicht bedroht. Stimmt das? Hat er dir wehgetan?«

Grace konnte sich durchaus vorstellen, was Rio mit seinem Teammitglied gemacht hatte. Sie war sich nicht sicher, ob sie es wissen wollte. Sie schüttelte den Kopf, was sie spüren ließ, dass Rio noch immer ihr Kinn festhielt. Es hatte etwas Tröstliches. Sein Griff war sanft, aber doch unnachgiebig. Eine deutliche Botschaft, dass er sie als seinen Besitz betrachtete.

»Ich glaube, Browning hatte Angst. Er wirkte resigniert. Als wüsste er genau, welche Konsequenzen sein Handeln haben würde. Er wusste, du würdest wahnsinnig wütend sein. Ich war auch ganz schön sauer. Aber ich habe auch verstanden, warum er es getan hat. Ich kann mir durchaus vorstellen, wie ich mich fühlen würde, wenn es mein Kind wäre und ich könnte ihm nicht helfen. Ich würde lügen, betrügen, stehlen, drohen oder jeden entführen, der ihm helfen könnte.«

»Hast du es deshalb getan? Weil du es verstanden hast?«

Sie lehnte die Stirn gegen seine Lippen und genoss die Wärme seines Munds an ihrer Haut. »Ich habe es getan, weil mir beim Anblick der Kleinen klar war, dass sie sterben würde. Ich wusste, sie würde nicht mehr lange durchhalten. Der Tod lauerte auf sie, und mir blieb nur die Wahl, ihr zu helfen oder die Verantwortung für ihr Sterben zu übernehmen. Ich konnte Browning und Sumathi nicht in die Augen sehen und ihnen sagen, ich würde ihr Kind dem Tod überlassen. Weil ich selbst nicht sterben wollte, jetzt, wo ich endlich einen Grund zum Leben gefunden hatte.«

Seine Hand, mit der er ihr Kinn gestreichelt hatte, kam zur Ruhe. Er zog ihren Kopf zurück, um sie zu zwingen, ihm ins Gesicht zu sehen. »Und was ist dieser Grund, Grace?«

Hinter dieser einfachen Frage verbarg sich so vieles. Hoffnung. Neugier. Ein Hauch von Furcht. Merkte er das nicht? Vermutlich nicht. Alles war so schnell passiert. Sie hatte ihm kaum etwas über ihre Gefühle erzählt. Sie war sich ja nicht mal selbst klar darüber gewesen, was sie eigentlich fühlte.

Ihre gesamte Welt war auf den Kopf gestellt worden. Das letzte Jahr war die reinste Hölle gewesen, und doch war am schlimmsten Punkt plötzlich dieser Mann aufgetaucht.

Er hatte sie herausgefordert. Er hatte sie bedrängt und ihr seine Liebe vermittelt, wie das noch nie ein Mensch getan hatte. Und er hatte ihr nicht erlaubt aufzugeben.

Warum? Wieso hatte er gleich beim ersten Mal, als er sie gesehen hatte, den Entschluss gefasst, sie zu finden?

Sie berührte sein Gesicht und streichelte sein raues Kinn. Er hatte sich nicht rasiert, und die Stoppeln kratzten über ihre Finger.

Er sah grauenhaft aus. Völlig erschöpft.

»Wie lange habe ich geschlafen?«, flüsterte sie.

Er kniff die Augen zusammen, weil sie der Antwort auf seine Frage auswich. Aber ihr fehlten die Worte.

»Drei Tage.«

Mit offenem Mund sah sie ihn ungläubig an. »Drei Tage?«

Er nickte grimmig.

»Wie geht es dem Baby?«, fragte sie zögernd.

Seine Lippen wurden zu einem schmalen Strich. »Ich weiß es nicht. Ich nehme an, gut.«

Sie hätte ihn gern nach Browning gefragt und danach, was mit ihm geschehen war.

Rio seufzte. »Woran denkst du gerade?«

Sie knabberte an ihrer Unterlippe. »An Browning. Und an seine Familie. Hast du ihn getötet?«

»Und wenn? Der Dreckskerl hat es verdient.«

Unglücklich runzelte sie die Stirn. »Er hat nur seine Tochter beschützt.«

»Ja, und dabei hat er aufs Spiel gesetzt, was mir gehört, und er hat das Team hintergangen.«

»Ich verstehe, warum du so wütend bist.«

»Wirklich, Grace? Du verstehst, dass ich wütend bin? Ich war völlig außer mir. Du kapierst es nicht, oder? Er hat sich genommen, was mir gehörte. Er hat dich missbraucht. Er hätte dich umbringen können.«

»Er hat dich hintergangen«, flüsterte sie.

Rio stützte sich auf den Ellbogen. Seine Augen funkelten. »Das hat mit mir nichts zu tun, verdammt! Verstehst du es wirklich nicht? Ich liebe dich, und er hat versucht, dir das Leben auszusaugen. Ja, er hat mich hintergangen, aber töten wollte ich ihn, weil er mir dich beinahe genommen hätte.«

Grace schluckte, öffnete den Mund, schloss ihn dann aber lieber wieder. Rio ließ ihr keine Wahl. Er packte sie am Nacken, zog sie an sich und küsste sie.

Es war ein wütender, besitzergreifender Kuss. Es fühlte sich an, als würde sie gebrandmarkt. Rio küsste sie, als wolle er sie verschlingen und in sich aufsaugen.

Er drehte sie auf den Rücken, und dann war er über ihr und schob sich hart und heiß in sie hinein. Er glitt in ihren Körper, schweißte sie zusammen, und dann starrte er mit blitzenden Augen auf sie hinunter.

»Verstehst du es *jetzt*, Grace? Du gehörst mir. So etwas habe ich noch nie für eine Frau empfunden, und es gefällt mir ganz und gar nicht, wie verrückt mich das macht.«

Sie lächelte und wölbte ihm das Becken entgegen, um ihn tiefer in sich aufzunehmen.

»Freut mich, dass du das so lustig findest«, knurrte er.

Ihr Lächeln wurde breiter. Sie schlang ihm die Arme um den Hals und zog ihn zu sich hinunter, um ihn zu küssen.

»Würdest du dich besser fühlen, wenn ich dir sage, dass ich genauso verrückt nach dir bin?«, flüsterte sie.

»Vielleicht.«

»Oder dass ich mir ziemlich sicher bin, dass ich dich ebenso liebe?

»Allmählich kommen wir der Sache näher«, brummte er.

Sie strich ihm über die Wange, dann legte sie ihm die Beine um den Rücken, weil sie ihn noch näher bei sich haben wollte. Sie wollte diese Wärme finden, die von innen nach außen brannte.

»Oder dass du der Grund warst, wieso ich den Willen zu leben wiedergefunden habe, nachdem ich erst sterben wollte?«

Seine Augen wurden ganz dunkel. Reglos verharrte er über ihr. Lange Zeit starrte er einfach nur auf sie hinunter, als versuche er mühsam, sich zu sammeln.

Noch immer steckte er tief in ihr. Und er schien in ihrer Enge anzuschwellen, obwohl er sich noch überhaupt nicht bewegt hatte.

»Ich weiß nicht, was ich sagen soll.« Seine Stimme klang belegt. »Noch nie habe ich jemandem etwas bedeutet. Nicht so, jedenfalls. Noch nie hing jemand gefühlsmäßig von mir ab. Man baut auf mich in Bezug auf Führungsstärke und Durchsetzungsvermögen. Disziplin. Entschlossenheit. Noch nie hat mich jemand als der gebraucht, der ich bin. Nur in meiner Funktion.«

»Aber ich«, flüsterte Grace. »Ich brauche dich, Rio. Du hast mich gerettet. Außer meiner Schwester habe ich auch noch nie jemandem etwas bedeutet. Niemand hat sich je um mich Gedanken gemacht oder darum, wie es mir geht. Bis du kamst. Für dich war ich nicht nur jemand, der über eine nützliche Fähigkeit verfügt. Du hast den Blick auf mein Inneres gerichtet und *mich* gesehen.«

Er senkte den Kopf, bis seine Stirn ihre berührte. »Sag es. Sprich es aus, Grace. Ich will es nicht nur hören. Ich muss es hören. Ich brauche … dich.«

Sie lächelte, und ihr Herz floss über vor Zärtlichkeit. »Ich liebe dich, Rio.«

Seine Nasenflügel bebten, und seine Muskeln spannten sich an, als versuche er krampfhaft, nicht die Beherrschung zu verlieren. Seine dunklen Augen offenbarten eine enorme Verletzlichkeit, und Grace wurde schlagartig klar, dass Rio trotz all seiner Stärke, Entschlossenheit und diesem Beschützerinstinkt dieselben Eigenschaften auch in ihr suchte.

»Ich liebe dich auch, Grace Peterson.«

Er zog sich zurück und stieß dann wieder in sie hinein, sanfter diesmal und ohne die Dringlichkeit, die ihn beim ersten Mal getrieben hatte.

Er küsste ihre Lippen, ihre Wangen, erst die eine, dann die andere. Als Nächstes küsste er ihre Augenlider, ihre Nase und ihre Schläfen. Während der ganzen Zeit stieß er weiter sanft in sie hinein, glitt hinein und hinaus und festigte erneut seinen Besitzanspruch.

Langsam ließ er die Hand ihren Körper hinabgleiten und schob sie schließlich unter ihren Po. Er hielt Grace an Ort und

Stelle, damit sie genau richtig für seine Stöße lag, die allmählich fester wurden.

»Geh nie wieder solch ein Risiko ein«, stieß er hervor. »Du kannst nicht alle retten, und ich will dich nicht verlieren, nur weil du einen weiteren Menschen vor dem Tod bewahrst. Das klingt jetzt vielleicht egoistisch, aber ehrlich gesagt, ist mir das scheißegal.«

Sie lächelte über seinen harschen Ton, der nur seine Angst verbergen sollte. Angst um sie. Angst, sie zu verlieren. Wieder küsste sie ihn, während die ersten Wogen ihres Orgasmus über sie hinwegbrandeten.

Sie klammerte sich an ihn, ihren Anker, den Menschen, der sie mehr als einmal dem Tod entrissen hatte. Er würde sie beschützen. Sie vertraute ihm rückhaltlos. Er hatte für sie dem Tod die Stirn geboten und *gewonnen*.

29

»Ich hoffe, Sie haben etwas Brauchbares zu berichten«, knurrte Farnsworth in sein Telefon. »Bei dem, was ich Ihnen bezahle, hätten Sie mir Grace Peterson schon vor Wochen liefern sollen.«

»Ich mag es nicht, wenn man mir droht, Mr Farnsworth. Merken Sie sich das lieber.«

Beim Klang von Hancocks eiskalter Stimme erstarrte Farnsworth. Dass dieser Mann ihn einschüchterte, widerte ihn an. Und Hancock schüchterte ihn nicht nur ein, er machte ihm richtig Angst. Und das ärgerte ihn wirklich, denn er fürchtete sich normalerweise vor niemandem. Die Leute fürchteten *ihn*.

Alle, bis auf diesen Mann, der der Anführer von Titan war. Farnsworth war sich sicher, dass es niemanden gab, den Hancock fürchtete.

»Und? Wissen Sie inzwischen, wo sie steckt?«

»Ja«, erwiderte Hancock kurz angebunden. »Es heißt, sie hätte ein Kind geheilt, in einem Dorf am Belize River, und dass es sie beinahe das Leben gekostet hätte. Wie es ihr zurzeit geht, entzieht sich meiner Kenntnis, aber ich weiß, wo sie steckt. Mein Kontakt dort hat berichtet, dass sie sie bald von dort wegbringen wollen. Wenn ich geduldig warte, kommen sie zu mir.«

Farnsworth fluchte. »Ich kann es mir nicht leisten, auch nur eine Minute länger zu warten. Was, wenn diese Idiotin sich nun umgebracht hätte, nur um dieses Kind zu heilen? Wenn sie schon bei der Heilung von jemandem stirbt, dann gefälligst bei der Heilung meiner Tochter.«

»Ich verstehe Ihre Ungeduld«, sagte Hancock milde. »Aber dadurch kommen Sie auch nicht schneller ans Ziel. Sie haben mir einen Auftrag gegeben. Ich habe noch nie einen Job vermasselt. Denken Sie darüber nach, bevor Sie leere Drohungen ausstoßen, sonst stehen Sie als Nächster auf meiner Liste.«

»Bringen Sie sie einfach her. Mir läuft die Zeit davon. Ich zahle Ihnen das Doppelte. Mir ist egal, wie viel es kostet. Sie können alles haben, was ich besitze, denn wenn meine Tochter stirbt, bleibt mir sowieso nichts mehr.«

»Ihre Hingabe an Ihre Tochter ist bewundernswert, und ich sagte bereits, dass ich Grace Peterson in absehbarer Zeit zu Ihnen bringen werde. Sie wird nicht entkommen. Dafür kenne ich den Mann, der sie beschützt, viel zu gut. Ich weiß, wie er denkt. Ich kenne seine nächsten Schritte. Das ist auch kein Wunder. Er hat mir alles beigebracht, was ich kann.«

Die Verbindung brach ab, und Farnsworth warf das Telefon quer durch das Zimmer. Widerlich, wie ihm dieser Söldner ein Gefühl von Bedeutungs- und Machtlosigkeit gab! Als würde Hancock sämtlich Trümpfe in der Hand halten und das auch nur zu gut wissen.

Die Zeit wurde knapp. Der Arzt war heute da gewesen und hatte ihn mit grimmigem Gesichtsausdruck angeschaut und den Kopf geschüttelt. Elizabeth blieb kaum noch Zeit. Sie wurde immer schwächer. Ihr Körper schaffte es nicht mehr, gegen den heimtückischen Krebs anzukämpfen. Die Krankheit breitete sich in alarmierender Weise aus.

Ihm blieben Tage, im besten Fall Wochen, aber mehr nicht. Er fürchtete sich davor, ihr Schlafzimmer zu betreten, aus Angst, sie könne bereits tot sein.

Farnsworth ließ sich in den Sessel sinken und vergrub das Gesicht in den Händen. Und zum ersten Mal, seit er von der Krankheit seiner Tochter gehört hatte, weinte er.

30

»Ich bin durchaus in der Lage zu gehen«, protestierte Grace, als Rio sie aus dem Schlafzimmer ins Wohnzimmer trug.

Er ignorierte ihren Einwand, und sie seufzte, obwohl es ihr eigentlich nichts ausmachte, von ihm getragen zu werden. Sie schwelgte noch immer in der großartigen Entdeckung, dass sie diesem Mann so viel bedeutete. Es war ein wenig beängstigend, und gleichzeitig machte es sie schwindelig, wie einen zum ersten Mal verliebten Teenager.

Sie hatte entsetzliche Angst davor, dass diese Idylle zerbrechen würde. Rio und sie konnten nicht für immer in einer Traumwelt leben. Sie hatten sich eine Nische geschaffen, eine kurze Auszeit von der Wirklichkeit genommen, aber die reale Welt lauerte wie ein Raubtier da draußen auf sie. Mit gebleckten Zähnen. Ihre Verfolger hatten nicht aufgegeben, und sie würde es auch nicht tun.

Bald würde sie in diese kalte, unwirtliche Wirklichkeit zurückkehren, an diesen Ort, wo Menschen starben. Wo sie eingesperrt und missbraucht worden war, wie ein Affe, den man für eine Vorführung hervorholte, um ihn dann in sein Gefängnis zurückzuschubsen.

»Grace.«

Rios Stimme riss sie aus ihren Gedanken, und ihr wurde bewusst, dass er bereits mehrmals ihren Namen gesagt hatte. Sie blinzelte, weil ihr ebenfalls erst jetzt bewusst wurde, dass er sie bereits auf das Sofa gelegt und wohl schon eine Zeit lang versucht hatte, ihre Aufmerksamkeit auf sich zu lenken.

»Was zum Teufel geht da in deinem Kopf vor?«

Seine Stirn war gerunzelt, die Lippen hatte er fest aufeinandergepresst. Es war offensichtlich, dass ihm ihr Gesichtsausdruck nicht gefiel, oder vielleicht hatten sich ihre dunklen Gedanken auch auf ihn übertragen. Er sah besorgt aus und auch ein bisschen genervt.

Energisch schloss sie den Mund, weil sie ihm nicht noch einen weiteren Dämpfer verpassen wollte. Schließlich war all das, was ihr gerade durch den Kopf geschossen war, für ihn nichts Neues. Mit so etwas lebte er tagtäglich. Sie musste seinen Stress nicht noch vergrößern, indem sie ihm etwas vorjammerte.

Er seufzte. »Honey, wir müssen an unserer Kommunikation arbeiten. Dieses Dichtmachen, wenn ich dich frage, was du denkst, treibt mich so langsam in den Wahnsinn. Ich bin ein ergebnisorientierter Mensch. Wenn ich dich etwas frage, erwarte ich eine Antwort.«

Sie grinste. »Ich nehme an, es gibt für alles ein erstes Mal.«

Er sah sie grollend an.

»Ich bin nicht einer deiner Männer, Rio. Ich habe es nicht gern, wenn man mir Befehle erteilt. Das ist die Rebellin in mir. Shea hat auch immer versucht, mich zu bevormunden, vor allem, nachdem wir uns getrennt hatten und aus Sicherheitsgründen unterschiedliche Wege gegangen sind. Wie gut das geklappt hat, sehen wir ja.«

Rio umfasste ihr Kinn, damit sie ihn anschauen musste. »Grace, ich erwarte, dass du mir gehorchst, wenn dein Leben in Gefahr ist oder wir in einen Kampf verwickelt werden. Die restliche Zeit darfst du mir gern so viel widersprechen, wie du magst. Aber eins sage ich dir gleich: Wenn ich dir in einer solchen Situation etwas befehle und du nicht gehorchst, lege ich dich übers Knie. Du bekommst keinen Freifahrtschein von mir, nur weil du umwerfend bist und ich bis über beide Ohren in dich verliebt bin.«

Sie musste kichern und hielt sich die Hand vor den Mund.

»Erzählst du mir jetzt mal, wieso du vor einer Minute so besorgt ausgesehen hast? Das bedeutet nicht, dass du dich meinem dominanten Ego unterwerfen musst. Aber wie soll ich dich beruhigen, wenn ich nicht weiß, worüber du dir Sorgen machst, verdammt noch mal?«

Ihr Herz schmolz dahin, und sie berührte ihn sanft an der Wange. »Es ist lieb von dir, dass du nicht willst, dass ich mir Sorgen mache. Aber bis dies hier vorbei ist, bis ich ganz genau weiß, dass ich in Sicherheit bin und ein normales Leben leben kann, werde ich mir Sorgen machen. Denn jetzt kreisen meine Gedanken nicht mehr nur um Shea und mich, sondern auch um dich und deine Männer. Und um Sheas neue Familie und ihre Angehörigen. Ihr steckt alle mit drin, und für mich ist es unerträglich, dass so viele Menschen meinetwegen in Gefahr sind.«

Rio wollte protestieren, aber sie legte ihm den Finger auf die Lippen. »Du hast mich gefragt, und ich habe dir ehrlich geantwortet. Ich weiß, dass dies hier so etwas wie eine Auszeit ist. Nur zu bald – eigentlich kann es jeden Moment so weit sein – werden wir uns wieder der Realität stellen müssen, in der ich nun mal lebe. Und ich hasse es. Ich fürchte es. Ich bin krank vor Sorge. Vorher war ich bereit zu sterben. Ich hatte aufgegeben. Mir war egal, was mit mir geschah, weil ich mir nicht vorstellen konnte, jemals frei zu sein. Ich wäre lieber gestorben, als dass ich wieder in Gefangenschaft gelebt hätte und täglich missbraucht worden wäre.«

Sie hielt kurz inne und fuhr dann fort: »Aber jetzt gibt es Menschen, die mir etwas bedeuten. Und ich will nicht, dass sie für mich sterben. Ich will nicht, dass sie Opfer für mich bringen. Deshalb fürchte ich mich davor, diesen zeitweiligen Rückzugsort zu verlieren, die Illusion eines normalen Lebens mit einem Mann, der mich liebt. Denn ich weiß, schon morgen kann alles vorbei sein.«

Rio sah sie durchdringend an. Dann legte er die Hände an ihre Wangen. »Ich werde dich nicht anlügen, Grace. Ich weiß auch nicht, was geschehen wird. Ich werde dir keine Garantien geben und behaupten, dass wir dich immer vor jeder Bedrohung schützen können oder dass dir nie wieder jemand etwas tun wird. Das kann ich nicht. Ich weiß, mit wem wir es hier zu tun haben. Aber eins kann ich dir versprechen: Solange ich atme, werde ich *alles* tun, um dich zu beschützen. Mit meinem letzten Atemzug werde ich mich zwischen dich und was immer dich bedroht werfen. Und falls – Gott behüte – du mir jemals weggenommen werden solltest, werde ich Himmel und Hölle in Bewegung setzen, um dich zurückzuholen.«

Sie zog ihn an sich und küsste ihn stürmisch. Sie öffnete die Verbindung zwischen ihnen und zeigte ihm nicht nur mit ihrem Körper, sondern auch mit ihrem Geist, was ihr sein Schwur bedeutete. Dass dieser stolze Krieger bereit war, sein Leben zu opfern, um ihres zu retten, war mehr, als sie begreifen konnte.

Das verdiente sie nicht. Sie war nicht so tapfer wie er. Es war ihr ein Rätsel, warum Rio von allen Frauen dieser Welt ausgerechnet sie gewählt hatte. Aber wie immer es auch gekommen sein mochte: Sie war unglaublich glücklich darüber, dass es so war. Und bei Gott, sie würde diesen Mann niemals wieder gehen lassen.

Rio machte sich los und starrte sie mit funkelnden Augen an. »Blödsinn!«

Verblüfft riss sie die Augen auf.

»Du verdienst mich nicht? Bist meiner nicht würdig? Du bist nicht so tapfer oder so mutig wie ich? Das ist der größte Schwachsinn, den ich je im Leben gehört habe!«

Grace blieb der Mund offen stehen. Ja, sie hatte die Verbindung geöffnet, aber sie hatte sich nicht bewusst gemacht, dass er jeden ihrer Gedanken mitbekommen würde.

»Eins lass dir gesagt sein, Grace: Wenn hier jemand nicht gut genug ist, dann bin ich das. Hast du auch nur den Hauch einer Ahnung, was ich alles getan habe? Was ist deine schlimmste Sünde? Dass du lieber aufgeben als dich einem Leben voller Schmerzen stellen wolltest, in dem dir das Elend anderer endlos aufgedrückt worden wäre? Schau dir an, was du alles getan hast. Du hast Menschen neuen Lebensmut gegeben. Du hast ein Kind gerettet, das sonst bereits tot wäre, und dafür hast du dein Leben riskiert, weil du ein zu weiches Herz hast, um Nein zu sagen.«

Er holte tief Luft, um sich zu beruhigen, und fuhr dann fort: »Du hast keine Ahnung, was ich alles getan habe, was für Entscheidungen ich getroffen habe. Die meiste Zeit meines Lebens habe ich in einer Grauzone verbracht. Immer im Zwielicht. Immer in fragwürdigen Umständen. Verdammt, Grace, ich bin Söldner. Das bedeutet, sobald mir jemand genug zahlt, erledige ich den Auftrag.«

Er lachte bitter. »Du würdest nicht glauben, was für Aufträge ich angenommen habe. Dein weiches Herz würde weinen, wenn ich dir einige der Sachen erzählen würde, die ich getan habe. Alles im Namen angeblich hehrer Ziele. Scheiß drauf. Wem hat das was gebracht? Das ist die Frage. Irgendeiner zieht immer den Nutzen daraus, dass ein anderer leidet. Es führt kein Weg dahin, dass jeder immer glücklich oder sicher oder zufrieden ist. Einige betrachten mich als Heiligen, andere sehen in mir den Teufel höchstpersönlich. Das hängt immer davon ab, von welchem Standpunkt aus man das betrachtet. Also hör auf mit diesem Schwachsinn, dass du nicht so mutig oder so tapfer bist wie ich, weil mich das unglaublich sauer macht. Du hast etwas, das ich niemals haben werde. Eine Güte, die ganz tief verwurzelt ist. Mitgefühl für andere. Du hast eine Seele, Grace. Ich habe meine verloren, als ich offiziell gestorben bin und meinen Eltern das habe mitteilen lassen. Ich habe meine Seele verloren, als meine Schwester in meinen Armen starb, weil ich nicht da war, um sie zu beschützen.«

Grace brachte ihn mit einem Kuss zum Schweigen. Sie nahm sein Gesicht in beide Hände und presste ihren Mund hungrig auf seinen. Tränen rannen ihr die Wangen hinab, bis sie den leichten Salzgeschmack auf der Zunge spürte.

»Hör auf, hör bitte auf«, flüsterte sie entsetzt. »Ich ertrage es nicht, dass du so von dir denkst.«

Er machte sich behutsam von ihr los und stand auf. Sein Blick war düster. Er glaubte jedes Wort von dem, was so leidenschaftlich aus ihm herausgesprudelt war, und das war ihr zutiefst zuwider.

Sie richtete sich auf, weil sie ihn nicht entkommen lassen wollte. Sie wollte aufstehen, aber er ließ sie nicht, also zog sie ihn wieder hinunter, bis er vor ihr kniete, ihre Gesichter nur wenige Zentimeter voneinander entfernt.

Mit beiden Händen strich sie ihm über das Gesicht, als könne sie so den Schmerz und den Selbsthass verringern, die tief aus seinem Innersten herausbrachen.

»Willst du wissen, was ich sehe, wenn ich dich anblicke, Rio?«, fragte sie mit erstickter Stimme.

Er versuchte, den Kopf wegzudrehen, aber sie hielt ihn fest, drehte sein Gesicht wieder zu sich und zwang ihn, ihrem Blick zu begegnen.

»Ich sehe einen anständigen Menschen. Jemanden, der alles für eine Sache gegeben hat, an die er glaubte. Ich sehe einen Mann, der ausgestiegen ist, als er bemerkte, dass sein Weg nicht mehr mit seinen Prinzipien übereinstimmt. Einen Mann, der sich neu erfunden hat, als Beschützer, Retter, Führer und – ja – als Held. Vielleicht gefällt dir diese Beschreibung nicht, aber du bist ein Held. Du bist mein Held. Mein Retter und Beschützer. Wer sonst hätte für mich gekämpft und sich geweigert, mich sterben zu lassen?«

Sie blinzelte, um die Tränen zurückzuhalten. »Wir machen alle Fehler, Rio. Was einen Mann kennzeichnet, ist, wie er diese Fehler wiedergutmacht, und du hast deine Strafe mehr als abgebüßt.«

Er lehnte die Stirn gegen ihre, und einen Moment lang saßen sie schweigend da, ihr Atem das einzig hörbare Geräusch im Zimmer.

»Ich schlage dir einen Deal vor«, sagte sie schließlich. »Ich denke nicht mehr, dass ich nicht gut genug für dich bin, wenn du nie wieder behauptest, du wärst nicht gut genug für mich. Einverstanden?«

Rio lächelte. Er küsste sie lange und zärtlich, und ihre Zungen duellierten und neckten sich. Zarte Berührungen. Liebende Berührungen. Seine Hände lagen an ihrem Gesicht und ihre an seinem. Sie hielten sich, berührten sich, streichelten sich.

»Einverstanden«, erwiderte er mit rauer Stimme. »Und jetzt bleib hier sitzen, während ich dir was zu essen mache. Du musst wieder zu Kräften kommen, für das, was uns bevorsteht. Die Männer werden dazukommen, wir müssen nämlich unsere Abreise planen.«

Grace versuchte, sich ihre Sorgen nicht anmerken zu lassen. Sie wusste, dass die Flucht vor der Wirklichkeit nicht ewig dauern konnte. Aber sie bedauerte es trotzdem, dass jetzt das Ende in Sicht war. Zumal sie wusste, dass sich innerhalb eines Tages ihre ganze Welt verändern und sie alles verlieren konnte.

31

Rios Männer begrüßten Grace überschwänglich. Sie setzten sich alle an den Küchentresen, während Rio in der Küche Hamburger zubereitete. Mehrere Minuten lang fragten sie Grace aus, wie es ihr ging, wie sie sich fühlte und ob alles wieder ganz in Ordnung kommen würde.

Lächelnd versicherte sie ihnen, dass es ihr gut ging.

Rio ließ den Wirbel eine Zeit lang zu, dann brachte er die Männer zum Schweigen, indem er verkündete, dass sie bald aufbrechen würden.

Sofort waren alle ganz bei der Sache.

»Wie soll es ablaufen?«, fragte Terrence.

Rio, der am Herd stand, sah sein Team an. »Ich habe das Gefühl, dass sie näher kommen. Das ist nur eine Ahnung, aber ich will kein Risiko eingehen. Wir sind hergekommen, damit Grace sich erholen kann. Ich will hier keinen Kampf mit Titan. Wir kennen zwar das Gelände und haben dadurch einige Vorteile. Aber wir sind nicht genügend Leute. Und wenn Sam Steele schickt oder das ganze KGI-Team antanzt, dann würde Titan endgültig wissen, wo wir sind, falls sie das nicht bereits wissen.«

»Das leuchtet ein«, stimmte Diego ihm zu.

»Außerdem fehlt uns ein Mann«, fügte Alton grimmig hinzu.

»Egal«, sagte Decker. »Wir kriegen das schon hin.«

»Wir sind gut«, erwiderte Rio selbstsicher. »Aber nicht so gut. Gegen eine Gruppe wie Titan brauchen wir jeden Mann, den wir kriegen können. Ihr müsst nicht glauben, dass die nur mit ein paar durchschnittlichen Kämpfern losziehen. Die kommen mit den besten, und die kommen, um zu siegen. Deshalb werden wir uns mit Sam zusammentun. Bei dieser Sache mobilisiert er alles, was wir haben.«

Grace runzelte verwirrt die Stirn. Sie legte die Hand an die Schläfe und rieb sie. Rio klang so, als würden sie gerade etwas Ähnliches wie einen Krieg vorbereiten. *Wir zählen bis drei, dann fängt jeder an zu schießen.* Das Ganze klang … verrückt.

»Ich verstehe das nicht«, sagte sie. »Wenn ihr so redet, hört es sich an, als könnte man das alles planen. Aber woher wollt ihr denn wissen, wann und wo das passieren wird? Ich meine … sucht ihr euch tatsächlich einen Ort aus, und dann fangt ihr an, aufeinander zu schießen?«

Sie konnte nicht verhindern, dass ihre Stimme entsetzt klang. Dass Leute ihretwegen sterben mussten, war ein grauenvoller Gedanke.

Mit flehendem Gesichtsausdruck wandte sie sich an Rio, aber sie sprach ihn telepathisch an, weil sie nicht wollte, dass die anderen mithörten.

Lass uns weggehen, Rio. Nur du und ich. Wieso können wir nicht irgendwohin gehen, wo sie uns nie finden werden? Warum müssen wir so viele Leute mit hineinziehen? Ich will nicht, dass sie für mich sterben. Ich will nicht, dass irgendjemand ums Leben kommt.

Rio holte mit dem Spachtel den letzten Hamburger aus der Pfanne, legte ihn zur Seite und trat dann auf Grace zu. Er nahm ihr Gesicht in beide Hände und starrte ernst und durchdringend auf sie hinunter.

»Hier geht es nicht nur um dich, Honey. Sonst wäre das, was du vorschlägst, vielleicht wirklich die beste Lösung. Aber es betrifft auch Shea und daher jeden bei KGI, denn jetzt gehört ihr beide zu uns. Wir gehen einem Kampf nicht aus dem Weg. So läuft das nicht bei KGI. KGI ist wie eine große Familie. Wir beschützen, was uns wichtig ist. Wir lassen uns niemals von jemandem etwas wegnehmen. Shea und du, ihr gehört jetzt zu uns, und wir werden euch bis zum letzten Atemzug verteidigen.«

»Ganz genau«, bestätigte Terrence.

Diego, Decker und Alton nickten zustimmend.

Grace entzog sich Rios Händen, griff aber nach einer davon und hielt sie fest. Es war tröstlich. Allein ihn berühren zu können beruhigte sie mehr, als sie sich jemals hätte vorstellen können.

»Ich habe Angst«, gab sie zu. »Nicht nur Angst. Ich bin in Panik. Das letzte Jahr habe ich von Tag zu Tag gelebt, habe nie nach vorne geschaut, weil ich nie wusste, ob es ein Morgen geben würde. Aber jetzt … jetzt freue ich mich auf die Zukunft. Ich will diese Zukunft mehr, als ich mit Worten ausdrücken kann. Nur finde ich es furchtbar, wenn jemand sein Leben für meine Zukunftsträume opfern muss.«

Diego starrte sie lange an. »Wenn Sie meinen Respekt und meine Bewunderung nicht schon hätten, dann spätestens jetzt. Nur ein selbstloser Mensch achtet das Leben anderer Leute höher als seine eigenen Träume. Aber eins sollten Sie beachten, und vielleicht wissen Sie das ja auch schon: Niemand hat uns zu diesem Auftrag gezwungen. Rio ist unser Chef, das schon, und wir folgen ihm. Aber wir tun das, weil wir es so wollen. Wir können jederzeit aufhören. Wir gehören niemandem. Wir trauen nicht einfach jedem. Rio und KGI haben sich unsere Loyalität verdient. Und Sie inzwischen auch. Es ist bewundernswert, wenn Sie nicht wollen, dass wir Opfer für Sie bringen. Aber lieber wäre es uns, Sie würden einfach den Mund halten und es akzeptieren, denn wir werden uns nicht zurückziehen.«

Decker grinste, und Alton klopfte Diego auf den Rücken. Sogar Terrence lachte.

»Sie müssen wissen, dass Diego in der Regel kaum den

Mund aufkriegt«, sagte Alton lachend. »Aber wenn er mal loslegt, hört er so schnell nicht wieder auf.«

Als Grace, die völlig verdattert von der Reaktion der Männer war, sich wieder zu Rio umwandte, lächelte er.

»Siehst du?«, sagte er. »Du gehörst zu uns, Grace. Wir würden keinen von uns im Stich lassen, und dich schon gar nicht. Also gewöhn dich dran. Du wirst uns nicht los, und mich erst recht nicht.«

Die große Erleichterung, die sie verspürte, ließ ihr Herz einen Satz machen. Sie lächelte, und während sie Rios Männer einen nach dem anderen betrachtete, wurde ihr Lächeln immer breiter.

»Und wann brechen wir auf?«, fragte sie.

Am Nachmittag rief Rio Sam an. Er wollte, dass Grace sich noch mehr ausruhte, und zu diesem Zweck hatte er sie ins Bett verbannt. Aber sein Instinkt warnte ihn, dass sie aufbrechen mussten. Sie konnten nicht noch ein paar Tage warten, bis Grace sich endgültig erholt hatte.

Von den Bergen herunter hatte sie es nur mit schierem Willen und Entschlossenheit geschafft. Im Grunde war sie eine wandelnde Leiche gewesen. Aber wenn ihr das gelungen war, würde sie auch schaffen, was jetzt auf sie zukam.

»Der Plan sieht so aus«, sagte Sam. »Wir treffen uns in Virginia, fliegen mit den beiden Jets nach Kodiak und setzen von dort mit dem Boot nach Afognak Island über. Wenn sie auftauchen, bekommen wir das rechtzeitig mit. Wir bekämpfen sie zu unseren Bedingungen und auf unserem Gelände.«

»Und deine Familie?«, fragte Rio mit rauer Stimme.

»Die lasse ich unter schwerer Bewachung in Fort Campbell zurück. Niemand, der auch nur einen Funken Verstand hat, würde eine amerikanische Militärbasis angreifen. Einen sichereren Ort könnte ich mir nicht vorstellen. Shea wird ebenfalls dortbleiben. Überleg dir, ob du Grace nicht ebenfalls dorthin bringen möchtest.«

Auch wenn es Rio gegen den Strich ging, Graces Sicherheit jemand anderem anzuvertrauen, war ihm klar, dass es für sie der sicherste Ort war. Es würde ihr nicht gefallen, aber in diesem Fall würde er ihr kein Mitspracherecht einräumen. Außerdem konnte Grace auf diese Weise ihre Schwester treffen, was sie sich ja sehnlichst wünschte.

»Dann müssen wir das aber geschickt inszenieren«, sagte Rio. »Wenn wir Titan nach Afognak Island locken wollen, müssen wir sie glauben machen, dass Grace bei uns ist. Ansonsten wird das Manöver zu nichts führen. Die werden sich zurücklehnen und abwarten und erst zuschlagen, wenn unsere Aufmerksamkeit allmählich nachgelassen hat.«

»Ja, ich weiß. Das habe ich mir auch schon überlegt. Wir werden P.J. als Grace ausgeben. Sie ist ähnlich gebaut und hat einen ähnlichen Teint. Es wird sie umbringen, wenn sie ihre Kampfstiefel ausziehen und ihre Waffen abgeben muss, aber sie wird es tun.«

»Und wie bringen wir Grace sicher von Virginia nach Fort Campbell?«, fragte Rio.

»Ich habe dort noch was gut, also werde ich darum bitten, dass uns ein Pilot nach Virginia begleitet und dann mit Grace zurückfliegt zu ihrer Schwester.«

»Das reicht nicht«, widersprach Rio. »Hier geht es nicht um einen einfachen Transport. Falls Titan aufkreuzt, reicht ein einzelner Pilot nicht aus.«

Sam schwieg einen Moment. »Was schlägst du vor?«

»Sie soll von mindestens zwei Männern begleitet werden. Allerdings nicht von Bullen. Mir fehlt zwar schon ein Mann, aber wenn Steeles Team und der Rest von KGI dabei sind, kann ich zwei meiner Leute entbehren. Das sind die Einzigen, denen ich – abgesehen von mir – traue. Terrence und Diego werden sie begleiten. Die beiden würden eher sterben, als Grace im Stich zu lassen.«

»In Ordnung«, erwiderte Sam. »Dann machen wir es so. Kannst du morgen um sechzehn Uhr in Virginia sein?«

»Wir werden da sein«, entgegnete Rio grimmig.

Adam Resnick bemerkte erst, dass sich jemand in seinem Haus befand, als er die Klinge eines Messers an seinem Hals spürte. Seine Hände erstarrten auf der Tastatur des Computers. Er blieb reglos sitzen, um zu verhindern, dass die Klinge weiter in seine Kehle eindrang.

Schon jetzt tropfte Blut von seiner Haut. Er konnte es riechen und die Wärme spüren.

Er war diszipliniert genug, nicht zu zittern, aber das bedeutete nicht, dass sein Puls nicht am Rasen war.

»Sehr gut«, murmelte der Mann hinter seinem Ohr. »Die meisten Leute würden panisch reagieren und aus lauter Dummheit die Kehle durchgeschnitten bekommen.«

»Was wollen Sie?«, fragte Resnick, die Hände noch immer auf der Tastatur.

»Wie ich gehört habe, stehen Sie in engem Kontakt mit KGI. Ich brauche Informationen. KGI wird bald etwas unternehmen, und ich will ihnen natürlich einen Schritt voraus sein.«

»Wovon reden Sie?«

Das Messer bohrte sich tiefer in seinen Hals, und Resnick musste die Zähne zusammenbeißen.

»Diese Spielchen können Sie sich schenken. Sie wissen, wer ich bin. Ich weiß, wer Sie sind. Ich weiß, dass Sie einer von KGIs Geldgebern sind, und ich weiß auch, dass Sie die Informationen haben, die ich brauche.«

Resnick verzog angewidert den Mund, schwieg aber. Den gesichtslosen Mann zu verärgern würde nur dazu führen, dass ihm die Kehle durchgeschnitten wurde.

Auf einmal war das Messer verschwunden, und der harte Lauf einer Pistole drückte gegen seinen Hinterkopf.

»Stehen Sie auf. Langsam. Keine plötzlichen Bewegungen. Mein Freund hier ist so etwas wie ein Genie, wenn es um Computer geht. Die Maschinen mögen ihn, wissen Sie. Die erzählen ihm immer, was er wissen will. Ich habe so ein Gefühl, dass wir auf Ihrem Computer alles finden werden, was wir über KGI wissen müssen.«

Resnick schloss die Augen. Ihm war klar, dass es keinen Ausweg gab. Er konnte sich wehren und seinen Tod in Kauf nehmen, aber auch das würde nicht verhindern, dass sie an seine Dateien drankamen. Titan hatte garantiert jemanden, der sich in jede Art von System einhacken konnte. Der durchschnittliche Computer-Experte hätte keine Chance, die Dateien zu öffnen, aber jemand Durchschnittliches würde auch nicht auf Titans Gehaltsliste stehen.

Langsam erhob sich Resnick und behielt seine Hände dort, wo sie gut sichtbar waren. Jemand griff nach seinem Arm und zog ihn zur Seite. Er stolperte über das Stuhlbein, fing sich aber wieder. Dann wurde er angewiesen, mit dem Rücken zum Computer stehen zu bleiben.

»Hände hinter den Kopf, Finger ineinander verschränken. Wenn ich Sie auch nur atmen höre, sind Sie ein toter Mann.«

Tot war er sowieso, dachte Resnick. Das war die Wahrheit, eine Tatsache, die er akzeptierte. Eigentlich hätte er längst tot sein müssen. Er stand auf der Liste, nicht auf der von Titan, sondern auf der seiner eigenen Regierung. Weil er Shea und Grace Peterson geholfen hatte. Und damit auch KGI.

Er hatte die geheimen Versuche auffliegen lassen, die nach

Jahren der Inaktivität wieder aufgenommen worden waren. Gerade erst hatten das Militär und die Regierung eine Untersuchungskommission gebildet, um herauszufinden, wer oder was hinter der Erschaffung der beiden Frauen mit den außergewöhnlichen Fähigkeiten steckte.

Und Resnick rechnete mit seinem Tod, einfach weil er zu viel wusste.

Er schloss die Augen und lauschte dem schnellen Klappern der Tastatur. Die Männer redeten nicht, kommunizierten nicht mit Worten, außer am Schluss, als der zweite Mann sagte: »Ich hab's.«

»Danke für Ihr Entgegenkommen, Mr Resnick«, sagte der, der ihm das Messer an die Kehle gesetzt hatte.

Es folgte ein leiser Knall, der unverwechselbare Klang eines Schalldämpfers. Schmerz breitete sich von Resnicks Rücken in seine Brust aus. Seine Knie gaben nach, und er fiel nach vorne. Der Schmerz ergriff mit unglaublicher Geschwindigkeit von seinem Körper Besitz.

Das Blut war warm, und es sammelte sich unter ihm und sickerte in den Teppich ein.

Kurz darauf ließ der Schmerz nach und wurde von völliger Taubheit abgelöst. Er konnte nicht mehr atmen. Jedes Mal, wenn er es versuchte, drang ein seltsam gurgelnder Laut aus seiner Kehle, und er hatte den metallischen Geschmack von Blut im Mund.

Er versuchte, sich auf die Seite zu drehen, versuchte sich zu bewegen, aber allein der Versuch, die Hand über den Teppich zu schieben, kostete ihn unvorstellbare Kraft.

Das Telefon. Er musste an das Telefon kommen. Er musste Sam warnen.

32

Als die Maschine zur Landung auf dem privaten Flughafen ansetzte, der im Besitz von KGI war, rüttelte Rio Grace sanft wach. Er fürchtete sich davor, von ihr getrennt zu werden, vor allem weil er nicht wusste, ob er es zu ihr zurück schaffen würde. Aber das Wichtigste war nun mal, dass sie in Sicherheit war. Er wollte nicht, dass sie sich irgendwo in der Nähe aufhielt, wenn Titan und seine Truppe in Erscheinung traten.

Grace setzte sich auf und rieb sich verschlafen die Augen. Dann richtete sie den Blick auf Rio, und als ihr klar wurde, wo sie waren, machte sie ein kummervolles Gesicht.

»Sieh mich nicht so an«, sagte er und rang sich ein Lächeln ab. »Ich bin schneller zurück, als du glaubst. Außerdem wirst du Shea treffen.«

Grace nickte. »Ja, ich kann es kaum erwarten, sie zu sehen, aber ich will trotzdem nicht, dass du gehst, Rio. Es gefällt mir nicht, dass du so weit weg sein wirst und ich nicht weiß, was mit dir ist.«

Er küsste sie flüchtig, während das Flugzeug langsam in der Nähe des Hangars ausrollte. »Du wirst es wissen. Wir haben eine Verbindung, der Entfernung nichts anhaben kann. Wir werden trotzdem zusammen sein.«

Lächelnd drückte sie seine Hand. »Ich liebe dich, weißt du?«

»Ja, ich weiß. Wir werden das durchziehen, Grace. Flieg zu deiner Schwester. Und werde wieder richtig gesund, okay? Wenn ich zurückkomme, möchte ich, dass du wieder ganz bei Kräften bist.«

Rio stand auf und gab Alton und Decker ein Zeichen, ihm zu folgen. Grace stand ebenfalls auf, aber Rio legte ihr die Hand auf die Schulter und drückte sie wieder in den Sitz hinunter.

»Ich will nicht, dass du aussteigst«, sagte er. »Terrence und Diego bleiben mit dir an Bord, während das Flugzeug aufgetankt wird, und dann fliegt ihr sofort weiter. Ihr habt bereits Landeerlaubnis in Fort Campbell. Sam hat einen Luftwaffenpiloten mitgebracht, der euch nach Kentucky fliegt.«

Panik blitzte in ihren Augen auf, als die Tür aufging und die Gangway herangefahren wurde. Rio beugte sich noch ein letztes Mal zu ihr hinunter, küsste sie leidenschaftlich und stieg dann aus dem Flugzeug, ohne sich noch einmal umzusehen. Denn wenn er sich erst einmal umdrehte, würde er es garantiert nicht mehr schaffen zu gehen.

Auf dem Asphalt der Landebahn erwartete ihn der Rest von KGI. Es war ein beeindruckender Anblick. Sam und seine Brüder Garrett, Donovan, Ethan, Nathan und Joe, gemeinsam mit Swanny, den sie erst kürzlich rekrutiert hatten, dazu Steele und sein Team. Dolphin, Renshaw und Baker standen neben ihrem Teamchef, während Cole sich an der Seite von P.J. Rutherford aufgebaut hatte, dem einzigen weiblichen Teammitglied von KGI.

P.J. trug Zivilkleidung, wirkte allerdings darin nicht allzu glücklich. Ihr Haar hing locker herab und hatte den gleichen Schnitt wie das von Grace. P.J. trug Jeans, ein T-Shirt und Turnschuhe.

Sobald sie ihn sah, kam sie auf ihn zu. Sie verzog den Mund zu einem Lächeln und sagte genervt: »Hallo, Süßer. Ich habe gehört, wir fliegen in ein Liebesnest in Alaska, am Arsch der Welt.«

Rio grinste. »Darf ich dir sagen, wie entzückend du aussiehst, P.J.?«

»Nenn mich gefälligst Grace, du Blödmann. Wir dürfen uns keine Fehler erlauben, also reiß dich zusammen.«

Rio schaute an P.J. vorbei zu Sam und Garrett. »Sind wir startklar?« Je länger sie hier standen, desto unwohler wurde ihm. Sein Instinkt warnte ihn nachdrücklich, selbst seine Nackenhaare hatten sich aufgestellt.

Irgendetwas stimmte hier ganz und gar nicht. Er wollte gerade einen Warnschrei ausstoßen, als ihm der Lauf einer Knarre in den Nacken gedrückt wurde. Aus den Augenwinkeln sah er, wie die Männer, die eben noch den Jet aufgetankt hatten, plötzlich Automatikgewehre herausrissen und auf die Gruppe richteten.

Die anderen reagierten sofort. Steele und sein Team gingen hinter dem Gepäck und den Vorräten in Deckung. Sam und seine Brüder spritzten auseinander, einige warfen sich zu Boden, andere suchten Deckung hinter einem der Flugzeuge. Überall waren Waffen zu sehen.

Hancock packte P.J. bei den Haaren und zerrte sie zurück. Dann warf er Rio einen Blick von der Seite zu. »Hast du mich wirklich für so blöd gehalten, Rio?«

»Erwartest du wirklich eine Antwort?«, knurrte Rio.

»Versuch ja keine Tricks«, sagte Hancock. »Wir können das hier entweder ganz zivil oder äußerst blutig ablaufen lassen. Deine Wahl.«

»Du bekommst sie nicht«, fauchte Rio ihn an.

»Sie werden hier nicht lebend rauskommen«, ertönte Sams Stimme hinter einem Fass hervor.

Dolphin machte einen Schritt zur Seite und richtete das Gewehr auf Hancock. Ein Schuss fiel und schleuderte Dolphin nach hinten. Er landete hart auf dem Boden.

»Du Hurensohn!«, brüllte Dolphin. »Ich bin getroffen! Verfluchte Scheiße!«

»Hol ihn zurück«, befahl Steele. »Sofort.«

Cole packte Dolphin hinten am T-Shirt und zog ihn in Deckung.

»Scharfschütze auf sechs Uhr«, schrie Garrett.

»Und auf neun, zwölf und drei«, rief Hancock gelassen. »Wir haben euch komplett umstellt. Ja, wir können uns alle gegenseitig in die Hölle befördern, aber am Ende werdet ihr tot sein, und ich habe das Mädchen trotzdem. Wenn ich sterbe, wird sie trotzdem ausgeliefert. Mission erfüllt. Vielleicht hat Rio euch das nicht erzählt, aber Titan erfüllt jede Mission.«

»Ein Haufen durchgeknallter Hurensöhne«, fluchte Donovan.

»Also, wie soll es laufen?«, rief Hancock. »Grace, ich weiß, dass Sie mich hören können. Wollen Sie das? Wollen Sie, dass alle sterben, für nichts und wieder nichts? Wenn Sie mit mir kommen, besteht keine Notwendigkeit für weiteres Blutvergießen. Mein Auftrag lautet nicht, diese Männer alle zu töten. Mein Befehl lautet, Grace Peterson mitzunehmen, egal wie ich das zustande bringe. Also, es liegt ganz bei Ihnen. Wir können es auf die nette Tour machen. Oder auf die harte.«

»Arschloch!«, knurrte Rio. »Grace, tu das ja nicht, hörst du mich? Du bleibst gefälligst außer Sichtweite.«

Im Inneren des Flugzeugs zitterte Grace so heftig, dass Terrence, der sich schützend über sie geworfen hatte, quasi mitzitterte. In dem Moment, als der Schuss ertönte, hatten Terrence und Diego sie über die Sitzbank gezogen und unter sich begraben. Sie hatten sich hinter einer Sitzreihe verschanzt und benutzten diese als Deckung, während sie die Waffen auf die Tür gerichtet hielten.

Die Tür stand weit offen. Grace bekam alles mit, was draußen geschah. Sie wusste, dass einer von KGIs Leuten angeschossen worden war. Vielleicht war er sogar tot.

Sie öffnete ihren Geist und legte ihre ganze Energie hinein, ein weites Netz auszuwerfen und die Umgebung abzutasten. Sofort wurde sie mit Unmengen an Adrenalin, Wut, Angst und kalter Überlegenheit bombardiert. Dort. Sie konzentrierte sich auf den Mann, von dem das Gefühl der Überlegenheit ausging. Er war derjenige, der die Aktion leitete. Er war derjenige, der sie vor die Wahl gestellt hatte: Komm freiwillig mit, oder trag die Konsequenzen.

Sie lenkte ihre gesamte Konzentration auf ihn. Sein Geist war von einer seltsamen Beschaffenheit. Mehr Maschine als Mensch. Er hatte ein Ziel, und er hatte nichts anderes im Kopf, als dieses Ziel zu erreichen. Sie spürte, dass es ihm vollkommen ernst war. Er würde jeden Einzelnen töten, der zwischen ihm und seinem Ziel stand.

Vielleicht würde er dabei ums Leben kommen, aber damit hatte er sich abgefunden. Vorher würde er den Landeplatz allerdings noch in einen Kriegsschauplatz verwandeln und alles aus dem Weg räumen, was seinem Erfolg im Weg stand.

Sie versuchte, Terrence wegzuschieben. Eine unglaubliche Panik hatte von ihr Besitz ergriffen. Diego drehte sich um und sah sie wütend und entschlossen zugleich an.

»Glauben Sie wirklich, Rio würde Sie jemals einfach so in die Hände des Feinds spazieren lassen? Überlegen Sie gut, was Sie tun, Grace. Er wird durchdrehen. Er wird getötet werden. Wollen Sie das?«

»Anderenfalls würden sie ihn auch töten«, erwiderte sie mit erzwungener Ruhe. Sie musste es irgendwie schaffen, Terrence und Diego davon zu überzeugen, dass dies ihre einzige Chance war. »Ich habe in den Kopf dieses Typs hineingeschaut, Diego. Sie verstehen das nicht. Ich habe ihn gesehen. Ich weiß genau, wie er denkt. Ich habe seine Entschlossenheit gesehen. Dieser Mann hat durchaus Ehrgefühl, so verdreht er auch sein mag.

Sein Ziel ist es, mich mitzunehmen. Egal wie. Er würde nicht zögern, den Befehl zu geben, jeden Einzelnen dort draußen zu töten.«

»Sie trauen uns wohl gar nichts zu«, knurrte Terrence.

Es gelang ihr, ihn wegzuschieben und sich aufzusetzen. »Das hat mit zutrauen überhaupt nichts zu tun. Ich versuche Ihnen nur zu erklären, dass es diesem Typ nichts ausmacht zu sterben. Es macht ihm nichts aus, weil er ein Team hinter sich hat, das die Mission zu Ende führen wird. Wir sind von Scharfschützen umzingelt. Sie haben bereits einen Ihrer Männer angeschossen. Wie viele mehr wollen Sie noch opfern?«

Terrence wirkte noch immer nicht überzeugt. Also fuhr Grace fort: »Sie müssen das verstehen: Dieser Mann ist einfach nicht normal. Drohungen werden keinen Erfolg haben. Ihm ist egal, ob KGI zurückschießt. Er wird jeden niedermähen, der sich ihm in den Weg stellt. Werden wir am Ende siegen? Vielleicht. Aber zu welchem Preis? Wie viele Familien werden ihren Mann, Vater, Sohn oder Bruder verlieren? Ist ein Mensch so viele Tote wert? Nein. Ist er nicht. Und was Sie nicht bedacht haben, ist, dass die nicht vorhaben, mich umzubringen. Die wollen mich wegen dem, was ich kann. Und das verschafft Rio und KGI Zeit. Dies ist nicht der richtige Ort oder Zeitpunkt für einen Kampf. Die haben alle Fäden in der Hand.«

»Himmel, Arsch und Zwirn«, fluchte Diego. »Verdammt noch mal, Grace. Wir können doch nicht zulassen, dass Sie diesem Hurensohn einfach so in die Hände fallen. Haben Sie vergessen, was die Ihnen angetan haben?«

»Ich habe überlebt«, erwiderte sie gefasst. »Ich werde es auch diesmal überleben. Außerdem habe ich jetzt viel mehr, wofür sich zu leben lohnt. Wenn Sie glauben, ich gebe auf und resigniere, dann haben Sie sich geirrt. Ich gehe, aber ich erwarte, dass Ihr Jungs euch sofort auf die Socken macht und mich rettet, bevor es zu spät ist. Ich verschaffe uns nur ein wenig Zeit.«

Terrence starrte sie durchdringend an, voller Respekt und Bewunderung. »Ich habe noch nie eine Frau mit mehr Mumm getroffen als Sie, Miss Grace.«

Sie rang sich ein Lächeln ab. »Danke, sollte ich da wohl sagen.«

Langsam erhob sie sich, und diesmal ließen sie sie los. Diego griff nach ihrer Hand, und Grace drehte sich um und sah ihn an.

»Das ist verdammt tapfer, was Sie da tun. Das werde ich niemals vergessen, und ich werde dafür sorgen, dass das auch kein anderer vergisst. Gehen Sie mit Gott, Grace, und kämpfen Sie wie der Teufel höchstpersönlich.«

Sie lächelte schwach und wandte sich dann zu Terrence um. »Geben Sie mir Ihre Waffe.«

Terrence sah sie seltsam an, zögerte aber keine Sekunde. Er zog eine kleine Neun-Millimeter aus seinem Knöchelholster und reichte sie ihr. Grace nahm sie, ließ eine Kugel in die Kammer gleiten und entsicherte die Pistole.

Dann holte sie tief Luft und trat hinaus auf die Plattform der Gangway.

»Hier bin ich«, sagte sie ruhig.

»Verdammt, Grace, geh sofort zurück ins Flugzeug!«

Rios wütende Stimme ließ sie zusammenzucken. Er stand nicht weit entfernt, neben einer Frau, die man aus der Entfernung tatsächlich mit Grace verwechseln konnte. Der Mann, der eine Waffe auf Rios Hinterkopf gerichtet hielt, hatte die Frau mit der anderen Hand fest an den Haaren gepackt.

Grace trat auf die oberste Treppenstufe, und ihr Blick traf sich mit dem des Mannes hinter Rio. Dann blieb sie stehen, wich seinem Blick jedoch nicht aus.

»Ich will, dass Sie mir Ihr Wort geben, Hancock. Ich gehe mit Ihnen, und niemand wird verletzt. Ich weiß sehr viel über Sie. Ich habe in Ihren Kopf hineingeschaut. Also werden Sie das, was ich zu sagen habe, vermutlich zu schätzen wissen.«

Bei ihren Worten wurde es mucksmäuschenstill.

Sie hob die Pistole, die sie locker in der Hand gehalten hatte, zielte aber auf niemanden. Hancocks Männer wurden sofort ganz unruhig, und er brüllte sie an, ja nicht auf Grace zu schießen. Nein, sie würden sie nicht erschießen. Das war etwas, was sie ausnutzen musste. Sie könnte einen von ihnen auf der Stelle töten, und trotzdem würden diese Typen nicht auf sie schießen. Sie würden nur alle anderen abschlachten, während Grace zusehen musste.

Also hob sie die Pistole weiter, bis sie auf ihre eigene Schläfe gerichtet war. Von allen Seiten war zu hören, wie nach Luft geschnappt oder geflucht oder »Was zum Teufel …« gebrüllt wurde.

»Was in Dreigottesnamen tust du da?«, krächzte Rio. »Nimm die Waffe runter und verschwinde wieder ins Flugzeug.«

»Hier ist mein Angebot, Hancock«, sagte sie ähnlich arrogant, wie er zuvor geredet hatte. »Sie schicken sämtliche Leute weg, bis nur noch Sie und ich übrig sind.«

»Und wenn ich das nicht tue?«

Seine Stimme klang eher neugierig als drohend. Es war offensichtlich, dass er mit solch einem Vorschlag nicht gerechnet hatte. Vielleicht hatte er erwartet, dass sie weinen oder schreien oder sich hinter Terrence und Diego verstecken würde.

»Wenn Sie das nicht tun, erschieße ich mich, und Ihre Mission ist im Arsch.«

Rios ungläubiger Aufschrei ging beinahe in all dem anderen Aufruhr unter, den ihre überraschende Aussage verursachte.

Hancock lächelte. »Sie bluffen, und Sie sind verrückt. Niemand glaubt Ihnen. Ich halte alle Trümpfe in der Hand, Grace, und Sie nicht einen einzigen.«

Ihr Blick wurde kälter. Sie starrte ihn so lange an, bis er tatsächlich leicht zuckte und ganz kurz wegsah.

»Wirklich?«, sagte sie kühl. »Ich habe in Ihren Kopf hineingesehen, Hancock. Ich weiß, dass Sie die Wahrheit sagen, dass Sie, um Ihr Ziel zu erreichen, notfalls all diese Leute hier abschlachten würden. Ich weiß auch, dass Ihnen Ihr Tod nichts bedeutet. Ihr Ehrgefühl, so verquer es auch sein mag, sagt Ihnen, dass es wichtiger ist, Ihr Ziel zu erreichen. Wichtiger als alles andere. Wichtiger als irgendein Leben. Selbst wenn es Ihres ist. Es ist Ihnen egal, ob Sie sterben, denn dann wird mich eben einer der anderen ausliefern und die Mission zu Ende bringen. Aber wissen Sie, was? Ich werde Sie gleich in meinen Kopf sehen lassen, damit Sie kapieren, dass es mir genauso todernst ist. Das Letzte, was ich will, ist, wieder diesen entsetzlichen Qualen ausgeliefert zu sein, die man mir angetan hat. Aber ich werde es tun, wenn es Menschen das Leben rettet, an denen mir etwas liegt. Wenn Sie sie töten, gibt es für mich sowieso nichts mehr, wofür sich zu leben lohnt, und es würde mir das größte Vergnügen bereiten, Ihnen zu verwehren, was Sie so unbedingt haben wollen.«

Zum ersten Mal wirkte Hancock leicht verunsichert. Grace öffnete sich ihm und lenkte ihre gesamte Konzentration auf die Verbindung, die sie eben erst zu ihm hergestellt hatte. Sie sah seine Unentschlossenheit und zu ihrem Erstaunen auch, dass er Bewunderung für sie empfand. Widerwillig zollte er ihr Respekt dafür, dass sie nicht klein beigab, sondern mit ihm über die Leben der anderen verhandelte.

Dann schloss Grace die Augen und ließ ihn ihre eigene Entschlossenheit spüren. Ließ ihn die Verzweiflung und die Hilflosigkeit spüren, die schon so lange auf ihr lasteten. Sie ließ ihn die Vergangenheit sehen und zeigte ihm, wie oft sie schon hatte sterben wollen. Und dann zeigte sie ihm ihre durch nichts ins Wanken zu bringende Entschlossenheit. Ihre Entscheidung, eher zu sterben, als zuzulassen, dass dieser fiese Mistkerl gewann.

Sie spürte seinen Schock angesichts der Erkenntnis, dass sie es wirklich ernst meinte.

Etwas in ihm veränderte sich, und plötzlich war Hancock bereit, ihr Angebot anzunehmen. Auf keinen Fall durfte Grace sich umbringen, denn dann wäre die Mission ein Fehlschlag. Und etwas Unehrenhafteres war für ihn quasi nicht vorstellbar.

Lieber würde er sich umbringen, als mit dieser Schande zu leben.

Herausfordernd lächelte Grace ihn an. »Wie es aussieht, sind wir beide bereit zu sterben, wenn auch aus ganz unterschiedlichen Gründen.«

»Alle auf den Boden«, brüllte Hancock. Dann schubste er Rio vor sich her, und der Rest seiner Männer verteilte sich hinter ihm, die Waffen auf die KGI-Leute gerichtet.

Sei nicht böse, Rio, sagte sie liebevoll in seinem Kopf.

Wieso? Wieso hast du das getan?

Seine Stimme klang zittrig und gebrochen. Er war völlig verzweifelt. Offenbar fühlte er sich als Versager, weil er es nicht geschafft hatte, sie zu beschützen. Weil sie sich für die anderen opferte. Es machte ihn wütend, aber gleichzeitig bewunderte er sie für ihren Mut. Und endlich – endlich – fühlte Grace sich dieser Bewunderung auch würdig. Sie hatte Position bezogen. Sie war nicht länger das Opfer.

Weil es die einzige Möglichkeit ist. Ich lasse nicht zu, dass ihr alle für nichts sterbt. Außerdem bekommt er mich sowieso. Wenn du tot bist, Rio, kannst du mir nicht mehr helfen. Deine

Aufgabe wird sein, mich zu finden. Lass mich nicht warten. Ich weiß nicht, wie lange ich diesmal durchhalten kann.

Du wirst durchhalten, verlangte er nachdrücklich. *Tu alles, was nötig ist, um zu überleben. Bleib am Leben, für mich. Ich komme dich holen. Nichts auf der Welt wird mich von dir fernhalten. Tu alles, was nötig ist. Tu, was sie wollen. Und wag ja nicht, mir wegzusterben. Leb, für uns beide, Honey. Denn ich werde kommen und dich holen, und wenn ich dafür durch die Hölle gehen muss.*

Ich liebe dich.

Meine Güte, Grace, ich liebe dich auch. So sehr.

Sorg dafür, dass sie abziehen. Alle. Sonst bringen sie euch um. Ich habe in seinen Kopf hineingeschaut, Rio. Ihm geht es weder um dich noch um sonst irgendjemanden. Ihm geht es ausschließlich darum, seinen Auftrag auszuführen.

»Alle auf den Boden«, wiederholte Rio Hancocks Befehl. Dann drehte er sich um und starrte den Mann, der jetzt Graces Schicksal in Händen hielt, durchdringend an. »Wie soll das hier ablaufen, Hancock?«

»Deine Männer werden jetzt aus dem Flugzeug aussteigen, und wir übernehmen es. Es ist bereits wieder aufgetankt. Solange Grace an Bord ist, wirst du nicht versuchen, es runterzuholen.«

Rio nickte und rief nach Terrence und Diego. Einen Moment später tauchten die beiden direkt oberhalb von Grace auf, und sie trat zur Seite, damit sie vorbeikonnten.

Die Waffe in ihrer Hand zitterte nicht eine Sekunde lang. Sie hielt sie fest an ihre Schläfe gepresst, ein Anblick, den Rio niemals wieder vergessen sollte. Es erschreckte ihn zu Tode, denn auch er hatte Graces Entschlossenheit gesehen. Er war derart überwältigt von ihrem Mut, dass er kaum noch atmen konnte.

Hancock ließ P.J.s Haar los und gab ihr einen Schubs. Sie stolperte und fiel auf die Knie, stand aber langsam wieder auf und breitete die Arme weit aus.

»Alle Mann rüber in den Hangar«, befahl Hancock. »Keine Dummheiten, sonst gebe ich meinen Männern sofort Befehl zu schießen. Ich wollte schon immer gern mal ›Wer stirbt zuletzt‹ spielen.«

Kranker Hurensohn. Hancock war seit jeher ein schräger Vogel gewesen, aber so verrückt dann auch wieder nicht. Vielleicht, dachte Rio, wäre er selbst irgendwann auch so geworden, wenn er Titan nicht verlassen hätte. Vielleicht wäre er dann derjenige, der Grace den Wölfen zum Fraß vorwarf. Dieses Wissen schmerzte. So war auch er einmal gewesen. Die Mission stand über allem. Kein Gewissen. Kein Gefühl für Gut und Böse. Immer nur den Befehlen folgen. Es war nicht ihre Aufgabe gewesen, zwischen Gut und Böse zu unterscheiden.

Sam gab seinen Männern ein Zeichen, sich zurückzuziehen. Cole und Steele schleppten Dolphin Richtung Hangar. Er blutete stark, und Rios Magen krampfte sich zusammen. Auf keinen Fall hatte er bei dieser Aktion hier einen Mann verlieren wollen. Wie blöd er doch gewesen war.

»Macht die andere Maschine flugunfähig«, rief Hancock seinen Männern zu. »Sorgt dafür, dass sie damit so schnell nicht mehr vom Boden kommen.«

Dann drehte Hancock sich zu Grace um, und Rio wäre ihm am liebsten an die Gurgel gegangen.

»Nun, Grace? Würden Sie mir jetzt bitte die Waffe geben?«

»Sie können mich mal«, knurrte sie.

Rio konnte sich das Grinsen nicht verkneifen. Grace war eine verdammt starke Frau.

Hancock hob besänftigend die Hände. »Okay. Wir machen es, wie Sie wollen. Also, was wollen Sie?«

»Was ich will, und was ich tue, sind zwei verschiedene Dinge«, fuhr sie ihm über den Mund. »Was ich im Moment wirklich will, wollen Sie vermutlich lieber nicht wissen.«

»Dann sagen Sie mir, wie es weitergehen soll. Der Ball liegt in Ihrem Feld.«

»Ihre Leute sollen alle verschwinden. Wer mitfliegt, soll einsteigen. Sie haben fünf Minuten, dann verziere ich den Asphalt mit meiner Gehirnmasse.«

Rio zuckte zusammen und schloss die Augen. *Beruhige dich, Grace. Du machst mir höllische Angst.*

Sie ignorierte seine Bitte und starrte Hancock weiter an, als sei er ein lästiger Käfer. »Los jetzt. Wir haben nicht den ganzen Tag Zeit. Der Verwundete braucht medizinische Hilfe.«

Hancock befahl seinen Männern, an Bord zu gehen. Rasch lief Grace die Gangway hinunter und trat dann ein paar Schritte zur Seite, damit ihr niemand nahe genug kommen konnte, um ihr die Waffe zu entreißen.

Rio musste zugeben, dass sie das alles verdammt schnell und gut durchdacht hatte. Sie bot Hancocks Männern keine Gelegenheit zum Angriff. Keine Möglichkeit, den Handel zu unterlaufen.

Als der letzte der Männer an Bord war und nur noch Grace und Hancock übrig waren, sagte sie: »Und jetzt Sie.«

»Ohne Sie steige ich nicht ein.«

Langsam ließ sie die Waffe sinken und hielt sie Hancock hin. Rio starb tausend Tode. Terrence schlang seine kräftigen Arme um ihn, als wisse er, dass Rio ihr sonst hinterhereilen würde.

»Sie weiß, was sie tut«, sagte Terrence leise. »Da hast du dir ein Teufelsweib an Land gezogen, Rio.«

Bleib ganz ruhig, Rio. Er hat da draußen Scharfschützen. Mindestens ein halbes Dutzend. Ich kann nicht erkennen, ob er sie zurückgepfiffen hat, aber vermutlich nicht. Ihr müsst schau-

en, wie ihr aus dem Hangar rauskommt, ohne dass auf euch geschossen wird.

Das überlass ruhig uns. Tu du einfach, was er sagt, und gib ihnen keine Veranlassung, dir wehzutun.

Ich liebe dich, Rio. Jede einzelne Sekunde, die wir zusammen verbracht haben, war wunderschön. Ich würde nichts an dem ändern, was mir passiert ist, weil es uns zusammengebracht hat. Wenn auch nur für kurze Zeit. Danke.

Das klang verdammt nach Abschied, und Rio hielt es kaum aus. Kummer und Wut hatten ihn so fest im Griff, dass er nicht einmal antworten konnte.

Vermutlich wird er dafür sorgen, dass ich nicht mehr mit dir kommunizieren kann. Er weiß um meine telepathischen Fähigkeiten und wird nicht wollen, dass ich Informationen weitergebe. Werde nicht panisch, wenn ich mich nicht mehr melde. Falls es mir möglich sein sollte, erzähle ich dir, so viel ich kann.

Rio schloss die Augen, als Hancock Grace langsam die Waffe abnahm und ihr befahl, die Stufen zum Flugzeug hinaufzusteigen.

Die Tür schloss sich hinter ihnen. Über seine Verbindung zu Grace konnte Rio plötzlich das Aufflackern von Angst spüren. Dann wurde es dunkel in seinem Kopf.

Der Jet setzte sich in Bewegung, rollte die Startbahn entlang und hob ab. Schon bald waren die Lichter an den Tragflächen nur noch winzige Punkte in der Ferne.

33

Steele warf P.J. ihr Gewehr zu. Sie fing es geschickt auf, überprüfte die Kammer und legte es dann beiseite, um sich ein Tarnhemd über das gelbe T-Shirt zu ziehen, in dem sie Grace hatte darstellen wollen.

»Gelb hat mir noch nie gestanden«, murmelte sie. »In Gelb sehe ich aus wie ausgekotzt.«

»P.J. und Cole, findet diese verdammten Scharfschützen und erledigt sie«, bellte Steele. »Renshaw, Baker und ich werden versuchen, ihre Aufmerksamkeit auf uns zu lenken. Wenn sie schießen, erledigt ihr sie.«

Rio ging genau in dem Moment in dem Hangar in Deckung, als in der Ferne ein Schuss knallte. Die Kugel prallte vom Betonboden ab und ließ einige Steine hochspritzen, kaum zwanzig Zentimeter von der Stelle entfernt, wo er sich zu Boden geworfen hatte.

»Alles okay?«, brüllte Ethan ihm ins Ohr.

Er war umringt von Kellys, die Rio alle tiefer in den Hangar und aus der Gefahrenzone zogen. Ihm war übel, und sein Magen schmerzte, als ob er gerade einen Bauchschuss abbekommen hätte. Er drehte sich auf den Rücken und sah in die Gesichter hinauf, die auf ihn hinunterstarrten.

»Grace«, krächzte er. »Diese Schweine dürfen auf keinen Fall mit ihr aus unserer Reichweite entkommen.«

Nathan Kelly kniete neben Rio, während Sam, Garrett und Donovan zu Dolphin eilten, der unentwegt vor sich hin fluchte.

»Shea hat gemerkt, wie Grace bewusstlos wurde«, sagte Nathan. »Sie wird alles versuchen, um die Verbindung aufrechtzuerhalten, aber es kostet sie eine Menge Kraft. Shea ist nicht wie Grace. Sie hat nicht die gleiche Kontrolle über ihre Fähigkeiten und kann sie nicht so zielgerichtet einsetzen. Aber sie versucht es weiter. Ich soll dir sagen, du sollst es auch weiter versuchen.«

Joe und Nathan halfen Rio auf die Beine.

»Ich habe einen erwischt«, rief P.J. »Der Hurensohn ist seine Eier los und singt jetzt Sopran.«

»Himmel, ist diese Frau bösartig«, murmelte Joe.

»Mädel, du bist klasse«, rief Renshaw zurück.

»Haltet die Klappe, und macht eure Arbeit«, herrschte Steele sie an. »Wir haben einen Verletzten, und ich werde ihn nicht verlieren. Er muss so schnell wie möglich ins Krankenhaus.«

»Zwei erledigt«, rief Cole von seiner Stellung in der gegenüberliegenden Ecke. Er hatte sich neben ein Loch in der Metallwand gekniet und das Gewehr hindurchgeschoben. Das Loch war gerade groß genug, um durch das Zielfernrohr alles überblicken zu können.

»Verdammt, du wirst mich nicht überrunden«, murmelte P.J. »Nummer drei erledigt. Ah, da ist der vierte. Auf sieben Uhr, Cole, und er bewegt sich schnell. Mach ihn fertig.«

Cole feuerte und hielt dann vier Finger hoch, um zu zeigen, dass er getroffen hatte.

»Auf drei«, sagte Steele. »Renshaw, du gehst nach rechts. Baker, du bleibst links von mir. Lauft auf den Jet zu und geht in Deckung. P.J., Cole, haltet euch bereit, damit diese Aktion nicht umsonst ist. Wehe, die schießen mir den Arsch weg, nur weil ihr beide gepennt habt.«

»Leck mich«, fauchte P.J. zurück. »Ich habe mein Ziel noch nie verfehlt.«

Steele zählte, dann rannten er und seine Männer geduckt

los. Schüsse ertönten aus dem umliegenden Wald, und P.J. und Cole schossen sofort zurück.

»Ich habe zwei«, rief P.J. »Cole?«

»Einen. Mehr sehe ich nicht.«

Swanny schob sich zur Tür und überprüfte unauffällig die Umgebung. Weiter vorne lehnten Steele und seine Männer mit dem Rücken am Jet, die Waffen erhoben, und warteten auf Rückmeldung.

Swanny winkte Joe und Ethan zu sich heran.

»Machen wir eine zweite Runde. Vielleicht schnappen sie nach dem Köder. Wenn noch welche da draußen sind, wird P.J. sie kriegen«

»Das habe ich gehört, Arschloch«, fauchte Cole.

Swanny grinste, und P.J. warf ihm eine Kusshand zu.

»Auf geht's«, sagte Swanny.

Ethan und Joe warfen sich einen amüsierten Blick zu. »Seit wann gibt er hier die Befehle?«, beschwerte sich Joe. »Er ist doch der Frischling bei dieser Operation.«

Dennoch liefen Ethan und er geduckt mit Swanny die Wand entlang auf das Flugzeug zu. Aus dem Wald ertönte kein einziger Schuss, was bedeutete, dass die Scharfschützen entweder dazugelernt hatten und ihre Position nicht mehr preisgaben. Oder dass keine Schützen mehr übrig waren. Oder dass die Mistkerle aufgegeben und sich aus dem Staub gemacht hatten.

Inmitten des ganzen Chaos stand Rio reglos da. Nur mit äußerster Mühe konnte er noch atmen. In seinem Kopf war nichts als Schwärze. Grace war fort. Hancock hatte sie mitgenommen. Wie zum Teufel war er ihnen so schnell auf die Spur gekommen? Wie hatte er ihren nächsten Schritt voraussehen können? Woher hatte er wissen können, wohin sie wollten?

Das ergab alles keinen Sinn.

Außer es gab eine undichte Stelle. Vor dem Vorfall mit

Browning hätte er jedem das Fell über die Ohren gezogen, der zu behaupten gewagt hätte, jemand von KGI könnte einen Kameraden verraten. Jetzt war er sich da nicht mehr so sicher.

Sam erhob sich. Mit grimmiger Miene sagte er: »Ich habe einen Hubschrauber und eine Transportmöglichkeit zum nächsten Krankenhaus organisiert. Dass Dolphin Hilfe bekommt, ist unsere oberste Priorität. Dann müssen wir uns neu formieren, unsere Möglichkeiten durchgehen und unsere nächsten Schritte überlegen.«

»Grace ist unsere erste Priorität«, knurrte Rio.

Sam hob beschwichtigend die Hand. »Schon klar, Mann. Aber einer meiner Leute ist verletzt. Sie werden Grace nicht töten. Zumindest vorerst nicht. Sie brauchen sie noch. Aber Dolphin stirbt, wenn er nicht bald stabilisiert wird. Er kommt zuerst.«

Rio schloss die Augen, denn er wusste, dass Sam recht hatte. Zuerst das Team. Lass niemals einen Kameraden im Stich. An diesem Grundsatz hielten sie eisern fest. Aber verdammt, das hatte sich in dem Moment grundlegend für ihn geändert, als Grace in sein Leben getreten war.

Nichts und niemand bedeutete ihm so viel wie sie, und wenn ihr etwas passierte, war er erledigt.

»P.J., Cole, ihr seht euch draußen um«, befahl Sam. »Stellt sicher, dass es für den Hubschrauber ungefährlich ist zu landen. Ankunftszeit ist in fünfzehn Minuten, also beeilt euch. Rio, deine Leute müssen mithelfen.«

Terrence, Diego und Decker griffen nach ihren Gewehren. Alton tat es ihnen gleich. Als Nächster verließ Garrett den Hangar und schnappte sich seine Waffe. Die sechs Männer verschwanden hinter P.J. und Cole durch die rückwärtige Tür in der Dunkelheit.

Rio eilte hinüber zu Dolphin. Seine gesamte Brust war voller

Blut. Die Kugel war in einem Winkel eingedrungen, bei dem die Kevlarweste nichts hatte ausrichten können. Verdammt. Es war schlimm, und er blutete wie ein Schwein.

»Sieh mich nicht so an«, knurrte Dolphin.

Rio konnte kaum glauben, dass er noch bei Bewusstsein war.

»Und sag deiner Frau, sie soll die Finger von mir lassen. Das schaffe ich allein. Ich will nicht verantwortlich dafür sein, wenn sie zusammenklappt.«

Rio starrte fassungslos auf Dolphin hinunter. Er musste sich verhört haben. »Was ist los? Wovon zum Teufel redest du, Dolphin? Hast du den Verstand verloren? Hör auf, so einen Scheiß zu labern.«

»Sie ist hier«, stöhnte Dolphin. »Ich kann sie spüren. Sie flickt mich zusammen. Ich war am Arsch, Mann. Konnte kaum Luft kriegen. Ich habe versucht, sie abzuwehren, aber sie meinte, dass ich mich nicht wie ein Kind aufführen soll, sondern wie ein erwachsener Mann.«

Rio streckte die Fühler nach Grace aus, aber diesmal war seine Botschaft alles andere als sanft: *Verdammt, Grace, hör sofort auf! Hörst du mich? Wir haben die Situation unter Kontrolle. Du musst deine Kräfte aufsparen, du hast schließlich keine Ahnung, wozu sie dich alles zwingen werden.*

Ihre Antwort war leise, kaum hörbar, fast als wäre sie nicht voll bei Bewusstsein.

Ich konnte nicht zulassen, dass er meinetwegen stirbt.

Rio fluchte wütend. Er ballte die Hand zur Faust und hätte am liebsten irgendetwas zerschlagen.

»Reg dich ab, Mann. Ich soll dir sagen, sie klebt mir nur ein Pflaster drauf, bis die Jungs mich ins Krankenhaus bringen können. Sie hat sich doch glatt entschuldigt, weil sie nicht mehr für mich tun kann. So ein Irrsinn!«

Dolphin war über Graces Hilfe nicht glücklicher als Rio.

Aber Rio erkannte sofort, in welchem Moment Grace die Verbindung zu Dolphin abbrach. Er verlor an Farbe und sank kraftlos zurück auf den Boden. Seine letzten Reserven schienen aufgebraucht zu sein, aber wenigstes hustete er kein Blut mehr, und sein Atem ging tief und gleichmäßig.

»Ich kann es echt nicht glauben«, murmelte Donovan. »Das war das Irrste, was ich je gesehen habe.«

Donovan hatte Dolphin einen Druckverband angelegt, um die Blutung zu stoppen. Er war bis über die Ellbogen hinaus mit Blut verschmiert, auch sein T-Shirt war voll davon, genau wie der Boden. Und doch war es inzwischen nur noch ein leichtes Rinnsal.

»Ich höre den Hubschrauber«, brüllte Steele von der Rollbahn herüber.

Die anderen stellten sich dicht nebeneinander auf, damit Dolphin in Deckung hinausgetragen werden konnte. Sobald der Hubschrauber gelandet war, hoben Donovan, Garrett und Sam Dolphin hoch und trugen ihn rasch zu der Trage, die am Hubschrauber auf ihn wartete.

Donovan stieg mit dem anderen Sanitäter zusammen ein, und der Hubschrauber hob sofort wieder ab und verschwand in der Ferne hinter den Bäumen.

Wenige Minuten später kam eine SUV-Kolonne angerast.

»Das wird die Kavallerie sein«, sagte Sam. »Rein in die Wagen und nichts wie weg hier.«

Rio fragte nicht, wer sie da abholte oder wie das so schnell möglich war. Sam hatte eine Menge Verbindungen, vor allem zum Militär. Und sowieso interessierte Rio nur, dass sie so schnell wie möglich fortkamen, damit sie sich endlich neu formieren und herausfinden konnten, wo Grace steckte.

Wieder streckte er die Fühler nach ihr aus, weil er sich vergewissern wollte, dass mit ihr alles in Ordnung war.

Alles okay, Honey? Weißt du, wohin sie dich bringen?

Ihre Antwort war nur ein leises Flüstern. *Sie haben mir Drogen verabreicht. Ich muss so tun, als wären sie stärker, als sie wirklich sind. Sie sollen nicht wissen, dass ich immer noch bei Bewusstsein bin. Eine Zeit lang war ich ohnmächtig, weil er mir einen Schlag auf den Kopf gegeben hat. Ich weiß noch nichts. Nimm keinen Kontakt mit mir auf. Ich will nicht, dass sie unsere Verbindung bemerken. Wenn die Zeit reif ist, melde ich mich.*

Ich liebe dich, sagte Rio voller Leidenschaft. *Ich komme dich holen, Grace. Ich werde dich nie im Stich lassen. Ruh dich jetzt aus, und denk dran, dass wir dich dort rausholen werden.*

Er spürte ihr Lächeln, voller Liebe und Vertrauen. Vertrauen. Die Erkenntnis traf Rio wie ein Blitzschlag. Grace vertraute ihm rückhaltlos, vertraute darauf, dass er tatsächlich kommen und sie holen würde. Und verdammt, er würde sie auf keinen Fall enttäuschen.

34

»Rio, hör dir das mal an«, sagte Sam grimmig.

Rio befand sich mit den anderen Männern im Wartebereich des Krankenhauses. Vor einer halben Stunde war Dolphin in den OP gefahren worden, und sie würden sich wohl eine lange Zeit gedulden müssen.

Garrett und Steele standen links und rechts von Sam.

»Auf Resnick ist heute geschossen worden. In seinem Haus.«

Rio hob die Augenbrauen. »Ist er tot?«

Sam schüttelte den Kopf. »Nein, aber sein Zustand ist kritisch. Kyle hat ihn gefunden. Von ihm habe ich die Information. Er und sein Team halten rund um die Uhr Wache, weil sie befürchten, Resnick sei noch immer in Gefahr und jemand könnte versuchen, den Job zu Ende zu bringen, solange er leichte Beute ist.«

»Und was hat das mit dem zu tun, was hier los ist?«, fragte Rio ungeduldig.

»Ich war der Letzte, mit dem Resnick Kontakt aufnehmen wollte, und als Phillips ihn fand, waren auf dem Computer alle KGI-Dateien geöffnet. Einschließlich der Infos über den Flugplatz, auf dem wir gelandet sind, und zur Lage unserer sicheren Verstecke. Phillips hat auf der Tastatur Fingerabdrücke gefunden, die nicht von Resnick stammen. Ein Abgleich mit den Datenbanken ergab, dass sie zu einem verstorbenen Angehörigen der Army Special Forces gehören. Hübscher Zufall, oder?«

»Scheiße«, fluchte Rio. »Titan hat ihn erwischt und durch ihn erfahren, wo sie uns finden können. Verfluchter Mist, wieso hatte Resnick überhaupt diese Informationen?«

Sam kniff die Augen zusammen. »Ich verstehe ja, dass du sauer bist, aber komm langsam mal wieder runter, Rio. Wir erledigen jede Menge Jobs für Resnick. Das Geld für die Hälfte all unserer Objekte, angefangen von den sicheren Verstecken bis zu dem Landeplatz, den wir heute benutzt haben, stammt von ihm. In der Vergangenheit gab es nie einen Anlass, ihm zu misstrauen. Erst seit Kurzem haben wir Grund, seine Entscheidungen zu hinterfragen.«

Rio strich sich ein paar Haarsträhnen, die sich aus seinem Pferdeschwanz gelöst hatten, hinter das Ohr und seufzte.

»Ich glaube, wir sollten uns Resnick und Phillips mal vorknöpfen«, schlug Garrett leise vor. »Wenn Resnick zu sich kommt, kann er uns vielleicht einen Hinweis geben, der uns hilft, Grace aufzuspüren.«

Rios Nasenlöcher blähten sich. »Wie weit ist es dahin? Wo steckt er?«

»Eine Stunde. Aber wir könnten es schneller schaffen«, antwortete Sam. »Ich gebe den anderen kurz Bescheid. Ich will Dolphin nicht ohne Schutz lassen, aber unsere Leute sollen sich bereithalten, falls wir von Resnick nützliche Informationen bekommen und rasches Handeln erforderlich ist.«

»Danke«, sagte Rio, wieder etwas gefasster. »Ich weiß, ich nehme das alles zu persönlich. Aber Grace ist nicht einfach nur eine Mission, Sam. Sie ist mein Leben.«

Sam lächelte kurz. »Jede Mission ist was Persönliches, Rio. Nur sind manche persönlicher als andere.«

Sam klopfte ihm auf die Schulter und ging dann zu Steele, um mit ihm zu reden. Nathan tauchte neben Rio auf und nahm ihn beiseite.

Besorgt sah Rio ihn an. »Was ist los? Hat Shea von Grace gehört?«, fragte er.

Nathan schüttelte den Kopf. »Hör mal, ich wollte dir nur was sagen oder eher erklären. Als Shea entführt wurde, war das schrecklich. Sie kann ihre Fähigkeit nicht so zielgerichtet einsetzen wie Grace. Außerdem hatten die Mistkerle sie unter Drogen gesetzt, die ihr unerträgliche Schmerzen bereiteten, wenn sie telepathisch Verbindung aufnehmen wollte. Aber diesmal ist es anders. Diesmal haben wir einen Vorteil. Grace ist klug. Sie ist zäh wie Leder. Sie ist eine Kämpfernatur. Und sie kann mit dir sprechen. Sie kann mit Shea sprechen. Sie kann sich mit jedem in Verbindung setzen, der ihr wichtig ist. Unsere aktuelle Ausgangsposition ist also deutlich besser. Grace hat die Situation unter Kontrolle und die Verantwortung übernommen, weil sie weiß, dass die anderen sie lebend haben wollen. Sobald sie Informationen hat, die sie an uns weitergeben kann, wirst du von ihr hören. Davon bin ich felsenfest überzeugt. Für Shea ist es schwierig, eine Verbindung längerfristig aufrechtzuerhalten. Das schwächt sie sehr, zumal sie sich von den Strapazen, die ihr diese Schweinehunde abverlangt haben, noch nicht wieder ganz erholt hat. Aber sie ist in der Lage und willens, alles zu tun, was Grace verlangt, auch wenn sie sich dadurch selbst Gefahren aussetzt.«

Rio legte Nathan die Hand auf den Arm. »Danke, Mann. Ich weiß das zu schätzen. Sag Shea, dass ich ihr sehr dankbar bin. Und sag ihr bitte auch, dass ich alles tun werde, um ihre Schwester zurückzuholen. Falls sie vor mir von Grace hört, soll sie mir bitte Bescheid geben. Ich begleite Sam und Garrett jetzt, um einer Spur nachzugehen. Aber wenn ihr etwas hört, meldet euch bitte sofort. Und ich werde das umgekehrt genauso machen.«

Nathan nickte. »Die beiden sind was Besonderes, Rio, aber

da erzähle ich dir ja nichts Neues. Shea und Grace haben es nicht verdient, was mit ihnen geschehen ist. Die zwei wollen einfach nur ein normales Leben führen, und soweit es Shea betrifft, werde ich dafür sorgen, dass dieser Wusch sich auch erfüllt – und wenn ich den Rest meines Lebens damit beschäftigt bin.«

»Da sind wir uns vollkommen einig«, erwiderte Rio.

Aus dem Augenwinkel sah er Sam, der mit dem Daumen über die Schulter deutete, um ihm zu sagen, dass es Zeit war aufzubrechen.

»Bis später dann, Nathan.«

Nathan klopfte Rio ermunternd auf den Rücken. »Viel Glück, Mann. Du weißt, wir stehen Gewehr bei Fuß.«

Rio hasste Krankenhäuser. Er hasste den kalten, sterilen Geruch. Sobald er ihm in die Nase stieg, musste er immer an Tod und Leichen denken. Sam sprach mit einem Arzt, um ihnen Zugang zur Intensivstation zu verschaffen. Offenbar war er sehr überzeugend, denn man ließ sie alle drei ohne Problem passieren.

Resnick lag im letzten Zimmer des Flurs, und vor der Tür stand Phillips Wache.

»Irgendwelche Veränderungen?«, fragte Sam den jungen Marine.

»Ja, Sir. Einige. Er ist kurz zu sich gekommen und hat dauernd Ihren Namen erwähnt. Er war sehr aufgeregt und wollte Sie warnen.«

»Ich muss unbedingt zu ihm«, sagte Sam. »Das Leben einer Frau hängt davon ab.«

Phillips zögerte nur kurz, ehe er die Tür öffnete und einen seiner Männer rief, der neben Resnicks Bett saß.

Nachdem der zweite Marine Phillips' Posten eingenommen

hatte, gingen Sam, Garrett und Rio ins Krankenzimmer, gefolgt von Phillips.

Die Geräusche der vielen medizinischen Apparate klangen in dem sonst stillen Raum sehr laut. Sofort bekam Rio eine Gänsehaut. Er wollte so schnell wie möglich wieder hier raus. Er wollte zu Grace. Er wollte die ganze Sache hinter sich bringen.

Sam blieb am Kopf des Betts stehen und beugte sich vor, um Resnick ins Ohr zu flüstern. »Adam, ich bin es, Sam. Ich bin hier und muss mit Ihnen reden. Graces Leben steht auf dem Spiel.«

Erst zeigte Resnick keinerlei Reaktion, dann bewegte er sich leicht. Er schlug die Augen auf und sah Sam benommen an, schien ihn jedoch zu erkennen.

»Titan«, krächzte er.

Rio kochte vor Ungeduld. »Ja, klar. Wir wissen, dass Titan dahintersteckt.«

Sam warf Rio einen bösen Blick zu, um ihn zum Schweigen zu bringen, dann wandte er sich wieder Resnick zu.

Der versuchte, Sam am Hemd zu packen. Doch Sam fing seine Hand ab und hielt sie fest, damit Resnick sich nicht im entscheidenden Moment überanstrengte.

»Habe Spur verfolgt«, flüsterte Resnick. »Nehmt unbedingt Gordon Farnsworth unter die Lupe. Er hat Dreck am Stecken, zahlt aber einen Haufen Geld, um das zu vertuschen. Hat seine Finger in jedem Geschäft. Politik. Militär. Verschafft Regierungen Geld. Drogen. Waffenverkäufe. Es gibt nicht viel, das er nicht getan hat. Er steht bei allen auf der Gehaltsliste, ist aber gleichzeitig aalglatt. Das Problem: Bis jetzt konnte ihm noch niemand etwas nachweisen. Er ist jemand, der Zugang zu Titan haben müsste und auch die Mittel, ihre Dienste zu kaufen.«

Sam runzelte die Stirn. »Und warum ist er so scharf auf Grace? Geld? Will er sie dem Höchstbietenden verkaufen?«

Langsam schüttelte Resnick den Kopf und bekam dann einen Erstickungsanfall. Er wurde ganz grau im Gesicht, und Rio befürchtete schon, er würde endgültig ohnmächtig werden. Rasch beugte er sich hinunter, um alles aufzuschnappen, was der Verwundete noch sagte.

»Hat eine Tochter«, keuchte Resnick. »Sie ist angeblich sterbenskrank, und Farnsworth ist wild entschlossen, sie zu retten. Aber sein Geld nützt ihm nichts. Es gibt kein Heilmittel, das er kaufen kann. Er hat es versucht. Seine Tochter ist das Einzige, was er liebt. Sein Schwachpunkt. Das Einzige, was man gegen ihn verwenden kann.«

Rio richtete sich auf, sein ganzer Körper zitterte vor Anspannung. Das Schwein wollte Grace nicht für irgendein Forschungsvorhaben, auch nicht für militärische Zwecke. Nicht wegen ihrer Fähigkeiten, Soldaten in einer Schlacht zu helfen. Er wollte sie aus egoistischen Gründen. Weil sie seine Tochter retten sollte.

»Sucht Farnsworth«, flüsterte Resnick. Er hob den Kopf ein wenig. »Wenn er hinter Grace her ist, gehe ich jede Wette ein, dass er sie haben will, weil sie der einzige Mensch ist, der seiner Tochter helfen kann.«

Garrett trat ans Bett. »Wissen Sie, wo dieser Typ steckt, Adam? Haben Sie irgendwelche Informationen?«

Resnick ließ sich auf das Kissen zurücksinken und blieb eine ganze Weile still. Seine Brust hob und senkte sich kaum. Phillips warf ihnen einen besorgten Blick zu.

»Vielleicht sollten Sie jetzt gehen. Die Krankenschwester würde der Schlag treffen, wenn sie wüsste, wie wir ihn bedrängen.«

Rio beugte sich so weit zu Resnick hinunter, dass ihre Gesichter nur noch wenige Zentimeter voneinander entfernt waren. »Shea und Grace liegen Ihnen am Herzen. Sie haben versucht, sie zu beschützen. Shea hat Nathan, und Grace hat jetzt mich. Ich hole sie mir zurück, Resnick. Und wenn ich die ganze verdammte Erde auf den Kopf stellen muss, ich hole sie mir zurück. Helfen Sie uns gefälligst. Geben Sie uns einen Punkt, von dem aus wir weitersuchen können. Egal was. Sie müssen doch etwas wissen. Sie sind eine wandelnde Bibliothek voller Geheiminformationen.«

Resnicks Augen öffneten sich zu schmalen Schlitzen, als hätte er nicht die Kraft, sie ganz aufzuschlagen.

»Angeblich hat er eine Insel im Mittelmeer. Vor der Küste von Griechenland. Er unterstützt die dortige Wirtschaft großzügig und hat sich auf diese Weise Loyalität erkauft. Selbst wenn die wüssten, wo und wer er ist, würde ihn nie jemand verraten, weil er allen auf der Insel Arbeit gibt und die Wirtschaft am Laufen hält.«

Keuchend rang er nach Luft. »Er hat aus der ganzen Welt Ärzte einfliegen lassen, und wie man hört, haben ihm alle genau das Gleiche gesagt. Es gebe keine Hoffnung, und seine Tochter habe nicht mehr lang zu leben. Deshalb ist er mittlerweile so verzweifelt, dass er wirklich alles tun würde, um sie doch noch zu retten.«

Resnick schwieg einen Moment mit schmerzverzerrter Miene. Erneut schickte sich Phillips an, der inquisitorischen Befragung ein Ende zu setzen, aber Resnick hob kurz die Hand, um ihn aufzuhalten.

»Es gab ein Telefongespräch, das die CIA mitgeschnitten hat. Zwischen Farnsworth und dem Mann, der Titan geleitet hat, als die Organisation noch existierte.«

»Hancock«, murmelte Rio. »Dieser verfluchte Hancock.«

Sam legte die Hand auf Resnicks Arm. »Danke, Adam.«

Resnick starrte Rio an. »Holen Sie sie zurück. Ich kann es kaum erwarten, die Frau wiederzusehen, die für mich eine Art Schwester ist.«

Rio nickte. »Scheitern ist ausgeschlossen.«

»Leider ist das auch Titans Motto«, sagte Resnick.

»Ja, ich weiß«, entgegnete Rio. »Es stammt von mir.«

35

»Ihnen ist schon klar, dass es Ihrem Freund Rio an den Kragen geht, wenn Sie Kontakt zu ihm aufnehmen.«

»Sie können mich mal«, schnauzte Grace von ihrem Platz auf der Liege im Flugzeug zurück. Sie waren mit dem kleinen KGI-Jet losgeflogen, eine Stunde später aber zwischengelandet und in einen größeren Jet umgestiegen, der sofort wieder abgehoben hatte. Grace wusste noch immer nicht, wohin sie unterwegs waren, und sie war zu sauer, um Angst zu empfinden. Bisher jedenfalls.

Hancock lachte. »Ich kann verstehen, was er in Ihnen sieht. Sie passen gut zusammen, glaube ich. Mit einer ängstlichen kleinen Maus kann ich mir Rio beim besten Willen nicht vorstellen. Die würde er ja bei lebendigem Leib fressen.«

Grace täuschte ein Gähnen vor. »Ihre Analyse von Rios Liebesleben interessiert mich nicht. Ich will wissen, wohin zum Teufel Sie mich bringen und weshalb.«

Hancock ignorierte sie und schaute aus dem Fenster, ehe er eins seiner Handhelds überprüfte. »Wir landen bald.«

»Bald? Bald wäre vor etwa sechs Stunden gewesen. Wir sitzen doch schon eine Ewigkeit in diesem Flugzeug.«

»Hören Sie auf zu meckern. Beißen Sie nicht die Hand, die Ihnen das Leben rettet, wenn Sie Ihren Zweck erst mal erfüllt haben«, sagte er mit gefährlich leiser Stimme.

Die subtile Drohung jagte Grace eine Gänsehaut über den Rücken.

Sie blickte zum Fenster, aber Hancock zog schnell die Jalousie herunter und blockierte ihre Sicht. Sie hatte nur mitbekommen, dass es Tag war und sie eine große Wasseroberfläche überquerten.

Es war zu früh für Panik, befahl sich Grace. Sie hatte massenhaft Zeit, um Informationen zu sammeln und sie an Rio weiterzugeben. Shea war in ihrem Kopf, aber still. Rio ebenso. Das war auch der einzige Grund, weshalb sie bisher nicht die Fassung verloren hatte.

Beide hatten darauf verzichtet, zu ihr zu sprechen. Grace hatte sie auch eindringlich gebeten, mit jeder Form von telepathischer Kontaktaufnahme zu warten, bis sie sich meldete. Allerdings kannte sie Rio inzwischen gut genug, um zu wissen, dass er nach einer bestimmten Zeit die Geduld verlieren und dröhnend in ihrem Kopf nachfragen würde, ob alles in Ordnung sei.

Seltsamerweise tröstete sie dieser Gedanke. Schön, dass es jemanden gab, der sich um sie sorgte.

Das Flugzeug setzte seinen Sinkflug fort, und dann hörte sie das Ausfahren der Landeklappen. Instinktiv klammerte sie sich an der Liege fest, bis sie den Boden berührten.

Jetzt setzte sich die Angst in ihrer Brust fest. Grace versuchte, sie zu verdrängen, aber ihr war, als müsse sie ersticken.

Grace, verflucht noch mal, ich kann deine Angst spüren. Sag mir, was bei euch los ist. Wo bist du? Kannst du mir irgendwas über deinen Aufenthaltsort verraten?

Rios Stimme fegte durch ihren Geist und nahm ein wenig von der Angst weg, die sie zu überwältigen drohte.

Wir sind gerade erst gelandet. Ich weiß noch nicht, wo wir sind.

Sie zwang sich, ruhig zu klingen, während sie Rio und Shea diese Information schickte. Wenn sie hysterisch wurde, war keinem gedient. Die beiden fühlten sich ohnehin hilflos, da sie keine Ahnung hatten, welches Schicksal ihr blühte oder wo sie sich befand.

Sobald ich dazu in der Lage bin, berichte ich euch mehr. Habt bitte etwas Geduld. Er beobachtet mich und weiß genau, wann ich mit euch in Verbindung trete. Ich muss vorsichtig sein, sonst kann ich nicht weitersprechen.

Wenn dir das Schwein was antut, bringe ich ihn um. Rio kochte vor Wut.

Grace unterbrach die Verbindung und setzte ein möglichst gleichgültiges Gesicht auf. Es war wichtig, emotionslos und unantastbar zu wirken. Sie würde diesem Mann ihre Angst nicht zeigen. Sie würde sie niemandem zeigen. Noch einmal würde sie sich nicht in diese Opferrolle drängen lassen. Und sie würde auch nicht sterben. Sie wollte am Leben bleiben. Sie hatte Rio versprochen, alles zu tun, um zu überleben. Und das war ein Versprechen, das sie nicht zu brechen gedachte.

Zu ihrem Entsetzen riss Hancock sie plötzlich von der Liege hoch, drehte ihr die Arme auf den Rücken und legte ihr Handschellen an. Und noch ehe sich die Luke öffnete und sie aussteigen konnten, zog er ihr eine Binde über die Augen.

Mühsam hielt sie ihre Gefühle im Zaum, da Rio sonst nur wieder ausrasten und Shea sich noch mehr Sorgen machen würde als ohnehin schon. Hancocks Männer verließen den Jet zuerst, und dann nahm er sie überraschend sanft am Arm und führte sie zu der Treppe.

»Vorsichtig«, warnte er sie. »Jetzt kommt die erste Stufe. Bleiben Sie neben mir, und machen Sie langsam.«

»Es ist wohl nicht erwünscht, dass sich die Laborratte schon vor ihrem Auftritt das Genick bricht«, lästerte Grace.

»Wenn Sie sich den Hals brechen, werde ich nicht bezahlt.«

»Ich hoffe, Sie ersticken an Ihrem Blutgeld.«

Er lachte. »Wenn die Dinge anders lägen, könnten Sie mir

glatt gefallen, Grace. Aber mal ehrlich: Seit ich den Auftrag übernommen habe, gehen Sie mir unablässig auf die Nerven. Ich bin heilfroh, wenn ich Sie nur noch von hinten sehen muss.«

»Das beruht ganz auf Gegenseitigkeit«, knurrte sie.

Sie wurde auf die Rückbank eines Wagens geschoben. Ein bequemes Auto. Teures Leder. Es roch sogar teuer und rollte geschmeidig vor sich hin. Ganz anders, als die diversen Rostlauben, in denen sie bei ihrer früheren Entführung herumgekarrt worden war.

»Für wen arbeiten Sie?«, fragte sie leise.

»Den lernen Sie noch früh genug kennen.«

Den. Nicht die. Eine einzelne Person. Was sie mit dieser Erkenntnis anfangen sollte, wusste sie allerdings auch nicht.

Ich glaube nicht, dass die Regierung ihre Finger im Spiel hat oder ein Labor, wie beim letzten Mal. Sie versuchte, Rio ihre Besorgnis nicht merken zu lassen. *Es fühlt sich anders an. Viel habe ich noch nicht mitbekommen. Ich bin gerade aus dem Flugzeug gestiegen, und jetzt befinden wir uns in einem Auto. Hancock hat eben ›er‹ gesagt, nicht ›sie‹. Es handelt sich also nicht um eine Gruppierung, sondern um eine einzelne Person. Aber man hat mir die Augen verbunden. Ich kann also nichts sehen.*

Wir sind schon unterwegs, Honey. Mach dir keine Sorgen. Versuche, irgendwie Zeit zu schinden. Tu alles, was dir notwendig erscheint, aber mach sie nicht wütend. Wenn du vor der Wahl stehst, nachzugeben oder eine Verletzung zu riskieren, dann tu gefälligst, was man dir sagt. Hast du mich verstanden? Egal, was passiert, wir beide werden gemeinsam damit fertig. Ich werde immer für dich da sein. Du wirst nie mehr allein sein.

Grace schloss die Augen. Wegen der Binde konnte Hancock das zum Glück nicht sehen. Sie wusste genau, worauf Rio hinauswollte. Egal, wie übel es ausgehen würde. Egal, was man von ihr verlangen oder ihr antun würde. Rio war immer für sie da. Er wollte verhindern, dass sie aufgab und den Tod herbeisehnte. Er wollte, dass sie am Leben blieb.

Ich warte auf dich. Ich weiß, dass du kommst, Rio.

Sie legte alles Vertrauen, allen Glauben in diesen Mann. Er liebte sie. Daran hatte sie keinen Zweifel. Und er war ein Ehrenmann, egal, was er selbst wegen einiger früherer Entscheidungen von sich halten mochte. Sie war felsenfest davon überzeugt, dass er Himmel und Erde in Bewegung setzen würde, um sie heil nach Hause zu bringen. Zu ihm.

Eine gefühlte Ewigkeit später hielt das Auto endlich, und die Türen wurden geöffnet. Um sie herum herrschte große Hektik. Alles musste ganz schnell gehen. In gestelztem Englisch und mit einem Akzent, den Grace nicht so ganz identifizieren konnte, wurden Befehle gerufen.

Hancock riss sie aus dem Wagen und schob sie vorwärts. Unter ihren Tennisschuhen knirschte der Kies, und als sie auf glattes Pflaster traten, wäre sie fast gestolpert. Hancock stützte sie, richtete sie wieder auf und trieb sie weiter. In der Nähe hörte sie Wasser plätschern. Ein Springbrunnen?

Es war warm. Sogar heiß. Sie spürte Sonnenstrahlen auf ihrer Haut. Der Geruch von Salz hing in der Luft, und eine Brise strich über ihren Körper und trug eine Ahnung von Meer mit sich. Das Ufer konnte nicht weit sein.

Kaum hatten sie das Gebäude, das Haus oder was immer es war, betreten, wurde es merklich kühler. Sie liefen einen Flur nach dem anderen entlang, bis Hancock schließlich stehen blieb.

Sie hörte, wie die Tür vor ihnen aufgerissen wurde. Instinktiv trat sie einen Schritt zurück und prallte gegen Hancock.

»Ist sie das? Ist sie es?«, fragte ein Mann mit einer Stimme, die sie frösteln ließ. Irgendetwas war mit dieser Stimme. Aus ihr klang tiefste Verzweiflung. Sie war kalt, hart und entschlossen. Bösartig.

Grace spürte, wie ihr Puls sich beschleunigte und ihre Hände in den Handschellen zu zittern begannen.

»Das ist sie«, bestätigte Hancock gelassen.

Sie wurde vorwärtsgezogen, und dann fiel die Tür hinter ihr ins Schloss. Plötzlich wurde ihr die Binde vom Kopf gerissen. Sie blinzelte, um ihre Augen an die Umgebung zu gewöhnen.

Sie befand sich in einem großen Studierzimmer oder Büro. Es erinnerte sie an eine Bibliothek, nur dass vor der hinteren Wand ein Schreibtisch stand, wie er für Manager typisch war. Rechts davon entdeckte sie einen riesigen Kamin, der trotz des warmen Tags in Betrieb war.

So schnell sie konnte, nahm Grace ihre Umgebung in sich auf. Sie schaute nach links, hoffte, dort ein Fenster zu sehen, irgendeinen Hinweis, wo sie war. Doch vergeblich. In dem Zimmer gab es kein Fenster. Es war eher wie eine dunkle Höhle, in der sich wilde Tiere tummelten.

Also konzentrierte sich Grace stattdessen auf den Mann vor ihr, der sie ebenso unverblümt anstarrte wie sie ihn. Für jemanden, der sie allein mit seiner Stimme derart eingeschüchtert hatte, kam ihr seine äußere Erscheinung enttäuschend harmlos vor.

Er war durchschnittlich groß. Vielleicht Mitte vierzig. Offenbar auch ein wenig eitel, denn auf seinem Kopf fand sich kein Haar, das nicht an seinem Platz gewesen wäre, vor allem dank des überaus großzügigen Einsatzes von Stylingprodukten.

Er trug teure Kleidung. Diamantene Manschettenknöpfe. Um den Hals hatte er eine kitschige Goldkette hängen, und ein Ohr zierte ein Diamantstecker.

Normalerweise würde er wohl einen ziemlich arroganten Eindruck machen, aber in seiner Miene war eine so große Erleichterung zu erkennen, dass Grace beinahe die Fassung verlor. Er wirkte geradezu … glücklich, sie zu sehen.

»Nehmen Sie ihr die Handschellen ab«, befahl der Mann. »Wir haben keine Zeit zu verlieren. Ich brauche sie dringend oben.«

Hancock schloss die Handschellen auf, und Grace rieb sich die schmerzenden Gelenke, während sie argwöhnisch den Mann betrachtete.

»Wer sind Sie, und wozu hat man mich hierhergebracht?«, fragte sie.

»Wer ich bin, ist nicht wichtig. Wichtig ist einzig und allein, dass meine Tochter sehr krank ist und dass Sie sie heilen werden.«

36

Grace war bestürzt, wie viel Verzweiflung aus seiner Stimme klang. Dass sie wegen ihrer Fähigkeiten entführt worden war, hatte sie sich bereits gedacht. Aber das hier hatte sie nicht erwartet. Einen Mann mit einem Ziel. Mit einem einzigen Ziel.

Sie tastete sich in seinen Geist vor, um mehr über ihn zu erfahren und Hinweise zu finden, was er sonst noch mit ihr vorhatte. Sollte sie erneut für irgendein Experiment herhalten? War seine Tochter auch ein Versuchskaninchen? Und was passierte danach? Wollte er sie an die Regierung ausliefern oder an den Höchstbietenden versteigern?

Was sie in seinem Kopf erblickte, traf sie hart. Gordon Farnsworth war kein guter Mensch. Sie sah Dinge, die ihr fast das Blut in den Adern gefrieren ließen. Er hatte ein Leben voller Grausamkeiten und Blutvergießen geführt. Er hatte jeden verraten, der zwischen ihm und seinen Zielen stand. Er war eiskalt und verspürte wegen seiner Taten keinerlei Gewissensbisse.

Aber sie sah auch den gramgebeugten Vater, dessen einzige Tochter im Sterben lag. Farnsworth war außer sich, weil er nicht in der Lage war, seinem Kind Gesundheit und Glück zu kaufen. Es fiel ihm schwer einzusehen, dass er das, was er sich am meisten wünschte, nicht für Geld bekommen konnte.

Das Leben seiner Tochter.

Obwohl Grace die Antwort auf ihre Frage bereits kannte, stellte sie sie trotzdem, um Zeit zu gewinnen. Sie musste sich einen Plan zurechtlegen, wie sie sich aus dieser unmöglichen Lage herauswinden konnte.

»Was fehlt ihr?«

»Sie hat Krebs«, zischte er sie an. »Eine besonders aggressive Form von Krebs, die sich schnell ausbreitet. Angeblich sehr selten. Jeder Arzt kann Ihnen den Namen sagen. Ich weiß nur, dass er meiner Tochter langsam das Leben aussaugt. Entdeckt wurde er zunächst an einer scheinbar harmlosen Stelle, aber noch vor der ersten Behandlung hatte der Krebs bereits die Leber und dann die Knochen angegriffen. Ihr ganzer Körper ist ein einziger Krebsherd. Es gibt keine Stelle mehr, die nicht davon erfasst wäre. Er sitzt in ihren Lungen, und von Zeit zu Zeit muss sie ein Atemgerät aufsetzen, um nicht zu ersticken. Er ist in ihr Gehirn vorgedrungen, deshalb fällt sie immer wieder ins Koma und liegt reglos da, ohne ihre Umgebung noch wahrzunehmen.«

Er ging auf Grace zu, das Gesicht zu einer grässlichen Fratze verzerrt. Zum ersten Mal sah Grace ihn so, wie ihn der Rest der Welt erlebte: eiskalt, bösartig. Der Teufel in Menschengestalt.

»Sie werden sie heilen. Ich weiß, welche Fähigkeiten Sie haben. Ich habe mich vergewissert, dass Sie tatsächlich Ihren Zweck erfüllen können, ehe ich den Befehl gegeben habe, Sie hierherzubringen. Ich würde meine Tochter niemandem anvertrauen, der ihr schaden könnte.«

Grace schluckte und schickte eine kurze Botschaft an Rio.

Gordon Farnsworth.

Rio antwortete nicht, aber ihm musste klar sein, in welch prekärer Lage sie sich momentan befand. Shea streckte ihre Fühler in Graces Geist, schwieg ebenfalls, blieb aber als Unterstützung bei ihr.

»Wie es scheint, Mr Farnsworth, habe ich alle Trümpfe in der Hand«, sagte Grace kühl.

Er packte sie am T-Shirt und zog sie an sich, bis ihre Gesichter nur noch Zentimeter voneinander entfernt waren. Als er losbrüllte, flog ihr Spucke an die Wangen.

»Sie werden sie gesund machen, sonst sorge ich dafür, dass Sie sich wünschen, nie geboren worden zu sein.«

Mit neuem Selbstbewusstsein packte sie seine Handgelenke und schob sie weg. Von seiner Berührung wurde ihr übel. Sein ganzes Wesen verströmte den Gestank von Bosheit und Tod. Sie konnte es kaum ertragen.

»Da kommen Sie zu spät«, erwiderte sie leise. »Ich habe mir so oft meinen Tod gewünscht. Drohungen haben für mich keine Bedeutung mehr. Wie viel ist Ihnen das Leben Ihrer Tochter wert?«

Damit hatte Farnsworth eindeutig nicht gerechnet. Er trat einen Schritt zurück, die Augen wütend zusammengekniffen. Ihm schienen die Worte zu fehlen, doch dann starrte er ihr wieder ins Gesicht und gab sich sichtlich Mühe, seine Gedanken zu ordnen.

»Geld? Sie wollen Geld? Sie würden Ihre Fähigkeit, das Leben eines Kinds zu retten, verkaufen?«

Die Verachtung, die aus ihm sprach, machte sie wütend. Gefährlich wütend. Sie musste Ruhe bewahren. Sie durfte sich keine Zornausbrüche erlauben.

»Nach all der Mühe, die Sie sich gegeben haben, mich zu verschleppen, nach den endlosen Tagen voll unerträglicher Schmerzen wegen Ihrer Tests, wagen Sie es, mir mit dieser herablassenden Scheinheiligkeit zu kommen, nur weil ich mit Ihnen handeln will?«

Sie lachte verächtlich auf.

»Sie haben keine Macht über mich, Mr Farnsworth. Töten Sie mich. Na los! Sie trauen sich ja doch nicht. Denn wer sollte dann Ihre Tochter retten? Foltern Sie mich. Es würde Tage dauern, bis ich endlich aufgeben würde. Diese Tage hat Ihre Tochter nicht mehr. Aber das ist mir egal. Sie können mir nichts mehr antun, was man mir nicht schon angetan hätte. Es ist unmöglich, schlimmere Qualen zu erleiden, als ich bereits erlitten habe. Auch wenn Ihnen Ihr Dünkel und Ihre Arroganz einreden, wie mächtig Sie sind, vergessen Sie nicht, dass Ihre Tochter schon in der nächsten Stunde tot sein könnte. Und da gebärden Sie sich wie ein Trottel und wagen es, meine Moral in Zweifel zu ziehen? Glauben Sie, es interessiert mich auch nur im Geringsten, was Sie von mir halten, Sie nichtsnutziger, primitiver Wurm.«

Hancock fing zu lachen an, was Farnsworth' Wut nur noch steigerte.

»Sie hat recht, Farnsworth«, sagte Hancock amüsiert. »Habe ich Ihnen erzählt, dass sie mit Selbstmord gedroht hat, sollte ich auf ihre Forderungen nicht eingehen? Ich habe in ihre Seele geschaut und kann Ihnen versichern, dass sie nicht blufft. Sie ist so verrückt, sich eine Kugel in den Kopf zu jagen, nur um Sie zu ärgern.«

Farnsworth blickte zwischen Grace und Hancock hin und her. Er hatte sichtlich Mühe, Haltung zu bewahren. Mit zorniger Miene marschierte er zu seinem Schreibtisch. Dort blieb er einen Moment lang stehen und drehte sich dann deutlich gefasster wieder um.

»Na schön, Miss Peterson, was wollen Sie? Geld? Im Tausch gegen das Leben meiner Tochter können Sie meinen gesamten Besitz haben. Sie werden so wohlhabend sein, wie Sie es sich in Ihren wildesten Träumen nicht hätten vorstellen können.«

»Sie haben keine Ahnung, wovon ich träume«, erwiderte Grace verbittert.

»Dann sagen Sie es mir. Was wollen Sie?«

»Frieden.«

Verwirrt runzelte Farnsworth die Stirn.

»Ich will ein ruhiges Leben führen. Ich will das haben, was Leute wie Sie für selbstverständlich halten. Ich will nicht mehr länger jede Minute über die Schulter schauen müssen aus Angst, irgendein Irrer könnte hinter mir her sein, um mich als Laborratte zu missbrauchen. Ich will meine Freiheit, und ich will von Ihnen die Garantie, dass Sie mich nicht weiter verfolgen, wenn ich Ihre Tochter heile. Sie pfeifen Titan zurück. Außerdem täten Sie gut daran, dafür zu sorgen, dass mir nichts passiert, sonst werden Sie es schwer bereuen.«

Wutentbrannt kniff Farnsworth die Augen zusammen. »Sie wagen es, mir zu drohen?«

Grace betrachtete ihn. Jetzt war der entscheidende Punkt gekommen. Farnsworth musste glauben, was sie ihm gleich erzählen würde. Aber selbst wenn er vermuten sollte, dass sie log, konnte er sich nicht ganz sicher sein. Denn rein theoretisch war sie vermutlich dazu fähig.

»Sie garantieren mir alles, was ich verlange, sonst sauge ich Ihrer Tochter jeden Funken Leben aus dem Leib.«

Er erbleichte. Seine Kiefermuskulatur verspannte sich, er schien kein Wort herauszubringen.

»Ich erkläre Ihnen mal, wie meine Gabe funktioniert«, fuhr Grace fort. »Ich absorbiere aus der betroffenen Person eine Krankheit oder Verletzung. Die Person ist geheilt und froh und glücklich. Ich bleibe mit dem Gebrechen zurück und muss mir dann Zeit nehmen, mich selbst zu heilen. Aber so wie ich jemandem, mit dem ich in Verbindung trete, Krankheit oder Verletzung abnehmen kann, kann ich ihm auch Geist, Leben und sogar die Seele rauben. Dafür muss ich nicht in der Nähe dieser Person sein. Wenn Sie also glauben, Sie können Ihre Tochter vor mir verstecken, sie irgendwo hinbringen, wo ich sie nicht finde, dann sind Sie auf dem Holzweg. Wenn ich einmal Verbindung zu ihr hatte, spüre ich sie überall auf.«

Farnsworth starrte sie an, als wollte er in ihren Kopf schauen, um herauszufinden, ob sie die Wahrheit sprach. Sie zuckte nicht mit der Wimper. Dann blickte Farnsworth zu Hancock, fast als könnte der ihm weiterhelfen. Doch Hancock zuckte nur mit den Schultern und grinste.

»Das nennt man dann wohl Pattsituation, Farnsworth. In bestimmten Kreisen würde man auch Schachmatt dazu sagen. Ich glaube, sie hat Sie bei den Eiern.«

»Und während Sie hier herumstehen und sich fragen, ob ich tatsächlich mein Leben und meine Zukunft opfern würde, liegt Ihre Tochter oben im Sterben«, sagte Grace. »Ich würde daher vorschlagen, wir einigen uns möglichst rasch. Aber vielleicht ist Ihnen Ihr Ego auch mehr wert als das Leben Ihrer Tochter.«

Farnsworth hatte jegliche Farbe verloren. Er beugte sich vor und schlug mit der Hand auf die polierte Oberfläche seines Schreibtisches. Zum ersten Mal hatte Grace den Eindruck, dass es ihm ernst war.

»Nichts ist mir wichtiger als Elizabeth. Sie halten mich für einen Unmenschen, Miss Peterson. Und es stimmt, ich bin mein Leben lang ein Schwein gewesen. Aber ich liebe meine Tochter, und ich werde alles tun, um sie zu retten. Nennen Sie mir Ihre Bedingungen. Sie werden bekommen, was Sie wollen.«

»Ich will Rio hierhaben«, antwortete Grace. Sie öffnete ihren Verstand und gab den Kanal frei, über den Rio alles mitbekommen konnte, was hier gesagt wurde. »Nach einem Heilungsprozess bin ich völlig wehrlos. Es wäre für Sie ein Leichtes, Ihr Ehrenwort zu brechen. Ich könnte nichts dagegen unternehmen.«

Farnsworth ballte die Hände zu Fäusten. »Auf keinen Fall! Glauben Sie ernsthaft, ich würde mich irgendeinem Söldner ausliefern? Wissen Sie eigenglich, wie viele staatliche und nichtstaatliche Organisationen hinter mir her sind? Sie haben wohl den Verstand verloren.«

»Sie sind mir völlig gleichgültig«, erwiderte Grace. »Mir ist wichtig, dass ich hier wieder rauskomme. Sie werden mein mangelndes Vertrauen in Sie entschuldigen, aber auf Ihr Versprechen gebe ich rein gar nichts. Ich habe Ihnen gesagt, dass ich jederzeit Ihre Tochter töten könnte. Sie haben also einen noch größeren Anreiz, mich umzubringen, sobald Sie erst mal haben, was Sie wollen.«

Sie spürte Rios Erregung, seine Wut, seine Angst um sie. Seine Sorge, sie könnte Farnsworth derart provozieren, dass er sie tatsächlich auf der Stelle tötete.

»Letztlich wollen wir beide das Gleiche, Mr Farnsworth. Ich habe keinerlei Verlangen, Sie jemals wiederzusehen. Das ist vielleicht egoistisch, aber mir liegt mehr daran, ein normales Leben zu führen, als Sie für Ihre Verbrechen bestraft zu sehen. Ich will Rio hier bei mir haben. Ich will, dass Sie seinem Team Zutritt gewähren. Diese Männer sind mein Schutz. Meine Garantie, dass Sie Ihren Teil der Vereinbarung einhalten. Und wenn ich Ihre Tochter erst einmal geheilt habe, bringt er mich von hier fort, denn eins schwöre ich Ihnen bei allem, was mir heilig ist: Wenn Sie mich töten, wenn Sie auch nur *versuchen* sollten, mich zu töten, nehme ich Ihre Tochter mit in den Tod.«

Farnsworth wurde leichenblass. Er fuhr sich mit der Hand durch das Haar und zerraufte seine makellos gekämmten Strähnen. Doch gleich darauf hatte er sich wieder unter Kontrolle. »Es dauert doch viel zu lange, bis sie hier sind.«

Grace lächelte. »Ach, ich glaube, sie sind näher, als Sie denken. Soll ich es für Sie herausfinden?«

Rio, ich brauche euch. Ich habe mir etwas Zeit erkauft, aber es eilt. Wenn seine Tochter stirbt, bevor ihr hier seid, dreht er durch. Dann bringt er mich um. Und euch. Das Einzige, was ihn derzeit bei der Stange hält, ist seine Riesenangst, seine Tochter könnte sterben. Wenn das passiert, ist ihm alles egal.

Wir sind auf dem Weg, Grace. Gut gemacht, Honey. Du hast

mir eine Heidenangst eingejagt, aber das hast du verdammt gut gemacht. Du bist eine richtige Kämpfernatur. Du hast sogar mich überzeugt, dass du seine Tochter mit in den Tod reißt, sollte es so weit kommen.

Wir hatten schon eine Spur, bevor du mir mitgeteilt hast, um wen es sich handelt. Wir sind bereits in der Luft. Sag ihm, wir kommen am Festland runter und fliegen mit dem Hubschrauber auf die Insel. Die anderen rücken per Boot an, aber das braucht er nicht zu wissen. Drei Stunden, Grace. Verschaff uns noch drei Stunden, und wir sind bei dir.

Sie blickte zu Farnsworth hoch. »Drei Stunden. Rio und sein Team fliegen mit einem Hubschrauber her. Bis sie eingetroffen sind, rühre ich keinen Finger.«

Farnsworth schloss die Augen. »Könnten Sie … Könnten Sie wenigstens mal nach ihr sehen? Und bei ihr bleiben? Ich brauche einen Grund, um durchzuhalten. Einen Grund, zu hoffen. Und meinen Männern befehle ich, abzuziehen. Ihr Rio und seine Männer können unbesorgt landen und werden unmittelbar danach zu Ihnen gebracht.«

»Und dann?«, fragte sie leise.

»Sie können auf demselben Weg verschwinden, auf dem sie gekommen sind.«

Sie streckte ihre telepathischen Fühler in seinen Geist aus, fand aber kein Anzeichen für eine Falle. Offenbar meinte er es wirklich ehrlich. Er war einzig und allein darauf konzentriert, dass seine Tochter wieder gesund wurde. Mit Freuden würde er sie ziehen lassen, wenn nur Elizabeth wieder ein normales Leben führen konnte.

»Dann bringen Sie mich zu ihr«, sagte Grace.

Hancock packte sie am Arm. Grace versuchte, sich von ihm loszureißen, hatte aber keine Chance gegen seinen festen Griff.

Sie schaute zu Farnsworth. »Muss er dabei sein?«

»Sie haben Ihre Bedingungen, ich habe meine. Er passt auf, dass auch Sie Ihren Teil der Abmachung einhalten.«

»Dazu muss er mich nicht anfassen«, schnauzte sie zurück.

Farnsworth gab Hancock ein Zeichen, dass er sie loslassen sollte. Hancocks Miene war völlig undurchschaubar. Genau wie sein Geist. Er hatte eine geradezu bewundernswerte Kontrolle über seine Gedanken. Jeder Versuch von Grace, in seinem Kopf zu lesen, blieb erfolglos. Als wäre er so diszipliniert, dass er alles bis auf sein Ziel ausblenden konnte. Sie hatte den Eindruck schon zuvor gehabt, und nun schien sich das zu bestätigen – Hancock glich eher einer Maschine als einem Menschen. Es war unheimlich. Grace glaubte, in seinem Blick Verärgerung zu entdecken und eine gewisse Gereiztheit, als würde er von Farnsworth Befehle nur äußerst widerwillig akzeptieren. Aber seine Gedanken spiegelten sich in seinem Gesichtsausdruck nicht wider.

Er ließ ihren Arm los, wenn auch für ihren Geschmack nicht schnell genug. Am liebsten hätte sie ihm das Knie in die Eier gerammt, um zu sehen, ob er tatsächlich mehr Maschine als Mensch war.

Farnsworth marschierte voraus, Grace hinterher, gefolgt von Hancock. Sie stiegen eine Wendeltreppe hoch und gingen im ersten Stock bis ans Ende des Flurs.

Als Farnsworth die Tür öffnete, konnte Grace in seinen Augen schlagartig die Angst sehen. Sein ganzer Körper verspannte sich, als rechnete er mit dem Schlimmsten.

Neben dem Bett des Mädchens, das Grace immer noch nicht sehen konnte, saß ein Mann mit einem Stethoskop, der zu ihnen herüberschaute. Auf der anderen Seite des Betts saß eine Frau, möglicherweise eine Krankenschwester.

»Raus«, befahl Farnsworth mit leiser Stimme, die dennoch keinerlei Widerspruch duldete.

»Aber sie braucht Pflege«, protestierte der Mann, während er das Stethoskop abnahm. »Im Moment sollte man sie nicht alleine lassen.«

»Raus, sofort.« Farnsworth betonte jedes Wort auf eine so drohende Weise, dass der Mann ganz blass wurde und vom Bett zurücktrat. »Draußen wartet ein Hubschrauber, der Sie zum Festland bringt. Sie sind entlassen.« Er blickte zu der Frau. »Das gilt auch für Sie.«

Rasch verließen die beiden das Zimmer. Als der Arzt an Grace vorbeikam, murmelte er etwas von »armes Mädchen«.

Sofort trat Farnsworth neben das Bett von Elizabeth und kniete sich hin. Er legte ihr die Hand auf die Stirn und strich ihr sanft über das Haar.

»Mein Schatz, ich möchte dir jemanden vorstellen. Sie ist hier, um dir zu helfen.«

Neugierig trat Grace näher, bis sie endlich einen Blick auf das kleine, zierliche Mädchen im Bett werfen konnte. Elizabeth wirkte zerbrechlich wie eine Porzellanpuppe. Und sie sah ihrem Vater in keiner Weise ähnlich. Während Farnsworth einen dunklen Teint hatte und finster wirkte – er erinnerte an einen schleimigen Autoverkäufer –, war Elizabeth blond und hellhäutig.

Nur mit Mühe schlug Elizabeth die Augen auf und schaute vage in die Richtung ihres Vaters. »Daddy«, flüsterte sie.

»Ich bin bei dir, Kleines«, antwortete Farnsworth mit erstickter Stimme.

»Das sagst du immer. Dass mir jemand helfen wird. Aber bis jetzt hat das nicht geklappt.«

»Diesmal schon. Diese Frau ist was Besonderes. Sie heißt Grace und hat versprochen, dir zu helfen.«

Elizabeth spitzte die Lippen, als würde sie über seine Worte nachdenken. »Grace – Gnade. Das ist ein schöner Name. Vielleicht hat Gott sie geschickt. Jeder ist auf Gottes Gnade angewiesen.«

Alles in Grace rebellierte gegen ihren grausamen Plan. Dieses unschuldige Kind so eiskalt zu bedrohen, wie sie es getan hatte, widerstrebte ihr zutiefst. Aber es war die einzige Möglichkeit gewesen, sich selbst zu retten. Auch jetzt setzte sie eine versteinerte Miene auf, denn Farnsworth sollte keinesfalls mitbekommen, dass sie ihr Herz bereits an dieses hübsche, kleine, tapfere Mädchen verloren hatte.

Ohne auf eine Erlaubnis zu warten, trat Grace vor, zog den Stuhl heran und setzte sich direkt neben das Bett.

»Hallo, Elizabeth«, sagte sie mit leiser, beruhigender Stimme. »Ich heiße Grace, und ich mache Leute wieder gesund.«

Langsam drehte sich die Kleine um. Ihre Augen hatten jeden Glanz, jede Kraft verloren. »Meinst du, so wie Gott?«

Grace musste lächeln. »Nein, nicht wie Gott. Aber ich glaube, es war Gott, der mir diese Gabe verliehen hat. Jetzt muss ich nur noch lernen, damit richtig umzugehen. Ein weiser Mensch hat mir mal erzählt, dass sich mein Lebenszweck noch nicht offenbart hat. Aber ich lerne dazu und tue mein Bestes, um dich von deiner Krankheit zu befreien.«

Elizabeth nickte ernst. »Ich will, dass Daddy wieder lächelt. Er ist so traurig. Ich will nicht sterben und ihn allein lassen. Er braucht mich.«

Farnsworth verlor die Fassung. Abrupt stand er auf und drehte den beiden den Rücken zu.

Grace nahm Elizabeth' Hand und drückte sie vorsichtig. »Hältst du noch eine kleine Weile durch? Ich warte noch auf ein paar Freunde. Jemanden zu heilen kostet viel Kraft, und anschließend müssen sie mir helfen.«

Elizabeth runzelte die Stirn. »Wirst du dann krank? Mein

Dad kann dir helfen, nicht wahr, Daddy?« Sie richtete den Blick auf ihren Vater.

Langsam drehte sich Farnsworth wieder um. Trotz seiner Qual versuchte er zu lächeln. »Natürlich helfe ich ihr, Schatz. Ich habe ihr mein Wort gegeben, dass wir uns um alles kümmern. Aber das Einzige, an das du jetzt denken darfst, ist, bald wieder gesund zu werden.«

Grace glitt in Elizabeth' geschwächten Geist und wäre fast in Tränen ausgebrochen, als sie so unmittelbar mitbekam, was dieses Kind in seinem kurzen Leben schon alles mitgemacht hatte. Aber sie war auch beeindruckt von Elizabeth' enormer Willenskraft. Ihrer Entschlossenheit verdankte sie es, dass sie überhaupt noch am Leben war, denn ihr Körper hatte längst aufgegeben.

Grace übertrug ihr möglichst viel Hoffnung und Wärme, um sie ein wenig zu unterstützen und aufzubauen.

Verwundert riss Elizabeth die Augen auf und starrte sie an. »Wie hast du das gemacht? Ich konnte dich spüren. In meinem Kopf, meine ich. Es war toll. Fast wie Zauberei.«

Grace lächelte. »In gewisser Weise war es das auch. Wie das genau geht, weiß niemand.«

»Sie sollten etwas essen«, sagte Farnsworth schroff. »Es ist wichtig, dass Sie bei Kräften bleiben.«

Grace wandte sich Elizabeth zu. »Was meinst du? Fühlst du dich in der Lage, was zu essen? Wir könnten beide eine Stärkung brauchen für die Dinge, die da kommen.«

Sie spürte, wie sich in dem Kopf des Kinds etwas bewegte. Ein Hauch von Hoffnung, obwohl die Kleine gleichzeitig Angst davor hatte. Sie war schon viel zu oft enttäuscht worden. Deshalb hatte sie sich vor langer Zeit in ihr Schicksal ergeben. Ihrem Vater spielte sie etwas vor, weil sie wusste, wie niederschmetternd die Wahrheit für ihn wäre. Aber sie hatte bereits vor langer Zeit aufgegeben, an Wunder zu glauben.

Gib die Hoffnung nicht auf. Manchmal ist das alles, woran wir uns klammern können.

Elizabeth' Lächeln wurde breiter. Mit großen Augen nickte sie als Antwort auf Graces telepathische Mitteilung. Dann wandte sie sich an ihren Vater. »Ich hätte gerne etwas Suppe. Könnte ich einen Teller haben?«

»Natürlich.« Farnsworth war sichtlich erschüttert. »Ich lasse für euch beide etwas kommen. Du musst unbedingt durchhalten, Kleines. Nur noch ein bisschen, und dann wird alles wieder gut. Das verspreche ich dir.«

37

Hancock legte kurz die Hand ans Ohr und sagte: »Der Hubschrauber landet gerade.«

Grace sah auf. Das Herz schlug ihr bis zum Hals. Jetzt war sie froh, in ihrem Essen nur herumgestochert zu haben, denn ihr Magen rebellierte plötzlich gewaltig.

Elizabeth schaute zu ihr hoch, die Finger um den Löffel verkrampft. Im Blick des kleinen Mädchens lagen so viel Hoffnung und Angst, dass Grace sie am liebsten in die Arme genommen und an sich gedrückt hätte.

Farnsworth sprang erregt auf und wollte zur Tür, aber Hancock hielt ihn auf.

»Meine Männer kümmern sich um alles.«

»Sagen Sie Ihren Leuten, sie sollen die anderen sofort hierherbringen«, knurrte Farnsworth. »Meine Tochter hat lange genug gewartet.«

Hancock starrte Farnsworth so frostig an, dass diesem die Kampfeslust schlagartig verging.

Grace stand ebenfalls auf. Sie hatte die Hände zu Fäusten geballt und schaute erwartungsvoll zur Tür, wo nach einer Weile, die ihr wie eine halbe Ewigkeit vorkam, endlich Rio auftauchte.

Als Rio sie sah, wollte er schon auf sie zulaufen, doch Grace nahm sofort Kontakt zu ihm auf.

Nicht. Gib ihm keinen Grund zu glauben, ich sei für dich mehr als nur eine x-beliebige Mission. So wie Farnsworth für Hancock. Gib ihm keinen Hebel, den er gegen dich oder mich ansetzen kann.

Ist mit dir alles in Ordnung?

Noch während er die Worte im Kopf formte, beruhigte er sich etwas. Er schaute sich um, als suche er den ganzen Raum nach einer potenziellen Gefahr ab. Schließlich blieb sein Blick an Hancock hängen, und sein Mund verzog sich verächtlich.

»Ist das deine Art, einen alten Freund zu begrüßen?«, spottete Hancock.

Farnsworth kniff argwöhnisch die Augen zusammen. »Sie kennen sich? Was geht hier vor?«

»Nichts, worüber Sie sich Sorgen machen müssten. Wir frischen nur eine alte Bekanntschaft auf«, antwortete Hancock.

Nach und nach kam Rios gesamtes Team ins Zimmer. Beim Anblick der vielen Fremden drückte Elizabeth sich tiefer ins Bett, und Grace nahm ihre Hand.

»Keine Angst«, sagte sie besänftigend. »Keiner tut dir was.«

Es dauerte nicht lange, und der Raum war voller Männer. Harte Kämpfer. Alle bewaffnet. Mit finsteren Mienen, als würden sie sich gegenseitig abschätzen.

»Das hier wird jetzt folgendermaßen ablaufen«, begann Hancock.

Doch da ließ Grace Elizabeth' Hand los, stand auf und starrte Hancock an.

»Nein, Sie haben hier gar nichts zu melden. *So* wird das hier ablaufen. Alle Mann raus hier.«

Sie spürte, dass Rio protestieren wollte, stauchte ihn aber rasch telepathisch zusammen.

»Ich lasse nicht zu, dass ein Haufen ungeschlachter Neandertaler dieses kleine Mädchen einschüchtert. Ihr könnt im Gang draußen warten.«

»Ich lasse meine Tochter nicht allein«, widersprach Farnsworth fest entschlossen.

»Natürlich nicht«, murmelte Grace.

Dann schaute sie Rio an. »Durchsuch ihn auf Waffen. Er bleibt nur dann, wenn er nichts bei sich trägt, das mir gefährlich werden könnte.«

»Wie willst du dich denn überhaupt verteidigen?«, stöhnte Rio. »Sobald du anfängst, bist du doch völlig wehrlos. Er könnte dich praktisch mit bloßen Händen umbringen.«

Elizabeth erschrak und starrte fragend ihren Vater an.

»Wir haben uns geeinigt«, antwortete Grace ruhig. »Mr Farnsworth ist klar, was passiert, sollte er versuchen, mich zu töten.«

Farnsworth erblasste, nickte aber. »Alles, was ich will, ist, dass meine Tochter gesund wird. Was dann geschieht, interessiert mich wenig. Ich habe Miss Peterson mein Wort gegeben, dass sie und alle ihre Begleiter unversehrt die Insel verlassen können.«

Rio sah aus, als wolle er noch mehr sagen, richtete den Blick dann aber nur schweigend auf Grace.

Ich liebe dich. Er sandte ihr diese Botschaft mit einer Bestimmtheit, die ihr die nötige Kraft für ihre Aufgabe gab. *Lass mich ja nicht allein zurück. Du hältst durch.*

Ich liebe dich auch. Vertrau mir.

Ich vertraue dir, Honey. Wenn nicht, würde ich die ganze Bude hier dem Erdboden gleichmachen. Bleib ganz ruhig. Das komplette KGI-Team ist hier. Wenn es zum Äußersten kommen sollte, werden wir nicht kampflos untergehen.

Grace blickte Farnsworth auffordernd an. »Wir vergeuden wertvolle Zeit.«

Farnsworth reagierte prompt. »Alle raus.«

Hancock wartete, bis Rio und sein Team sich zurückgezogen hatten, flankiert von Hancocks Männern, und ging dann als Letzter. An der Tür drehte er sich noch mal um, doch er sah nicht Farnsworth an, sondern Grace. In seinen Augen lag etwas, das sie als Botschaft deutete, die sie jedoch nicht entschlüsseln konnte.

Als alle draußen waren, schloss Farnsworth die Tür und kehrte dann schnell zum Bett zurück. »Bitte beeilen Sie sich. Wenn Sie etwas brauchen, ganz egal was, geben Sie einfach Bescheid.«

»Setzen Sie sich da drüben hin«, antwortete Grace und deutete auf einen Stuhl am Fenster. »Und funken Sie mir ja nicht dazwischen. Was Sie auch sehen und hören mögen, was auch immer passiert, Sie funken nicht dazwischen.«

Farnsworth beugte sich über das Bett, nahm seine Tochter in die Arme und küsste sie auf die Stirn. »Ich liebe dich, meine Kleine. Daddy liebt dich. Das darfst du nie vergessen.«

Elizabeth lächelte matt. »Ich liebe dich auch. Aber jetzt geh, damit Grace mir helfen kann. Sie hat es versprochen, und ich vertraue ihr.«

Die Worte seiner Tochter schienen ihn zu verwundern, aber Farnsworth gehorchte ihr und setzte sich auf den äußersten Rand des Stuhls.

Grace holte tief Luft und ließ sich dann neben Elizabeth auf dem Bett nieder, nahm ihre Hände und versuchte, sie so zuversichtlich anzulächeln wie möglich. Ihr graute vor dem, was sie gleich tun würde. Sie wusste, es konnte ihre Kräfte übersteigen. Die Krankheit war schon viel zu weit fortgeschritten. Krebs und Metastasen überall. Vielleicht würden sie alle beide sterben. Aber zumindest wollte sie es versuchen. Grace hatte gute Gründe zu leben, und eines war ihr klar: Wenn sie versagte, hatten Rio und sein Team ihr Leben verwirkt.

»Schließ die Augen«, sagte sie leise. »Jetzt konzentriere dich gut. Du wirst mich spüren. Wehr dich nicht dagegen. Du musst dich bemühen, die Krankheit zu bekämpfen, damit du wieder gesund wirst. Je stärker du bist, desto stärker kann ich sein.«

Elizabeth nickte und drückte Graces Hände. Der tapfere Versuch des Kindes, ihr Mut einzuflößen, war rührend.

Grace holte noch einmal tief Luft, schloss die Augen und konzentrierte all ihre mentale Energie auf die Verbindung zwischen Elizabeth und ihr.

Als sie das Ausmaß der Krankheit erkannte, die im Körper des kleinen Mädchens wütete, wäre sie fast zurückgezuckt. Der Krebs war überall. Dass dieses Kind überhaupt noch am Leben war, war medizinisch nicht zu erklären. Es konnte nur an ihrer schieren Willenskraft liegen.

Grace entzog ihr die Krankheit, saugte sie in sich ein und spürte, wie sie mit jeder Sekunde schwächer wurde. Allerdings war sie auch mit Elizabeth' eisernem Willen verknüpft.

Und der war wie ein Licht in einem finsteren Tunnel. Die beginnende Dämmerung nach einer stürmischen Nacht. Kraft. Hoffnung. Liebe. Mit einer Ausdauer, über die nur junge Menschen verfügen. Elizabeth' Geist war so stark wie ihr Wille. Ihre Seele hatte nicht aufgegeben. Dieses Mädchen strahlte nichts aus, was auf Niederlage hindeutete.

Miteinander verbunden stärkten sie sich gegenseitig. Das Licht wurde heller. Die Wärme und Energie ihrer vereinten Entschlossenheit gaben Grace die nötige Unterstützung.

Nach einer Weile ließ ihre Kraft nach, und sie drohte zusammenzusacken. Nur mit Mühe konnte sie sich aufrecht halten und ihre letzten Reserven mobilisieren, damit sie den Kampf um das Leben des kleinen Mädchens nicht verlor. Dann spürte sie, wie sich dünne Arme um sie schlangen, sie hielten und stützten.

Sie hörte ein Flüstern. »Du schaffst es. Ich weiß es. Danke.«

Grace griff nach den Resten der Finsternis, den Schatten,

die sich hartnäckig an Elizabeth klammerten, riss sie mit letzter Kraft aus deren Körper und nahm sie in sich auf. Dann stürzte sie auf das Kissen und hörte Elizabeth' entsetzten Schrei nach ihrem Vater. Die Bitte um Hilfe.

Farnsworth packte Grace bei den Schultern und drehte sie auf die Seite. Finster, aber auch voller Hoffnung schaute er zwischen ihr und seiner Tochter hin und her.

Elizabeth rappelte sich auf, kniete sich hin und schaute besorgt auf Grace hinab.

»Hilf ihr, Daddy. Sie braucht Hilfe.«

Beim Anblick seiner Tochter füllten sich Farnsworth' Augen mit Tränen. Rosig, gesund sah sie aus. In ihrem Blick lag ein Strahlen wie schon lange nicht mehr.

»Elizabeth«, sagte er leise.

Einen Moment lang ließ er Grace los und umarmte seine Tochter und drückte sie, gedämpft schluchzend, an sich.

»Mein Baby, mein Baby.«

Elizabeth löste sich von ihm und blickte erneut zu Grace hinüber, die zaghaft lächelte, um das kleine Mädchen zu beruhigen. Sie war schwach, aber sie war keineswegs außer Gefecht gesetzt. Dafür hatte sie Elizabeth zu danken, die so stark, deren Lebenswille so mächtig gewesen war, dass sie Grace beim Heilungsprozess erheblich geholfen hatte. Elizabeth war ein erstaunlich starkes Mädchen!

Diese Stärke hatte sie Grace zur Verfügung gestellt, sodass diese nicht alles allein hatte schultern müssen.

»Daddy, sie braucht Hilfe. Hol die anderen. Die können ihr helfen. Du hast es versprochen.«

Widerwillig stand Farnsworth auf. Er wollte seine Tochter offenbar keine Sekunde allein lassen, ging aber dann doch zur Tür.

Draußen lief Rio nervös auf und ab. Der ganze Flur war voller Soldaten. Söldnern. Die Spannung war mit Händen zu greifen. Die Männer von Titan hatten die Waffen auf Rios Leute gerichtet, als warteten sie nur auf eine Bewegung. Irgendeine Regung. Als könnten sie kaum erwarten, endlich den Abzug zu drücken.

Rio hoffte, dass der Rest von KGI, der ebenfalls von dem Hubschrauber abgesetzt worden war, es inzwischen bis zur Küste geschafft hatte. Jeden Moment konnte hier die Hölle losbrechen, und das wollte er auf gar keinen Fall ohne Rückendeckung erleben.

Die Tür ging auf, und die Anspannung im Flur erreichte schlagartig einen neuen Höhepunkt. Farnsworth kam heraus, drehte Rio den Rücken zu und wandte sich an Hancock.

»Es ist vorbei. Miss Peterson braucht allerdings Hilfe. Sie ist sehr schwach. Die Männer sollen sie holen und mit ihr verschwinden. Ich habe ihnen sicheres Geleit von der Insel versprochen.«

Im nächsten Moment zog Hancock die Pistole, zielte auf Farnsworth und schoss.

Instinktiv sprang Rio zur Seite. Im Flur brach Chaos aus. Erneut fiel ein Schuss, und Rio spürte einen scharfen Schmerz in der Brust.

»Feuer einstellen«, brüllte Hancock. »Verflucht noch mal. Ich habe keinen Schießbefehl gegeben.« Wütend drehte er sich um und erschoss den Mann, der Rio verletzt hatte.

Dann hob er die Waffe, während seine Leute Rios Team in Schach hielten.

Rio glitt zu Boden. Aus seiner Brust strömte Blut. »Du Arschloch! Hancock, du blöder Wichser! Was zum Teufel soll das werden?«

Vorsichtig stieß Hancock Farnsworth' Leiche an, um zu prüfen, ob dieser wirklich tot war, dann kauerte er sich mit finsterer Miene neben Rio hin.

»Scheiße, Rio. So war das nicht geplant. Das Ganze sollte ein gezieltes Manöver sein, aber einer meiner Männer ist leider schießwütig geworden.«

»Daddy!«

Der schrille Schrei hallte durch den Flur. Elizabeth wollte zu ihrem Vater, aber Terrence fing sie ab, hob sie hoch, drückte sie sich an die breite Brust und schirmte sie von dem grausamen Anblick ab.

»Alles raus hier«, brüllte Hancock. »Räumt das Gelände.« Dann zu Rio: »Ich weiß, dass du den Rest deiner Leute hierhast. Wenn du nicht auf ein gewaltiges Blutbad aus bist, dann nimm sofort Kontakt zu ihnen auf. Wir sind an KGI nicht interessiert. Ihr wart nur Kollateralschaden.«

»Diego«, rief Rio mit schwächer werdender Stimme. Mist, tat das weh. »Gib den anderen Bescheid. Sie sollen sofort abrücken. Geh zu Sam, und sag ihm, was passiert ist. Und sie dürfen keinesfalls feuern, außer sie werden selbst beschossen.«

Mit glasigen Augen schaute er zu Hancock. »Ich hoffe, du hast mir die Wahrheit gesagt. Wenn nicht, garantiere ich dir, dass keiner von euch diese Insel lebend verlässt.«

Hancock nickte.

»Und sag Grace …« Rio keuchte, sauer, dass er nicht mehr genügend Luft bekam. »Sag Grace, ich liebe sie.«

»Rio!«

Grace versuchte, Hancock zur Seite zu schieben, doch die Anstrengung war zu viel für sie. Fast wäre sie gefallen. Sacht stützte Hancock sie.

»Es ist zu spät«, sagte er ruppig.

Angst und Panik machten sich in Grace breit. Schwankend ließ sie sich auf die Knie sinken. »Nein!«

Sie presste beide Hände auf die Wunde unterhalb von Rios Hals. Überall war Blut, auf seiner Kleidung, ihren Händen und auf dem Boden.

Als Hancock versuchte, sie wegzuziehen, drehte sie sich wütend um. »Sie wissen, was ich tue. Lassen Sie mich los, verflucht noch mal. Ich muss ihn retten. Ich lasse ihn nicht einfach so daliegen.«

Hancock starrte sie an. »Das können Sie nicht tun, Grace. Sie sind zu schwach, und die Verletzung ist tödlich. Es gibt für ihn keine Rettung. Sie müssen gehen.«

»Scheren Sie sich zum Teufel«, schrie sie. »Sie haben keine Ahnung, was ich alles kann.«

»Sie werden dabei sterben«, knurrte er.

»Glauben Sie, das interessiert mich? Glauben Sie, ich könnte weiterleben mit dem Wissen, nichts für ihn getan zu haben? Glauben Sie, ich will leben, während er für mich gestorben ist? Verschwinden Sie. Gehen Sie mit den anderen. Aber gehen Sie mir aus dem Weg.«

Hancock seufzte und lockerte schließlich widerwillig den Griff um ihren Arm. Grace beugte sich zu Rio hinab und klammerte sich an ihn.

Verlass mich nicht, Rio,

Die verzweifelten Worte kamen aus dem tiefsten Innern ihrer Seele.

Grace.

Sie spürte eine schwache Bewegung, als hinge sein Leben nur noch am seidenen Faden.

Mach das nicht. Verschwinde, Honey. Geh mit Terrence. Er bringt dich in Sicherheit. Du bist zu matt, Kleines. Tu es nicht. Ich flehe dich an.

Sie ignorierte seine Bitte. Mit letzter Kraft drang sie gewaltsam in seinen Verstand ein. Sie rang seine Einwände nieder und wich nicht zurück, als er sie von sich stoßen wollte. Nichts und niemand würde sie davon abhalten, ihn zu retten.

Er gehörte ihr, und er würde leben, selbst wenn es für sie den Tod bedeuten sollte.

Sie sah in sich hinein und entdeckte Reserven, von deren Existenz sie bisher nichts geahnt hatte. Verzweiflung und die Liebe zu diesem Mann verliehen ihr Kräfte, die weit über ihre kühnsten Träume hinausgingen.

Sie sog, absorbierte, und je länger sie das tat, desto größere Schmerzen tobten in ihr und durchschnitten sie wie tausend scharfe Messer.

Sie keuchte, zuckte zusammen. Einen Moment lang dachte sie, sie hätte laut geschrien, aber das hatte sie sich vielleicht nur eingebildet. Ihre ganze Konzentration galt einzig und allein Rio. Sie musste diese Blutung stoppen, diese schreckliche Wunde heilen, die ihn töten würde, sollte sie zu langsam sein.

Der Geruch nach Blut war überwältigend. So stark, dass sie würgen musste. Erst da wurde ihr klar, dass es gar nicht sein Blut war. Es war ihres. Auf der Zunge. Und es sickerte ihr über den Hals.

Während sich Rios Wunde unter ihren Händen allmählich schloss, öffnete sich ihre und riss ihr ein klaffendes Loch in den Leib.

Alles verschwamm vor ihren Augen. Das Atmen wurde ihr schwer. So unsagbar schwer.

Noch nie hatte Grace solche Schmerzen empfunden.

Ihr Körper, geschwächt und abgekämpft durch die Übernahme von Elizabeth' Krankheit, war an seine Grenzen gelangt. Jetzt konnte nicht einmal sie selbst sich noch helfen.

Nur ganz am Rande ihres Bewusstseins nahm sie noch die

Schritte wahr, die weiter hinten im Flur erklangen. Schüsse. Schreie. Gebrüllte Befehle.

Mit äußerster Anstrengung versiegelte sie die Wunde in Rios Brust. Dann stieß sie ein letztes Mal keuchend den Atem aus und glitt geräuschlos neben ihn auf den Boden.

38

Rio holte kräftig Luft und kam ruckartig wieder zu sich, als hätte ihm jemand einen Defibrillator angelegt und ihn mit Gewalt ins Leben zurückgeholt. Automatisch fuhr seine Hand zum Brustkorb, zu der schrecklichen Wunde nicht weit von seinem Hals. Nur dass er nichts fand. Kein klaffendes Loch.

Allerdings war seine Hand blutbefleckt. Er hatte sich das also nicht eingebildet. Und trotzdem: Die Schmerzen waren fort. Er konnte atmen. Es war, als wäre nichts geschehen.

Dann fielen ihm Graces angstvolle Schreie und ihr Flehen ein. Ihr verzweifeltes Ringen, ihn zu retten. Und dass er sie gebeten hatte, es nicht zu tun.

Er rollte sich herum und stieß gegen den reglos neben ihm liegenden Körper. Die Wunde – seine Wunde – war nun in ihrer Brust. Aus dem tiefen Loch floss massenhaft Blut.

»Grace.«

Er brachte kaum mehr als ein Flüstern zustande.

Er kam auf die Knie, bedeckte mit den Händen die Wunde und versuchte verzweifelt, die Blutung zu stoppen. Von Panik ergriffen sah er sich um. Er hatte keine Ahnung, was er tun, wie er sie retten sollte.

Hancock schob sich neben ihn, aber Rio ging auf ihn los, um ihn daran zu hindern, Grace auch nur zu berühren. Hancock verpasste ihm einen Faustschlag und presste dann mit aller Kraft ein dickes Handtuch auf Graces Wunde.

»Terrence«, schrie Rio. »Diego! Irgendwer! Scheiße, ich brauche Hilfe. Wir müssen sie hier rausschaffen.«

Er beugte sich wieder über Grace. Sie war leichenblass und bewegte sich nicht.

»Oh Gott, Grace«, stammelte er. »Nein, nein. Warum? Oh Gott, warum?«

Seine restlichen Worte gingen in ein gequältes Stöhnen über. Während Hancock weiter das Handtuch auf ihre Brust drückte, nahm Rio Grace in die Arme und wiegte sich vor und zurück. Tränen rannen ihm über die Wangen.

Er wusste es. Er wusste, was sie dies gekostet hatte. Sie atmete nicht. Weder durch den Mund noch durch die Nase. Er vergrub sein Gesicht in ihrem weichen Haar und weinte hemmungslos drauflos, weil er das verloren hatte, was ihm auf dieser Welt am wertvollsten war.

Sie war nicht stark genug gewesen, ihn zu heilen. Nicht diese tödliche Wunde. Deshalb hatte sie die Verletzung auf sich übertragen und genau gewusst, welches Opfer sie brachte.

Er küsste sie auf die Schläfe. Seine Tränen ließen ihre Haare nass werden. Sanft strich er ihr die Strähnen aus dem schönen Gesicht. Er strich ihr über die Wange, fuhr mit dem Finger über ihre reglosen Lippen.

»Ich liebe dich«, sagte er stockend. »Verlass mich nicht, Grace. Bitte, lass mich nicht allein.«

Schritte waren zu hören. Donovan, gefolgt von Diego. Donovan stieß Hancock beiseite und dichtete rasch die Wunde ab.

Mit einem Blick voller Bedauern sagte er zu Rio: »Sieht übel aus, Mann. Wir müssen sofort los. Der Hubschrauber wartet schon. Unsere einzige Hoffnung ist, sie in ein Krankenhaus zu bringen, wo man sie stabilisieren kann, bis ihre Heilfähigkeit wieder wirksam wird.«

Während Donovan sprach, fühlte er gleichzeitig Graces Puls. Einen Moment ließ er die Finger an ihrem Hals liegen, dann fluchte er.

»Leg sie hin, Rio«, blaffte er ihn an.

Rio gehorchte und legte Grace behutsam auf den Boden. Wie durch einen Schleier verfolgte er, wie Donovan sich über sie beugte, seine Hände übereinanderlegte und mit der Herzmassage begann.

»Drück fest auf die Wunde«, befahl Donovan. »Da darf keine Luft mehr durchkommen.« Dann, an Diego gewandt: »Mach Mund-zu-Mund-Beatmung. Wir müssen sie zurückholen.«

Donovan drückte immer wieder auf ihre Brust und schaute den Flur entlang. »Wo bleibt der verdammte Erste-Hilfe-Koffer? Ich muss eine Infusion legen, und das möglichst gestern.«

Wieder waren Schritte im Flur zu hören, aber dafür hatte Rio keinen Blick. Er sah nur Grace und ihren Kampf ums Überleben.

Er drang in ihren Geist vor, so wie sie es bei ihm getan hatte.

Verdammt, Grace. So leicht kommst du mir nicht davon. Du hältst durch. Du kannst es schaffen.

Mir tut es nicht leid.

Das Flüstern in seinem Kopf war kaum hörbar, da Donovan Diego gerade anschrie, er solle aufhören.

»Ich habe einen Puls. Nur schwach, aber er ist zu spüren. Jetzt rein mit der Infusion und dann nichts wie weg.«

Ich würde es wieder tun. Ich bedauere nichts.

Rio wischte sich die Tränen aus dem Gesicht.

Halte einfach durch, Honey. Bitte. Tu es für mich. Gib nicht auf.

Es tut weh.

Diese drei Worte zerrissen ihm schier das Herz. Seine Tränen brannten wie Säure auf den Wangen.

Garrett und Nathan setzten die Tasche neben Donovan ab, und Nathan machte sofort alles für die Infusion bereit. Auch Donovan vergeudete keine Sekunde. Er setzte Grace die Nadel direkt in die Drosselvene, befestigte sie mit Klebeband und wies Garrett an, den Infusionsbeutel hochzuhalten.

Dann zog er ein weiteres Set aus der Tasche und steckte ihr die Nadel in eine Vene am Arm. Er ersetzte sie durch eine Verweilkanüle, befestigte sie mit Klebeband und warf den anderen Beutel Nathan zu.

»Draußen ist der Teufel los, wir müssen uns beeilen«, sagte Donovan knapp.

Hancock stand auf, packte sein Gewehr und sagte zu Donovan: »Darum kümmern sich meine Männer und ich. Farnsworth' Sicherheitstrupp ist ein Witz. Wir decken euren Abflug.«

Donovan hob Grace hoch, während Nathan und Garrett die Infusionsbeutel hochhielten. Rio schleuderte Hancock gegen die Wand. »Du bist mir noch einige Erklärungen schuldig, du Drecksack.«

Hancock deutete ein Lächeln an. »Wir sehen uns bestimmt wieder. Verlass dich drauf.«

Rio schob ihn weg und marschierte den Flur hinab. Als er Garrett überholte und die Führung übernahm, brachte er sein Gewehr in Anschlag. Nichts und niemand würde an Grace herankommen, wenn er es verhindern konnte.

Geduckt liefen sie zum Hubschrauber, legten Grace vorsichtig auf den Boden und kletterten hinterher.

»Sam hat gesagt, er und die anderen halten uns den Rücken frei und räumen hier auf«, schrie Garrett. »Wir sollen uns ausschließlich um Grace kümmern, die anderen kommen dann nach.«

Nathan stieg ins Cockpit, und kurz darauf hob der Hubschrauber ab und flog tief und schnell Richtung Festland.

Donovan kümmerte sich um Grace, aber es war Rio, der sie fest in den Armen hielt.

Du schaffst es, Baby. Halte durch. Halte bitte durch. Tu es für mich. Ich brauche dich, Grace, ich brauche dich.

»Hoffentlich spricht irgendjemand Griechisch«, grummelte Garrett. »Das hier dürfte nicht leicht zu erklären sein.«

»Ich kriege das hin«, sagte Diego. »Ich bin ein echtes Sprachgenie. Abgesehen davon: Die Sprache der Waffen versteht jedes Kind.«

»Worauf du einen lassen kannst«, stimmte Garrett ihm zu. Dann drehte er sich zu seinem Bruder um und musterte ihn drohend. »Wehe, du verpfeifst mich bei meiner Frau wegen meiner Ausdrucksweise.«

»Nathan, wie lange brauchen wir denn noch?«, fragte Donovan. »Mit dem Notverband hält sie nicht ewig durch.«

»Ich gebe schon Vollgas«, brüllte Nathan.

Zwanzig Minuten später landete Nathan den Hubschrauber mitten auf dem Parkplatz des Krankenhauses. Diesmal trug Rio Grace, während Donovan weiter die Hände auf die Wunde presste und Garrett und Diego die Beutel hielten. So rannten sie auf den Eingang zu.

Die Kombination aus einer schwer verwundeten Frau, einer Gruppe von bewaffneten Männern und Diegos gebrochenem Griechisch brachte sie rasch in einen kleinen Bereich, von dem Rio annahm, dass es sich um die hiesige Variante der Notaufnahme handelte. Er hoffte bei Gott, dass er Graces Leben nicht einem Haufen unfähiger Quacksalber anvertrauen musste.

Das Ärzteteam und das medizinische Personal arbeiteten schnell und effektiv, aber Rio trat nur widerstrebend zurück. Irgendwann schob ihn eine der Schwestern mit einem Blick beiseite, der nur besagen konnte: »Geh mir aus dem Weg.«

Einer der Ärzte redete wie ein Wasserfall auf Rio ein, der sich fragend an Diego wandte: »Was erzählt er denn da?«

»Er sagt, dass sie sofort operiert werden muss. Er ist skeptisch, dass sie die OP überleben wird. Aber auch wenn die Chancen gering sind, will er alles nur Menschmögliche tun.«

»Darauf scheiße ich«, knurrte Rio. »Sag ihm, sein Bestes ist mir nicht gut genug. Er soll sie retten, sonst ist er dran.«

Diego schaute ihn schief an, redete dann aber wieder mit dem Arzt. Die Botschaft war wohl rübergekommen, denn der Arzt wurde schlagartig leichenblass. Rasch rief er dem Personal eine Reihe von Befehlen zu.

Kurz darauf wurde Grace auf einer Trage an Rio, Donovan und den übrigen Männern vorbeigerollt. Rio stand da, als wäre jedes Leben aus ihm entwichen. Dass er Grace soeben das letzte Mal gesehen haben könnte, machte ihn fix und fertig. So blutig, bleich wie der Tod, völlig zerstört.

Donovan legte ihm die Hand auf die Schulter. »Komm, lass uns das Wartezimmer in Beschlag nehmen. Und dann jagen wir allen anderen eine Heidenangst ein, damit wir unter uns sind. Wir müssen uns bei Sam melden, damit er weiß, wo wir sind, und um rauszufinden, ob irgendwelche Opfer zu beklagen sind.«

Rio nickte stumm und ließ sich einfach mitziehen. Nathan ging neben ihm und sagte leise: »Shea kämpft ebenfalls für sie, Mann. Und du ja auch. Sie wird es überstehen.«

»Sie muss«, antwortete Rio, dessen Zuversicht mehr und mehr dahinschmolz. »Ohne sie bin ich verloren.«

39

Tief in Gedanken versunken stand Rio in einer Ecke des Wartezimmers und starrte aus dem Fenster auf das Meer. Seiner Stimmung entsprechend hätte der Himmel eigentlich finster sein müssen und voller Gewitterwolken, aber es war ein strahlend schöner Tag. Blauer Himmel, nicht eine Wolke, das Wasser glitzerte im Sonnenschein, als bestünde es aus Diamanten.

Nach und nach hatte sich der Raum mit KGI-Leuten gefüllt, die ihn aber wohlweislich in Ruhe ließen. Terrence saß am anderen Ende des Zimmers neben Elizabeth. Er hielt ihre Hand und sprach beruhigend auf das schluchzende Mädchen ein.

Rio wusste, er sollte ebenfalls mit ihr sprechen und sie trösten. Er war schließlich kein totaler Arsch. Aber was konnte er schon sagen? Er litt selbst. Und das Wissen, dass Grace womöglich ihr Leben für ihn und dieses Mädchen geopfert hatte, machte es nicht besser.

Plötzlich verstummte das Gemurmel, das im Raum geherrscht hatte. Rio spürte, wie sich seine Nackenhaare aufstellten. Er drehte sich um und entdeckte Hancock, der noch immer in seinem Tarnanzug steckte – Kleidung und Hände voller Blut. Graces Blut.

Hancock kam auf Rio zu, blieb aber in sicherem Abstand vor ihm stehen und musterte ihn argwöhnisch, ohne jede Großspurigkeit, die ihm sonst zu eigen war.

»Grace?«, fragte er.

»Noch bei der OP«, antwortete Rio kurz angebunden. »Bis jetzt keine Nachricht. Viel Hoffnung haben sie uns aber nicht gemacht.«

»Komm mit. Drehen wir eine Runde. Ich möchte dir einiges erklären.«

Rios Blick wanderte abwärts, was Hancock leise auflachen ließ. »Wenn ich die Absicht hätte, dich zu töten, mein Freund, wärst du längst tot. Ich bin unbewaffnet, was ja allerhand aussagt angesichts der Tatsache, dass es in diesem Zimmer nur so von Männern wimmelt, die mich am liebsten von oben bis unten aufschlitzen würden.«

Rio schaute zu Nathan, der ihnen am nächsten stand. »Wir gehen mal kurz ans Ende des Gangs. Hol mich sofort, wenn es was Neues gibt.«

»Mache ich«, erwiderte Nathan.

Rio folgte Hancock den langen Korridor hinunter und, ironischerweise, zu einer kleinen Kapelle am Ende des Flurs. Hancock blieb kurz stehen, bekreuzigte sich und trat ein.

Auch Rio zögerte ein wenig und zog dann aus der Tasche den Rosenkranz, den ihm seine Mutter vor langer Zeit gegeben hatte. Er machte das Kreuzzeichen, küsste die Perlen und sprach leise ein Gebet:

»Herr, ich weiß, dass ich viel falsch gemacht habe. Ich bin nicht würdig in vielerlei Hinsicht. Aber Grace ist ein durch und durch guter Mensch. Sie ist ein Mensch ganz nach deinem Willen. Ein Geschenk für so viele. Sie ist mein Licht und meine Hoffnung. Bitte nimm sie mir nicht weg. Ich werde mein Bestes tun, um mich ihrer und ihrer besonderen Gabe würdig zu erweisen. Nur gib sie mir bitte wieder zurück.«

Danach ging er weiter nach vorne und setzte sich in die erste Bank neben Hancock. Einen Moment schwiegen beide, dann drehte sich Hancock zu Rio um.

»Auf Grace hatten wir es nie abgesehen. Sie war nur ein Mittel zum Zweck.«

»Und trotzdem hättet ihr sie fast getötet. Vielleicht stirbt sie noch wegen euch, verflucht noch mal.«

»Farnsworth war unser Ziel und ist es immer gewesen«, fuhr Hancock ungerührt fort. »Ein aalglatter Drecksack, der einen sechsten Sinn dafür hatte, wenn ihm jemand zu nahe kam. Dann verschwand er wie von Geisterhand von der Bildfläche. Dazu kam, dass er einer der paranoidesten Typen aller Zeiten war. Er hat niemandem getraut. Aber einen Schwachpunkt hatte er.«

»Seine Tochter«, murmelte Rio.

Hancock nickte. »Als sie an Krebs erkrankte, wurde er nachlässig. Um sie zu retten, hätte Farnsworth alles getan, aber niemand konnte ihm geben, was er sich so verzweifelt wünschte. Seine Kontakte bei der Regierung verschafften ihm Informationen über Grace Peterson, an der auch staatliche Stellen Interesse hatten.«

»Und du hast ihm Grace wie eine Karotte vor die Nase gehalten.«

»Kann man so sagen. Das Problem war nur, dass Farnsworth jedes persönliche Gespräch ablehnte, sonst hätten wir ihn ja sofort schnappen können, als er sich an Titan wandte. Aber die einzige Möglichkeit, in seine Nähe zu kommen, war, ihm Grace auszuhändigen. Und dazu mussten wir sie erst einmal haben.«

Rio schüttelte den Kopf. »Und warum hast du sie dann letztes Mal laufen lassen?«

Hancock wandte den Blick ab und schaute auf das Kruzifix hinter der kleinen Kanzel. »Weil ich dir was schuldig war. Du hast mir das Leben gerettet. Ich bin nicht völlig ehrlos. Ich wusste, dass Grace durch die Hölle gegangen ist. In ihrem damaligen Zustand wäre sie für Farnsworth nutzlos gewesen. Ich wollte ihr Zeit verschaffen, weil mir klar war, dass der Versuch, seine Tochter zu retten, sie das Leben kosten könnte. Und falls sie gescheitert wäre, hätte Farnsworth sie aus lauter Wut umgebracht.«

»Wer wollte Farnsworth haben?«, fragte Rio. »Für wen arbeitest du momentan? Soweit ich weiß, existiert Titan gar nicht mehr. Nicht einmal inoffiziell.«

Hancock grinste. »Du musst nicht alles für bare Münze nehmen, was man so erzählt. Meinen Glauben an mein Land und an die Grundsätze, die es groß gemacht haben, habe ich noch nicht völlig verloren. Farnsworth war ein übler Schweinehund, der den Tod verdient hatte. Er war dafür verantwortlich, dass viele Amerikaner sterben mussten. Soldaten. Männer und Frauen, die das größtmögliche Opfer für ihr Land gebracht haben. Farnsworth kannte keine Ehre. Er kannte keine Prinzipien. Das Gleiche würden manche von dir und mir behaupten, aber das ist nicht wahr. Was wir tun, ist moralisch vielleicht nicht immer einwandfrei, aber es ist nötig, um die übergeordneten Ziele zu erreichen. Der Tag, an dem ich das nicht mehr glaube, ist der Tag, an dem ich sterbe, weil ich nicht in einer Welt leben kann, in der es keine übergeordneten Ziele mehr gibt.«

Die ruhig vorgetragenen Sätze trafen Rio bis ins Mark. Er fühlte sich in die Vergangenheit zurückversetzt, in eine Zeit, als er und Hancock Seite an Seite gekämpft hatten. Für eine große Sache. Weil sie an das, was sie taten, glaubten.

»Und jetzt?«, fragte Rio leise. »Existiert Titan noch? Bist du jetzt praktisch deine eigene Organisation?«

»Wir sind da. Wir sind immer da. Wir treten nur selten in Erscheinung, aber wir sind da. Wir sind uns sehr ähnlich. Du weißt schon, Titan und KGI. Wir sehen die Welt mit anderen

Augen. Wir kämpfen für das, woran wir glauben. Wir erledigen die Arbeit, die sonst keiner tun will oder kann. Für die einen sind wir Bösewichte, für die anderen Helden. Aber wichtig ist letztendlich nur, was wir für uns selbst sind, meinst du nicht?«

Rio schüttelte den Kopf. Auf eine verquere, fast schon lächerliche Art und Weise hatte Hancock recht.

»Na ja, jedenfalls tut es mir leid. Es war niemals meine Absicht, Grace oder dir Schaden zuzufügen. Ich habe nicht geschossen, aber der Schuss kam von einem meiner Männer. Einem Kämpfer, den ich ausgebildet habe. Deshalb bin ich dafür verantwortlich. Er hat reagiert, ohne nachzudenken. Ein Fehler, der einen das Leben kosten kann. Ich habe an ihm ein Exempel statuiert, aber das ändert nichts an der Tatsache, dass die Frau, die du liebst, jetzt hier liegt, um ihr Leben kämpfen muss, weil einer meiner Leute einen Fehler gemacht hat.«

Rio nickte. Viel zu sagen gab es nicht. Der Mann hatte mit seinem Leben bezahlt. Und sowieso war jetzt nicht der Moment für Wut und Hass. Wichtig war einzig und allein Grace. Seine Liebe zu ihr. Und dass er nicht den Glauben daran verlor, dass sie den Kampf um ihr Leben gewinnen würde.

»Und?«, fragte Rio. »Wie geht es nun weiter? Farnsworth ist tot. Grace und Shea werden nach wie vor gesucht. Wir können gerne hier herumsitzen und uns unterhalten, aber sollte ich erleben, dass du es auf jemanden abgesehen hast, der mir nahesteht, werde ich dich, ohne zu zögern, töten.«

Hancock lächelte. »Nichts anderes erwarte ich von dir.« Dann wurde er wieder ernst. »Ich werde folgenden Bericht schreiben: Farnsworth wurde eliminiert, sein Vermögen wird vom Staat konfisziert. Da werden viele jubilieren. Außerdem wird in dem Bericht stehen, dass Grace Peterson bei dem Versuch, Elizabeth Farnsworth zu heilen, leider gestorben ist.«

Rio brauchte eine Weile, bis ihm klar wurde, was das für Grace bedeutete: Freiheit.

»Das heißt, du musst ihr eine neue Identität verschaffen und dafür sorgen, dass sie möglichst unsichtbar bleibt. Aber du hast bestimmt kein Problem damit, sie in deinem bescheuerten Dschungelbau zu verstecken. Und mit KGIs Verbindungen sollte es ein Kinderspiel sein, ihr zu einer neuen Identität zu verhelfen.«

In Rio keimte Hoffnung auf. Ein Leben. Ein ganz normales Leben. Genau das, wovon Grace immer geträumt hatte. Frei von Angst. Nicht mehr dauernd über die Schulter schauen müssen. Offiziell wäre sie tot. Von ihm geliebt und auf Händen getragen bis in alle Ewigkeit.

»Und was ist mit ihrer Schwester? Was ist mit Shea?«

»Ohne Grace sinkt ihr Wert. Ich tue mein Bestes, um alle Ansprüche in dieser Hinsicht zu dämpfen, aber garantieren kann ich nichts. Ich bezweifle allerdings keine Sekunde lang, dass KGI auch für ihre Sicherheit sorgen wird.«

»Danke«, sagte Rio leise.

Es fiel ihm schwer, sich bei diesem Mann zu bedanken. Aber Hancock versuchte, Vergangenes wiedergutzumachen. Er hatte Grace geschont. Er hatte getan, was notwendig war, um seinen Auftrag zu erfüllen. Früher einmal hätte ihm Rio für diese Durchsetzungskraft und Entschlossenheit Beifall gezollt. Er hätte Hancock bewundert und ihm nachgeeifert. Weil er funktionierte wie eine Maschine, nicht wie ein Mensch.

Hancock stand auf und wandte sich zum Gehen. Rio war klar, dass er ihn nie wiedersehen würde. Außer Hancock legte es darauf an. Er würde sich in seine Schattenwelt zurückziehen, zurück in eine Grauzone, in der auch Rio einst existiert hatte, ehe Grace in sein Leben geplatzt war und Farben, Liebe und Verständnis mitgebracht hatte.

»Und was ist mit Elizabeth?«, rief er ihm hinterher. »Was wird in deinem Bericht über sie zu finden sein?«

Hancock blieb stehen und drehte sich um. »Was würdest du denn gerne lesen?«

Rio zögerte und dachte an das unschuldige kleine Mädchen, das dem Tod so nahe gewesen war, bis Grace ihr das Leben wiedergegeben hatte. Dann hob er den Blick. »Sag ihnen … Sag ihnen, dass sie ebenfalls gestorben ist. Dass Grace sie nicht retten konnte.«

Hancock nickte. »Richte Grace aus … Richte ihr aus, dass sie eine Wahnsinnsfrau ist. Sie hatte Farnsworth bei den Eiern. So was habe ich noch nicht erlebt. Die geht ganz schön ran, wenn es sein muss.«

»Ich werde es ihr ausrichten«, entgegnete Rio, dessen Zuversicht langsam wuchs.

»Alles Gute.« Mit diesen Worten verschwand Hancock durch die Tür.

»Alles Gute«, murmelte Rio in den leeren Raum.

Dann eilte er ins Wartezimmer zurück. Er wollte wissen, ob es etwas Neues gab. Drei Stunden wurde Grace nun schon operiert, und er hatte keine Ahnung, wie lange so etwas normalerweise dauerte.

Kaum hatte er die Tür aufgerissen, wusste er schon, dass er seine Ungeduld weiter zügeln musste. Nathan sah ihn an und schüttelte schweigend den Kopf. Rio verbarg seine Enttäuschung und seufzte frustriert auf. Vor Müdigkeit und Sorge ließ er die Schultern hängen.

Elizabeth saß unmittelbar neben Terrence. Unter anderen Umständen hätte Rio dieses Bild – das schmächtige Kind neben diesem Berg von Mann – amüsiert. Doch dann blickte Elizabeth auf und ihm direkt in die Augen. Sie war den Tränen nahe.

Plötzlich schob sie zu Rios Überraschung die Decke weg, in die Terrence sie gewickelt hatte, und stand auf. Sie kam auf ihn zu, mit ernster Miene und traurigen Augen. Direkt vor ihm blieb sie stehen und blickte zu ihm hoch.

»Ich weiß, dass mein Dad kein guter Mensch war. Es tut mir leid, dass er Grace wehgetan hat. Sie ist so toll. Wie ganz viel Sonnenschein und Liebe.«

Jetzt brannten auch in Rios Augen Tränen.

Sanft nahm er sie bei der Hand. »Komm, setzen wir uns hin und unterhalten uns, Elizabeth.«

Sie folgte ihm ans Ende des Zimmers, weg von den anderen. Er setzte sich, sie blieb unbeholfen stehen, als wüsste sie nicht, was sie machen sollte. Es tat ihm in der Seele weh zu sehen, wie sehr sie sich bemühte, tapfer zu sein, obwohl ihre ganze Welt in Trümmern lag.

»Komm her«, sagte er leise.

Er streckte die Arme aus, und sie folgte der Einladung. Er zog sie an sich und umarmte sie.

»Du hast recht. Dein Vater war kein sehr guter Mensch.« Er würde sie nicht anlügen. Außerdem war Elizabeth nicht dumm. Sie wusste genau, was ihr Vater gewesen war. »Aber er hat dich sehr geliebt. Liebe bringt einen dazu, alles Mögliche zu tun. Er hätte alles getan, um dich zu retten, weil er dich so sehr geliebt hat.«

Sie nickte ernst. »Ich habe mir so oft gewünscht, dass es mir wieder besser geht. Ich habe gebetet, dass ein Wunder geschieht, weil ich wollte, dass Vater ein guter Mensch wird. Ich habe zu Gott gebetet, dass er mich gesund macht und dass Dad und ich dann irgendwohin gehen und ein neues Leben anfangen können. Ich …«

Sie biss sich fest auf die Lippe, aber Rio sah, dass sie zitterte.

»Ja?«

»Ich habe immer gedacht, dass das die Strafe ist. Dass ich krank bin, weil mein Vater so viele schlimme Dinge getan hat«, flüsterte sie.

Rio strich ihr über das Haar. Dass dieses unschuldige Kind jahrelang eine solche Last mit sich herumgetragen hatte, zerriss ihm fast das Herz. Elizabeth war noch so klein, aber hatte schon so viel durchmachen müssen.

»Nein, so funktioniert das nicht. Dein Vater hat seinen Weg gewählt. Gott bestraft dich nicht für Entscheidungen, die dein Vater zu verantworten hat. Du warst für deinen Dad ein Geschenk. Er hat dich über alles geliebt. Guten Menschen stoßen auch schlimme Dinge zu. Das ist traurig und nicht immer logisch. Aber nimm mal Grace. Sie wurde sehr schlecht behandelt von den Leuten, die wegen ihrer Fähigkeiten hinter ihr her waren. Grace ist ein guter Mensch. Trotzdem musste sie sehr viel leiden. Es ist nicht gerecht, aber im Leben geht es selten gerecht zu. Wichtig ist nur, wie man sein Leben lebt. Wie man mit Schicksalsschlägen umgeht.«

»Jetzt sind alle weg. Ich bin allein«, sagte Elizabeth. »Mein Dad hat mir nie gesagt, wer meine Mutter ist. Ich glaube, er hat mich von ihr weggeholt, als ich noch ganz klein war. Was geschieht jetzt mit mir, Rio?«

Er lächelte liebevoll und strich ihr eine Strähne aus der Stirn. »Ich habe eine Idee und würde gern deine Meinung dazu hören.«

Sie runzelte die Stirn und starrte ihn fragend an.

»Was würdest du sagen, wenn wir mal runtergehen, uns was zu essen besorgen und uns in Ruhe über meinen Vorschlag unterhalten?«

Kurz blitzte es in ihren Augen auf, dann warf sie einen Blick zur Tür, als würde sie damit rechnen, dass jeden Moment jemand hereinkam.

»Was ist mit Grace? Ich möchte lieber hierbleiben.«

»Wenn der Arzt kommt, holt uns Terrence auf der Stelle. Dann laufen wir rauf, so schnell wir können, damit wir dabei sind, wenn sie aufwacht. Abgemacht?«

Elizabeth nickte lächelnd. »Abgemacht.«

40

Grace kämpfte sich durch ein Meer der Finsternis, durch Schatten, die sich wie Schlingpflanzen an sie klammerten und sie umhüllten. Sie wehrte sich gegen die übermächtige Dunkelheit, suchte in der Ferne die Wärme des Lichts, das dauernd schwächer zu werden schien.

Sie wusste, dass sie nicht tot war, aber im Sterben lag. Es war so weit. Die Entscheidungsschlacht zwischen Leben und Tod war gekommen. Das klang zwar sehr poetisch, aber in Wahrheit war es einfach nur scheiße. Der Tod hatte rein gar nichts Poetisches an sich.

Rio?

Die Stimme in ihrem Kopf war leise. Sie war sich nicht sicher, ob sie genug Kraft hatte, das Wort auszusenden, aber sie musste Gewissheit haben, dass er lebte und gesund war, dass sie nicht versagt hatte. Sie brauchte den Trost seiner Anwesenheit, denn ihr Geist war so erschreckend leer. So dunkel, öde und kalt.

Ich bin hier. Neben dir. Immer bei dir. Öffne die Augen, Grace. Ich bin hier. Öffne die Augen, und schau her zu mir.

Sie runzelte die Stirn. Als ob das so einfach wäre. Sie hatte keine Ahnung, wo sie war. Irgendwo zwischen Leben und Tod, und da tat er so, als müsse sie einfach nur die Augen aufschlagen.

Ihr ganzer Körper fühlte sich bleischwer an. Nur langsam begriff sie, was hier vor sich ging. Ihr war kalt, weil der Ort, an dem sie sich befand, Kühlschranktemperatur hatte. Und es war dunkel, weil sie offenbar die Augen einfach nicht aufbrachte.

Viele Geräusche drangen in ihre stille, dunkle Welt. Seltsames Piepsen. Ein Zischen. Leises Brummen, als würden sich Leute in einiger Entfernung unterhalten.

Grace, ich bin hier. Komm zurück. Öffne einfach die Augen. Du hast zu lange geschlafen. Jetzt bist du in Sicherheit. Du bist bei Menschen, die dich lieben.

Shea.

Wärme machte sich in ihr breit und vertrieb allmählich die eisige Kälte. Rio und Shea unterstützten sie mit all ihrer Liebe und Kraft.

Sie bemühte sich. Mit aller Kraft versuchte sie, die Augen zu öffnen, aber es war, als hätte sie jemand zubetoniert. Telepathisch sandte sie eine enttäuschte Botschaft aus.

Ist schon gut, Liebling, meldete sich Rio beruhigend. *Du schaffst das schon. Lass dir Zeit. Entspann dich. Denke an das Schönste, was dir einfällt. Dann öffne die Augen, damit du es sehen kannst.*

Das war kein Problem. Was sie sich am meisten wünschte, war, ihn zu sehen. Zu wissen, dass er am Leben war. Dass er an ihrer Seite war.

Sie schob alles weg von sich, bis auf das unbedingte Verlangen, die Augen aufzuschlagen. Es war, als müsse sie eine Grabplatte aufstemmen. Beschwerlich. Mühsam. Noch nie im Leben hatte sie sich so schwach gefühlt.

Ihre Lider zitterten.

Freude durchströmte sie, und ihr wurde klar, dass es Rios Freude war.

So ist es richtig, Grace. Du kannst es. Du bist schon dabei. Noch ein bisschen weiter.

Es kostete sie ihre gesamte Willenskraft, die Lider auch den restlichen Weg hochzuzwingen. Einen Moment lang sah sie alles völlig verschwommen.

Aber dann verzog sich der Nebel, und das Erste, was sie erkannte, war Rio, der sich über sie beugte und in dessen Augen nichts als Freude stand. Er lächelte so breit, dass sich an seinen Wangen Grübchen gebildet hatten. Dass er solche Grübchen hatte, war ihr neu.

Seine Haare hingen ihm ins Gesicht. Seine dunkelbraunen Augen füllten sich mit Tränen, als er die Hand hob, um ihre Stirn zu berühren.

»Hey«, sagte er zärtlich.

Grace versuchte zu lächeln, aber etwas stimmte nicht mit ihr. Sie konnte die Lippen nicht bewegen. In ihrem Hals steckte ein Schlauch. Unwillkürlich geriet sie in Panik, wollte ihn herausziehen. Plötzlich musste sie würgen.

Rio ergriff ihre Hände und hielt sie fest, während er gleichzeitig um Hilfe rief.

Sie bekam nur vage mit, was geredet wurde, schnappte ein paar Worte auf. Inzwischen war sie vollständig wach, und ihr wurde klar, dass es sich um einen Beatmungsschlauch handelte. Anscheinend hatten sie nicht damit gerechnet, dass sie so schnell wieder zu Bewusstsein kommen würde.

Gerade sagte eine Krankenschwester zu Rio, die Patientin müsse ruhiggestellt werden, um den Schlauch entfernen zu können. Dazu müsse man allerdings auf die Anweisungen des Arztes warten.

Grace wollte protestieren. Wegen des Schlauchs brachte sie jedoch kein Wort heraus, sondern nur ein ersticktes Krächzen.

Rio, der immer noch ihre Hände hielt, drehte sich ihr wieder zu und legte ihr die Lippen auf die Stirn.

Du musst dich beruhigen, Grace. Das Ding in deinem Hals

ist ein Beatmungsschlauch. Du warst im Koma und nicht in der Lage, selbständig zu atmen. Sie nehmen ihn gleich heraus. Alles wird gut.

Schlagartig wurde alles wieder verschwommen, was ihre Panik verstärkte.

Rio!

Psst. Ist gut. Du bekommst ein Beruhigungsmittel, damit sie den Schlauch herausziehen können. Du darfst ihn nicht selbst entfernen, das ist viel zu gefährlich. Ich werde hier sein, wenn du wieder wach wirst. Fest versprochen.

Als sie das nächste Mal wach wurde, öffneten sich ihre Augen wie von selbst. Sie musste die Lider nicht mehr mühsam hochdrücken. Sie fühlte sich gestärkt. Sie fühlte sich dermaßen erleichtert, dass sie fast übermütig wurde. Am liebsten wäre sie aus dem verdammten Bett gekrabbelt und hätte beide Fäuste zum Siegeszeichen emporgereckt.

Sie war hier. Sie war am Leben. Sie würde es schaffen.

Grace hob den Kopf und blickte sich nach Rio um. Als sie ihn nirgends sah, runzelte sie die Stirn. Typisch. Da war sie endlich nicht mehr nur eine panische, ausgeflippte Halbirre, und er war nicht da.

Shea?

Die Antwort kam prompt. Sie spürte, wie erleichtert ihre Schwester war.

Grace, du bist wach. Du bist stärker, das spüre ich. Dir geht es schon sehr viel besser.

Danke, dass du da bist. Für alles. Ohne dich hätte ich es nicht geschafft.

Jetzt ist es vorbei, Grace. Ich kann es kaum erwarten, dich zu sehen. Du musst unbedingt zu meiner Hochzeit kommen.

Hochzeit?

Grace fühlte Sheas warmes Lächeln, ihre uneingeschränkte Freude, und beides wirkte ansteckend.

Nathan und ich heiraten am gleichen Tag wie sein älterer Bruder und dessen Verlobte. Unseretwegen haben sie so lange gewartet, deshalb passt es irgendwie, dass wir jetzt gleichzeitig heiraten.

Das ist toll, Shea. Ich freue mich so für dich. Natürlich komme ich. Keine zehn Pferde könnten mich davon abhalten. Und jetzt geh. Ich weiß, dass du so eine Verbindung nicht lange aufrechterhalten kannst. Wir unterhalten uns später weiter. Im Moment muss ich einen Mann ausfindig machen.

Shea lachte. Und dieser fröhliche Laut klang noch lange in Graces Kopf nach.

Sie wollte gerade die Frage an Rio senden, wo zum Teufel er sich eigentlich herumtrieb, als die Tür aufging und er seinen Kopf ins Zimmer steckte.

Als er sah, dass sie bei Bewusstsein war, strahlte er vor Freude und Erleichterung über das ganze Gesicht.

»Hey, du.«

Sie lächelte. »Selber hey. Wo bist du gewesen?«

»Ich habe dir jemanden mitgebracht. Sie wollte eigentlich nur kurz reinschauen, während du schläfst.«

Grace sah ihn erstaunt an, dann betrat Rio den Raum und zog an der Hand Elizabeth hinter sich her, die zaghaft lächelte. Kaum hatte sie entdeckt, dass Grace wach war, strahlte sie über das ganze Gesicht. Sie ließ Rio los und lief zum Bett.

»Vorsichtig«, warnte Rio, und das keine Sekunde zu früh.

Statt aufs Bett zu springen, stellte Elizabeth sich brav daneben, zitternd vor Aufregung.

Schließlich erlosch ihr Lächeln. Besorgt sagte sie: »Ich habe solche Angst um dich gehabt. Die haben gesagt, du würdest sterben.«

Lächelnd breitete Grace die Arme aus. Das Mädchen ließ sich nicht lange bitten und kuschelte sich an sie.

»Sie haben sich geirrt«, sagte Grace. »Ich habe jetzt zu viele gute Gründe, am Leben zu bleiben.«

Dabei blickte sie zu Rio hinüber, der sie so liebevoll betrachtete, dass ihr ganz warm ums Herz wurde.

Er zog einen Stuhl hervor und setzte sich neben Grace. Dann nahm er ihre freie Hand und strich sanft darüber, immer und immer wieder, als müsse er sich vergewissern, dass sie tatsächlich noch lebte.

»Wie geht es dir?«

Sie überlegte kurz, ging ihren Körper durch, testete, welche Teile schmerzten und welche nicht.

»Ich bin müde«, antwortete sie schließlich. »Geistig müde. Wie bei einem Burn-out. Geistige Erschöpfung ist schlimmer als körperlicher Schmerz.«

»Kann ich verstehen«, sagte er leise. »Du hast eine Menge durchgemacht. Es ist ein Wunder, dass dein Verstand nicht darunter gelitten hat.«

Elizabeth drängte sich näher an Grace heran und legte ihr den Kopf auf die Schulter. Ihr Ärmchen schlang sie fest um Graces Taille, als wolle sie nie wieder loslassen.

Grace sah das kleine Mädchen an, das innerhalb kürzester Zeit so viel gewonnen und verloren hatte. Die Augen der Kleinen schlossen sich bereits, als sei Elizabeth an ihre Grenzen gestoßen und fühle sich nun endlich sicher genug, um sich auszuruhen.

Grace lächelte und küsste sanft Elizabeth' Haar. Als sie sich überzeugt hatte, dass das Mädchen eingeschlafen war, wandte sie sich wieder Rio zu.

»Was geschieht mit ihr? Sie hat niemanden mehr.«

Lächelnd legte Rio die Hände auf ihre. »Sie hat uns.«

Es dauerte einen Moment, bis Grace kapierte, dann traten ihr Tränen in die Augen, die sie allerdings wütend wegblinzelte.

»Und ich habe dich«, fuhr er fort, beugte sich vor und küsste sie zärtlich auf den Mund. »Hier in diesem Zimmer habe ich alles, was ich mir nur wünschen könnte.«

41

Es war frustrierend, dass der Tag, an dem Grace ihre Schwester nach über einem Jahr das erste Mal wiedersah, deren Hochzeitstag war. Sie wäre gern direkt nach ihrer Entlassung aus dem Krankenhaus zu Shea gefahren, aber Rio hatte Elizabeth und sie sofort in ein Versteck gebracht und darauf bestanden, dass Grace die kommenden Wochen nichts Strapaziöseres unternahm, als zu essen und zu schlafen.

Und obwohl sie genervt gewesen war, hatte sie diese Genesungszeit dringend gebraucht. Elizabeth ebenso. Die Kleine trauerte immer noch um ihren Vater, auch wenn sie wusste, was für ein Mensch er gewesen war.

Es war eine schöne Zeit gewesen. Nur sie drei. Rio hatte sich rührend um sie gekümmert. Beim bloßen Gedanken, wie liebevoll er sie umhegt und gepflegt und verwöhnt hatte, schossen Grace sofort wieder die Tränen in die Augen.

Unter Rios barscher, rauer Söldnerschale verbarg sich ein Mann mit einem Herz aus Gold und einer Empfindsamkeit, die ihresgleichen suchte.

Jetzt bog Rio ab und fuhr auf das Gelände der Kellys, dessen Größe und Sicherheitsvorkehrungen Grace an eine Militärbasis erinnerten. Aber sobald sie Shea auf den Wagen zueilen sah, vergaß sie das ganze Drumherum.

»Halt«, rief sie.

Rio trat auf die Bremse, und noch bevor der Wagen ganz zum Stehen gekommen war, sprang Grace hinaus und rannte, so schnell sie konnte, ihrer Schwester entgegen.

Auf halbem Weg trafen sie zusammen, und Shea warf die Arme um Grace. Obwohl Shea die kleinere von ihnen war, umarmte sie Grace und drückte und herzte sie, als wäre sie dreimal so groß.

Grace erwiderte die Geste, klammerte sich an Shea und hielt sie ganz fest.

Tränen strömten ihr über dic Wangen. »Ich habe dich so vermisst«, schluchzte sie mit erstickter Stimme. »Ich kann gar nicht glauben, dass wir wieder beisammen sind. Dass wir hier sind.«

Auch Shea schluchzte nun drauflos. So standen die beiden Schwestern in der Sonne, umarmten sich, lachten, weinten und fielen sich erneut in die Arme.

Um sie herum gruppierten sich nach und nach sämtliche Familienmitglieder, die zu der Doppelhochzeit gekommen waren. Nachsichtig lächelten die Männer, während die Kelly-Frauen und Kelly-Frauen in spe schnieften und sich die Tränen aus den Augen wischten.

Rio stieg aus, lehnte sich gegen die Motorhaube seines SUV und betrachtete lächelnd das Wiedersehen der beiden Schwestern. Elizabeth schlich sich an seine Seite, und er legte den Arm um sie.

»Sie müssen sich furchtbar vermisst haben«, sagte die Kleine.

»Ja, allerdings«, antwortete Rio leise. »Sie sind lange voneinander getrennt gewesen.«

Nach einigen weiteren Minuten ließen sich die beiden Schwestern los und wischten sich gegenseitig die Tränen aus dem Gesicht, bis sie endlich aufgaben und lauthals zu lachen anfingen.

»Komm, da warten jede Menge Leute, die ich dir vorstellen will.« Shea zog Grace mit sich.

Grace drehte sich um und blickte zu Rio und Elizabeth.

»Alles in Ordnung«, formte er mit den Lippen. »Mach nur, wir kommen gleich nach.«

Unerbittlich zog Shea sie mit sich zu den anderen, die in der Nähe warteten. Sie strahlte, als sie Grace vorschob.

»Grace, ich will dir meine … unsere Familie vorstellen.«

Als sie ganz selbstverständlich in den Kreis der Familie mit aufgenommen wurde, hätte Grace erneut fast losgeheult.

»Das ist Rachel, Ethans Frau.«

Die hübsche Brünette mit den großen braunen Augen umarmte Grace stürmisch. »Willkommen in unserer Familie, Grace.«

»Und das hier sind Sophie, Sams Frau, und ihre Tochter Charlotte.«

Sophie trat mit dem Baby an der Hüfte vor und lächelte. »Schön, dass wir dich endlich kennenlernen. Wir sind so froh, dass du hier in Sicherheit bist. Shea hat sich solche Sorgen gemacht.«

Grace erwiderte das Lächeln. Vor Rührung brachte sie kein Wort heraus.

»Das hier«, fuhr Shea fort, »ist Sarah, Garretts Verlobte und meine Hochzeitskollegin. Nathan und ich haben ihre Heiratspläne gehörig durcheinandergebracht, deshalb sind die beiden glücklich, dass es endlich vorwärtsgeht.«

Sarah lachte und gab Shea einen kleinen Stoß.

»Nachdem jetzt endlich alle zu Hause sind, einschließlich dir, Grace, wird unsere Hochzeit umso schöner werden und etwas ganz Besonderes.« Sarah nahm sie in die Arme, ehe sie wieder zurücktrat.

Danach kamen die Kelly-Brüder an die Reihe. Obwohl Grace sie alle bereits kannte oder zumindest schon mal gesehen hatte, bestand Shea darauf, jeden einzelnen noch einmal vorzustellen – zumal die Gelegenheit gerade günstig war, da die Männer heute ausnahmsweise mal keinen Tarnanzug trugen oder auf irgendwelche Leute schossen.

Am Ende der Reihe stand ein älteres Paar, dessen Lächeln Grace wärmte wie die Strahlen der Sonne.

»Und das hier sind die beiden besten Menschen der Welt«, sagte Shea lächelnd. »Darf ich vorstellen: Marlene und Frank Kelly. Oder Mama und Papa Kelly, wie sie gewöhnlich genannt werden. Sie haben all diese Kelly-Jungs gezeugt und großgezogen und dann haben sie noch ein paar weitere bei sich aufgenommen.« Sie deutete auf zwei Männer, die etwas seitlich standen. »Das sind Sean und Swanny, zwei von Marlenes Adoptivkindern.«

»Mein armes Mädchen«, sagte Marlene und schloss Grace in die Arme. »Da hast du so viel durchgemacht und jetzt das. Diese ganze Bande hier ist ziemlich überwältigend, wenn man sie das erste Mal trifft. Aber willkommen in unserer Familie. In deiner Familie. Du bist jetzt eine von uns. Genau wie Rio, obwohl der bei diesem Gedanken garantiert zusammenzucken würde. Für mich ist er mein Sohn, und ich liebe ihn genau wie meine leiblichen Kinder.«

»Danke«, flüsterte Grace.

Kaum hatte Marlene sie losgelassen, löste Frank sie ab. In ihrem ganzen Leben hatte Grace sich nicht so geliebt gefühlt wie im Kreis all dieser Menschen. Familie. Das alles überstieg ihr Vorstellungsvermögen.

Neben Frank stand eine junge Frau, die er nun nach vorne zog. »Das ist Rusty, auch eine Kelly. Das einzige Mädchen in dieser Horde von Jungs.«

Rusty strahlte sie an, und Grace hätte schwören können, dass bei Franks Worten ein paar Tränen in ihren Augen gefunkelt hatten.

»Sie geht auf die University of Texas«, sagte Marlene mit stolzgeschwellter Brust.

»Willkommen im Chaos«, begrüßte Rusty sie und umarmte Grace ebenfalls. »Hier ist alles etwas verrückt.« Doch als sie die anderen um sie herum betrachtete, wurde ihr Blick gleich freundlicher. »Aber es ist die schönste Art von Verrücktheit.«

»Gehen wir nach drinnen«, schlug Marlene vor. »Wir müssen uns für die Hochzeit bereitmachen. Und Grace ist bestimmt müde von der Reise und würde sich gern duschen und etwas essen. Wir haben nur noch ein paar Stunden, Mädels. Also kommt in die Gänge.«

Alle fingen zu lachen an, und rundum war ein »Jawohl, Ma'am« zu hören.

»Nathan, Rio, ich muss euch mal kurz sprechen«, sagte Sam leise.

Rio und Nathan, die sich in Sams Wohnzimmer unterhielten und warteten, während sich die Frauen für die Zeremonie umzogen, blickten zu ihm hinüber.

Rio runzelte die Stirn. »Was gibt es?«

Sam gab ihnen ein Zeichen, dass sie ihm folgen sollten, und alle drei traten hinaus auf die große Holzterrasse, von der aus man auf den See blicken konnte.

»Resnick wollte kommen. Ich habe abgelehnt.«

»Was will der denn? Müsste er nicht überhaupt noch im Krankenhaus liegen?«, fragte Nathan.

Sam zuckte mit den Schultern. »Wahrscheinlich, aber ich glaube, dort hält er es nicht für sicher. Ihm ist lieber, auf eigenes Risiko entlassen zu werden, weil er sich dann besser gegen etwaige Mordanschläge verteidigen kann.«

»Du hast ihm nichts von Grace erzählt.«

Das war keine Frage, eher eine Forderung, die Rio da stellte.

»Ich habe ihm das gesagt, was in Hancocks Bericht steht«, erwiderte Sam. »Deshalb wollte ich ihn nicht hierhaben. Wenn er je wieder Kontakt zu Shea aufnimmt, darf sie auf keinen Fall andeuten oder gar verraten, dass Grace noch am Leben ist. Nicht, dass ich ihm nicht trauen würde – zumindest ansatzweise –, aber wenn es um Grace geht, darf überhaupt nichts durchsickern. Das ist bestimmt auch in deinem Sinne, Rio.«

»Mit Sicherheit«, knurrte Rio.

»Als ich ihm sagte, dass Grace tot ist, war er am Boden zerstört. Er gibt sich die Schuld daran. Sein ganzes Leben lang hat er versucht, sie zu beschützen. Er hat seit Langem vermutet, dass er ihr Bruder oder zumindest Halbbruder ist. Seiner Ansicht nach besteht sogar die Möglichkeit, dass Grace und Shea keine Blutsverwandte sind.«

»Das ist ihnen nicht wichtig«, entgegnete Nathan.

»Das weiß ich, aber euch wollte ich es zumindest gesagt haben. Rio, du musst Grace sofort nach der Hochzeitsfeier von hier wegbringen. Wir dürfen kein Risiko eingehen, falls Resnick mein Nein nicht akzeptieren sollte.«

Rio nickte.

Sam gab Rio einen Klaps auf die Schulter. »Ach übrigens: Ich bin verdammt froh, dass sie deinen mickrigen Arsch gerettet hat.«

Rio lächelte etwas gezwungen, da sich bei dem Gedanken daran, was Grace für ihn getan hatte, noch immer sein Magen zusammenzog. Die Angst, sie zu verlieren, war nach wie vor gegenwärtig und verursachte ihm Schweißausbrüche.

Gerade als sie wieder ins Haus gingen, kam Marlene ins Wohnzimmer geschossen und fuchtelte mit den Armen herum. »Also los, dann wollen wir mal. Alle nach draußen auf eure Plätze. Husch, husch.«

Die Männer lachten auf, motzten pro forma ein wenig vor sich hin, gingen dann aber gutgelaunt in den Garten.

Die Feier war perfekt an den Stil von KGI angepasst. Die Trauungen fanden zwar im Freien statt, genauer gesagt, auf der Freifläche zwischen Sams und Garretts Häusern, aber man hatte auf den Seiten zum offenen Gelände hin riesige Wände aus kugelsicherem Glas errichtet – eine zum See hin, die andere gegenüber dem Gebäude, das allgemein Einsatzzentrale genannt wurde.

Aber davon ließ sich niemand die Stimmung verderben. Die Familie nahm das Thema Sicherheit nicht auf die leichte Schulter, dafür hatte sie zu viel durchgemacht. Marlene hatte darauf bestanden, die Schutzwände mit Blumen zu schmücken. Weitere Blütenranken waren so verflochten worden, dass sie einen Baldachin bildeten und die Gäste gegen die Sonne abschirmten. Die Stühle waren in mehreren Reihen entlang des Pfads aufgestellt, der vom Haus aus bis zu dem Torbogen verlief, wo der Priester bereits auf die Brautpaare wartete.

Rio schob Grace in die hinterste Stuhlreihe und setzte sich selbst nach außen. Die Hochzeit fand in einem so kleinen Rahmen statt, dass es keinen Zeremonienmeister oder Ähnliches gab, aber beide Bräute waren sofort auf Elizabeth zugestürzt, hatten das schüchterne Mädchen willkommen geheißen und ihr die Aufgabe übertragen, die Blumen auszustreuen. Nun tänzelte die Kleine mit einem begeisterten Lächeln den Weg zum Altar hinunter, während sie links und rechts Rosenblätter verstreute.

Nathan und Garrett warteten geduldig, bis Elizabeth vorne angekommen war und sich neben sie gestellt hatte. Dann schritten Shea und Sarah auf ihre künftigen Ehemänner zu. Das Lächeln der beiden Bräute war so strahlend, dass es selbst die finsterste Nacht erleuchtet hätte.

Rio sah sich um und ließ das Ganze auf sich wirken. Er drückte Graces Hand. Sein Herz floss vor Liebe geradezu über, sodass er Mühe hatte, das, was er sagen wollte, herauszubringen.

»Glaubst du, eines Tages könnten wir das auch tun?«, flüsterte er ihr zu.

Sie legte den Kopf auf die Seite und hob eine Augenbraue. »Fragst du mich, ob ich dich heiraten würde?«

»Vielleicht«, antwortete er ausweichend. Plötzlich fühlte er sich verdammt nervös. »Falls es so wäre, was würdest du denn antworten?«

Sie lächelte. »Also rein hypothetisch: Wenn du mir einen … äh … Heiratsantrag machen würdest, würde ich vermutlich eine Weile darüber nachdenken müssen. Aber da das ja nur rein hypothetisch ist, kann ich schwer sagen, was ich tatsächlich tun würde.«

Er runzelte die Stirn. »Dir macht es Spaß, mich auf die Folter zu spannen, oder? Du weißt verdammt noch mal ganz genau, dass das gerade ein Heiratsantrag war.«

Rio sah sich um und nahm all diese bedingungslose Liebe und Unterstützung der Kelly-Familie in sich auf.

»Das hier will ich auch«, sagte er leise. »Ich will, dass wir eine Familie sind. Du, Elizabeth und ich. Nathan und Shea. Ich will, dass unsere Kinder gemeinsam aufwachsen und miteinander spielen. Ich will sicher sein, dass du jemanden hast, auf den du dich verlassen kannst, falls mir mal etwas passieren sollte. Ich weiß, ich verlange viel von dir. Du müsstest jede Menge aufgeben. Ich werde meine Fürsorge für dich, Elizabeth und unsere künftigen Kinder immer übertreiben. Wir werden isoliert von der Außenwelt in meinem Haus in Belize wohnen, das eher ein Gefängnis ist. Du müsstest eine andere Identität annehmen und könntest nicht bei jeder Gelegenheit mal schnell zu deiner Schwester rüberlaufen. Aber niemand wird dich je mehr lieben als ich. Ich werde dich den Rest meines Lebens mit allem, was ich habe, lieben und beschützen.«

Graces blaue Augen füllten sich mit Tränen. Sie legte ihm die Hand auf die Wange, beugte sich vor und küsste ihn, ohne auf ihre Umgebung zu achten. Selbst die Hochzeit ihrer Schwester trat plötzlich in den Hintergrund.

»Ja, ich will dich heiraten, Eduardo Bezerra. Und niemand auf der Welt wird dich jemals mehr lieben als ich.«

»Das weiß ich bereits«, erwiderte er rau. »Immerhin bist du für mich fast gestorben, und ich glaube kaum, dass ich das vergessen kann.«

»Aber du hast mir auch einen Grund dafür gegeben, dass ich weiterleben will«, antwortete sie leise. »Du warst für mich da, als ich den absoluten Tiefpunkt erreicht hatte, und hast mich nicht aufgegeben. Du hast mich gerettet, Rio. Du hast mich stärker gemacht.«

Jetzt küsste er sie, lang und intensiv. »Ich liebe dich, Grace. Und Elizabeth liebe ich auch. Es fühlt sich an, als wäre sie mein leibliches Kind. Aber ein paar Brüder und Schwestern sollte sie doch noch bekommen.«

Grace lächelte. »Das höre ich gern. Und ich glaube, im Windelwechseln bist du ein Ass.«

Er grinste sie an. »Darauf kannst du Gift nehmen.«

Atemlose Spannung und prickelnde Leidenschaft sind bei diesen Helden garantiert!

Lesen Sie auf den folgenden Seiten
eine Leseprobe aus Band 1 der Erfolgsserie
von Bestsellerautorin Maya Banks:

KGI – Dunkle Stunde

1

Er hatte gehofft, dass er den Tag verschlafen könnte, wenn er am Abend zuvor nur genug trinken würde. Stattdessen war er um acht Uhr morgens hellwach, und die Sonnenstrahlen rösteten seine Netzhäute.

Schützend legte sich Ethan Kelly einen Arm übers Gesicht, und dann traf ihn die Erkenntnis, welcher Tag heute war, mit voller Wucht.

Der 16. Juni.

Er könnte etwas unglaublich Abgedroschenes sagen, wie etwa: der 16. Juni, der Tag, der sein Leben unwiderruflich veränderte, oder: der 16. Juni, der Tag, an dem alles zum Teufel ging. In Wahrheit war das aber schon vorher der Fall gewesen.

Schrill klingelte das Telefon auf dem Nachttisch, und er hätte es am liebsten an die Wand geworfen. Stattdessen lauschte er jedem einzelnen Ton, der ihm wie ein Eispickel ins Gehirn fuhr.

Als das Telefon nach einiger Zeit immer noch keine Ruhe gab, riss er das Kabel aus der Wand. Es konnte ja nur einer seiner besorgten Familienangehörigen sein, doch Mitgefühl war das Letzte, was Ethan an diesem Tag brauchen konnte.

Falls es sein Dad war, würde er Ethan einen Vortrag darüber halten, dass Rachel den Mann, der aus ihm geworden war, nicht mögen würde. Nun, Rachel hatte schon den Mann, der er gewesen war, nicht leiden können. Sogar er selbst hatte den Mann, der er gewesen war, nicht leiden können.

Danach würde Frank Kelly ihn wieder einmal auffordern,

endlich mit der Vergangenheit abzuschließen und nach vorn zu schauen, weil er nun lange genug getrauert habe.

Falls der Anrufer einer seiner Brüder war, würde der ihn mit der Frage nerven, wann er endlich bei KGI einsteigen wolle.

Wie wär's mit: nie?

Dass er mit diesen bohrenden Kopfschmerzen nicht mehr einschlafen konnte, war klar. Deshalb schob er sich an die Bettkante, setzte sich auf und stellte die Füße auf den Boden.

Er hatte einfach nur vergessen wollen, aber alles, was ihm sein Saufgelage gebracht hatte, waren ein furchtbarer Brand und ein Gefühl im Magen, als hätte er Blei verschluckt. Und den heutigen Tag musste er immer noch irgendwie überstehen.

Er presste die Finger gegen die Schläfen und legte dann die Hände vors Gesicht. Mit den Ballen drückte er auf die geschlossenen Augen und massierte sie, als könnte er dadurch das verschwommene Bild auslöschen, das in ihm hochstieg.

Rachel.

Leise schwebte der Name durch seinen Geist und beschwor Erinnerungen an seine lächelnde, wunderschöne Frau herauf. Sie flatterten durch seinen Kopf wie Schmetterlinge.

Doch plötzlich schrumpften sie zusammen und wurden schwarz, als hätte ihnen jemand die Flügel verbrannt.

Rachel war fort.

Sie war tot.

Sie würde nie mehr nach Hause kommen.

Er stand vom Bett auf und torkelte in Richtung Badezimmer. Sein Spiegelbild erschreckte ihn nicht, und er verschwendete auch keine Sekunde damit, sich das Gesicht abzuwaschen oder den Mund auszuspülen. Er pinkelte und taumelte dann wieder aus dem Bad. Seine Zunge kratzte über den ausgetrockneten Gaumen.

Er brauchte einen Drink. Am besten irgendwas, das er nicht gleich wieder auskotzen würde.

Unwillkürlich ging er barfuß über das Parkett zum Wohnzimmer. Hier war alles noch so, wie sie es zurückgelassen hatte. Der Raum spiegelte ihre Persönlichkeit wider: chic, elegant, ordentlich.

Er hingegen war ein ungehobelter Chaot.

Laut seufzend schlenderte er in die Küche, um sich eine Tasse Kaffee zu machen. Vielleicht hatte Dad ja recht, und es war an der Zeit, die Vergangenheit hinter sich zu lassen und sein armseliges Leben weiterzuleben. Aber vermutlich würde er es sich nie verzeihen können, wenn er Rachel einfach so aus seinem Leben strich.

Er wartete, dass die Kaffeemaschine durchlief. Er könnte ja das Haus verkaufen und sich was Kleineres suchen. Es war sinnlos, es noch zu behalten, jetzt, da er allein war. Er musste irgendwo hinziehen, wo ihn nicht alles an sie erinnerte, andererseits war gerade das Teil seiner Strafe. Sie hatte es nicht verdient, zu den Akten gelegt und vergessen zu werden, auch wenn er genau das getan hatte.

Er schenkte sich eine Tasse dampfenden Kaffee ein und ging damit hinüber zu dem Glastisch, der den hinteren Teil des Raums dominierte. Er setzte sich und starrte in den Garten hinaus, der im vergangenen Jahr ziemlich gelitten hatte. Rachel und seine Mom hatten jedes Detail sorgfältig geplant und viele Stunden mit Anpflanzen und Jäten zugebracht. Ethan hatte dabei geholfen – wenn er zu Hause gewesen war.

Oftmals war er jedoch Wochen am Stück unterwegs gewesen. Die Aufträge kamen in der Regel aus heiterem Himmel und unterlagen strengster Geheimhaltung. Rachel wusste nie genau, wohin er verschwand und ob er wiederkommen würde. Das war keine Basis für ein Zusammenleben gewesen.

Den Dienst hatte er schließlich quittiert, nachdem Rachel eine Fehlgeburt erlitten hatte. In den drei Jahren ihrer Ehe hatte er sie oft im Stich gelassen, und er hatte geschworen, es nie wieder zu tun. Und doch war er es erneut passiert.

Er rieb sich die Augen und ließ die Hand auf den Stoppeln seines Dreitagebarts ruhen. Er war ein Wrack.

Sein Blick blieb an etwas Pfirsichfarbenem hängen, und er konzentrierte sich auf die Vase mit den Rosen, die er gestern gekauft hatte. Es waren Rachels Lieblingsblumen. Nicht ganz orange, nicht ganz pink, wie sie immer sagte. Eine vollkommene pfirsichfarbene Schattierung. Er sollte sie auf ihr Grab legen, aber er war sich nicht sicher, ob er es ertragen konnte, vor dieser kalten Marmorplatte zu stehen und ihr zum vierzigsten Mal zu sagen, wie leid es ihm tue. Aber schon im gleichen Moment, als ihm der Gedanke durch den Kopf ging, verzog er vor lauter Selbstekel die Lippen. Er würde hinfahren. Das war das Mindeste, das er tun konnte. In den Wochen, bevor sich ihr Todestag zum ersten Mal jährte, hatte er den Friedhof gemieden. Dass er seiner Verantwortung nur zu gern aus dem Weg ging, sollte ihn nicht überraschen. Das war ihm zur Gewohnheit geworden.

Er schob die Tasse quer über den Tisch, und ein wenig Kaffee schwappte über, was er jedoch ignorierte. Er ging ins Schlafzimmer zurück und zog eine Jeans und ein T-Shirt an. Er musste duschen und hatte auch eine Rasur nötig, aber für keins von beiden nahm er sich die Zeit. Wenn seine äußere Erscheinung die Leute abstieß, umso besser. Ihm war nicht nach Small Talk und dem Austausch irgendwelcher Nettigkeiten.

Wieder in der Küche blieb er vor der Vase mit den Rosen stehen. Mit zitternden Fingern berührte er eins der weichen Blätter. Er hatte Rachel schon lange keine Blumen mehr mitgebracht. Seit dem ersten Jahr ihrer Ehe nicht mehr. Was sagte es über ihn aus, dass er nun welche gekauft hatte?

Reue war für einen Mann ohnehin schon schwer zu ertragen, aber das Wissen, dass er das von ihm begangene Unrecht nicht wiedergutmachen konnte, war mehr, als sich ertragen ließ.

Er packte die Vase. Die Selbstverachtung verursachte ihm größere Übelkeit als der Alkohol, der noch in seinem Magen umherschwappte. Er schnappte sich die Schlüssel und ging zur Eingangstür, fest entschlossen, zu ihrem Grab zu fahren, sich der Vergangenheit zu stellen und mit diesem Tag seinen Frieden zu schließen.

Als er die Tür öffnete, stand ihm ein Bote von FedEx gegenüber, der prompt einen Schritt zurückwich. Offenbar sah er nicht allzu freundlich aus.

»Sind Sie Ethan Kelly?«, fragte der Mann nervös.

»Ja.«

»Ich habe ein Päckchen für Sie.«

»Legen Sie es einfach da hin«, sagte Ethan und deutete zum Schaukelstuhl auf der Veranda. Er wollte los, außerdem sah er ziemlich bescheuert aus, wie er so dastand mit der Blumenvase in der Hand.

»Ich, äh, brauche Ihre Unterschrift.«

Ethan wollte ihn schon anschnauzen, beherrschte sich aber gerade noch und stellte die Blumen auf der Brüstung ab. Ungeduldig packte er den Stift und kritzelte seine Unterschrift auf das elektronische Handgerät.

»Danke, und hier ist Ihr Päckchen.«

Der Mann warf Ethan einen dicken Umschlag in die Arme und eilte die Stufen hinunter. Bevor er in seinen Lieferwagen einstieg und die Zufahrt hinunterschoss, winkte er kurz.

Ethan betrachtete den Umschlag, konnte zunächst aber keinen Absender oder Ähnliches entdecken. Er warf ihn auf den Beistelltisch in der Diele, dann knallte er die Tür hinter sich zu und griff nach der Vase.

Als er bei der kleinen Kirche eintraf, die seine Familie jahrzehntelang zur Messe besucht hatte, zog sich sein Magen zusammen. Sie war alt, weiß getüncht und lag weit ab vom Schuss an einem gekiesten Weg. Der Friedhof grenzte direkt an die Kirche. Hier waren seit dem Ende des 19. Jahrhunderts alle seine Vorfahren begraben worden.

Er stieg aus dem Pick-up, schluckte und ging dann den ausgetretenen Pfad zu dem eingezäunten Stückchen Land, das als Friedhof diente.

Die Rosen in seiner Hand zitterten, so fest hatte er sie gepackt. Einige Blütenblätter fielen ab, wurden vom leichten Wind weggetragen und wirbelten um die Grabsteine aus Marmor.

Seine Mom war hier gewesen. Wahrscheinlich heute Morgen. Frische Blumen lagen da, und Rachels Grabstein glänzte im Schein der Vormittagssonne.

Rachel Kelly. Geliebte Frau, Schwester und Tochter.

Sie hatten sie geliebt. Seine ganze Familie hatte sie vergöttert. Seine Brüder hatten ihn immer aufgezogen, wenn er nicht achtgebe, würden sie ihm Rachel ausspannen.

Ihm wurde übel, und er hatte Sodbrennen. Wie war er nur auf die Idee gekommen, er könnte ohne Weiteres an diesen Ort zurückkehren, wo er seiner Frau Lebewohl gesagt hatte? An jenem Tag war seine ganze Familie an seiner Seite gewesen, seine Mutter hatte ihre Hand auf seinen Arm gelegt, sein Vater war neben ihm gestanden und hatte ausgesehen, als würde er jeden Moment in Tränen ausbrechen.

Er hasste diesen Ort.

Er beugte sich hinunter und legte die Rosen neben den Grabstein. Tränen brannten in seinen Augen. Er biss die Zähne zusammen, um seine Gefühle im Zaum zu halten. Er hatte nicht mehr geweint, seit er mit der Post ihren Ehering bekommen hatte. Die einzige persönliche Habe, die bei dem Absturz gerettet werden konnte. Ein Flugzeugabsturz, der eine kleine Gruppe Katastrophenhelfer auf dem Heimflug von Südamerika das Leben gekostet hatte.

Nein, er würde nicht mehr weinen. Wenn er damit anfing, würde er nicht mehr aufhören können, und am Ende würde der dünne Faden zerreißen, an dem seine geistige Gesundheit noch hing. Es war besser, das alles nicht zu nah an sich heranzulassen. Seine Familie hielt ihn für gefühllos, das wusste er. Niemanden würde er eingestehen, wie tief ihn Rachels Tod tatsächlich getroffen hatte. In Wahrheit brachte er es nicht über sich, die Erinnerung an sie mit irgendjemandem zu teilen.

Mit den Händen in den Hosentaschen starrte er auf das Grab, in dem Rachel ruhte. Am Himmel stieg die Sonne immer höher und schien gnadenlos auf ihn herab. Dennoch fror er.

»Es tut mir leid«, flüsterte er. »Wenn ich alles rückgängig machen könnte, würde ich es tun. Wenn ich nur noch eine Chance hätte. Ich würde keinen Tag verstreichen lassen, ohne dir zu zeigen, wie sehr ich dich liebe.«

Die Gewissheit, dass er diese Chance nie mehr erhalten würde, machte ihn völlig fertig. Dass er das Beste, das er in seinem Leben gehabt hatte, vermasselt hatte … Sein Schmerz war nicht in Worte zu fassen.

Er hielt es keine Sekunde länger aus. Steif drehte er sich um und ging zu seinem Pick-up zurück. Die Heimfahrt verlief ruhig. Er konzentrierte sich ausschließlich auf die Straße vor ihm und verdrängte alles andere. Von Gefühllosigkeit verstand er etwas.

Er betrat das Haus, in dem ebenfalls Stille herrschte. Das FedEx-Päckchen lag immer noch auf dem Tischchen, aber er ging achtlos daran vorbei. Jetzt wollte er nichts anderes, als sich duschen und den schalen Alkoholgestank loswerden.

Zwanzig Minuten später saß er am Rand seines Betts und ließ

den Kopf hängen, um seinen rebellierenden Magen zu besänftigen. Die Dusche hatte geholfen, ein wenig jedenfalls. Aber die Kopfschmerzen und die rasende Übelkeit war er nicht losgeworden.

Er wäre gern zu seiner Mutter hinübergefahren und hätte sich von ihrer Suppe geholt, aber er wollte ihr nicht unter die Augen treten. Sie hatte es nicht verdient, ihn in diesem Zustand, völlig verkatert, sehen zu müssen. Es würde sie nur aufregen. Sie und Dad machten sich ohnehin schon genug Sorgen.

Er ließ sich auf die Matratze fallen und schloss die Augen. Ruhe. Er wollte einfach nur Ruhe.